# dtv

2016

Norbert Gstrein erzählt von drei Außenseitern: von der zunehmenden Entfremdung Jakobs im Internat und in einem ganz auf den Tourismus ausgerichteten Wintersportort in den Alpen, von dem Physiker Auguste Piccard und seinem Höhenflugrekord mit einem Fesselballon im Jahr 1931 und von einem eigensinnigen Schriftsteller, der im Gespräch mit einer Ärztin jeden Halt verliert. Drei Einzelgänger, die sich nicht in der Welt einzurichten vermögen und gegen die Wirklichkeit anrennen oder sich auf ihre Weise, und sei es buchstäblich in der Luft, ihre eigene Wirklichkeit schaffen.

Erstmals sind hier Norbert Gstreins lange Erzählungen ›Einer‹, ›In der Luft‹ (früher unter dem Titel ›O₂‹ veröffentlicht) und ›Selbstportrait mit einer Toten‹ in einem Band versammelt.

*Norbert Gstrein*, geboren 1961, lebt in Hamburg. Sein erstes Buch war 1988 die Erzählung ›Einer‹. In den letzten Jahren veröffentlichte er ›Die englischen Jahre‹, ›Selbstportrait mit einer Toten‹ und gemeinsam mit Jorge Semprún die Reden ›Was war und was ist‹. ›Das Handwerk des Tötens‹ stand bei seinem Erscheinen auf Platz 1 der Bestenliste sowohl des ORF als auch des SWR. Als Nachschrift dazu liegt die Erzählung ›Wem gehört eine Geschichte?‹ vor. Norbert Gstrein erhielt unter anderem den Alfred-Döblin-Preis und den Uwe-Johnson-Preis. Zuletzt erschienen von ihm die Romane ›Die Winter im Süden‹ (2008) sowie ›Die ganze Wahrheit‹ (2010).

# Norbert Gstrein

# In der Luft

Drei lange Erzählungen

Deutscher Taschenbuch Verlag

Von Norbert Gstrein
sind im Deutschen Taschenbuch Verlag erschienen:
Die englischen Jahre (13714)
Das Handwerk des Tötens (13849)
Die Winter im Süden (13921)

Die Erzählung ›In der Luft‹ wurde 1993 zum ersten Mal
unter dem Titel ›O₂‹ im Suhrkamp Verlag veröffentlicht.

**Ausführliche Informationen über
unsere Autoren und Bücher
finden Sie auf unserer Website
www.dtv.de**

2011 Deutscher Taschenbuch Verlag GmbH & Co. KG,
München
Lizenzausgabe mit Genehmigung des Carl Hanser Verlages München
© Carl Hanser Verlag München 2011
© Norbert Gstrein 1988, 1993, 2000
Umschlagkonzept: Balk & Brumshagen
Umschlagfoto: mauritius images/imagebroker/Alfons Hauke
Gesetzt aus der Bembo 10/12.5·
Gesamtherstellung: Druckerei C. H. Beck, Nördlingen
Gedruckt auf säurefreiem, chlorfrei gebleichtem Papier
Printed in Germany · ISBN 978-3-423-13956-4

EINER

# EINS

Jetzt kommen sie und holen Jakob. Plötzlich hat das Knattern aufgehört, das schon den ganzen Vormittag dem Dorf im Ohr gelegen ist, von einem Hang über die Dächer zurückgeworfen auf den anderen, und die Burschen, drei sind es, stehen wartend am Straßenrand, in den behandschuhten Fäusten rotglänzend die Helme, haben ohne Eile ihre Motorräder abgestellt, auf denen sie gerade noch hin und her gefahren sind, in unermüdlichen Kreisen durch knietiefen Schnee, der von den Hinterrädern meterhoch aufgewirbelt wurde, und immer wieder dieselbe Treppe, fünf Stufen hinauf und auf der anderen Seite den Absatz in einem Sprung herunter, daß die Federn mit einem quietschenden Geräusch tief einknickten. Als gleich darauf der Bus abfährt, schaukelnd in den unregelmäßigen Rinnen festgefrorenen Schnees, die jedes Jahr um diese Zeit im Schatten der Häuser entstehen, als er vor dem Hotel Fend noch einmal hält und ein großes Paket aufnimmt, vielleicht dann, oder doch erst, als er die Kirche schon hinter sich gelassen hat und auf der taunassen Straße talauswärts gleitet, blauglänzend in der Sonne, hat der Fender auf die Wanduhr geblickt: und es ist fünf nach elf gewesen. Aus dem Geschäft, Gemischtwarenhandlung steht in abblätternder Farbe über dem Eingang, sind zwei Männer in olivgrünen Schianzügen getreten, prall gefüllte Plastiktaschen in den Händen, und im selben Augenblick hat irgendwo, weit entfernt, ein Hund zu bellen begonnen, erst bedrohlich, dann unterdrückt, als würde er geschlagen. Jetzt springt der Zeiger der Schuluhr weiter, bleibt leise zitternd stehen, Punkt elf, und die Kinder rücken die Stühle Reih in Reih, haben sich im Chor vom Lehrer schon verabschiedet, die Taschen gepackt und auf den Rücken genommen, stürzen einander schiebend und stoßend aus dem Klassenzimmer ins Freie, wo das Knäuel schnell aufgeht in kleine Gruppen, die Schneebälle werfen und in verschiedene Richtungen davoneilen. Längst weiß das Dorf, daß sie kommen, und wer Zeit hat, steht am Fenster und schaut erwartungsvoll hinaus, ob sich etwas tut zwischen den Häusern oder weiter draußen auf der Straße, die schwarzglänzend in zahlreichen Kurven den schneebedeckten Hängen folgt. Unter dem ersten Schlag der Stubenuhr legt die alte Rofnerin das Strickzeug beiseite, nimmt die Brille ab, kommt mühsam, mit steifen Beinen beim vierten zu stehen, hat sich, während die Uhr zum achten Mal schlägt, aus dem Gewirr des Wollfadens befreit und ein blaugrün gestreiftes Kopftuch umgebunden, quert jetzt Schritt für Schritt den überheizten Raum, und als die Haustür schwer hinter ihr ins Schloß fällt, ist der letzte Schlag schon verhallt. Und sie kann nur noch mit müden Augen dem Auto nachblicken, das gerade am Hotel Kleon vorbeifährt, und einen Fluch hinterherschicken oder ein Gebet.

Jetzt kommen sie, sagt Mutter, die seit dem Frühstück unruhig in der Küche auf und ab gegangen ist, in unaufhörlich sich wiederholenden Kreisen um den kalten Herd, auf dem immer noch leer die großen Töpfe stehen, und von Zeit zu Zeit an eines der Fenster, wo sie einen Augenblick innegehalten hat, auch wenn es viel zu früh

war. Sie lehnt an der Anrichte, in einer blauen Arbeits-
schürze, die bandagierten Beine in knöchelhohen Schuhen, und während sie den Satz ausgesprochen hat, ganz
ruhig plötzlich, ist die Spannung, unter der die Mundwinkel zitterten, als müßte sie gleich weinen, aus ihrem
Gesicht gewichen, und man hat ihr deutlich die Müdigkeit
angesehen, die schlaflose Nacht und den vielen Rotwein,
den sie Novak Glas für Glas wärmen und mit Wasser und
Zucker versetzen hieß. Sie kommen, und jetzt erheben
wir uns vom Tisch, an dem unverändert das Frühstücks-
geschirr steht, und treten zu Mutter, die mit ausgestrecktem Arm wortlos nach draußen weist.

Das Auto nähert sich in schneller Fahrt, ist an der
Kirche schon vorbei, an der Bäckerei und am Hotel Kleon, wo Leute am Balkon sitzen, ohne darauf zu achten,
hat den dahinter liegenden Stall erreicht, an dessen Eingang in einer kleinen Lache Schweineblut versickert, ver-
mindert die Geschwindigkeit vor der Engstelle beim Hotel Post, und dort verlieren wir es für ein paar Sekunden
aus den Augen. Dann taucht es wieder auf, hat die letzten
Häuser auf der anderen Dorfseite hinter sich gelassen,
fährt durch den Verschlag, über dem die Seile der Doppelsesselbahn gespannt sind, auf die Brücke zu, vorsichtig
deren tückisch vereiste Bretter entlang, und plötzlich läuft,
unentwegt nach den Rädern schnappend, auf gleicher
Höhe ein Hund, der sich vor dem Hotel Fend losgerissen
hat, und sein Bellen ist weithin zu hören. Auf der Sonnenterrasse des Café Tirol wenden sich die braungebrannten
Gesichter: Augen, die hinter dunklen Gläsern neugierig
dem Auto folgen, wie es unruhig über Spurrinnen fährt
und an den zwei Männern in olivgrünen Schianzügen

vorbei, zwanzig, bald dreißig Meter dem Hund voraus, der auf einen Pfiff innegehalten hat und langsam zurückzutrotten beginnt.

Wir treten vom Fenster, als der Wagen vor unserem Haus hält, nur Mutter bleibt regungslos stehen, unverändert, in derselben Haltung an der Anrichte, die Hände aufgestützt und mit beiden Beinen fest am Boden, zur Verteidigung bereit, schon besiegt, und beobachtet, wie sie ohne Eile aussteigen, die Uniformen zurechtrücken und mit gewichtigen Schritten die Treppe heraufkommen. Jetzt ist das Ächzen der Feder zu hören, von der die Haustür ins Schloß gezogen wird, ein leichter Schlag, der es beendet – vertraut seit Kindertagen –, und das Knarren der Holzdielen, gegen deren Erneuerung Mutter sich immer noch sträubt, verrät, wie sie sich nähern, Stubentürknarren, Speisesaalknarren, Stiegenhaus- und Toilettengestöhn, vorbei am Büro, schon auf den festgenagelten Brettern vor der Kellertür, die kein Geräusch machen, und als sie auf Höhe der Speis die Steinfliesen betreten, sehen wir einander an, sehen Mutter an, die sich der Tür zugewandt hat, sehen auf die Küchenuhr, deren Zeiger hinter dem fettverschmierten Glas um halb elf stehengeblieben sind.

Erinnerungen. Aber was erklären sie, wenn man nicht ein Träumer ist oder wie das Dorf, das im nachhinein leichtfertig alles weiß? Hinter jedem Vorhang kann einer stehen und den Kopf schütteln oder sagen, es hat so kommen müssen, während er beobachtet, wie sie die Treppe zu unserem Haus hochsteigen. Oder er erinnert sich, an das dumpfe Geräusch vielleicht, mit dem die Schweinekübel beim Anfahren vom Schlepper fielen, und das unterdrückte Lachen aus einem Versteck, wenn der Haufen dalag: Fleischreste, Reis, zermatschte Kartoffeln, Salatblätter, altes Brot, von dem in dünnen Fäden, den Rissen des Asphalts folgend, die säuerlich stinkende Suppe floß und sich an den Hinterrädern in winzigen Lachen staute; oder an die Horde, die mit dem Klirren einer zerbrechenden Scheibe wild über den Sammelplatz stob, und an die plötzliche Stille, manchmal das Zischen aus allen Ecken, als wären es Hunderte, und dann kam einer, immer derselbe, zurückgeschlichen und bat um den Ball; oder an die mit Schweinefett eingewachsten Schier, die vernagelte Kirchentür vielleicht oder den Schneemann, dem das ewige Licht, die brennende Kerze, steif aus dem Unterleib stand.

Das sind Geschichten, und wir könnten erzählen, mitten hinein in die Stille der Küche, wo wir seit dem frühen Morgen am Tisch sitzen, von Mutter um Beistand gebeten, und uns immer wieder die alten, bei irgendwelchen Anlässen gehörten Anekdoten ins Gedächtnis rufen und keinen Anfang finden, ratlos, nur auf Vermutungen angewiesen, die sich leicht als falsch herausstellen. Wir sagen Jakob, meinen den Bruder und könnten irgendwo beginnen, einfach erzählen, wie er in einem Zug die Schale Kakao austrank oder einen Rest stehenließ und eilig nach den Heften und Büchern griff, erzählen vom gemeinsamen Schulweg, wie er weinend hinterherlief, wenn sie einmal nicht gewartet hatten, und sich später beklagte, bei Mutter oder beim Vater, wenn der willens war, ihm zuzuhören; dann konnte er sprechen – aber unter Fremden brachte er kein Wort hervor, wurde in der Klasse ein zweites, ja drittes Mal gefragt, bis er die wichtigen Städte des Unterlands aufzählte, die Namen und Zahlen einer Heldenschlacht, oder nur den Mund aufmachte, um irgend etwas zu sagen, und in der letzten Schulwoche, wenn das Vorsingen anstand, schlief er schlecht und wachte zuweilen mitten in der Nacht laut schreiend aus den schlimmsten Alpträumen auf. Ob er sich schwertat? Er war ein guter Schüler, wurde immer wieder den anderen als Vorbild hingestellt und mit den üblichen Lobreden bedacht, als hätte nicht er sich am meisten gefreut, wenn der Lehrer sie die Hefte schließen ließ und eine Geschichte erzählte, oder wenn Brennholz gehackt werden mußte oder vor Weihnachten in der Kirche die Krippe aufgestellt, und er riß sich darum, den Aschenkübel austragen zu dürfen, und blieb eine Stunde fern und länger. Im Winter saß er viel in der Stube, angezogen vom Geruch der nassen Schischuhe, die zum Trocknen unter den Kachelofen gestellt wurden und auf dem Holzboden kleine Lachen bildeten. Er las, oder er schaute Max und Siegfried beim Kartenspielen zu, hörte ihre Geschichten über Schischülerinnen und stellte manchmal Fragen, daß sie sich belustigt ansahen – oder ihn – und plötzlich laut loslachten, was für ein Dummkopf er sei. Dann durfte er vom Wein ein kleines Glas kosten, und wenn er sich zwicken oder mit einer Nadel in den Hintern stechen ließ und quiekte wie ein junges Schwein, hatten sie ihren Spaß und suchten in den Hosentaschen nach einem Schilling, und dafür gab es im Geschäft zwei Kaugummi, zehn Stollwerck oder irgend etwas.

Damit könnten wir beginnen oder zuerst erzählen, daß er im Gasthaus nicht mitarbeiten mußte, selbst in einem Alter, als wir längst in der Abspüle ausgeholfen hatten, wenn unerwartet viel Essen gingen, oder Flaschen aus dem Keller geholt und Leergut zurückgetragen. Der Vater sprach ihn früh von jeder Pflicht frei, stand kopfschüttelnd hinter der Theke, sagte nichts oder begann lauthals zu schimpfen, sooft Jakob in seine Nähe kam; er schaute ihm beim kleinsten Handstreich auf die Finger und ließ ihn zuletzt nicht einmal den ausführen oder sah es als Bestätigung, wenn er einen Teller fallen ließ, eine Kanne Milch verschüttete oder sich sonst irgendwie nachlässig gab, mag sein mit der Zeit absichtlich – bis es soweit kam, daß er ihn nur noch Linkshänder nannte und zu nichts mehr anhielt, geschweige um etwas bat, und auch Mutter zurechtwies, wenn sie einschritt, oder einmal, als sie ihm zum Trost einen Pokal kaufte, der nicht in den Glaskasten paßte und unwirklich groß schien neben den paar, die wir bei Schirennen gewonnen hatten.

Irgendwann davor oder danach, so könnten wir beginnen, in jenem Sommer, als wir die Fuchshöhlen entdeckten, war das Wetter immer schön, und sie verbrachten ganze Tage draußen, krochen unermüdlich in die schmalen Felsspalten und saßen während der heißen Stunden im Schatten zwischen den riesigen Blöcken, die übereinanderlagen wie aus einer anderen Zeit. Ihre Spiele gewannen an Ernsthaftigkeit, sie waren richtige Indianer und die Geschichten, die wir uns erzählten, wirklicher als das Leben drunten im Dorf, das tausend Kilometer entfernt sein mochte und sie nichts mehr anging mit diesen Gästen, die unermüdlich einen Gipfel nach dem anderen bestiegen. Die Stunden im Wald blieben ihr Geheimnis, und wir wußten, daß wir nie darüber sprechen würden, als Hanna ihr Kleid aufknöpfte und uns in das Höschen fassen ließ, zwischen die Beine, wo nichts war, und noch heute lachen wir über Jakob, der dann gekniffen hat und nur zugesehen, wie sie die Hosen auszogen und nebeneinanderstehend in weitem Bogen über den Fels urinierten.

Wir erinnern uns, daß schon früh darüber gesprochen wurde, ihn in die Stadt auf die Schule zu schicken, Jahre davor, in den Zwischensaisonen, wenn man nicht wußte, was sagen, und dankbar alles zum Anlaß nahm. Es galt als abgemacht, noch ehe Jakob davon hörte, und nur über ihr Urteil konnten sich Mutter und der Vater in die Haare geraten, nach dem Mittagessen stundenlang streiten, sooft der Vater sitzen blieb und zufrieden meinte, wie gut es uns ginge, und über Mutters Widersprüche hinweg ein ganzes Weltbild entwarf; oder, wenn sie schließlich damit begann, ihren Aufzählungen, der und der und der hätte studiert und im Leben sein Glück gemacht, immer dieselben Worte entgegensetzte: aber aus dem Dorf keiner; oder er lehnte sich zurück und erzählte wieder die Geschichte, daß einmal, vor Jahren, einer in die Stadt gegangen sei und schon zu Weihnachten mit einem großen Koffer und einer ganzen Bank Fünfer zurückgekehrt, ein Taugenichts, und deshalb habe man ihn geschickt. Dann kam Mutter mit den Büchern, die Jakob las, die ganze Bibliothek, mochte sie sagen, und es ging hin und her, ohne Ende, wie es manchmal schien – bis tief in jenen Herbst, als die Schule begann.

Schon im Sommer hatte sich in dicken Flocken der erste Schnee naß auf die Wiesen gesetzt und lag immer noch zusammengesunken zwischen den Häusern und in schattigen Mulden, wohin die Sonne nicht kam. Die letzten

Gäste waren gegangen, und die Hotels standen mitten im Ausputz: großflächige Leintücher, die schwer vor Nässe an den Wäscheleinen zogen, hellblaues Bettzeug, das neben roten Läufern von den Balkonen hing, und über dem Dorf setzten stets von neuem die Schläge der Teppichklopfer ein, fern auf der anderen Bachseite und unvermittelt ganz nah, wie als Antwort in unermüdlichem Wettstreit. Sah man in eines der Fenster, waren die Decken von den Tischen genommen, die Stühle in einem Eck zusammengestellt, und an den Eingängen wiesen Pappschilder den letzten Besucher ab, Betrieb geschlossen, in großen Blockbuchstaben, die, wieder und wieder verwendet, von den Jahren ausgebleicht, längst wirkten, als wären sie endgültig. Bald würde allenthalben mit Renovierungsarbeiten begonnen werden, unnötigen Zubauten wie jeden Herbst, und tagsüber wäre der Lärm der Baumaschinen zu hören, eingekesselt im engen Tal, bis mit der Dunkelheit Stille einkehrte. Dann säßen im einzig geöffneten Gasthaus die Kartenspieler bei einem Doppelliter, den sie aus kleinen Gläsern tranken, und in der niedrigen Küche wären die Scheiben beschlagen und der Herd glühendrot vom vielen Holz, das die Wirtin unaufhörlich nachlegte. Die Nächte nähmen zu, und in ein paar Wochen würde die Sonne auf ihrem Weg nicht mehr über die höchsten Gipfel kommen und schon um zwei, früh am Nachmittag, untergehen.

Jakob ließ sich kaum sehen in dieser Zeit, allein bei den Mahlzeiten, an denen er wortlos teilnahm und Mutters übertriebener Gesprächigkeit einen finsteren Blick entgegensetzte, oder er schaute, über seinen Teller gebeugt, nicht einmal auf und war noch vor dem Nachtisch wieder verschwunden, im Stock oder draußen, wir wußten nicht wo, im Wald oder auf seinem Lieblingsplatz, dem Fels, der, weit in die Strömung vorragend, das Bachbett zu einer schmalen Schlucht verengte. In der einbrechenden Dunkelheit spazierte er durch das Dorf zur Kirche, auf der einen Seite, und zurück bis zum letzten Gasthaus auf der anderen, wo die Straße nicht weiterführt, er stehenblieb und, lange taleinwärts blickend, plötzlich laut mit sich selbst zu sprechen begann, mir geht es gut, es gehe ihm gut, wie beschwörend in die klare Herbstnacht gerichtet.

Am Tag der Abreise stand er früh auf und saß den ganzen Vormittag am Küchentisch, wortkarg, wenn ihn jemand reden hieß, und allein mit dem eigenen Dasein beschäftigt, wie es schien. Er ging nicht mehr in das Dorf, fragte am Nachmittag um den Schlüssel zum Badezimmer, und man konnte im Haus lange das Wasser hören, das er von Zeit zu Zeit heiß nachlaufen ließ. In seiner Reisekleidung kam er herunter und blieb bis zum Abend in der Stube, saß untätig auf der Ofenbank und sah in der Wanduhr dem regelmäßigen Hin- und Herticken des Stabpendels oder den breiten Zeigern bei ihrem steten Vorrücken zu – bis ihm schwindlig war. Er wandte sich nicht um, als jemand die Tür öffnete, lange hereinschaute und sie beim Davongehen einen Spalt offenließ, der im Luftzug vom Gang allmählich größer wurde.

Später, als es Zeit war, trat er in das Zimmer, in dem der Vater mit der alten Krankheit schon seit Tagen lag wie aufgebahrt. Von draußen konnten wir die Stimmen hören, im düsteren Licht beobachten, wie er einen Geldschein aus der zitternden Hand nahm, unwillig gegen Mutter, deren Weihwasserfinger ein halb vermurkstes Kreuzzeichen statt auf seine Stirn irgendwo in den leeren Raum schlug. Ein Vertreterauto sollte ihn in die Stadt bringen, und es war schon in der Dunkelheit, als sie vor dem Haus in der Kälte standen und schauten, wie der Wagen in schneller Fahrt weit draußen auf der Straße verschwand, zwei rote Lichter, die einen Augenblick länger blieben, dort in der Nacht, dann war es finster.

In der Stadt hatte er ein Zimmer für sich. Wir erinnern uns an das Gezeter, das er zu Hause jedesmal anschlug, wenn er die Dachkammer für Gäste räumen mußte und irgendwo anders schlafen, in der Stube, oder im Keller bei den Schilehrern, wo er spät in der Nacht wach wurde, wenn sie lachend und oft betrunken heimkamen. Sein Fenster ging auf den Hof, eine riesige Parkfläche vier Stockwerke tiefer, die an den Wochenenden meist leer war, angrenzend ein Tennisplatz, maschendrahteingezäunt, der an die Klostermauer stieß, ein Flecken Wiese, wo mitunter in den unmöglichsten Stellungen zueinander zwei tragbare Handballtore standen, rotweiß gestreift, und weiter entfernt ein paar niedrige Gebäude, von denen in der Nacht nur ein milchigweißes Schild sichtbar blieb: Polizei, die Aufschrift, die erst im Näherkommen zu lesen war. Das zweite Bett wurde nicht bezogen, und unter der grauen Decke schaute an beiden Enden ein Stück Matratze hervor. Ich schlafe allein, schrieb er nach Hause, und es mache ihm nichts aus, er konnte sich ausbreiten nach der Schule oder am Abend das Licht brennen lassen und lesen, bis die Augen schmerzten, und es war keiner da, vor dessen neugierigen Blicken er die Hände unter der Decke versteckte.

Die ersten Tage verbrachte er am Schreibtisch und sah aus dem Fenster nach draußen, wo sich nichts tat oder manchmal auf der Wiese ein wilder Haufen hinter einem Ball herrannte, laut schreiend in vielen Stimmen, von denen ganz selten eine einzeln erkennbar durch die doppelten Scheiben drang. In den Nächten lag er lange wach, nicht ohne Gedanken, vielmehr mit solchen, die, am nächsten Morgen halb vergessen, ihn nicht losließen in ihrer Unbestimmtheit; oder einmal stand er in der Dunkelheit auf und ging im ganzen Haus die finsteren Gänge ab, zitternd vor Kälte, und auf den Steinfliesen schienen seine nackten Füße bei jedem Schritt einen Augenblick festzukleben.

Manchmal hätte er gern jemanden im Zimmer gehabt, aber sowie er darüber nachdachte, zerbrach jeder Wunsch unvermittelt an genauen Vorstellungen von einem oder einem anderen oder irgendeinem. Und plötzlich war keiner mehr möglich, und er nur noch froh, allein zu sein. Ob er sich nie ausgesprochen habe? Im Jahr davor auf der Schiwoche hatten sie zu viert eine Kammer geteilt und von nichts als den Mädchen geredet, die im Stock darunter schliefen – bis sie in wirre Träume fielen oder im Morgengrauen vor Erregung wach lagen, die glänzenden Augen weit geöffnet, damit ihnen ja nichts entging.

Im Speisesaal blieb der Stuhl neben ihm leer. Er gewöhnte sich daran, daß er für Spiele einen Partner immer erst suchen mußte, oft keinen fand, und als er vor Weihnachten auf dem Kirchweg hinter der Zweierreihe hertrottete, war ihm das kein Grund, sich Gedanken zu machen. Er schaute, daß er in der Früh zeitig aus dem Haus kam, oder wartete, bis vom Gang das Geräusch der Türen drang, der immerfort aufgeregten Stimmen und eiligen Schritte der Treppe zu, damit er den Schulweg allein gehen

konnte, in den ersten Wochen unsicher die Straßenbahnschienen entlang und nach und nach die kürzeste Strecke
durch die engen Gassen der Altstadt. In der Klasse bemühte er sich nicht, die Sprache der anderen zu sprechen,
die Sprache der Städter, die auf ihn wirkte wie bloßes
Getue; es fiel ihm leicht, das Lachen zu ertragen, das bisweilen auf seine Sätze folgte, und wahrscheinlich achtete
er nicht einmal darauf, ob man ihn abkanzelte und im
gleichen Maß von sich stieß, wie er zurückwich.

Es geht mir gut, schrieb er nach Hause. In der kalten
Herbstluft spazierte er oft über die Grenzen der Stadt
hinaus, auf das Plateau im Süden, von wo er tief drunten
im Dunst der Abgase die Häuser sah, oder er saß untätig
in seinem Zimmer und schaute zu, wie langsam über
den Dächern die Dunkelheit hereinbrach. An den Wochenenden, wenn die anderen heimfuhren, kam es vor,
daß er allein zurückblieb, manchmal die Zimmerfluchten
abschritt und an den versperrten Türen gedankenlos die
Klinken niederdrückte. Von der Klosterkirche war das
Fünfuhrläuten zu hören, und an der Polizeistation gingen
die Lichter an, milchigweiß das Schild in der Dämmerung,
dessen altbekannte Buchstaben er immer wieder aus der
Ferne ins Auge faßte.

Die Briefe schrieb er an den Wochenenden, gewöhnlich am Samstagabend, wenn die Zeit verging, als verginge
sie nicht, ein paar Sätze nur, die sich kaum auf ihn und
seine Tage in der Stadt bezogen, sondern auf uns und das
mutmaßliche Leben zu Hause. Er stellte nie Fragen, weil
er den jährlich gleichbleibenden Ablauf im Dorf nur zu
genau kannte, setzte sich hin und wußte, wie es wäre: mit
dem Schlechtwetter würde Schnee kommen, wie er stets

gekommen war, und eine Saison beginnen, nicht anders als die vielen davor.

Und der letzte Brief?

»Vor Weihnachten«, sagt Mutter, »die dumme Geschichte mit dem Laden, dann hat er nichts mehr von sich hören lassen.«

Es brauchte nicht viel.

Man kannte die tückischen Spiegel, denen man im Vorbeigehen eine lange Nase drehte, ihre toten Winkel, hatte die Regale längst gründlich nach gefährlichen Sehschlitzen abgesucht, wußte die harmlosen Kunden zu unterscheiden von den anderen, denen keine Heimlichkeit entging, und es brauchte nicht viel, ein wenig Mut während der bangen Sekunde, in der man die Luft anhielt und drei Tafeln Schokolade in die Manteltasche steckte, besser in den Hosenbund, wo niemand hingriff, und dann wäre man fast schon draußen, nur noch mit einem Lachen an der Kassa vorbei, würde sich zwischen die Beine an die steinharte Männlichkeit fassen und bei jedem Schritt die Verpackung spüren. So leicht war es, daß keiner nicht wenigstens daran gedacht hätte, alle schienen es zu tun in jenen Tagen. Die einen aus Langeweile, Zeitvertreib, für das bißchen Aufregung, das von Mal zu Mal nur durch größere Wagnisse am Leben blieb, andere von einem viel handfesteren Bedürfnis getrieben, ihrem unstillbaren Hunger nach Schleckereien; und den Kleinen diente es, die stets ungewisse Stellung in der Gruppe zu festigen. Niemand fand etwas dabei, und wenn einer erwischt wurde und mit hängenden Schultern aus der Direktion kam, scharten sich die anderen um ihn, stellten in wirrem Durcheinander Fragen, hörten zu, und immer gab es ein paar, die ihn bewundernd anschauten wie einen, der die höchsten Gefahren mannhaft gemeistert hat.

Was wußte Mutter schon? Sie kannte das Ende, aber nicht, was sich dahinter verbarg.

Man lernte schnell, die Gesetze waren einfach, und nur weil sie sich immerfort änderten, bisweilen in ihr gerades Gegenteil, hieß es stets auf der Hut sein, ob ein heute noch gebilligter Schritt einem morgen nicht als Fehltritt ausgelegt würde. Wenn man sich nicht daran hielt, kam unvermittelt von oben der strafende Stoß, und blieb er einmal aus, trat man nach unten mit beiden Füßen und ließ doppelten Haß ab und alles. Es gab kein angemessenes Verhalten. Wenn man in Ungnade gefallen war oder einer der Großen einfach schlecht gelaunt, oft aus keinem erkennbaren Grund, konnte eine Nichtigkeit gegen einen verwendet werden, die Farbe der Socken oder daß man im falschen Augenblick gelacht hatte oder nicht gelacht, und sie ließen dich antreten wie vor einem Militärtribunal, und eins zwei drei, gaben dir die Bastonade, das flache Lineal auf die nackten Fußsohlen, und dazwischen immer wieder mit der Kante harte Schläge auf den Hinterkopf.

Davon wußten sie nichts, weil Jakob nie etwas erzählt hatte, an den Wochenenden nicht und auch später nicht, als er wieder zu Hause war, und wissen immer noch nichts an diesem Morgen in der Küche, wo wir schon zwei Stunden warten und Mutter zum wiederholten Mal bitten, sie möge sich setzen. Sagte ihnen heute jemand die Namen, Jakob, wir würden dein plötzliches Zusammenschrecken nicht verstehen und erstaunt fragen.

Natürlich habe ich mich gewehrt. Er schlug um sich,

schrie, weinte, versuchte aus dem Zimmer zu entwischen, in dem es nach schmutziger Wäsche roch, ließ sich windelweich prügeln und bat, flehte mit blutiger Nase, versprach ihnen alles, die Pakete, die Mutter schickte, und das bißchen Geld; gut, drei Tage Galgenfrist, weil er zahlen konnte, und dann ging es unerbittlich weiter, hinter verriegelten Türen, und jetzt half nichts mehr, kein Schreien, keine Versprechen, nichts, sie würden sehen, ob sich die Jungfrau immer noch ziert, und zum Schluß hatte er bezahlt, die Schläge, und den vielen Speichel im Mund, an dem er würgte, die fremde Zunge, und über sich langes Haar, ein fettes Gesicht und süßlichen Atem, der den Gestank nach alten Socken erstickte. Na also. Warum nicht gleich? Von da an ließen sie ihn zu sich kommen, und er ging wie ohne eigenen Willen den langen Flur hinunter, klopfte an die Tür und trat ein, zweimal, dreimal am Tag, und erst wenn er wieder draußen war, fand er Tränen und rannte in den Garten oder drehte im Waschraum alle Hähne auf und sah zu, wie das Wasser pfeifend in die Becken schoß. Dann dachte er nichts, war nur allein und begann zu vergessen, fuhr sich nicht über den Mund, blieb lange vor einem Spiegel stehen, streckte die Zunge weit heraus oder ließ sie naß über seine Nasenspitze streichen. Er folgte ihren Anordnungen und versuchte durch vorauseilenden Gehorsam das Schlimmste noch zu vermeiden, als es längst geschehen war, wehrte sich nur mehr einmal, ein einziges Mal in all der Zeit, als sie ihn im Pissoir mit heruntergelassener Hose festhielten, hieb den Klobesen auf die zudringlichen Hände, in die lachenden Gesichter, und dafür bezog er die ärgsten Prügel, bis er auf dem glitschigen Boden im Uringeruch liegenblieb, und die Bastonade über tausend dauerte Tage, eins zwei drei, laut mitzählen und nach jedem Schlag das Bekenntnis: ich bin ein kleines Schwein, als er längst kein Wort mehr deutlich hervorbrachte.

Wie hätte er davon sprechen sollen? Hatte sie ihn, Mutter, hast du mich je die richtigen Worte gelehrt, oder der Vater? Es wären lediglich Andeutungen gewesen, sie ließen ihn nie in Ruhe, allgemeine Sätze, die in ihrer Abstraktheit harmlos blieben und ungreifbar, und du, Mutter, könntest dir dahinter nichts vorstellen oder nur die üblichen Zankereien.

Wann immer es ging, entwischte er in die Stadt, schwänzte die Studierzeiten, blieb oft ganze Nachmittage draußen, in den Straßen oder auf der Flußpromenade, und kehrte spät zurück, lange nach dem Abendessen, schlich sich in sein Zimmer und versperrte die Tür. Er hatte bevorzugte Pfade, denen er stets wieder folgte, und nur bisweilen ließ er sich beirren, von einer ungewohnten Beleuchtung, von leiser Musik, die durch geschlossene Fenster drang, in fremde Gassen locken, und es mochte vorkommen, daß er minutenlang wie gebannt stehenblieb, die herrlichsten Symphonien im Ohr und wunderbare Bilder, dort, fast greifbar vor den Augen, die schönsten Jungfrauen, deren langes Haar sich weich über seine Wunden legte. Wenn die Geschäfte zumachten, blieben die Straßen leer zurück, und er hatte die Bürgersteige in ihrer ganzen Breite für sich. Manchmal lief er dann kreuz und quer durch die kalte Stadt, auf immer neuen Strecken, die der Zufall wählte, bis er ohne Atem irgendwo innehielt, zuweilen an völlig fremden Orten, und einmal sah er von seinem Standpunkt in der Ferne die Autobahn, das Fließen der roten und weißen Lichter in der Dunkelheit.

Dachtest du damals schon daran, oder wann war es, als ihm zum ersten Mal der Gedanke kam? fragen wir uns, und jetzt ist das Ächzen der Feder zu hören, von der die Haustür ins Schloß gezogen wird, ein leichter Schlag, der es beendet – vertraut seit Kindertagen –, und das Knarren der Holzdielen, gegen deren Erneuerung Mutter sich immer noch sträubt, verrät, wie sie sich nähern, Stubentürknarren, Speisesaalknarren, Stiegenhaus- und Toilettengestöhn, vorbei am Büro, schon auf den festgenagelten Brettern vor der Kellertür, die kein Geräusch machen, und als sie auf Höhe der Speis die Steinfliesen betreten, sehen wir einander an, sehen Mutter an, die sich der Tür zugewandt hat, sehen auf die Küchenuhr, deren Zeiger hinter dem fettverschmierten Glas um halb elf stehengeblieben sind.

## ZWEI

»Ich weiß nicht mehr, es mag drei gewesen sein, halb
vier«, sagt Mutter, und wir hören den Bruch in ihrer
Stimme, sehen die Blicke, die unruhig über den Küchentisch streifen, die Abspüle, den kalten Herd, die Blicke
jetzt, die plötzlich wie erstarrt innehalten und auf den gerichtet sind, der die Fragen stellt.

Es war mitten in der Nacht, und sie wußte im ersten
Augenblick, davor schon, da mußte etwas sein, und dachte nach, lauschte in die Dunkelheit, ob noch etwas zu
hören wäre. Hatte jemand ans Fenster geklopft, oder sollte
es ein Traum gewesen sein und sie sah etwas, wo nichts ist?
Seit Wochen schlief sie schlecht, mochte bisweilen noch
so müde sein von der Küchenarbeit und brachte kein
Auge zu, oft nicht einmal für eine Stunde. Aber jetzt? Wo
ist die Uhr? Sie richtete sich auf und sah nach draußen.
Wie kläglich das sparsame Licht des Geschäfts in der Dunkelheit wirkte. Die Leuchtschrift vom Hotel Fend, deren
roten Schein sie in anderen Nächten unermüdlich be-
trachten konnte, mußte ausgeschaltet sein und die Tanzbar
schon geschlossen. So spät? Und da war es wieder, ganz
eindeutig diesmal, ein Klopfen an der Tür, einer, zwei, drei
Schläge mit Bedacht, kaum wahrnehmbar und gleichzeitig
überlaut in der hellhörigen Nacht.

»Ich bin aufgestanden«, sagt Mutter, schaut den an, der
die Fragen stellt, dann den anderen, und starrt plötzlich
wie verloren vor sich hin. In der unerwarteten Stille sehen

wir noch einmal vor der Tür, undeutlich durch das Milchglas, wie der kleinere Umriß den größeren vorschiebt, hören das Klopfen, unter dem die Scheibe in ihrer Fassung zittert, und dann traten sie ein, der Gehilfe und dahinter der Inspektor. Und Novak hat sich über seine Schüssel gebeugt und wie wild begonnen, Kartoffeln zu schälen. Jetzt stehen sie mitten in der Küche, sind nach kurzem Zögern an der Schwelle mit gewichtigen Schritten halb um den Herd gegangen, und als wäre die Zeit zurückgedreht oder an einen neuen Anfang gesetzt, hören wir wieder die Fragen, das unverfängliche Vorspiel vom Gehilfen inszeniert, bis Mutter von sich aus zu erzählen beginnt und der Inspektor ihr plötzlich ins Wort fällt.

»Warum haben Sie nicht früher angerufen?« Sie antwortet nicht, den Blick voll Gleichmut gegen die Wand gerichtet, auf eines der Fenster, als hätte sie endgültig genug von einer Kinderei, die schon zu lange dauert. Draußen herrscht reges Treiben. Der Arbeitstrupp ist von der Straße zurück. Aus dem grünen Jeep, der beim Hotel Fend gehalten hat, steigen die Männer, und während sie vor dem Café Tirol die Schaufeln in den Schnee stecken und ihre Schuhe abstreifen, öffnet ein Kellner die Tür sperrangelweit und bittet sie herein. Auf der Terrasse wenden sich die Gäste nach dem Radlader um, der unter ungeheurem Lärm hinter der Tanzbar stehenbleibt, und beobachten den Fahrer, wie er zwischen mannshohen Rädern aus seiner Kabine klettert. Und da kommt auch schon die Fräse, der mächtige Vorbau schwankt träge, als sie über die Eisrinnen der Brücke kriecht, und auf dem Asphalt ist das Knirschen ihrer Ketten zu hören. Mutter zuckt unmerklich zusammen, und wir wissen, daß sie sich erinnert, erinnern uns selbst an den Unfall im letzten Winter, als einer beim Schöpfen ausgerutscht und augenblicklich von der rotierenden Trommel zerfleischt worden ist. An den Schneewänden konnte man noch Tage später das Blut sehen, und vor wenigen Wochen, am Jahrestag, hat der Pater ein Wegkreuz anbringen lassen, in Gedenken an einen, der an dieser Stelle ums Leben kam; bis heute weiß niemand, ob aus Unachtsamkeit oder weil er betrunken war.

Mutter wendet sich plötzlich dem Inspektor zu und schaut ihn lange an. Was soll die Frage? Früher anrufen? Nach dem Warmwetter der letzten Woche hatte man die Straße gesperrt und fast stündlich mit neuen Lawinen gerechnet. Sie sieht, daß Novak von Zeit zu Zeit verstohlene Blicke über den Rand der Schüssel wirft, und zum ersten Mal an diesem Tag entspannt sich ihr Mund in einem Lächeln. »Ich habe die Tür aufgemacht ...«

Da stand er, barfuß, das halb zugeknöpfte Hemd nachlässig in die Hose gesteckt, und im Licht, das aus dem Zimmer auf den dunklen Gang fiel, konnte sie sehen, daß er am ganzen Körper zitterte.

»Ich dachte zuerst vor Kälte.«

Immerhin fielen die Temperaturen in der Nacht noch weit unter Null, aber sein Blick, so hatte er als Kind geschaut, wenn er schreiend aus einem bösen Traum aufgewacht war und sie am Bettrand sitzen mußte, bis er endlich die Augen zumachte und wieder schlief. »Was ist denn, Jakob?« Aus ihrer Stimme sprach die gleiche Besorgnis wie damals, aber die beruhigenden Worte, mit denen sie ihn eingelullt hatte, fand sie nicht mehr, es sei alles gut, Schnabu, du wirst schon sehen, und die Erinnerung an den längst vergessen geglaubten Kosenamen verwirrte sie. Er sagte nichts, und während sie seine schweißfeuchte Hand spürte, die ihren Arm in den dunklen Gang zog, sah sie immer noch das Kind vor sich, das nicht aussprechen konnte, nur zeigen: die eingeschossene Scheibe und den geknickten Gummibaum dahinter.

»Komm, Mutter.«

Es war sonst nicht vorgekommen, daß eines der Kinder an ihrer Tür klopfte, früher nicht und jetzt, wo sie längst erwachsen sind, erst recht nicht, und ihr fiel tatsächlich nur ein einziges Mal ein, das achtzehn, zwanzig Jahre zurückliegen mochte, dafür um so deutlicher, weil damals alles begann.

»Du, Jakob?«

Er hätte in der Stadt sein sollen, an einem gewöhnlichen Schultag und noch dazu mitten in der Nacht, erinnerte sie sich, während sie ihm durch den dunklen Gang folgte, auf dem unwirklich laut das Ticken der Stubenuhr zu hören war.

Es mußte in jenem Winter gewesen sein. Im Jänner blieb der Schnee aus, die Pisten wurden scheckig von den aperen Stellen, die unter der dünnen Schicht hervorkamen, und man beschwichtigte stets von neuem die Gäste, die abzureisen drohten, versprach ihnen das Weiße vom Himmel und wußte nicht, in welchen Worten die schlechte Saison noch zu beklagen wäre, weil es keine mehr gab. Anfang Februar begann es zu schneien, nach dem ersten Tag und der ersten Nacht war das Dorf eingeschlossen, und bisweilen konnte man ein dunkles Grollen hören, beruhigend fern noch, weiter draußen im Tal. Der unaufhörlich fallende Schnee brachte es rasch näher, und plötzlich

28

war es ganz da, mitten im Dorf, mit der ersten Lawine, die einen Jungwald über die vorsorglich gesperrten Pisten fegte, das Kassahäuschen an der Liftstation aus dem Fundament riß und, in seine kleinsten Bestandteile zerlegt, am Fuß des Hangs absetzte. Auf der anderen Bachseite mußten die gefährdeten Häuser geräumt werden, und nur der Pater in seiner siebzigjährigen Starrköpfigkeit blieb und schloß sich im zweiten Stock des Pfarrhauses ein, aus dem er nach Tagen frierend und halb verhungert durch ein Fenster befreit wurde. Seit Menschengedenken hatte es nichts Vergleichbares gegeben. An den längst abgeholzten Hängen brachen die Schneemassen, rutschten, wälzten sich unaufhaltsam ins Tal und stoben mit ungeheurer Wucht über alles hinweg, was ungeschützt stand oder nicht weit genug abseits. Man hielt sich in den Häusern auf, und erst später, als wieder Ruhe einkehrte, besah man die Schäden: das fast vollkommen zerstörte Erdgeschoß der Milchbar, wo alles drunter und drüber lag, die schwere Kirchentür, die sich mit dem Rahmen aus der Mauer gelöst hatte, überall zerbrochene Scheiben, und im Karlinger Stall waren drei Schafe erstickt, vom baufälligen Rofner Stadel nur ein Bretterhaufen übriggeblieben.

Am ersten Morgen, als in der allgemeinen Freude über den lange ersehnten Schnee noch niemand an ein Unglück glaubte, mußte er der Schule den Rücken gekehrt haben, ob aus einem plötzlichen Entschluß oder von langer Hand geplant, brachte man nie in Erfahrung, weil er wenig erzählte; sein Aberglaube, sagte er manchmal, er müsse die ganze Strecke zu Fuß gehen, aus der Stadt nach Hause, und sagte nicht: damit alles wieder gut würde, oder daß er dann doch ein Auto angehalten habe und schon davor die Schultasche an einer Hauswand abgesetzt und mit ihr die Gedanken, Erinnerungen und alles, worüber er nicht sprechen wollte. Die Fender Straße war längst gesperrt, und er umging in der Dunkelheit den Schlagbaum und machte sich auf den Weg, die letzten paar Kilometer, stapfte durch den Schnee, der schon knietief lag und immer noch in schweren Flocken aus einem weißen Himmel fiel. Es war so still, daß er manchmal innehielt und lauschte – er wollte laufen, wenn er über sich eine Lawine hörte, vorwärts oder zurück, das wußte er nicht, oder einfach stehenbleiben, den Atem anhalten und warten, daß sie irgendwo anders niederginge oder sich als Spuk herausstellte, vorgegaukelt von einer überreizten Phantasie und müden Sinnen. Er dachte an den Vater und seine bei jeder Gelegenheit wiederholte Erzählung – daß sie im Krieg einen aus dem Schnee befreit hätten, der noch am Leben war, und wie er aufgesprungen und, wild um sich schlagend, losgerannt sei, bis sie ihn überwältigen konnten und am Boden festhalten, und dann habe er noch lange wahnsinnig oder wie wahnsinnig geschrien, daß sie sich die Ohren zuhalten mußten, und später geweint wie ein kleines Kind – und spürte die Angst bis auf die Knochen, wie man sagt, in der Nacht, deren unheimliche Stille im lautlos fallenden Schnee auf ihn niedersank, und dennoch ließe sich damit nicht begründen, daß sein Entschluß falsch gewesen wäre oder auch nur anzuzweifeln.

»An der Treppe nahm er die Hand von meinem Arm«, sagt Mutter und sieht den Inspektor an.

Während sie Jakob tastend über die Stufen folgte, hingen ihre Gedanken den alten Erinnerungen nach: da stand er also, und sie wußte augenblicklich, daß es ihm ernst war mit seinen Worten, er ginge nicht zurück in die Stadt, nie mehr, und wenn du mich zwingst, würde er davonlaufen oder sich umbringen. Damals müßte man den Beginn ansetzen, weil er von einem Tag auf den anderen aufgehört habe zu lernen und damit im Grunde alles aufgehört, und tatsächlich sein Leben, ein besseres Leben aus der Hand gab. Was hätte sie sagen sollen? Als die Straße wieder frei war, eine schmale Spur zwischen haushohen Schneewänden, hatte er in der Schule schon mehr als eine Woche gefehlt, und zu Hause sei genug Arbeit gewesen mit all den Gästen, die in den endlich eingekehrten Winter kamen.

Der Zeitpunkt mochte nicht schlecht gewesen sein. In der allgemeinen Aufregung, die das Dorf noch Tage später in Atem hielt und keinen Gedanken zuließ als den Schnee, der in den Köpfen unaufhörlich weiterfiel, blieben ihm die Fragen erspart, und später, als in einer neuen Ordnung die alte wiederhergestellt schien, war man seine Anwesenheit schon gewohnt und die Neugier nicht mehr halb so groß. Und sie? Wir dachten darüber nach, wunderten uns ein bißchen, warum er den Entschluß nicht früher gefaßt hatte, warum nicht beim Begräbnis des Vaters, aber wir hielten unsere Vermutungen zurück, forderten ihn kein zweites Mal auf zu erzählen, wenn er uns anbrüllte oder wortlos stehenließ.

In den ersten Wochen sah man ihn wenig. Er konnte stundenlang hinter dem Ofen liegen und schweigend vor sich hin oder in sich hineinstarren, wer wußte das schon, mit einem Blick, der krankhaft ruhig war, krankhaft unruhig bisweilen, als sei er verrückt oder unglücklich verliebt. Tagsüber ging er mitunter aus dem Haus, streifte durch den tiefverschneiten Wald, wo es keine Spuren gab, oder saß an seinem Lieblingsplatz in der Sonne und kehrte bei Einbruch der Dunkelheit zurück, schlich in die Kammer und ließ sich nicht mehr sehen bis zum Frühstück am nächsten Morgen. Erst im Sommer stiegen sie in der zufälligen Laune eines Nachmittags zu den Fuchshöhlen auf, und er erzählte uns, daß er die Felsblöcke in jenen Tagen immerfort umkreist, aber nie gewagt hätte einzudringen, aus Angst, er würde die Erinnerung an die Kindheit zerstören und alles. Sie saßen um die Feuerstelle, nichts schien sich verändert zu haben, all die Zeit nicht vergangen zu sein in der modrigen Luft, ihrem Atem von damals, wären nicht die Geschichten gewesen, die den traurigen Geschmack einer falschen Wirklichkeit bekamen, unsere ratlosen Blicke in die Vorratskammer, wo immer noch Dutzende Kisten lagen, in einzelne Scheite zerlegt, aus denen man tausend Pfeile schnitzen könnte und die Höhle gegen die Welt verteidigen – oder sich; aber wir wußten es besser, sie waren keine Indianer mehr, die mit rauchschwarzen Gesichtern im dunklen Unterschlupf kauerten, und wir trauten uns nicht, Hanna zu fragen, auch wenn unsere Hände allein von der Erinnerung zitterten, sahen sie nur an, wie sie, ein Bein über das andere geschlagen, auf ihrem Stein saß, unter dem roten Kleid längst eine junge Frau.

Aber das war im Sommer, und es mußte tatsächlich zum ersten Mal seit Jakobs Rückkehr gewesen sein, daß sie mit ihm gemeinsam etwas unternahmen. Davor schon hatte er begonnen, im Gasthaus mitzuhelfen, in der Abspüle oder in der Küche, kramte oft stundenlang in den

Kellern herum, am liebsten in der Bastelkammer, erwarb ein gewisses Geschick in kleinen Reparaturen, ersetzte eine zerbrochene Scheibe, fixierte wacklig gewordene Stühle oder versah die Fleischmesser mit neuen Griffen. Er arbeitete gewöhnlich allein und zog sich in übertriebener Scheu zurück, mied Fremde und konnte durch nichts bewegt werden, den Gästen die Koffer aufs Zimmer zu tragen oder auch nur irgend etwas in den vollbelegten Speisesaal. Das wußten wir, und noch vieles mehr, und es war ihnen nicht entgangen, daß er mitunter bei einer Tätigkeit innehielt und minutenlang in den unmöglichsten Stellungen verharrte, mit einem Gesichtsausdruck, als versuchte er angestrengt, sich zu erinnern oder die schrecklichsten Erinnerungen zu bannen. Und sonst? Was wußten sie sonst? An den Wochenenden schleppte er in riesigen Säcken den Abfall ein Stück taleinwärts, auf die verborgene Müllhalde, und einmal mußte er daran denken, wie er vor Jahren aus einer plötzlichen Laune den Aschenkübel über der Schlucht hatte fallen lassen, und ob der Bilder des die Felswand entlangscheppernden Eimers und seiner lautlosen, fast federnden Landung im weichen Schnee setzte er sich hin und weinte, konnte nicht mehr aufhören zu weinen.

Allmählich nahmen seine Tage sichtbar jene Regelmäßigkeit an, die sie so schwer voneinander unterscheidbar macht, und es geschah immer seltener, daß er unvermittelt eine begonnene Arbeit liegenließ und wie gehetzt aus dem Haus rannte oder sich für Stunden in der Dachkammer einschloß. Sie hatten ihn seit der Rückkehr nie mit einem Buch gesehen. Er mußte schon in der Stadt aufgehört haben zu lesen, Gott sei Dank, sagte Mutter einmal, daß er wenigstens diesen Flausen und Gespinsten endlich den Rücken gekehrt habe und zu einem brauchbaren Menschen geworden sei, und wir lachten über den Ausdruck – ein unvergessener Bestandteil aus Vaters Vokabular. Und an den Abenden? Er ging von Zeit zu Zeit aus, ins Café Tirol, wo er den Kartenspielern der lang gesuchte vierte Mann war, oder in die Tanzbar, in deren zuckendem Licht er die Tänzer in den unglaublichsten Verrenkungen beobachtete. Die Einheimischen kamen ihm mehr entgegen als je, seit er aufgehört hatte, der Studierte zu sein, und die Gelegenheiten, bei denen ihn jemand vor den Kopf stieß oder Versager nannte, konnte man an den Fingern einer Hand abzählen; wer habe ihm schon Vorwürfe gemacht? Sie sagten nichts gegen ihn, und mitunter hörten sie sogar zu, wenn er etwas erzählte, in kurzen Bemerkungen, die unvermittelt abbrachen und den Verdacht zurückließen, daß dahinter viel Unausgesprochenes steckte und Unaussprechbares. Ob er sich wohl gefühlt habe? Manchmal blieb er bis zur Sperrstunde in der Tanzbar, und wenn er nach Hause ging, war Mutter schon aufgestanden, bereitete in der Küche Frühstück für Gäste, die zeitig abreisen wollten, oder kramte sinnlos in Schubladen herum, weil sie nicht schlafen konnte. Dann schlich er auf Zehenspitzen durch den Gang, oder er hatte getrunken, machte im Stiegenhaus alle Lichter an und polterte in wirren Selbstgesprächen oder hellen Lachern über sein Ungeschick die Treppe hinauf, sah Mutter nicht und ihre besorgten Blicke – oder wollte sie nicht sehen. Ob er …? Welch eine Frage.

Mit den Wochen, Monaten und schließlich Jahren war es sein Leben geworden, eine Gewohnheit, aus kleinen

Gewohnheiten zusammengesetzt, ein paar erfreulichen und vielen mühseligen, die man am besten mit Gleichmut ertrug.

Er war doch im richtigen Alter, fünfzehn, als er aus der Stadt zurückkam, mit dem festen Entschluß, das Dorf nicht mehr zu verlassen. Und sie? Und wir? Aber darüber hatte nie jemand gesprochen, in der Schule nicht und zu Hause nicht, und man wußte nach dem ersten Verweis, oft schon davor, daß es nichts zu sagen gab und nichts zu fragen, und am wenigsten, wenn die Sätze auf der Zunge brannten und sich überschlugen vor unglaublichen Vermutungen. Die Grenzen waren schnell gefunden, in den ausweichenden Worten, dem plötzlichen Schweigen, das man mit der gleichen Neugier gewahrte wie das allmählich erkennbare Geheimnis dahinter. Was hatte der Vater? Bisweilen mochte er den Fernseher so entschieden ausschalten, daß sie sich noch lange danach beobachtet wußten, nicht hinzuschauen wagten und nicht weg, oder er blieb wie unabsichtlich davor stehen und begann, in den Schubladen die Tabletten zu suchen, von denen er dreimal am Tag nahm.

Man mußte erfinderisch sein, und wir gaben uns unwissender, als wir in Wirklichkeit waren, hörten mit überwachen Sinnen das leiseste Flüstern, spähten in den kleinsten Spalt, in dem fortwährenden Versteckspiel, das eine Generation der nächsten aufgezwungen hat. Und Jakob? Er lauschte stundenlang den Gesprächen der Großen, bis irgendwo ein Teilchen abfiel, das er in sein Mosaik einpassen konnte oder wenigstens aufheben am verläßlichsten Ort des Gedächtnisses und später an den richtigen Platz setzen. Und in den Fuchshöhlen? Etwas Wunderbares, noch nie Dagewesenes müßte geschehen oder das Schrecklichste zur Strafe, dachte er, und später, als sie durch den Wald zurückgingen, roch er von Zeit zu Zeit an den Fingern und traute sich nicht, Hannas Haar zu berühren, den kastanienbraunen Pferdeschwanz, der vor seinem Gesicht auf und ab hüpfte. Ein Teil fügte sich zum anderen, und einmal, Mutter, war dein Morgenmantel verrutscht, ein wenig, ganz wenig nur, und er wollte es nicht glauben, schaute weg, schaute hin und starrte sie noch Tage später an wie ein fremdländisches Wesen und zum ersten Mal wie eine Frau. Und sie? Und wir? Ob wir auch im Zimmer des Kochs …? In einem günstigen Augenblick schlich er in die unversperrte Kammer und blätterte mit zitternden Fingern die Hefte durch, saß auf dem ungemachten Bett, vor sich einen ganzen Berg Schmutzwäsche, und blätterte und sah und sah alles, hatte ein vollständiges Bild, lange vor seiner Rückkehr und lange vor der Zeit in der Stadt, in einem Alter, da viele noch keines hatten oder nur ein verschwommenes.

In der Tanzbar schaute er den anderen zu und erkannte unter den großartigen Gesten, hinter den gewichtigen Sprüchen die beklemmende Sprachlosigkeit, die ihnen von Kind an beigebracht wird. Der Alkohol gab Sätze ein, die nicht ihre waren, fremde Worte, gekünsteltes Hochdeutsch, gebrochenes Englisch, löste die vom Vater an den Sohn und immer wieder weitergegebene Erstarrung und hatte sie fest in seinem lockeren Griff, machte mit ihnen, was sie zu machen glaubten; und immer von neuem fanden sie ein Mädchen, das noch über die größte Dummheit in helles Gelächter ausbrach und ihnen entgegenkam, sich niederküssen ließ oder in den derbsten Worten überreden, sich niederküssen zu lassen und noch viel mehr. Jakob schaute den anderen zu, und manchmal konnte er es nicht ertragen, verschloß die Augen in den unwirklichsten Vorstellungen oder lief voll Ekel durch das nächtliche Dorf, oder er trank, und der Alkohol gab ihm nichts ein, lediglich ein schmerzhaft klares Bewußtsein von sich selbst, in doppelter Erstarrung und in einem Schweigen, das endgültig schien. Dann dachte er, daß er es anders machen würde, wußte nicht wie, wußte nur: anders, zärtlicher, dachte er, und wie kurzsichtig die Frauen wären, alle – und dumm.

Und dann.

Und einmal.

»Wie heißt du?«

Er war sechzehn.

Und sie?

»Und du?«

Wie alt ist sie?

Er hatte sie lange angestarrt, du hast mich angesehen, sagte sie später, als würde er jeden Augenblick in Weinen ausbrechen oder in ein wahnsinniges Lachen, ich wußte es nicht, und sie gingen spazieren, mitten in der Nacht, zur Kirche und zurück bis an den anderen Rand des Dorfs, wo die steil ansteigenden Hänge ein Eindringen in die verschneite Dunkelheit unmöglich machten. Und jetzt? Sie lehnten an der Garagentür vor dem Gasthaus und hörten leise die Musik aus der Tanzbar. Soll ich? Sollte er sie küssen? Jakob wußte nicht, und plötzlich waren ihre Hände da, plötzlich: ohne Atem, jedes Glied gestreckt, überstreckt, starr stand er, hör auf, dachte er, hör auf, und sagte nichts, und schon spürte er es warm und naß zwischen seinen Beinen. Er wagte nicht, an sich hinunterzuschauen, es tat weh, wagte nicht, sie anzuschauen, nirgendwohin wagte er zu schauen, noch die Augen zu schließen, und erst die Stimmen eines näher kommenden Paars rissen ihn aus seiner Bewegungslosigkeit, und er drückte sich fest gegen den fremden Körper, dessen Geruch von so weit her zu kommen schien, wollte tief hineinkriechen, vor Scham in ihm verschwinden, und wäre am liebsten an einem anderen Ort gewesen – oder nirgends. Später lag er wach und sah zu, wie der bedächtig fallende Schnee allmählich das Dachfenster bedeckte.

Lange seien ihm Touristinnen die einzigen Frauen geblieben. Er lernte sie kennen, wenigstens dem Namen nach, nie näher oder nahe genug, sich geborgen zu fühlen, in den zwei Wochen oder drei, und dann reisten sie ab in eine andere Welt, als wären sie nie dagewesen, beanspruchten ihren Teil und hinterließen nichts als die Leere, die von Mal zu Mal wuchs, auch wenn sie längst grenzenlos schien. In seiner Erinnerung verschwammen die Unterschiede zu einer gleichbleibenden Wiederholung oder nahmen sich unwirklich aus, nur gemacht, und mitunter, wenn er angestrengt darüber nachdachte, schrumpfte alles im selben Zeitpunkt, dem letzten, zu einem einzigen Bild: wie er in der Kälte eines Wintermorgens einem abfahrenden Auto nachschaut, und in der Tasche schlossen sich seine Finger um ein Photo, die begehrte Trophäe, oder drückten das weiche Geschlecht. Sonst gäbe es wenig zu sagen, nichts, das es wert wäre, sich zu erinnern, und schon gar keine bestimmte Frau. Geschlafen habe er nie mit einer und allen vom Tod gesprochen, in immer gleichbleibenden Sätzen, daß bislang jeder gestorben ist, sei kein Beweis, daß auch er sterben werde, und dann habe er gelacht, habe oft nicht mehr aufhören können zu lachen, weil ihm nach Weinen war, über sich und seinen Größenwahn und über den Tod. Die Spaziergänge führten stets zur Kirche, und auf dem Friedhof zeigte er ihnen das Grab des Vaters oder erzählte von dem Mädchen, das ein Kind austrug und allein mit seinem Liebhaber zur Welt brachte, vor den Eltern, den Schwestern, dem ganzen Dorf verborgen, und nach der Geburt hätten sie es erschlagen und dort, genau an dieser Stelle, verscharrt. Die alte Geschichte, die er vor Jahren gehört haben mochte oder später in seinen abwegigen Gedanken erfunden als spannende Episode, wenigstens Teile davon. In der Kirche zündete er gewöhnlich die Kerzen an, erzählte von sich oder hielt schweigend die fremde Hand, und einmal sei er in einem plötzlichen Einfall hinter den Altar getreten, aber der Platz war leer, eine dicke Staubschicht auf dem Kästchen, wo wir als Ministranten den Schädel entdeckt hatten, unser großes Geheimnis, das sie wieder und wieder und nie genug anstarren konnten.

**Lie/be,** die; -, -n [mhd. liebe, ahd. liubī, zu ↑ lieb]: **1.** ⟨o. Pl.⟩ **a)** *starkes Gefühl des Hingezogenseins; starke, im Gefühl begründete Zuneigung zu einem [nahestehenden] Menschen:* mütterliche, kindliche, innige L.; die L. der Eltern; seine L. zu ihr war groß; Gottes L.; R bei aller L. *(bei allem Verständnis, das ich dafür habe),* aber das ist mir zu viel; **b)** *auf starker körperlicher, geistiger, seelischer Anziehung beruhende Bindung an einen bestimmten Menschen [des anderen Geschlechts]:* die wahre, große L.; eine leidenschaftliche L.; eheliche, gleichgeschlechtliche, platonische L.; seine L. zu ihr erlosch, erkaltete; sie erwiderte seine L. nicht; [keine] L. für jmdn. empfinden; jmdm. seine L. gestehen, zeigen, beteuern; sie haben aus L. geheiratet; R alte L. rostet nicht; die L. [des Mannes] geht durch den Magen (scherzh.; *die Liebe eines Mannes zu seiner Frau hängt davon ab, ob sie gut kocht*); L. macht blind; wo die L. hinfällt (Ausspruch der Verwunderung im Zusammenhang mit dem Partner, den jmd. gewählt hat); * **Brennende L.** *(Pflanze mit behaarten Blättern u. scharlachroten, in Trugdolden wachsenden Blüten);* **L. auf den ersten Blick** *(das spontane Empfinden von Liebe bei der ersten Begegnung);* **c)** *sexueller Kontakt, Verkehr:* heterosexuelle L.; käufliche L. *(Prostitution);* L. machen (ugs.; *koitieren),* **2.** ⟨o. Pl.⟩ **a)** *gefühlsbetonte Beziehung zu einer Sache, Idee o. ä.:* die L. zur Kunst; aus L. zur Sache; **b)** * **mit L.** *(mit großer Sorgfalt):* mit L. kochen. **3.** ⟨o. Pl.⟩ *Gefälligkeit; freundschaftlicher Dienst:* jmdm. eine L. erweisen; tu mir die L. und …; R eine L. ist der anderen wert. **4.** (ugs.) *geliebter Mensch:* sie war meine erste, große L., ist eine alte L. von mir.

Es auszusprechen fiel ihm schwer, und doch zwang er sich dazu, immer wieder, aus einer merkwürdigen Unsicherheit, auch wenn er oft nicht dachte, was er sagte, nichts dachte oder das gerade Gegenteil. Aus den Briefen trat es unwirklich hervor, ein Fremdkörper, der festsaß in den Sätzen und sie ansteckte mit seiner Lüge und einer Schamlosigkeit, die von Mal zu Mal größer wurde. Weil es das Wort im Dialekt nicht gab, stand es geschrieben wie losgelöst von den anderen und nicht dazugehörig; er bestaunte es von allen Seiten und hätte am liebsten die flache Hand unter die Tintenstriche geschoben, die Druckerschwärze, es loszulösen vom fesselnden Papier und so zu drehen, daß kein Geheimnis mehr bliebe. Dabei sei es ein Wort wie alle. Durch Augen und Ohren drang es in seinen Kopf und nistete sich lange und unausgesprochen im Mund ein, manchmal mit der Zungenspitze vom Gaumen abgerollt oder sanft gegen die Schneidezähne gedrückt, den Geschmack zu prüfen, der süß sei, und nur ganz selten geriet es zwischen die tastenden Lippen oder entwischte ihrer Umklammerung und stand plötzlich ohne Bedeutung im Raum, nackt wie ein Skelett. Vielleicht brauchte man einen besonderen Mund, den einer schönen Frau, damit man es gewichtig aussprechen konnte und triefend vor Sinn.

Für Liebeserklärungen war der Dialekt nicht geschaffen, und er lernte, sie nach der Schrift zu machen. Einstudiert klangen sie falsch und verlogen, in den fremden Sätzen oft zu großartig für das, was er sagen wollte, und dann wieder bei weitem zu kleinlich. Mit dem hochdeutschen Wort ging er um wie ein Neureicher mit Geld, zeigte bei allen erdenklichen Gelegenheiten, daß er es zu verwenden wußte, und bekam es trotzdem lange nicht in den Griff, es glitschte ihm ungewollt aus dem Mund oder blieb stecken, irgendwo im Rachen, wenn er es brauchte; hatte er es endlich im Griff, war es bald abgegriffen und schal, und die tiefe Bedeutung verflüchtigte sich zu einer Oberflächlichkeit und zu nichts.

Später, als er für kurze Zeit glaubte, als einziger die große Liebe gefunden zu haben, zürnte er dem Wort, das sich hergab, die leeren Liebeleien der anderen zu doku mentieren, und träumte von einer neuen Buchstabenkombination, einer, die nicht zu finden war in den Tausenden von Dudenseiten, die weich über die Lippen fließt ins Ohr oder unter sich das Papier leise zittern macht.

»Er sagte nichts, gab keine Antwort auf meine Fragen, ging schweigend voraus, und erst an der Treppe zum Dachboden hielt er inne.«

Wir kennen die Geschichte, haben sie ein gutes Dutzend Mal gehört seit dem frühen Morgen und ebensooft das plötzliche Erschrecken der Stimme, als wären es allein die Worte, und nichts dahinter, wenn sie unausgesprochen blieben. Sie sehen Mutter an, sehen den Inspektor und den Gehilfen, die Ungeduld auf den ernsten Gesichtern, und wieder Mutter, folgen den Blicken, die teilnahmslos nach draußen gerichtet sind, und in einem Augenblick plötzlicher Stille, der scharf und wie für alle sichtbar aus dem Lauf der Zeit gerissen scheint, stellen wir uns tatsächlich vor, der nächste Satz würde die Zukunft festlegen und viel mehr noch, was schon geschehen ist.

»Er machte Licht.«

Im Halbschatten fiel ihr wieder sein Zittern auf, das den Körper in fortwährender Bewegung hielt, und jetzt erklärte sich auch der unangenehm säuerliche Geruch. Aber die Augen, so hatte er nie geschaut, nicht einmal nach zwei durchzechten Tagen, wenn er halbtot, derart betrunken, nach Hause kroch, die Treppe nicht hinaufkam und nichts mehr wußte, Stunden später, wenn er in der Stube allmählich zu sich fand. Sie sah den Alkohol, gewiß, aber da war noch etwas, das ihr weh tat und zusätzlich angst machte, eine Verlassenheit und schreckliche Leere. Ob das die Worte sind? Etwas, fühlte sie plötzlich mit großer Deutlichkeit, das sie hätte abwenden müssen.

»Jakob.« Er stieg die knarrenden Holzstufen hinauf, ein Kind vor Jahren, und sie hatte drei Nächte kein Auge zugebracht von seinem Schreien und sich nicht mehr zu helfen gewußt, allein mit Schlägen, und es geschlagen, daß es noch lauter schrie, und wieder geschlagen, bis nur mehr ein Wimmern zu hören war – dann nichts mehr. Unter dem niedrigen Dach ging er mit gebeugtem Kopf. Sie sah, daß er vor der Kammer zögerte, sah, wie er sich hilfesuchend nach ihr umwandte, und im Näherkommen sieht sie das Kind, es mochte vierzig Grad Fieber haben, hatte eine gefährliche Lungenentzündung, wie sie später mit Schrecken erfahren mußte.

»Er hat die Tür aufgemacht, zuerst nur einen Spalt, und vorsichtig hineingeschaut, und dann mit einem Ruck sperrangelweit …«

»Mutter.«

## DREI

»Und ihr?« Der Inspektor sieht uns an, er steht mitten in
der Küche, der Gehilfe neben ihm, und sie halten die
Kappen unverändert in den Händen, fragen mit geschul-
ten Blicken gleichsam ein zweites Mal, den Bruder und
mich, und in der ersten Überraschung starren wir auf den
Tisch und wissen nicht, was sagen. Mutter hat sich hinge-
setzt, trägt Novak auf, ein weiteres Glas Wein zu wärmen,
kehrt den beiden den Rücken, schaut aus dem Fenster, mit
leeren Augen und immer noch ohne zu weinen, als hätte
ihre Aussage sie enthoben in eine vollkommene Gleichgültigkeit. Draußen nähern sich einzeln oder in kleinen
Gruppen Gäste, tappen, die Schi geschultert, unbeholfen
über die Brücke, streben den Häusern zu, und es müßte
längst gekocht sein, hätten wir nicht vorgesorgt und die
Mittagspensionen auf andere Hotels verteilt. Die Terrasse
vor dem Café Tirol ist bis auf den letzten Platz belegt, und
mitunter kann man durch die geschlossenen Fenster ein
Lachen hören oder laut gesprochene Worte.

»Ich habe ihn nach dem Abendessen in der Milchbar
gesehen«, sagt der Bruder und hebt seinen Blick.

Er hatte bezahlt und war im Begriff zu gehen, als er am
Ende der leeren Theke auf ihn aufmerksam wurde, auf die
zerbrechliche Gestalt, deren bleiches, zum ersten Mal seit
Wochen rasiertes Gesicht ihm zugewandt schien.

»Er mußte mich die ganze Zeit angeschaut haben.«

Und jetzt tat er, als bemerkte er den Gruß nicht, spuck-

44

te einen zerkauten Zahnstocher aus, nahm fahrig einen Schluck Wein und fühlte sich sichtlich unwohl unter den beharrlichen Blicken. Dann starrte er unvermittelt in sein Glas, nicht betrunken, aber abwesend und vielleicht tatsächlich in einer anderen Welt, in der es nichts gab und keinen, womöglich nicht einmal ihn selbst. Es mochte acht gewesen sein, halb neun, früh am Abend noch, von den Plätzen waren die meisten nicht besetzt, irgendwo saß ein Paar, das sich flüsternd unterhielt, und in ihrem Eck riefen die Kartenspieler laut den Trumpf aus oder schlugen, einander überbietend, die Faust auf den Tisch.

»Ich habe nichts zu ihm gesagt.« Der Bruder sieht den Inspektor an und beginnt mit fester Stimme von neuem: er habe nicht mit ihm gesprochen, kein Wort, lange schon keines mehr, und im Grunde noch nie eines, mit keinem, oder wer führe Gespräche im Dorf, wer gebrauche die Sprache anders als allein für die alltäglichsten Notwendigkeiten? »Er war wie immer, nichts auffällig an ihm«, und das hieße alles, wenn man nicht längst daran gewöhnt wäre, »vielleicht der rote Strickpullover, einmal ein Geschenk von Hanna – daß er den wieder getragen hat nach so vielen Jahren.«

Einen Augenblick ist es ruhig in der Küche, und in dem Schweigen sehen wir Bilder, wie nach einer Diavorführung an der Wand zurückgeblieben. Novak, der neben dem Gehilfen am Herd hantiert, sichtlich bedacht, kein Geräusch zu machen, stellt ein Glas mit dampfendem Wein vor Mutter hin und beginnt, den Tisch abzuräumen. Aus dem Café Tirol treten die Straßenarbeiter, nehmen die Schaufeln an sich, und in der Stille ist ihr Lachen, sind die lauten Worte deutlich zu hören, angeheitert vom vielen

Schnaps, der ihnen noch aufgenötigt wird, wenn sie längst nicht mehr wissen, wohin damit.

»Der Pullover war ihm viel zu groß, hing von seinen Schultern wie ein leerer Sack«, erinnere ich mich, und tatsächlich mochte das mein erster Gedanke gewesen sein, als er unerwartet in der Schank stand: daß er in seine Kleidung hineingeschrumpft ist und nicht aus ihr herausgewachsen wie andere.

Er kam nicht oft, auch wenn es nur über die Straße war, und immer mit demselben Anliegen, das er in gleichbleibenden Worten vorbrachte, ob ich Geld übrig habe, Kleingeld, sagte er, vom großen hätte er selbst genug, und wartete mit ängstlichen Blicken auf die längst festgelegte Antwort: warum nicht wechseln, oder lachte, sah mich mit tränenden Augen an und rieb sich erfreut die Hände, wenn ich die Brieftasche zog. Manchmal blieb er auf ein Glas Wein, das er hastig und doch in kleinen Schlucken trank, war nie gesprächig, ließ sich höchstens wieder und wieder über dieselben Dinge aus, die ihn in den letzten Monaten unaufhörlich zu beschäftigen schienen, und starrte minutenlang vor sich hin, mit diesem Ausdruck, der seine zweite oder gar eigentliche Natur sein mochte, der bedeutungsschwer ist wie nur etwas und gleichzeitig leer wie nichts. Das Geld lag solange unangetastet auf dem Tisch, wie ein Einsatz zwischen uns, den er erst im Gehen nahm, und ich fragte mich zwanghaft jedesmal von neuem, welcher Art das Spiel wäre, und ob er sich tatsächlich als Sieger fühlte, wenn er eilig auf die Tür zuschritt.

»Aus den paar Schillingen habe ich mir nie etwas gemacht«, sage ich nachdenklich und sehe den Bruder an,

»aber aus meiner Unwissenheit, ob er kein Gespür hätte oder in Wirklichkeit litt wie unter dem schäbigsten Almosen.«

Vom Gang sind Geräusche zu hören, schwere Schritte, die die Treppe herabkommen, an deren Fuß eine Zeitlang innehalten und sich endlich entfernen; schon sehen wir einen Mann, dahinter eine Frau aus dem Haus treten, froh, daß sie nichts ahnen, nicht beharrlich vor dem Herd stehen und fragen und alles wissen wollen – und noch mehr. Mutter sitzt regungslos am Tisch, unberührt von den Vorgängen draußen, und schrickt nicht zusammen, als sich in plötzlichem Lärm die Schneefräse in Bewegung setzt. Wir blicken auf die Küchenuhr, halb elf, und spätestens jetzt müßte die Zeit stehenbleiben.

Wir trafen nicht mehr oft zusammen, waren älter geworden, erwachsen, und hatten unsere Plätze gefunden, der Bruder im Gasthaus, das er von Mutter übernahm und mit seiner Frau bewirtschaftete, ein Freund verheiratet im Nachbardorf, und ich bewarb mich um die Schischule und begann, auf der anderen Straßenseite zu bauen. Es gab keine Gelegenheiten, die Hochzeiten, beide im selben Jahr, mochten die letzten gewesen sein, und sie erzählten, erinnerten sich, ja standen über der Erinnerung, waren etwas, waren längst etwas geworden, brachten lachend die alten Geschichten ins Gespräch, starrten auf Hannas tiefen Ausschnitt und dachten wieder dasselbe oder verbaten sich, daran zu denken. Jakob stand abseits und wußte nicht, ob ihm die Worte mißfielen oder das fortwährende Lachen, das ihnen jede Bedeutung nahm, wußte nur: da ist Hanna, und trank den Sekt aus großen Gläsern, bei beiden

Anlässen betrunken und nicht mehr fähig, sich auf den Beinen zu halten, geschweige eine angemessene Figur zu machen.

Sie konnten sich sehen lassen, aber die Blicke, die auf uns trafen, streiften auch ihn, bemerkten um so deutlicher seine Lage, die wie früher war und doch ganz anders vor dem neuen Hintergrund. Man verglich, wog ab, wartete, daß er seinen Weg ginge, und erst mit zunehmendem Alter und abnehmender Wahrscheinlichkeit, daß er sich irgendwann ändern oder wenigstens den Willen zu einer Veränderung aufbringen mochte, schien allmählich klar: er würde nie seinen Weg gehen, und erst viel später ahnte man, daß er ihn aus der Stadt zurück bereits gegangen war, endgültig angekommen am Ziel, im Dorf. Auf den beiden Hochzeiten habe er die unvermeidlichen Fragen nach der Zukunft nicht oder nur oberflächlich beantwortet, er wisse nicht, werde schon sehen, und die neugierig ermunternden Gesichter stehenlassen und mit Fortschreiten des Abends nicht einmal angeschaut oder anzuschauen vermocht. Was hätte er sagen sollen? Sein Leben war nicht anders geworden, nur ihr Blick dafür. Er hielt sich immer noch ganze Tage in den Kellern auf, zerlegte die Obstkisten, schichtete das Brennholz in peinlicher Genauigkeit oder fand etwas zu reparieren, auszubessern oder neu zu übermalen, und an den Wochenenden ging er mit den Abfallsäcken, blieb lange aus und hätte nie gesagt, daß er manchmal grundlos lachte, sich selbst kleine Dummheiten zuflüsterte und glücklich war draußen, wenn er unter einem Baum saß oder über die Müllhalde in den Bach starrte. Auf dem Dachboden fand er eine alte Ziehharmonika, ein unförmiges Ding, das verstaubt in einer Ecke lag,

und irgendwie mußte er sich die notwendigen Griffe beigebracht haben, stand abends bisweilen am Balkon und
spielte, summte dazu, oder er ging mit dem Instrument aus
dem Haus, und man konnte in der Dämmerung von einem
der Hänge die Töne hören, leise über den Dächern des
Dorfs. Ob er keine Ziele, nicht wenigstens Vorstellungen
gehabt hätte? In seinem Zimmer hing Hannas Bild, ein
Photo aus längst vergangenen Tagen, und er dachte viel an
sie, freute sich, als sie zurück war nach den zwei Saisonen
im Nachbardorf, und gab nichts auf die Gerüchte, auch
wenn sie scheinbar bestätigt wurden mit ihrer neuen Stelle
in der Tanzbar. Er hatte seine eigene Welt, und es ging ihm
nicht schlecht, wenigstens nicht so schlecht, wie andere
glaubten mit unverrückbar festen Ideen von einem gelungenen Leben.

Gewiß, er bekam die Veränderungen zu spüren, zuerst
im Gasthaus, aber er kämpfte dagegen an, hörte nicht auf
die Schwägerin, da mochte das Personal noch so ergeben
Chefin rufen, habe sich nichts, nicht ein einziges Mal etwas sagen lassen in all den Jahren und stur auf seinen älteren Rechten, der Stellung als Sohn beharrt, während er
längst nur mehr Bruder war, geduldeter Schwager – und
begegnete der eingeheirateten Frau wie einer Besucherin.
Irgendwie gab es von Anfang an nichts als Mißverständnisse zwischen ihnen, mit der Verschärfung, daß beide
nicht bemüht waren, sie zu beseitigen. Jakob wußte es einzurichten, daß er am Tisch saß, wenn sie spät am Vormittag in Filzpantoffeln die Küche betrat und, über Kopf-
schmerzen klagend, Kaffee kochen ließ oder Rührei
machen und an ihr Bett bringen mit Zwieback und Kamil-
lentee. Er sei stets zugegen gewesen in den ersten Wochen,

sah zu, wie sie mit dem Bruder herumalberte, aus einem gemeinsamen Teller aß oder sich füttern ließ, und später, als das alles vorbei war, blieb sein spöttisches Lachen, wenn sie mit gerötetem Gesicht am Herd stand oder ein Schaff voll nasser Leintücher aus der Waschküche schleppte. Einmal schlug sie mit dem Kochlöffel nach ihm, und er sagte, immer noch grinsend, sie hätte sich verrechnet und statt eines süßen Lebens mit dem Gasthaus die Arbeit geheiratet, und sie schrie auf, schlug wieder und mußte ihn hart am Kopf erwischt haben, bekam eine Ohrfeige, aber niemand sonst wäre in der Küche gewesen, und sie hätte diese Begebenheit stets verschwiegen, wenn sie sich beim Bruder beklagte. Sie wußte andere Wege, Jakob zu treffen, ließ die peinliche Ordnung in der Bastelkammer verändern, während er aus dem Haus war, stöberte ihn auf und hantierte sinnlos in seiner Nähe herum, wenn er allein sein wollte, oder sie ertappte ihn mit einer Doppelliterflasche Wein vor dem Getränkekeller. Aus einer Nichtigkeit hetzte sie, ihm den Familientisch zu verbieten, er könne genausogut mit dem Personal essen, gewann in geschickten Zügen bisweilen sogar Mutter für sich und hielt später unermüdlich die Kinder fern, mit strengen Verboten und angedrohten Strafen, so daß Jakob die Kleinen zum ersten Mal richtig zu Gesicht bekam, als sie ihr entwischten und mit glänzenden Augen in der Bastelkammer standen, im Kitt kneteten und wissen wollten, wofür die Wasserwaage war und warum ein Franzose Franzose heißt und wie man Glas schnitt und wie Pfitscherpfeile schnitzte, die in hohem Bogen von einem Hang über die Dächer des Dorfs auf den anderen flogen.

Er wurde Schilehrer. Ich kann nicht sagen, warum er meinen Vorschlag angenommen hat, weiß noch, wie überrascht ich war, daß er am Beginn der Woche tatsächlich erschien, auf seinen viel zu langen Schiern über den Sammelplatz kam und sich wortlos, als hätte er immer schon dazugehört, neben die anderen stellte. So begann er, und jetzt, Jahre später, erinnere ich mich, sehe in wirrer Folge die alten Bilder: Gäste, die in mein Büro traten, gut von ihm zu sprechen oder schlecht, eine lachende Runde im feucht dampfenden Café, beißend kalte Wintertage, sehe ihn, sehe Jakob und denke an die erste Auszahlung, die unterdrückte Freude, mit der er den Lohn nahm, sein wirklich selbst verdientes Geld. Gewöhnlich bekam er Anfänger, blieb mit ihnen auf den flachen Hängen hinter der Kirche und achtete darauf, daß niemand in der Nähe war, der ihn beobachten könnte oder auslachen, und später den anderen darüber erzählen. Ob er sich wohl gefühlt habe? Er machte seine Stunden, unterrichtete zuweilen ansehnliche Gruppen, und ich weiß nicht, ob man ihn zu Unrecht leutescheu nannte oder wie er den Umgang mit Fremden plötzlich gelernt hat oder wenigstens ertragen.

Dabei forderten sie immer mehr und immer noch mehr, als er ihnen gab oder geben konnte. Es mochte angehen beim Schifahren, auch wenn er die Versessenheit, sich unaufhörlich zu verbessern, bald lächerlich fand, ihren Ehrgeiz, mit dem sie Lehrbücher lasen und Fragen stellten, ob das Talknie ausreichend gebeugt wäre oder das Gewicht auf dem falschen Bein, und er mußte antworten, berichtigen und Fehler erfinden, wenn er längst keine mehr sah; aber sie beschränkten sich nicht darauf, wollten alles wissen, über ihn, über andere, ob der Dorfklatsch wahr sei und die alten Geschichten, und mitunter versuchten sie kläglich, den Dialekt nachzuahmen, klopften einander auf die Schultern, wie schön das war, großartig, meinten sie, großartig, sich einheimisch fühlen, doll, und dazugehören, und einer sagte: komm, erzähl mir nichts, er wäre schon in diesem Tal gewesen, als du noch ein kleiner Bengel warst und grün hinter den Ohren oder nicht einmal auf der Welt. Früher hatte er sich versteckt, lief schnell durch die Hintertür ins Vorhaus, wenn sie in die Küche kamen und die Kinder kennenlernen wollten mit Namen und Alter, und was sie jetzt machten und später würden, und er wußte nicht, wohin vor Scham, hielt sich die Ohren zu, damit er nichts hörte, sooft der Vater ein Zeugnis vorzeigte oder die Pokale, die wir bei Schirennen gewonnen hatten. Für seine Bedenken suchte er lange die Worte, und als er sie fand, war ihm das unbestimmte Gefühl schon zur Gewißheit geworden, daß sie in den Leuten eine Sehenswürdigkeit sahen, eine Erfahrung für den Urlaub, nicht vereinbar mit dem Leben zu Hause. Dafür rächte er sich, führte sie zuweilen in schwierige Hänge, wo sie Hals über Kopf hinfielen, und lachte, konnte sein Lachen kaum verbergen, wenn sie benommen auf die Beine kamen und ihn ergeben anschauten hinter verrutschten Brillen. Manchmal wußte er nicht, wie ernst es ihnen war mit den Fragen, ob man im Dorf dies kannte und wie lange schon das, bis er in den Gesichtern sah, daß sie sich am Ende der Welt glaubten oder wenigstens weit von ihrem Mittelpunkt oder was sie dafür hielten, und er machte oft nicht einmal den Versuch, sie zu belehren, hörte halb hin oder überhaupt nicht, wenn sie vor Begeisterung alles zweimal sagten: er müsse sie besuchen, diesen Sommer zu ihnen kommen, und du wirst sehen, stell dir vor, sie würden ihm zeigen, was dir allein auszudenken schwerfällt, geschweige. Aber sie konnten ihn nicht beeindrucken, er wußte, daß sie noch Monate von den Erinnerungen zehrten, oft von der Freude auf die nächsten Ferien geradezu aufrecht gehalten wurden, nicht glücklicher und nicht trauriger waren in ihren Ruhrgebieten, oder besser dran oder schlechter als die Leute hier. Er nahm ihnen den Wohlstand nicht ab, erinnerte sich an den Vater, wie er schimpfend vor dem Herd stand, wenn sie zum Essen Leitungswasser tranken oder zu viert eine Flasche Limonade, wie er nichts als Verachtung äußerte für ihren Urlaub, der lächerlich und abgespart vom Leben tatsächlich keiner wäre; und doch, bisweilen verstand er ihre ungeschickte Großtuerei, sah sie als unmäßige Antwort auf Zustände zu Hause, als plötzliche Befreiung davon, und der richtige Platz dafür mußte das Dorf sein, nicht einer der großen Wintersportorte, für die sie zu alt wären, zu mittelmäßig und nicht schick genug.

An den Abenden ging er mit ihnen aus und haßte sich, daß er nie nein sagte, wenn sie wie selbstverständlich über ihn verfügten: sie seien nach dem Essen im Hotel, später in der Milchbar oder im Café Tirol, du kommst doch, ohne seine Antwort abzuwarten, die zustimmend sein müßte und inbegriffen im Preis, den sie bezahlten. Dann saßen sie um einen großen Tisch, frisch geduscht, gekämmt und lachend vor Freude, fragten wie Kinder, ob man den Schnaps in einem Schluck nahm, oder prosteten, wußten es schon besser, erzählten ihr Leben und wollten seines hören, hätten sich am liebsten verbrüdert und den Abend nie wieder vergessen mit seinem Glück. In schamloser Oberflächlichkeit versuchten sie, die Leute im Dorf nachzuahmen, und ahnten nicht, daß längst nichts mehr stimmte und alle verkauft waren für billiges Geld. Ob wir das wissen? Oft saß Jakob schweigend in ihrer Mitte oder sagte bewußt Dummheiten, über denen sie gewöhnlich nicht einen Augenblick innehielten und fortfuhren in ungebrochener Begeisterung. Er mußte schon sehr beharrlich sein, und dann konnten sie es nicht glauben, wenn er Bedenken äußerte, starrten ihn erstaunt an oder lallten betrunkenes Zeug, und nicht nur einmal habe man ihm einen Arm um die Schultern gelegt und ganz nah, viel zu nah vor seinem Gesicht mit ein paar Worten alles gutzumachen versucht: komm, warum er sich aufrege, wir sind doch alle deutsch, und Jakob roch den Alkohol und sah wortlos den Mann an, oder er sah die Frau an, die den ganzen Abend schon von der anderen Seite ihren Schenkel an seinem rieb und jetzt schaute, als wäre sie nicht mehr zu halten und wollte ihn auffressen mit Haut und Haar.

Früher hätte er nie gedacht, daß er sich nicht zu wehren wüßte und mitgerissen würde in derselben Hilflosigkeit wie alle. Er konnte die anderen nicht verstehen und lachte sie aus oder schüttelte wortlos den Kopf vor ihrem dienerhaften Verhalten. Er sah den Vater, wie er den Fernseher fast unhörbar leise drehte, weil im Zimmer darüber Gäste schliefen, wie er augenblicklich aufsprang vom Essen und ja sagte, gleich, wenn sie um etwas baten, und dann zurückkam und fluchte und nicht mehr aufhören konnte zu fluchen über ihre Unverschämtheit. Damals war er betroffen von der Lüge, die sie für Fremde tun ließ, was sie nie füreinander getan hätten oder für sich selbst, die den Vater unglaubwürdig machte in seiner Verachtung, und eines Tages habe er mit ihm darüber zu sprechen versucht, aber nichts geerntet als scharfe Worte und einen plötzlichen Wutausbruch und fast noch Schläge, weil er nicht nachgab. Er mußte selbst Erfahrung sammeln, damit er sah, daß längst nicht mehr das Geld allein den Grund darstellte und sie in Wirklichkeit gar nicht anders konnten, schon gefangen waren in dieser Haltung, die Teil ihres Lebens wurde und Teil ihrer Sprache, in der sie die Deutschen Leute nannten, als wären sie selbst keine, und dann wieder Piefke und mit Spott belegten und den übelsten Schimpfworten.

Ihre Großväter hatten den Großvätern der Gäste gedient und sich hinter deren Rücken lustig gemacht und den Mund zerrissen, und jetzt war es spät, für manche vielleicht zu spät, noch einmal zu entkommen. Als Kinder mochten sie aufbegehrt haben, wenn sie dies und das nicht durften und den Fremden alles erlaubt war und noch mehr, mochten mit hungrigen Blicken hinter dem Küchentisch gesessen sein, wenn auf riesigen Platten die feinsten Gerichte in den Speisesaal getragen wurden, aber sie gewöhnten sich daran, gewöhnten sich schnell daran und würden ihre Söhne mit denselben Worten beschwichtigen, sie auf die Zeit nach der Saison vertrösten und sagen, man müsse das Heu einbringen, solange es dürr ist. Sie fielen nicht aus der zugedachten Rolle, keiner, waren den Gästen zu Gefallen und animierten, animierten oft an drei Tischen gleichzeitig, animierten um ihr Leben und animierten sich zu Tode. Aber darüber wurde nicht gesprochen, und wer weiß schon um das Weinen und Händeringen an den langen Herbstabenden, wenn sie untätig in den leeren Häusern saßen, ausgezehrt vom vergangenen Sommer und in Gedanken, die um Alltäglichkeiten kreisten oder leer waren oder längst im nächsten Winter, wenn das Leben weiterginge und sie hervorholte und wieder zurückstieße in dieselbe Einsamkeit oder eine tiefere? Jeder mußte selbst damit fertig werden oder wenigstens verbergen, daß er nicht damit fertig wurde, und wenn einer sich mit zwei Flaschen Schnaps im Zimmer eingeschlossen hatte und mitten in der Nacht in den ärgsten Obszönitäten sein Unglück vom Balkon schrie oder ein anderer weiße Mäuse sah und wild gegen das Blaulicht der Rettung ausschlug, sagten sie immer noch nichts, nichts Angemessenes, wie damals, als der Karlinger im Vollrausch die Beratungsstelle anrief, kein Wort, nichts sei zu hören gewesen, nur das Kreischen einer Säge; bis sie ihn später am Nachmittag im Stadel fanden, wo er vom Gebälk ins Seil gesprungen war. In den Tod.

An einem Geburtstag bekam er den roten Pullover, wir erinnern uns, und freute sich wie ein kleines Kind, trug ihn jeden Tag, bis man ihn zu hänseln begann, und dann an den Wochenenden – und nie wieder, als es längst keinen mehr kümmerte. Er, der Jüngste, hatte die Erinnerung an jenen Sommer sorgsam gehütet, war zuweilen mit der Ziehharmonika zu den Fuchshöhlen aufgestiegen und ihnen nie gefolgt in dieses Alter, wo man vergißt oder nur verständnislos zurückdenkt. Zu dem Gerede über Hanna schwieg er und schaute den Sprecher an in den von irgendwo herangetragenen Brocken. Ob er sich wohl gefühlt hat? Warum jetzt die Frage? An den Sonntagen ging er mit ihr schifahren oder traf sie in einem Café, erinnert euch, und zuweilen kam es immer noch vor, daß er sie anstarrte wie damals. Ja, sie erinnern sich, Hanna war eine schöne Frau, wenn sie mit glänzenden Augen erzählte, sie wolle nach Frankreich, Jakob, du glaubst nicht, ich spare, nach Paris wird sie gehen.

Oft wartete er, saß an der Theke, bis sie spät in der Nacht mit der Arbeit fertig wurde, und sah sie an in der fast vollkommenen Stille, wenn die Bar schon gesperrt war. Er mochte den Gedanken, daß alle schliefen, so weit entfernt in ihren Häusern, und hätte Stunden bleiben können, nur schauen und hören, wo es nichts zu hören gab oder allein das leise Klirren der Gläser, wenn sie gegeneinander stießen. Es kam vor, daß Hanna eine Flasche Sekt aufmachte, die sie schweigend tranken im halbdunklen Raum, oder einmal: sie wollte tanzen, und er folgte ihr in weichen Bewegungen über den Plastikboden, atemlos und fast blind vor Nähe, und blieb plötzlich stehen, sah nur noch zu, wie sie sich drehte in der hellen Musik. Kein Mensch schien auf der Welt zu sein in diesen Nächten, wenn sie ins Freie traten, unsichtbar im finsteren Dorf.

Manchmal ließ sie sich zum Frühstück einladen und schaute ihm vom Küchentisch zu, wie er, um den Herd tanzend, die größten Pfannen aufstellte und kochte, Hanna, was du willst, sie brauche nur sagen, und erregt den Wein in die Gläser goß. Er war ein anderer in diesen Stunden, vielleicht endlich er selbst, mochte lange geschwiegen haben und unvermittelt ausgelassen sein, lachen oder kleine Dummheiten erzählen wie damals, wenn sie im Wald gespielt hatten und erst in der Dunkelheit zurücktappten. Auf ihrem Heimweg nahm sie seine Hand, oder er lief voraus, lag plötzlich mitten auf der Straße und rief laut in die Nacht, es gehe ihm gut, mir geht es gut, aber einmal habe sie sich zu ihm gebeugt und die Tränen gesehen, die lautlos über sein Gesicht flossen. Er wartete vor dem Haus, bis sie die Treppe hinaufgestiegen war und in ihrem Zimmer Licht anging, und trat unter den Balkon, sooft sie aus dem Fenster blickte. Für den Rückweg ließ er sich Zeit, spazierte zur Kirche, sah durch die beschlagenen Scheiben dem Bäcker bei der Arbeit zu, und oft konnte er nicht anders und mußte vor plötzlichem Übermut die alten Streiche spielen, schöpfte einen riesigen Haufen Schnee vor eine Tür, der bis zum Morgen festgefroren wäre, oder trug von überall die Schier zusammen und legte sie sorgfältig aus, in einer langen Reihe von einer Dorfseite fast bis zur anderen. Alles schien möglich zu sein in diesen Nächten, und tatsächlich sei er einmal auf das Brückengeländer gestiegen und darüberbalanciert mit weit von sich gestreckten Armen.

Ja, er fühlte sich wohl, aber Hanna wehrte stets ab, wenn er darüber sprechen wollte oder über die Zukunft, lachte ihn an und zerstreute seine Bedenken – oder machte sie noch größer damit. Er nahm es hin und sparte die Worte, stand auf dem Balkon und schrie sie nicht in die Dunkelheit, nur immer wieder in sich hinein, oder flüsterte fast unhörbar gegen die Wand, wenn er später im Bett lag. Er nahm es hin? In einer warmen Nacht, schon im Frühling, als sie weit die Straße hinausspaziert waren, bis hinter den Tunnel, hatte er wieder damit begonnen und, auf das Übliche gefaßt, ihre Antwort nicht glauben können und schaute sie an, sag es, und dann in den Himmel, den Ring um den Vollmond, der die ganze Talbreite ausfüllte vom linken Rand bis zum rechten.

In all der Zeit lud sie ihn ein einziges Mal in ihr Zimmer ein, wo sie auf dem schmalen Bett saßen und begeistert die alten Geschichten erzählten und roten Wein aus der Flasche tranken, Hand in Hand. Oder sie schwiegen, die Augen geschlossen oder auf die Wand gegenüber gerichtet, und das einzige Geräusch war das Ticken des Weckers, doppelt laut in der Stille, wenn man daran dachte. Er sah zu, wie sie sich auszog und unter die Decke schlüpfte, und faßte sie an, im Gesicht, an der Brust und zwischen den Beinen, daß sie das Becken bewegte mit seinen Händen und schrie und ihr Schreien im Kissen erstickte. Sie war eingeschlafen, als er ging, über dem Dorf tagte es, viel neuer Schnee hatte die Straße bedeckt, und er schritt langsam auf die Brücke zu, rückwärts, damit niemand den Spuren folgen könnte oder nur in die Irre, und dachte mit freudiger Erregung an die Flasche Wein, die er öffnen würde und vielleicht austrinken, wenn er nach Hause kam.

Jetzt hörte er es auch, auf dem Gang, das Lachen, geflüsterte Worte, halb verschluckt vom Knarren der Dielen, und plötzlich ein Plumpsen, augenblickliche Stille, eine – keine Sekunde; dann lautes Fluchen und wieder Lachen, Worte, wieder die Stimme, Jakobs Stimme, im Gespräch mit sich selbst oder einer anderen, vielleicht mit der Dunkelheit, und Lachen, Schritte, schlurfend, auf die Treppe zu, und schon das Stiegenhausknarren, einen Augenblick einziges Geräusch in der Nacht. Er schaute im Finsteren dorthin, wo ihr Gesicht sein mußte, und sah sie an mit erwachenden Augen, nach und nach fähig, Umrisse zu erkennen. Aber deshalb hätte sie doch nicht …, um diese

Zeit, gleich zwei auf dem leise vor sich hin summenden Wecker. Sie müßte längst daran gewöhnt sein oder nach all den Jahren wenigstens wissen, daß er nichts dagegen tat, nicht mehr, und das einzige Mal geradezu bereute, nicht vergaß, wie Jakob den Zeigefinger an die Lippen legte, pssst, und lachte, die Schuhe auszog und schwankend näher trat, ihn zu umarmen und wirre Sätze in sein Ohr zu flüstern mit betrunkenem Atem.

»Ich habe nichts gehört«, wozu es erzählen? Der Bruder sieht den Inspektor an, der begonnen hat, zwischen Herd und Anrichte auf und ab zu schreiten, und jetzt innehält, die Hände in den Hosentaschen.

Er fand keinen Schlaf, lag lange mit weit geöffneten Augen auf dem Rücken, und plötzlich vernahm er wieder Schritte, die Stufen herab, Stiegenhausgestöhn, und langsam sich nähernd, vorbei am Speisesaal, Stubentürknarren, dann Klopfen, leise, einmal, zwei, ein drittes Mal, und Mutters, nun Jakobs Stimme, gedämpft, und wieder Schritte, Knarren, auf die Treppe zu, das Stiegenhausgestöhn jetzt doppelt laut in seinen hellwachen Ohren. In der einkehrenden Stille hörte er ihren gleichmäßigen Atem und schaute sie an, sah ihr eine ganze Weile beim Schlafen zu, neben sich in der Dunkelheit. Was ihm noch einfiel? Der Wecker auf dem Nachtkästchen zeigte halb vier, und über dem Gedanken, wie spät es schon wäre, mußte er vergessen haben, wie spät es war und woran er dachte, und eingeschlafen sein.

»Nichts.« Der Bruder hebt bedauernd die Hände und legt sie, eine Faust in der anderen, unter sein Kinn, die Ellbogen auf den Tisch gestützt. »Viz und Valentin, vielleicht können die etwas sagen.«

Sie saßen in der Milchbar, wollten ihn aufhalten, als er am Gehen war, und überreden, ein Spielchen, und nicht eher ziehen lassen, bis er nachgab oder wenigstens einen Schnaps mit ihnen trank.

Von draußen ist das Geräusch eines näher kommenden Autos zu hören, immer lauter, bis es in einem plötzlichen Aufheulen jäh verstummt. Ein Hund reißt sich vor dem Hotel Fend los, ihm laut bellend hinterherzulaufen, und hält auf einen Pfiff augenblicklich inne, beginnt langsam zurückzutrotten, die Hinterbeine seitlich versetzt. Aus dem Geschäft tritt ein Mädchen, geht ein paar Schritte und bleibt dann stehen und schaut in Ruhe an, was es gekauft hat.

»Viz und Valentin«, ob man die nicht herbitten kann?

# VIER

»Ihr kennt ihn ja.« Viz sieht uns an, sieht den Gehilfen an, den Inspektor, und lehnt sich auf der Anrichte zurück, hält einen Augenblick inne, bevor er weitererzählt. In der Stille sind die Schläge der Mittagsglocken zu hören, wie von weit her kommend, zwölf, und wieder schauen wir auf die stehengebliebene Küchenuhr, der kleine Zeiger unverändert vor dem großen hinter dem fettverschmierten Glas, und jetzt blickt Valentin auf sein Handgelenk: schon zehn Minuten nach. In der Glastür des Geschäfts erscheint die Verkäuferin, sieht neugierig nach links die Straße hinunter und die Straße hinauf nach rechts, dreht den Schlüssel zweimal im Schloß. Auf der Terrasse vor dem Café Tirol hat einer Gitarre zu spielen begonnen, in der Küche nur schwer hörbar, und die Gäste recken sich einen Augenblick nach ihm und fallen wieder in ihr Dösen zurück oder Lachen und Gerede über weiß Gott und die Welt.

»Er schien gesprächiger als sonst«, fährt Viz jetzt fort. Nach dem letzten Spiel hatten sie sich zu ihm an die Theke gesetzt, und er erzählte, verbittert über das Dorf, und schaute sie fragend an. Schon früher hätte er bei allen möglichen Gelegenheiten dieselben Geschichten gebracht, und am liebsten, wenn keiner sie hören wollte, aber nie mit dieser unnachgiebigen Beharrlichkeit, die kein anderes Gespräch zuließ. Ein Grund dafür mochte der Wirt gewesen sein mit seinen längst bekannten Klagen über die schlechter und noch schlechter werdenden Saisonen, die

Jakob belächelte. Warum jammern und nicht froh sein, wenn man nichts zu schaffen habe mit dem Pack? Und in diesem Augenblick war er schon mittendrin und nicht mehr zu bremsen – bis er von selbst innehielt und einen Schluck Wein aus dem randvoll gefüllten Glas nahm; oder er lachte laut auf über irgendwelche Worte, eine Bedeutung, und schien sich angestrengt an etwas erinnern zu wollen, das noch dahinter lag. Sie hatten ihm eine Zeitlang nicht zugehört, als er plötzlich wie wahnsinnig zu schreien begann: wer zahlt, schafft an, immer wieder diesen Satz, und es blieb ungewiß, ob er den meinte, der ihm den Wein bezahlte, oder alle, oder einen, der vor Jahren in einer Versammlung aufgesprungen sei und mit gerade denselben Worten und dem schmutzigen Geld dahinter seine Meinung zu gewichten versuchte für alle Zeiten. Erst unter den Drohungen des Wirts verstummte er, betreten lachend, und sagte es ein letztes Mal, fast unhörbar: wer zahlt, schafft an. Und sagte nur für sich selbst: Geld will Geld, den überlieferten Spruch, Antwort eines wohlhabenden Vaters, so gedenke er, seine Tochter zu verheiraten. Dann saß er lange schweigend am Ende der Theke, den Mund spöttisch zu einem Grinsen verzogen, und hörte nicht, wie einer Wein bestellte und wissen wollte, was so liefe im Dorf, wie die Frauen wären und ob man herankäme an sie.

»Es muß zum ersten Mal seit Monaten gewesen sein, daß er am Abend weggegangen ist«, sagt Valentin und setzt sich am Herdrand zurecht, den Blick nachdenklich auf den Steinboden gerichtet.

Er hatte in jedem Lokal einen bevorzugten Platz, gewöhnlich am Ende der Theke oder versteckt hinter der

Kaffeemaschine, wo er Stunden, oft ganze Nächte sitzen konnte, als hätte er nur auf ein Achtel hereingeschaut und ginge gleich. Es war keine Überraschung, ihn wiederzusehen, im Gegenteil, man habe es fast täglich erwartet und zuweilen ihn zu den so lange verwaisten Hockern gedacht wie dazugehörig, ein Glas in der Hand, laut lachend oder wortlos in sich hineinstarrend.

Valentin sieht uns an, aber was haben sie schon gewußt und wie wenig gehört in den letzten Jahren? War es unsere Schuld? Sie blicken nach draußen, wo auf den Eisrippen zwischen den Häusern die Gritschin auftaucht und mit vorsichtigen Schritten näher kommt, am Geschäft vorbei, geradewegs auf die Treppe zu. Über die Brücke laufen zwei Kinder, Hand in Hand den Riemen, an dem eine Rodel hinter ihnen herhopselt, mehr in der Luft als auf der Straße. Schon nach zwölf. Jetzt erhebt sich Mutter vom Tisch, geht wortlos zur Abspüle und dreht den Hahn ganz auf, hält ihre Finger lange unter das warme Wasser, das laut prasselnd im leeren Blechbecken aufschlägt. Der Inspektor hat aufgehört, hin und her zu eilen, und steht abwartend neben dem Gehilfen an den Herd gelehnt, die Arme über der Brust verschränkt.

»Auf einmal wurde er ruhig«, sagt Valentin.

Wahrscheinlich war er eingeschlafen, sein Kopf lag schwer an der Theke, und sie seien erleichtert gewesen, endlich Stille, und erst wieder aufmerksam geworden, als sein Glas am Boden zersprang und er aufschrak, unverständlich Entschuldigungen murmelnd, mag sein, Flüche, und sogleich neuen Wein bestellte. Er erhob sich und schaute eine Zeitlang zerstreut über die Theke, um plötzlich laut loszulachen und wortlos auf den Hocker zurückzuplumpsen, prostete nach allen Seiten und nahm einen Schluck. Dann blieb er lange reglos sitzen und sagte zuletzt leise: wer nichts hat, der hat nicht viel, oder sonst einen Spruch und schaute sie über den Rand des Glases betrunken an.

Valentin hält inne, und jetzt ist das Ächzen der Feder zu hören, von der die Haustür ins Schloß gezogen wird, ein leichter Schlag, der es beendet – vertraut seit Kindertagen –, und das Knarren der Holzdielen, gegen deren Erneuerung Mutter sich immer noch sträubt, verrät die näher kommenden Schritte, Stubentürknarren, Speisesaalknarren, Stiegenhaus- und Toilettengestöhn, vorbei am Büro, schon auf den festgenagelten Brettern vor der Kellertür, die kein Geräusch machen, und als sie auf Höhe der Speis auf den Steinfliesen zu hören sind, sehen wir einander an, sehen den Inspektor an, sehen Mutter an, die sich an der Abspüle umgewandt hat und dem Klopfen augenblicklich antwortet; die Gritschin – sie habe erfahren und gedacht, wer weiß, jedenfalls sei es am besten – tritt ein, setzt sich neben Viz auf die Anrichte und redet und redet und bringt keinen Satz zu Ende.

Es waren immer die gleichen Gedanken, die ihm kamen, wenn er nachts zwischen den Häusern umherstrich oder an einem Sommertag weit in den Wald vordrang und von einer Anhöhe über die Dächer schaute, die tief unter ihm schon im Schatten lagen. Er mochte die Stunden, wenn er die Straße für sich hatte oder von seinem Ausblick das ganze Dorf, so weit entfernt, daß er keinen mehr sah oder unwirklich klein, leicht wegzudenken; aber er habe fast nie darüber gesprochen, und wenn, sei er derart betrunken gewesen, daß er nichts Zusammenhängendes hervorbrachte oder von niemandem ernst genommen wurde und sich hilflos in Sprüchen verfing, irgendwo von irgendwem aufgeschnappt.

Es begann harmlos, oft mit demselben Begriff, dessen Bedeutung er von Kind an gelernt hatte in den Worten: man müsse das Heu eintun, wenn es dürr ist, und die Kuh melken, solange sie Milch gibt. Und er habe daran geglaubt, hätte sie mit geschlossenen Augen nachgeplappert und später erst gesehen, daß es keinen Unterschied macht und im Herbst alle gleich vor dem Fernseher saßen oder tranken in ihrer Verzweiflung. Keiner schien zu fragen, wozu oder was er damit anfangen konnte, es war das Haben an sich, am besten die knisternden Scheine in der Hand, nicht tote Zahlen in irgendwelchen Büchern, und oft hätten die Betrunkenen einander ihr Geld gewiesen und in langen Reihen ausgebreitet, von dem Talkaiser gar nicht zu reden, dem die Wette um ein Kilo Tausender nicht aus dem Kopf gegangen sei – wie viele auch immer das wären. In ihrer Sprache hatte es sich längst niedergeschlagen, in den Bildern, die sie gebrauchten, und wenn sie sagten: das Heu von den Steinen, ein Mädchen aus den Bergen und Fleisch von den Knochen, im Dialekt ein gelungener Reim, glaubten sie selbst nicht daran oder dachten mit glänzenden Augen an die gute alte Zeit, von der sie wußten, oder wußten sie nicht, daß es sie nicht gab, nie gegeben hat und die Leute immer schon aus dem vollen schöpfen wollten und am liebsten alles haben und noch mehr?

Dann versuchte er oft, sich das Leben in den Häusern vorzustellen, dachte über unverändert wiederkehrende

Alltäglichkeiten nach und über alles mögliche, und doch nicht alles, weil er nie zu denken vermochte, daß eine die Beine breitmachte oder einer mit einer schlief, auch wenn Kinder da wären und er selbst einmal, vor Jahren, eines gewesen sei. Es gab Geschichten, die hinter vorgehaltener Hand erzählt wurden, aber es schien ihm einerlei, ob der Bäcker bisweilen ins Hotel Post schlich oder der Lehrer ins Kleon oder sonstwohin im Dorf, wo seit Jahrhunderten kreuz und quer geheiratet wurde und ein Mädchen, mit Blinddarm ins Krankenhaus gebracht, nach acht Tagen zurückkam, von einem gesunden Buben entbunden. Gewöhnlich geriet ihm ohnehin alles durcheinander, und er wußte in den verzwickten Verwandtschaftsverhältnissen nicht, wer was von wem war, und lobte sich die Zeit vor dem Krieg, da alle Kinder eine gemeinsame Großmutter gehabt hätten. Eine einzige Erzählung blieb ihm klar im Gedächtnis, und sooft er am Billardtisch vorbeiging, fiel ihm ein, daß der Fender seine Bardame mit Gewalt darübergelegt haben soll, und einmal roch er am Tuch und sah sich bisweilen um wie bei etwas Verbotenem, wenn er mit dem Queue einen Stoß ausführte, daß die Kugeln auseinanderstoben und von den Banden zurückzuckten wie elektrisiert und langsam, ganz langsam ausrollten. Er hatte nie mit Hanna geschlafen oder sie auch nur danach gefragt – oder eine andere – und war höchstens verwirrt bei dem Gedanken, wie in jener Nacht, als er in einem hellerleuchteten Fenster die nackte Frau sah, mitten auf der Straße stehenblieb und am nächsten Morgen die Pisten abklapperte, aber keine hätte sie sein können oder alle, in dicke Schianzüge verpackt, und er habe nicht einmal gewußt, was er tun würde oder sagen oder ob überhaupt etwas, und die Begebenheit in Erinnerung behalten wie einen Traum.

Am liebsten hielt er seine Gedanken dort auf und dachte und rätselte zuweilen, worüber oder ob er ganz aufgehört habe zu denken, wenn er sich in der Nacht irgendwo an der Straße fand oder in einem plötzlichen Sommergewitter auf der Anhöhe weit über dem Dorf. Du sahst an dir herunter, und er wußte nicht, ob er dazugehörte, oder überhaupt dazugehören wollte, und wie die anderen dachten oder was sie sagten, wenn jemand fragen würde. In vielen Runden hatte er sie einmütig den Standpunkt festlegen gehört, oder schreien und immer wieder betonen, es gäbe nur einen Weg, es gibt nur ihren, und von draußen, taleinwärts sei noch nie etwas Gutes gekommen. Mir sein mir, war der zugehörige Spruch, der den eng begrenzten Kreis absteckte und was es hieß, in ihm zu sein, so daß ein Fremder sich gar nicht bewähren konnte, es stets von neuem versuchen müßte und auch nach einer ganzen Reihe von Erfolgen gerade sein erster Mißerfolg typisch wäre und leicht vorherzusehen gewesen.

Jakob zweifelte manchmal, ob sie tatsächlich meinten, was sie sagten, oder nur grundsätzlich alles Neue abwiesen, um ja nicht mit einer anderen Welt in Berührung zu kommen, die ihnen vielleicht ihre als einzig mögliche unmöglich machte und sie zurückließe im Niemandsland; und doch widersprach er ihnen nie – sie hätten ihn ohnehin nicht ernst genommen wie jeden, der nicht ihre Meinung teilt – und habe gewöhnlich sogar zugestimmt, am Anfang, weil er es nicht besser wußte, und später, er wußte nicht warum, und nur zuweilen ganz etwas anderes entgegnet oder eine Dummheit, über der sie eine Sekunde innehielten und dann lachten oder sagten, man solle ihn reden lassen oder tun, was immer dem Narren in den Kopf käme, und sich nicht scheren darum.

Wenn er im Sommer aus dem Haus ging, mochte es ein ganzer Schwarm Kinder sein, der ihm folgte, oder es kam vor, daß sie auf umgedrehten Kisten dichtgedrängt in der Bastelkammer saßen und schweigend zusahen, wie unter seinen Händen ein Rahmen entstand oder irgendeine Vorrichtung, etwas, von dem sie nicht wußten, was es war. Einmal führte er sie zu den Fuchshöhlen, er schnitzte die besten Pfeile, hatte geholfen, am Waldrand die Hütte aufzustellen, und den Schimpf auf sich genommen für die entwendeten Bretter, sei bei der Einweihung mitten unter ihnen auf dem nackten Lehmboden gekauert und längst nicht als erster wild hustend aus dem rauchenden Raum geflohen. Er dachte nicht nach, was er für sie war und warum, und hätte über gescheite Erklärungen wohl nur gelacht, es gehe ihm gut, mir geht es gut, und ist das von Bedeutung, ob er die Augen verschließe vor einer Wirklichkeit, nennt sie nur »die«, und wenn schon? Er verbrachte ganze Nachmittage mit ihnen in den Schlupfwinkeln von damals oder vergraben in einer Geschichte, die er immer wieder erzählte, oder in der geheimnisvollen Welt einer neuen. Ob er sich wohl gefühlt hat? Ja, er fühlte sich wohl, war froh, daß sie ihm nicht von vornherein den Rücken kehrten oder ungläubig schauten, es sei denn über die Mittelmäßigkeit eines Einfalls, und er nahm es nicht so ernst mit den Tatsachen oder einer Wahrheit und sagte, was immer ihm wie in den Sinn kam, mochte mitten im Sommer fragen, ob sie schifahren gingen, und im Winter:

schwimmen, und laut losbrüllen vor Lachen, daß sie allein darob nicht aufhören konnten zu kichern und giggeln und die dümmsten Antworten erfinden. Ob etwas dran war? Er habe immer schon Unsinn von sich gegeben und am liebsten die Leute vor den Kopf gestoßen, hieß es, aber von dem Zeug, das er den Kindern auftischte, sei er nie mehr losgekommen und hätte zusehends die wirkliche Welt mit allen möglichen durcheinandergebracht, Gespinsten in seinem Gehirn.

Wenn er irgendwo saß, kam es vor, daß er mit den Gedanken an einem Wort hängenblieb und jedesmal wieder staunte; wie lächerlich, sobald man länger darüber nachdachte, ganz gleich, wofür es steht oder wie ernsthaft das ist. Er brauchte es nur ein paar Mal vor sich hinzuplappern, und je öfter, um so mehr verlor es, war schließlich ohne Bedeutung, Fragen, den willkürlichsten Spielereien ausgeliefert, warum es wäre, was es sein soll. Im Gasthaus mochte er schweigend an der Theke gelehnt sein und plötzlich mit einem Grinsen sagen: Gugelhupf, oder Hottentotten, oder in einem Rülpser Apfelstrudel, wenn er viel getrunken hatte, und abservieren, und habe dafür die strengsten Verweise eingesteckt, aber sein Lachen nie unterdrückt oder auch nur unterdrücken wollen. Man hörte ihm nicht zu, wenn er damit begann, ließ ihn reden, warf höchstens ein paar Brocken hin und machte sich lustig, wie er sie aufgriff und jedes Wort als Reizwort nahm und zurückschnabelte wie ein Papagei. Zu lange hatte man ihn aufgefordert, das Blödeln endlich zu lassen, wozu, und erst allmählich eingesehen, daß es vergeblich war, und alles hingenommen oder von seinen fünf Minuten gesprochen, die man abwarten müsse, auch später noch, wenn er mitunter nicht herausfand aus einer Spinnerei und die Worte längst nicht mehr trafen.

Damals begann er zu singen, erinnert euch, und wir konnten nicht glauben, daß er auf die Tanzfläche schreiten sollte und stockbetrunken die halb vergessenen Lieder oder unverständliches Zeug in ein Mikrophon lallen, spät nach Mitternacht, wenn ihn der Wirt überredet hatte, die letzten Gäste zu unterhalten, drei Leute, die nicht nach Hause gingen, zu müde sein mochten oder zu einsam oder irgend etwas. Er stand ohne Bewegung im düsteren Licht und dachte zuweilen, wie er Hanna gefolgt war in der hellen Musik, und einmal, oder ist das ein Traum, sei sie eingetreten, habe ihn umarmt und mit sich auf den Boden gezogen oder aus der Bar geführt, und alles wäre gut gewesen, so gut! Es war früh am Morgen, wenn er heimkam, durch den Gang polterte und die Treppe hinauf, oft johlend, daß das halbe Haus wach wurde, und am Nachmittag konnte er es selbst nicht glauben, beschloß, den Gasthäusern fernzubleiben, solange es ging, und sei am nächsten Abend schon an seinem Stammplatz gesessen, bereit für einen neuen Anfang, ein neues Ende.

In der Schischule häuften sich die Beschwerden, daß er die Zeit verplempere, statt zu unterrichten irgendwelche Geschichten erzählte und Ausreden suchte, spät zu kommen und früh zu gehen. Es kümmerte ihn wenig, und er forderte den Unmut geradezu heraus, hatte einmal eine Gruppe Anfänger in einen Tiefschneehang geführt und lachend zugesehen, wie sie hinfielen, die Schi abschnallten und zu Fuß über die Piste trotteten, und wie ohne Absicht nannte er die Deutschen jetzt Piefke und die Holländer

Hohlländer, mit dem längsten »oh«, das er im selben Atem zu sagen vermochte.

Ich habe abgewartet und schließlich nicht anders können, erinnert euch, ihn entlassen müssen, als er die Frau angriff, sie solle aufhören ihn anzustarren, er wäre nicht ihr Kuli oder Waschlappen oder ihr irgend etwas, und sich wenige Tage später nach einer durchzechten Nacht auf dem Sammelplatz vor allen Leuten erbrach. Er nahm es hin, vielleicht froh, daß man ihm einen notwendigen Schritt erspart hatte, ging rückwärts aus dem Büro, schon ein beliebtes Vergleichsobjekt im Dorf, ich erinnere mich, du bist wie …, du bist der zweite …, wenn jemand sagte oder tat, was zu sagen oder tun verpönt war, und den Spielen der Kinder gab er die neue Figur, einen Verrückten am Marterpfahl, den die Indianer nicht anrührten, aus Angst oder Ehrfurcht – oder sie wußten nicht.

Er nahm die Arbeit im Gasthaus nicht wieder auf und war nur durch nachdrückliches Bitten zu bewegen, das eine oder andere Mal in der Abspüle auszuhelfen oder mit den Müllsäcken zu gehen, wenn man nicht aus noch ein wußte vor Gästen. Wie in den Wochen nach seiner Rückkehr mochte er stundenlang irgendwo sitzen und vor sich hinstarren, oder er drang tief in den Wald ein, mitunter über dessen Grenzen hinaus, und einmal, zweimal in diesem Sommer blieb er die ganze Nacht und schloß sich in der Dachkammer ein, wenn er am Vormittag halberfroren zurückkam. Die Ziehharmonika schleppte er oft mit, aber niemand hörte ihn spielen, nicht mehr, und ein Buch, mit dem man ihn zuweilen sah, konnte über Monate dasselbe sein, irgendeines, eingeschlagen in braunes Packpapier.

Den Gästen ging er aus dem Weg wie früher, blieb im Zimmer, als eine Frau nach ihm fragte, war abweisend, wenn sie ihn im Gasthaus ansprachen: wissen Sie noch, und von einem Winter vor zwei Jahren zu erzählen begannen und dem Spaß, der Menge Spaß, mochten sie sagen, die sie gemeinsam ... Jakob hatte die Geschichten gewöhnlich vergessen oder, zu einer einzigen zusammengeklumpt, in schlechter Erinnerung und stieß sie vor den Kopf, sah erleichtert zu, wie sie zurückwichen, gebremst in ihrer Begeisterung. Schritt für Schritt gab er mehr von seiner Stellung auf und setzte sich Fragen aus, die ihm erspart blieben, solange er das Brot selbst ... und als brauchbarer Mensch in der Dorfgemeinschaft gewesen sei, wenigstens an deren Rand.

Er hätte nie ein Sagen gehabt, im Grunde immer froh sein müssen, wenn er einen fand, der ihm nur zuhörte, und es gab auch nicht viel neben seinen Geschichten und Spinnereien, so daß er unbeteiligt sah, wie die anderen um die Plätze stritten und ihn nicht ernst nahmen: er habe leicht lachen, aber nichts zu sagen – wenn er doch einmal nachfragte. Die Regeln blieben unausgesprochen, man war jung und hielt den Mund oder ohne Einkommen und nichts, oder man rackerte für sein bißchen Meinung oder besaß und konnte sie laut in die Welt schreien, und keiner würde messen, ob man Arbeit hätte oder das richtige Alter oder irgend etwas. Aber es gab hier einen Satz und dort, und alle wußten, was es hieß, sooft einer sagte: wer hat, der hat, oder wer hat, der tut – und sich mit einem überlegenen Lächeln empfahl oder resigniert die Hände hob.

Jakob saß abseits, wenn sie über die Zukunft des Dorfs berieten und laut schreiend einander alles nannten, mitten in der Nacht im Rausch zu Entschlüssen kamen, die keinem halfen, sich in Drohungen und Flüchen ergingen, und einmal hätte einer den Tisch umgestoßen, sei im Klirren der Gläser aufgesprungen: tut, was ihr wollt, und er täte, was er will, und sei zornig und sternhagelvoll zur Tür geschwankt. Sie konnten über Nichtigkeiten in den heftigsten Streit geraten und glücklich sein, wenn es ihnen schlechtging und anderen schlechter, oder klagen über ihr schreckliches Los, wenn es nichts zu klagen gab. In den Abstimmungen hoben viele ihre Hand grundsätzlich dagegen, machten sich später erst Gedanken über eigene Vorstellungen oder hatten keine. Und das meiste blieb im dunkeln, oder man war eine Frau, hätte es sonst heißen müssen, und rackerte an drei Orten gleichzeitig und nichts, keine Sprache, oder man besaß und könnte die größten Dummheiten in die Welt schreien, aber wäre man dann noch eine?

Jakob verstand sie nicht, habe auch nie viel Gedanken daran verschwendet und nur belustigt zugesehen, wie sie auf immer neue Einfälle kamen und sich das Leben schwermachten. Du blickst an dir herunter, und in diesen Augenblicken wußte er, daß er nicht dazugehörte, und es wäre einerlei, ob aus freiem Entschluß oder weil sie ihn nicht ließen. Er spielte nicht mit im Wirrwarr ihrer Streitereien, jeder gegen jeden: einer konnte über den anderen hinwegfegen und doch seine Worte aufgreifen und sie noch einem anderen an den Kopf werfen als Wahrheit, nur damit keiner recht behielte, und das seien bei weitem die längsten Reden geworden in der Sprache, die sonst dem Allernotwendigsten vorbehalten blieb und mit der Zeit eigene Umgangsformen entwickelte, wieviel Leute, sagten sie für: wie gehts, und miese Saison für: es geht schon, oder gut oder schlecht und für alles.

Dabei wäre es so leicht zu verstehen. Er wußte, daß sie zu den Fenstern liefen, wenn sie ein Auto hörten, hinter dem Vorhang versteckt zusahen, wie beim Nachbarn, tatsächlich – vier Gäste seien angekommen; und in den Nächten huschten sie von Haus zu Haus, verglichen die ausgehängten Speisekarten, und mitunter habe einer eine Tafel umgelegt oder in den Bach geworfen. Und? Das war die Erklärung, und dahinter gäbe es nichts, warum fragen? Oder immer dieselben Antworten. Sie taten, was sie taten, und hätten handfeste Gründe, oder man brauchte keine, wenn das nicht mehr zählte, und sie würden hinterlistig schauen und den Daumen über die Kuppen von zwei benachbarten Fingern reiben.

Die Frauen im Dorf waren keine, habe er einmal gedacht, und erst später: aber was dann – und plötzlich Spaß gefunden an unmöglichen Spitzfindigkeiten. Die Frauen Männer? Lächerlich, wenn man genau überlegte. Also beides nicht und demnach keine Menschen. Es hieße schon etwas, daß er manche oft monatelang nicht sah und immer wieder meinte, es müßte das erste Mal sein seit der Schulzeit, wenn sie im Herbst in der Mittagssonne saßen oder mit der frühen Dunkelheit sich bereitmachten für die Kirche oder einen Spaziergang, ein paar Minuten von einem Dorfende zum anderen. In den Saisonen war nie Zeit, und sie gingen kaum aus den Häusern, geschweige schifahren oder irgend etwas, das nicht sein mußte, und hätten ein fremdes Lokal nur betreten, wenn ihr Mann in einer Sauferei den dritten Tag ausblieb, seien dafür halbe Nächte im eigenen gestanden, den Gästen vorgeworfen, deren Frauen mit spitzem Mund tranken, lachten und von griechischen Inseln erzählten, wo sie gewesen wären oder hinwollten im Sommer.

Jakob erinnerte sich: als Kinder waren wir überall ein und aus gegangen, und er wußte, wie sie nach dem Essenausgeben auf der Anrichte oder hinter dem Küchentisch saßen, in den Plastikbezug starrten und am liebsten nie mehr einen Finger gerührt hätten. Es gab immer Arbeit, kochen, Geschirr spülen, die Zimmer machen, an allen Orten müßte man zugleich sein, weil dem Personal nicht zu trauen wäre, und im Winter hätten sie die gewaschene Wäsche in großen Körben auf den Dachboden geschleppt und an den Leinen festgekluppt, die unter dem Giebel von einem Balken zum anderen gespannt waren. Und? Einmal blieb er vor einer geschlossenen Tür stehen und hörte eine laute Auseinandersetzung – und nichts mehr, als er über den Gang zurückwich, verwirrt von dem Geräusch, das ein plötzliches Ende … und nicht lange danach sei er in den unversperrten Keller eingedrungen, erinnert euch, und habe die Fenderin beobachtet, wie sie in heftigen Schlucken aus einer Flasche trank, breitbeinig vor den Regalen, vornübergebeugt innehielt und noch einmal ansetzte, sie erinnern sich, Speichel sei aus ihrem Mund getropft, als er das Gesicht sah.

Zu Weihnachten stand er hinter ihnen in der Kirche und blickte über die Kopftücher und Scheitel auf den Altar, wo der Pater den Himmel um neuen Schnee bat oder was man sonst brauchte, und träumte, daß er mit Hanna in einer Wiese säße im Sommer, sie würde wieder kurze Hosen tragen, die nackten Beine weit von sich strecken, mit den Zähnen den Korken aus der halbvollen Weinflasche ziehen und ausspucken – und lachen, wie nur eine Frau es kann.

Es war noch nicht spät, als sie aus der Milchbar traten und sich umblickten nach ihm. Natürlich habe er wieder das alte Spiel begonnen, die Flügel der Tür angestoßen, daß sie weit ausschwangen, und im günstigen Augenblick mit einem Grinsen durchzuschlüpfen versucht, ein Glas oder das andere müsse zuviel gewesen sein. Vor dem Kleon fuhr ein Auto los, Richtung talauswärts, aber sie hätten es nicht erkannt, von den Scheinwerfern geblendet, und dann war es zu weit entfernt, schon an der Kirche vorbei. Aus den niedrigen Fenstern des angrenzenden Stalls fiel Licht, kaum stark genug, den festgefrorenen Schnee davor sichtbar zu machen, und durch die offene Tür sei eine Stimme zu hören gewesen.

Sie nahmen ihn in die Mitte und gingen los, man wußte wohin, und sie gaben wenig acht, als er zu erzählen begann, irgend etwas, und mit einer Erklärung herausplatzte, wie er den Kindern zeigte, Pfeile zu schnitzen, die höher flogen und immer noch höher, wenn man wollte. Sie waren am Hotel Post schon vorbei, als er plötzlich innehielt, zurücklief und von der Gartenmauer urinierte, den hellerleuchteten Fenstern zugewandt, hinter denen Gäste an großen Tischen saßen. Und sie erinnerten sich: in einem Sommer war er stockbetrunken in die Schnittlauchbeete gefallen und ein anderes Mal von einer Deutschen gesehen worden, die darob den größten Tamtam schlug.

Vor dem Hotel Fend sei ein Bus gestanden, Leute

stiegen aus, schleppten ihre Koffer die Treppe hinauf, und auf der Straße lagen Schier, ein Paar neben dem anderen. Am Eingang gab eine Frau Anweisungen, und die fremde Sprache breitete sich in die Dunkelheit aus, der Ort wäre nie mehr der gleiche, und auch sie würde sich ändern, fast unmerklich, mit den neuen Bildern, die sie aufnahm. Sie gingen langsam vorbei, und Jakob habe lachend auf den Mast gezeigt, an dessen Fuß in einem formlosen Haufen die Fahne lag, zu Beginn der Saison hochgezogen in doppelter Bedeutung: herzlich willkommen, aber wir sind wir.

»Es mochte halb elf gewesen sein«, sagt Viz mit einem unwillkürlichen Blick auf seine Uhr und erinnert sich, sie hätten im Weitergehen darüber gesprochen.

Aber Jakob fiel ihnen ins Wort, spät oder nicht, wen kümmert es, sie wären da, ein ganzer Bus, den man eintun könnte und melken, daß nichts zurückblieb oder nicht einmal das.

## FÜNF

Sie traten ein, und die Musik wurde augenblicklich leise,
fast unhörbar, über das Mikrophon kam eine spöttische
Stimme: will Jakob begrüßen, mit einem Wirrwarr von
Sätzen, ausgesuchte Dummheiten die meisten. Unter den
Blicken der Gäste überquerten sie die Tanzfläche, Applaus,
sagten die Lautsprecher, und nichts war zu hören, ein Paar
stand mitten im Raum, Hand in Hand, und setzte sich hin,
gerade als die Musik wieder begann. An der Theke mußte
es hoch hergegangen sein, zwischen den Hockern lagen
knöcheltief die Scherben, und der Boden glänzte vor
Nässe; nichts Ungewöhnliches dort, wo es vorkommt,
daß einer beim leisesten Klirren sein Glas fallen läßt und
noch einer oder ein anderer und in einer Kettenreaktion
schließlich alle, und der Wirt mit Sprechverbot belegt oder
nicht ernst genommen wird. Aus den Lautsprechern war
wieder die Stimme zu hören, und die Bardame schenkte
Schnaps in drei Gläser, auf Kosten des Hauses, und sie
tranken, der leeren Tanzfläche zugewandt, über die bunte
Lichtflecken kreisten, in stets sich wiederholenden Mustern, rot oder blau oder grün, und an den Tischen hätten
Kerzen gebrannt.

»Hanna kam später«, sagt Viz. Er sitzt vornübergebeugt
auf der Anrichte, die Finger ineinander verschränkt, und
schaut Valentin an, schaut Mutter an, die sich am Tisch
niedergelassen hat, jetzt mit ihrem Glas Novak herbei-
winkt und nach draußen blickt, wo nichts zu sehen ist;

vor dem Café Tirol dieselben Gäste und immer noch der Gitarrenspieler. Der Inspektor entschuldigt sich, geht mit steifen Beinen um den Herd, und auf dem Gang sind seine Schritte zu hören und die Toilettentür, die hinter ihm ins Schloß fällt.

Es war zwölf, als sie eintrat, umtanzt von den Lichtflekken, bunt um bunt, die bisweilen auf ihre Kleidung übersprangen und sekundenlang eine bestimmte Stelle hervorhoben, oder ins Gesicht, und das Haar wäre kupferrot erschienen und blauviolett und in einem Grün, für das es keinen Namen gibt. Von der Theke wurde sie angestarrt, und gewiß wußte sie, wer wer oder was, von früher, als sie Nacht für Nacht neue Geschichten vorgesetzt bekam, bei der Arbeit, oder die alten wieder und manchmal wach blieb und Musik hörte bis in den Morgen. Sie zog den Mantel aus und hätte darunter ein ärmelloses Kleid getragen, das auf einer Seite weit aufklaffte bei jedem Schritt und sich wieder schloß, noch bevor man Zeit hatte hinzuschauen. Ihre Lippen waren grellrot geschminkt.

Wir sehen einander an und erinnern uns: Hannas Begeisterung, wenn sie bisweilen über irgend etwas zu erzählen begann und jedesmal wieder auf Frankreich kam oder Paris, wo sie hinwollte; aber gegangen ist sie nie, und zuletzt hat sie nicht einmal gesprochen davon, oder sie wissen es nicht, noch was sie überhaupt meint, oder daß ihre Orte vielleicht ganz woanders liegen. Vom Gang sind Schritte zu hören, und wir stellen uns vor, daß sie es ist, die auf hohen Absätzen näher kommt, aber da öffnet der Inspektor schon die Tür.

Sie blieb zunächst abseits, und als sie herantrat, suchten sie einen Vorwand, er und Valentin, sagt Viz, und ließen die beiden allein. Es verging geraume Zeit, bis Jakob zu sprechen begann, Minuten, in denen sie wortlos nebeneinanderstanden. Aber dann habe es nicht lange gedauert, und es sei laut geworden, und die Stimme nützte die Gelegenheit, noch einmal aus allen Ecken zu krähen, Jakob, sagte sie, und daß er vielleicht singen würde. Den ganzen Winter hatte man beide kaum gesehen, und sooft sie gemeinsam irgendwo saßen, kam es zu gegenseitigen Anklagen, bei denen sie einander alles nannten. Waschlappen, konnte sich Viz an einmal erinnern, oder Schlappschwanz, und wie Jakob antwortete: und du, und du, blöde Kuh, dreckige Hure.

»Es war nicht anders an diesem Abend.«

»Nicht anders?«

Sie würde schon sehen. »Wenn du überhaupt noch sehen wirst.«

»Das hat er gesagt?« Der Inspektor schaut Viz an.

»Vielleicht.« Man durfte nichts wörtlich nehmen. Viz weicht dem Blick nicht aus, er rutscht auf der Anrichte ganz zurück und lehnt sich übertrieben aufrecht an die Wand. Die Sonne, die schräg durch die Küchenfenster fällt, ein heller Lichtfleck an der Tür zum Vorhaus, macht ihn blinzeln, leuchtet sein Gesicht an, daß man den Bart sieht, einen Tag alt, und wie wenig er geschlafen hat. In der Hand hält er einen Schlüsselbund, und bei jedem Klimpern schaut ihn die Gritschin von der Seite an. »Ich kann mich verhört haben.«

»Gewiß«, sagt der Inspektor, und wir wissen, daß er es nicht glaubt. Von draußen kommt das Bellen eines Hundes, fast gelangweilt, aber immer von neuem, sobald man die Stille gewöhnt ist und nicht daran denkt. Vor dem Café

Tirol wenden sich die Gäste um, und alle blicken in die gleiche Richtung, irgendwo, hinter dem Hotel Fend, muß etwas sein. Aus dem Karlinger Haus tritt eine Frau mit zwei Schweineübeln und hält inne, als nach einer langen Pause der Hund wieder anschlägt, diesmal halb verrückt vor Aufregung, und jetzt, er quert in vollem Lauf die Straße, hat etwas im Maul; ein Kaninchen, quiekt die Gritschin – mit einem »i«, so schrill, daß es weh tut.

Mit der Arbeit in der Schischule verlor er sein geregeltes Einkommen und war bald abhängig, der Gutmütigkeit oder schlauen Berechnung von irgendwem ausgeliefert, als das letzte Gasthaus die Schulden wies und nur mehr ausschenkte, was er zuvor bezahlt hatte. Er änderte die alten Gewohnheiten nicht, ging Tag um Tag die üblichen Runden, allein daß er vorher Mutter aufsuchte, erinnert euch, die ihm das abgezählte Geld für ein Glas Wein gab, Schilling für Schilling; oder bisweilen mich. Vom Bruder habe er nie einen Groschen gesehen, nicht einmal früher den Lohn für die Arbeit im Gasthaus. Es schien ihm nichts auszumachen, aber was wußten sie schon? Manchmal sprach er mit Hanna, sah sie über einen Tisch lange an oder begann plötzlich, wenn sie weit die Straße hinausspaziert waren, das sei kein Leben, und es kam vor, daß er auf einmal weinte, grundlos, wie man sagt. In den Gasthäusern merkte man nichts. Er erzählte die gleichen Geschichten, mit den gleichen Dummheiten, und wenn er einen ganzen Abend irgendwo schweigend stand, nannte man ihn besoffen, nicht unglücklich, oder sah an ihm vorbei.

Mitunter bettelte er einen Wirt um ein Achtel Wein an, oder er wurde eingeladen, wenn er längst betrunken war, damit er vollkommen außer sich geriete und nicht mehr wüßte, was er tat. Sie horchten ihn aus und trieben ihre Späße, schütteten Spülmittel in sein Glas, schoben ihm die Zigaretten gebündelt in den Mund oder das Mikrophon, wenn er es nicht mehr zu halten vermochte, und lachten, lachten immer noch, einmal, als er zu schreien begann und der gequälte Schrei aus allen Lautsprechern zu hören war. Warum er sich nicht wehrte? Oft sah er wie unbeteiligt zu, als beträfe es nicht ihn, oder er wäre ein anderer, erst wieder er selbst, wenn er den Wein an die Lippen führte, den es als Belohnung gab oder billigen Trost. Was soll die Frage? Nach Mitternacht stellten sie in einer langen Reihe ihre Gläser auf die Theke und schauten lachend zu, wie er in Windeseile aus jedem den letzten Schluck nahm, und wenn er in der gesetzten Zeit blieb, bekam er einen Doppelliter oder durfte zum nächsten Durchgang antreten, immer wieder, bis er genug hätte oder alles erbrach.

Es war kein Leben. Spät am Vormittag verließ er sein Zimmer und setzte sich wortlos an den Küchentisch, blätterte die Tageszeitung durch oder saß einfach da und schaute aus dem Fenster, wartete auf das Essen und stand kopfschüttelnd auf, sobald mit den ersten Bestellungen alle in helle Aufregung gerieten, wie gestochen hin und her rannten und zuweilen ihn verantwortlich machten: steh nicht im Weg, wenn etwas danebenging. Es gab Tage, an denen er nicht erschien, und wenn jemand, von Mutter geheißen, an seine Tür klopfte, mochte er sagen, er fühle sich unpäßlich, und bitter lachen über das gelungene Wort oder nur murren. Und einmal hätte er überhaupt nicht geantwortet, sei halbnackt auf dem Boden gelegen, so

Novak, der auf das Dach stieg und durch die schmierige Scheibe in die Kammer spähte. Seine Spaziergänge und Wanderungen in der nahen Umgebung wurden seltener. Gewöhnlich blieb er im Haus, zog sich wieder ins Zimmer zurück oder saß in der Stube, bis er am frühen Nachmittag unruhig auf den Fluren umherzustreichen begann und plötzlich verschwunden war, sie wußten wohin. Man hatte ihm die Kellerschlüssel abgenommen, nach einer Inventur, und an der Speis ein Schloß angebracht, weil er Schluck für Schluck die Weinflaschen leer trank und Leitungswasser nachfüllte, bis vom Alkohol nichts, auch nicht der Geruch blieb.

In dieser Zeit sprachen wir nicht oft mit ihm, Mutters Geburtstag, ja, aber da wäre er schweigsam gewesen, stand abseits, als ginge ihn alles nichts an, eine komische Figur in Vaters blauem Anzug, und wenn er etwas sagte, klang es bemüht und ließ eine lange Stille zurück, in der sie ihn erstaunt ansahen; man hätte immer noch vernünftig mit ihm reden können, aber die Bedingung blieb ihnen unbekannt. Es war etwas, das er nicht im Griff hatte. Verrücktsein nannte man es im Dorf, nie Krankheit, ein Wort aus einer ganz anderen Wirklichkeit, über die niemand lachte. Gespräche mit ihm mochten lange gutgehen, besonders in kleinen Gruppen, zu zweit oder unter Bekannten, aber plötzlich kam es über ihn, und er begann, stand schon mittendrin oder stellte eine dieser Fragen, auf die man nicht wußte, was sagen, weil die Antwort klar wäre oder weil es keine gäbe. Was tun? Sie sahen ihn an, und er hielt den Blick, hätte manchmal geschaut wie von ganz woanders, daß es geradezu erstaunlich schien, wenn er wieder zurückkam. Oder kam er nicht zurück, nicht wirklich, war mit seinen Geschichten in eine Phantasiewelt entrückt, deren Rollen er annahm, längst nicht mehr zu spielen brauchte – oder nur die eine, wenn wir dachten, jetzt ist er normal? Ihn könne niemand holen, sagte er, nicht einmal die Polizei, und legte damit den größt vorstellbaren Machthaber fest, oder er müsse nach Paris, dort seine Huren sehen und sich um den Schallplattenvertrag kümmern, sei Bürgermeister und Landeshauptmann, und irgendwo wird ihm ein Denkmal errichtet.

Er war einsam, wenn ihm niemand zuhörte, gewiß, wir erinnern uns, hätte bisweilen mit allen Mitteln versucht, auf sich aufmerksam zu machen, wie damals, als er durch die ganze Bar ging und Leute belästigte, sie sollten »zieh« schreien, alle, und er blieb breitbeinig mitten auf der Tanzfläche stehen und zog, warf das Weinglas mit einem Ruck an die Decke, räudiger Kojote, und die Scherben seien über seinen Kopf gefallen und auf dem Boden noch einmal zersprungen, leise in der lauten Musik.

Er fing an, sein Äußeres zu vernachlässigen. Kleidung hatte er schon als Kind von uns, den älteren Brüdern, übernommen, Sachen, die ihnen zu klein waren, und mit den Jahren änderte sich daran nichts. Er bekam die ausgetragenen Hosen, Schuhe und Pullover, dazu Hemden, deren Kragen zu lang sein mochten oder aus sonst einem Grund nicht mehr im Geschmack, und nur die weiße Unterwäsche wies er zurück, weil er selbst bunte trug. Vieles wirkte an ihm lächerlich, war zu groß, altmodisch oder irgend etwas, aber entweder merkte er nichts oder es kümmerte ihn wenig, wie unvorteilhaft er herauskam, besonders in den teureren Stücken, die nicht zu ihm paßten und abgenutzt doppelt schäbig schienen. Jedoch daran hätte niemand Anstoß genommen.

Er wusch sich nicht, mochte dasselbe Hemd eine Woche anhaben, zehn Tage, und wer weiß wie lange noch, wäre ihm niemand entgegengetreten, wenn er in die Küche kam und mit ihm ein Geruch, nicht zum Aushalten und nur zu beschreiben, weil man wußte, es ist Bier und Wein und Zigarettenrauch, vermischt mit den Parfums der Frauen. Er sagte nichts und konnte am nächsten Vormittag in frisch gebügelten Kleidern erscheinen und jedem sein Gesicht hinhalten, ob es besser rieche, das Rasierwasser auf den Bartstoppeln. Es war Mutter, die ihn bisweilen in Schutz nahm und, so gut es ging, sich um seine Wäsche kümmerte; wenn er sie hergab und nicht gerade die Tage hatte. Das sagten sie im Dorf: er habe die Tage, sooft er ganz aus dem Häuschen geriet – wie einmal, als er sich weigerte, eine Hose herauszurücken und noch stolz zu sein schien, lachend auf einen dunklen Fleck wies und die letzten Übrigbleibsel von Erbrochenem darin.

Am schlimmsten sah er aus, wenn er sein Haar geschnitten hatte, alle zwei oder drei Monate. Aus irgendeinem Grund, wahrscheinlich um die paar Schillinge zu sparen, ging er nicht mehr zum Friseur; sie erinnern sich wieder, wie aufgeregt er war, wenn wir als Kinder hingeschickt wurden; er mußte alles in der Hand haben und an den Fläschchen und Dosen riechen, ganze Reihen in den Glaskästen, von Spiegeln zu ungreifbarer Vielfalt verdoppelt, und zum Schluß lachte er uns an, sie würden alle gleich ausschauen. Und jetzt? Noch Wochen später habe man die Narben auf seinem Nacken sehen können, oder man faßte sich beim bloßen Gedanken an den Hinterkopf, tastete mit zögernden Fingern zum Haaransatz hinunter, wo nichts war, allein die Vorstellung und irgendwelche Worte dafür.

Mit den Jahren seien ihm die Zähne einzeln aus dem Mund gefault, und er aß nur noch Suppen, Weißbrot, was immer er zu kauen vermochte und in die Finger bekam, denn die Schwägerin achtete darauf, daß er nicht überall Zugang hatte, kommen und gehen konnte und nehmen, was ihm paßte. Einmal wäre er mitgefahren zum Zahnarzt, aber im letzten Augenblick aus dem vollen Warteraum geflohen. Wozu? Ich bin gesund, sagte er später, und lachte sie an mit geschlossenem Mund; er mußte es wissen, oder wußte er überhaupt nichts, sollte man etwas geben auf das Gerücht, daß er versucht habe, die ausgefallenen Schneidezähne am Gaumen festzukleben?

An einem Nachmittag, als er aus dem Haus war, öffnete der Bruder mit einem Dietrich die Tür zu seiner Kammer. Er sei eingetreten und lange auf dem ungemachten Bett gesessen, sah sich um im Licht, das nur spärlich durch das Dachfenster fiel, aufgesogen von einer vorgehängten Wolldecke. Die Möbel schienen in derselben Ordnung zu sein wie früher; ihm gegenüber der Kasten, auf dem zwei Koffer aus Pappkarton lehnten, von Jakob ein einziges Mal gebraucht, San Francisco stand auf einem, aber wer wäre dort gewesen? Unmittelbar daran schloß sich der Tisch, bedeckt mit einer Unzahl von Zeitungen, darunter drei Bücher, eingeschlagen in braunes Packpapier. Auf dem Boden lag wahllos verstreut Wäsche, und in der Ecke, die das Nachtkästchen mit dem Bett bildete, lehnte die Ziehharmonika, verborgen in einem Stapel Handtücher. Der Papierkorb neben dem Waschbecken quoll

längst über, stand in einer Insel aus Abfall; zusammenge-
knüllte Verpackung, ein paar leere Flaschen, eine ausge-
quetschte Zahnpastatube. Unter dem Bett war eine Zeit-
schrift, aufgeschlagen in der Mitte eine Frau mit nackten
Brüsten, über die in weichen Linien die Grenze zwischen
heller Haut und dunkler verlief; ganz hinten an der Wand,
halb zugedeckt mit Staub, Jakobs Bogen, erinnert euch,
tagelang hatte er den Wald abgesucht nach der besten
Rute und dann mit Sorgfalt Ornamente in die Rinde ge-
kerbt und ihnen das nasse Holz darunter gezeigt und wie
man den Pfeil weit über den Sammelplatz schoß, fast bis
zum Karlinger Stall; neben der Ziehharmonika ein Paar
Schuhe, die Spitzen fein säuberlich ausgerichtet, wie man
es nicht erwartet hätte. Die Kastentür war einen Spalt offen.
Auf einem Kleiderbügel hingen drei Hosen, und die ein-
zelnen Fächer wären voll gewesen mit leeren Flaschen,
schön übereinandergelegt wie in einer Weinkellerei. Am
Boden standen zwei Schachteln, deren Aufschrift sich nicht
mehr lesen ließ. Dahinter, an der Rückwand, war mit ein
paar Stecknadeln ein Bild angebracht, Hannas Gesicht,
eine alte Aufnahme, über dem Körper einer Eisläuferin,
die gerade zum Sprung ansetzt. Neben dem Kasten waren
noch mehr Photos, und überall auf dem Holz standen in
verschiedenen Schriften irgendwelche Kritzeleien, daß
einer eine liebt und mit einer anderen schlafen will, ich
und du, oder plus oder Herz, und hundert Mädchen-
namen, du und dich, und Sprüche über die Welt, daß sie
sei, wie sie ist, und das Leben zu kurz, und Obszönitäten,
die sich in der ganzen Phantasterei noch am wirklichsten
ausnahmen.

Worüber sie stritten, fragt nur, aber es ist spät. Die Tage verstrichen und nichts änderte sich, niemand änderte etwas, und doch wäre nach Jahren stets alles anders gewesen, wenn man zurückdachte, wie es damals war und was man verloren hätte und nichts dazugewonnen. Ein Leben glich darin dem anderen, und irgendwie schien es im nachhinein einerlei, ob es einem gutging zu einer Zeit oder schlecht. Für die unmittelbare Gegenwart gab es kein Bewußtsein, und das Bewußtsein für die Vergangenheit sei oft ein falsches, das sich immer und immer wieder selbst betrügt, bis es da ist, wo man es haben will. In tiefer Verzweiflung rannten sie gegeneinander an und rannten in eine Leere, blieben oft irgendwo sitzen, wenn alles vorbei war, und er mochte fragend nach ihrer Hand tasten, was wieder mit ihnen geschah und ob das ein Leben wäre.

Bisweilen gingen sie spazieren, immer dieselbe Straße hinaus. Aber die gemeinsamen Stunden wurden seltener, als Hanna aufhörte in der Bar zu arbeiten. Und wozu sich verabreden, das sagte sie; oder einmal im Streit schrie sie ihn an, was er wolle, ob er nicht sehe, daß alles keinen Sinn habe, und Jakob wußte, woran er war, oder wußte überhaupt nichts mehr, wenn sie beteuerte, es sei nicht so gemeint, und ihm die Weinflasche reichte: da, nimm einen Schluck und wir sind wieder gut. In den Nächten, wenn er allein irgendwo getrunken hatte, kam es vor, daß er lange unter ihrem dunklen Fenster kauerte und hinaufsah, aber nie habe er einen Schneeball geworfen oder irgendwie versucht, sie zu wecken, wozu, er hätte nicht gewußt, was sagen, und nichts gesagt oder irgend etwas, das er nicht wollte. Auf dem Heimweg war er vor Kälte halb nüchtern, und später im Bett lag er wach, bis ihm warm wurde und das Zittern nachließ und nur noch die Zuckungen blieben, in denen sein Körper allmählich zur Ruhe kam.

Woran sie ihm die Schuld gab? Manchmal schien es, als wären ihre Schwierigkeiten gerade am größten, wenn sie sich nach einer Zeit zum ersten Mal sahen und nichts Neues zu erzählen wußten, nur irgendwohin starrten, einer in das Gesicht des anderen. Dann begann Jakob von früher zu sprechen, aber sie fuhr ihm über den Mund: komm, hör auf, so schön sei es nicht gewesen, und sooft er Paris sagte, wurde sie wütend oder lachte ihn aus, ob er das tatsächlich ernst genommen habe, ihre dummen Kindereien. In den Gegensätzen blieb dumpfe Sprachlosigkeit oft das einzig Gemeinsame, und auch nur als Wort, weil sein Schweigen nicht ihres wäre und in einer Leere kein Platz für die andere. Am liebsten hätte er in solchen Augenblicken laut losgebrüllt oder irgend etwas getan, den Bach überquert, im Freien geschlafen oder eine ganze Woche nichts mehr gegessen, damit alles entweder ein Ende nähme oder einen neuen Anfang.

Am ehesten kamen sie miteinander aus, wenn beide betrunken waren. Sie saßen in der Bar oder hatten eine Flasche Wein aufgetrieben, und es mochte sogar ein Gespräch entstehen, etwas von der alten Vertrautheit, bis jeder sich im eigenen Gestammel verlor und nicht mehr zuhörte. Oder irgendeiner sagte Jakob ein Stichwort, das ihn fortriß in eine andere Welt: laßt mich in Ruhe – gewiß, Herr Bürgermeister, und es half nichts, wenn Hanna beschwichtigend auf ihn einredete. Es gab immer Lacher, und so ernst konnte es gar nie werden, daß die nicht wissen wollten, ob seine Tussis genug Geld zusammengehurt hätten, oder ließ er sich einladen auf ein Glas? Es war kein schönes Bild, wie sie an der Theke saßen, vereint im gemeinsamen Elend, aber was tun? Einmal sank Jakob wortlos vom Hocker und blieb auf dem Boden liegen wie tot, mitten in einer riesigen Lache aus Bier und Wein; und ein anderes Mal, als sie früh am Morgen aus der Bar traten, rutschten sie aus und fielen so unglücklich, daß Hanna sich die Stirn blutig schlug auf der eisigen Straße. Die Tage verstrichen, und nichts, niemand änderte etwas, und doch wäre nach einer Zeit stets alles noch schlechter gewesen. Eine Hoffnung in die Zukunft zu setzen mußte trügerisch sein, weil jede Zukunft unausweichlich Gegenwart würde, dagegen kannst du nichts machen, Jakob. An einem Silvesterabend erbrach sich Hanna über ihn, und sie hätten sich umarmt und nicht mehr losgelassen und beide geweint, erinnert euch; oder am Neujahrstag, sie waren irgendwie auf den tiefverschneiten Sammelplatz geraten und fanden nicht mehr heraus, irrten in immer denselben Kreisen umher und blieben zuletzt sitzen, sternhagelvoll, gaben nichts auf das Geplärr der Kinder, die an den Ecken Aufstellung genommen hatten und von überall gleichzeitig »hier« schrien, hier, und lachend einen Böller warfen, ein lauter Knall und wieder ein neues Jahr.

Ob er tatsächlich nie mit ihr geschlafen habe? Was soll die Frage? Einmal noch, im Sommer, waren sie mit einer Flasche Wein zu den Fuchshöhlen aufgestiegen und lange im Schatten der Felsblöcke gesessen, Hand in Hand. Laß uns bleiben, sagte Jakob, und Hanna beugte sich über ihn und machte seine Hose auf, aber da wäre nichts gewesen, das Geschlecht ganz weich und klein zwischen ihren Fingern.

Im Dorf sahen sie Jakob als etwas, mit dem man sich abfand, und im besten Fall könnte man versuchen, einen kleinen Vorteil herauszuschlagen. Solange es dem Geschäft nicht schadete, war alles erlaubt, aber sie hatten einen überscharfen Blick, der sie bei einem Verdacht gleich das Ärgste fürchten ließ; daß die Gäste davonliefen oder gewiß nie wiederkämen. Sie wußten Jakob mit Gespür auf den rechten Platz zu rücken, brauchten nur ein wohlwollendes Lachen zu sehen, um aufmunternd die Hand auf seine Schulter zu legen: erzähl doch einen Witz; und eine Flasche Wein wäre ihm sicher. Aber immer öfter zogen sie ihn stillschweigend zurück, weil er plötzlich zu schreien begann: Piefke; manchmal das einzige Wort, oder sein Anblick war einfach nicht zu ertragen, und die Damen wandten sich angeekelt ab. Wenn er irgendwo Lokalverbot bekam, stand er am nächsten Tag vor der Tür, es sei nicht so gemeint, und wurde gewöhnlich eingelassen, zum allerletzten Mal. Woran er den Deutschen die Schuld gab? Er war ein armer Teufel, längst ohne Sinn für die Wirklichkeit, einer, der keinen Spaß verstand, sagten die Wirte, prost, und die nächste Runde ging auf das Haus.

Im Sommer redete Mutter mit einem Arzt, und Jakob ließ sich nicht blicken, erinnert euch, ihn würde niemand holen und so einer schon gar nicht, aber dann wollte er alles wissen und machte uns verrückt mit unaufhörlichen Fragen, wie dies hieß oder das, und zum ersten Mal sei das Wort Krankheit laut ausgesprochen worden.

Die Schuld? Entweder brauchte er jemanden, auf den er sein ganzes Unglück schieben könnte, oder er sehnte sich danach, allein zu sein, damit niemand sähe, wie er langsam vor die Hunde ging. Er schaute immer noch ungläubig den Gästen bei ihrem Gastsein zu, wie sie zum hundertsten Mal von einem Leben erzählten, das tatsächlich eines sei, und dachte bisweilen: vielleicht waren sie glücklich und besser dran in ihren Ruhrgebieten, jedenfalls besser als er. An einem Nachmittag im Café Tirol sprach ihn eine Frau an, ob er noch wisse, und sagte ihren Namen, sie waren jeden Abend in der Milchbar gesessen, aber Jakob schüttelte den Kopf und lief wortlos davon; fünfzehn Jahre mußte es hersein, daß er am Karfreitag auf der Kirchenorgel gespielt hatte und in alle Gebetbücher geschrieben, er liebe sie, ich liebe dich, in riesigen Buchstaben über eine ganze Seite.

Es blieb nichts zu tun. Nach einer Saison kam eine Zwischensaison und mit dem ersten Schnee ein neuer Winter. Er konnte weinend im Zimmer liegen oder auf die Straße treten, schreien und schimpfen, aber was half es, wenn die Zeit von selbst verging, Kreis um Kreis oder auf einer geraden Linie in die Unendlichkeit?

Sie brachten ihn an diesem Abend zu nichts. Er schien kaum zu hören, was sie sagten, und wenn sie ihn in der leise gedrehten Musik auf die Tanzfläche schoben, blieb er einen Augenblick stehen und ging wieder zurück, das Mikrophon nachlässig in der Hand, daß er einmal über die Schnur gestolpert und lang hingefallen sei. Der Streit mit Hanna war vorbei, und man mußte den Eindruck haben, daß sie gut auskamen, wie sie schweigend an der Theke lehnten und bisweilen ihre Gläser hoben. Nach eins leerte sich die Bar rasch, die wenigen Leute, die blieben, standen im Halbdunkeln, einsam in der lauten Musik, und nur die Stimme schien sie manchmal zusammenzuführen, das Lachen aus allen Lautsprechern, daß er vielleicht singen würde. Aber Jakob tat ihnen den Gefallen nicht, er schrie in einem plötzlichen Anfall auf und warf sein Glas nach einem, daß es mitten im Lärm einen Augenblick still war.

»Es ist noch nicht zwei gewesen, als sie gingen«, sagt Valentin.

In der langsamen Musik hatte sich ein Paar gefunden, das fast ohne Bewegung über die Tanzfläche schlich, und der Geruch nach verschüttetem Bier schien auf einmal doppelt stark. Hinter der Theke war der Wirt erschienen und begann ein Gezeter anzuschlagen, daß die Leute längst schliefen und die Musik durch den Gang bis in den zweiten Stock zu hören wäre. In der Hand hielt er eine Taschenlampe, die er mit nervösen Fingern aus- und anknipste. Die Bardame schenkte ein Glas halb voll Wein und trank es in einem Schluck leer, wischte sich mit dem Handrücken den Mund, und zwischen ihren Lippen kam einen Augenblick die Zunge hervor.

»Er legte seinen Arm um ihre Schultern«, sagt Valentin, »und ließ sie nicht mehr los, als sie die Tanzfläche überquerten, auf der immer noch die Lichtflecken kreisten, rot um blau um grün, daß man nicht lange hinschauen konnte, ohne ganz den Kopf zu verlieren.«

Es ging bis in den frühen Morgen. Wenn sich einer davongestohlen hatte, tauchte von irgendwo ein anderer auf, der nicht schlafen konnte, in der Stille der Nacht keine Ruhe fand oder einfach ausbrach, um den letzten Schluck nicht allein nehmen zu müssen. Am Ende standen dieselben Gestalten wie immer im schummrigen Licht um die Theke, und es war nichts anders, jeder in sich selbst vergraben, in die gleiche Sprachlosigkeit wie an all den Abenden zuvor und an den vielen, die wahrscheinlich kommen würden.

»Noch nicht zwei also?«

»Ja.«

Und es wäre hell gewesen, als der letzte aus der Bar trat, mitten hinein in diesen Tag.

## SECHS

Daß sie oft mitten in der Nacht aufwacht, sagt die Gritschin, sich an das Fenster setzt und hinausschaut. Nicht,
daß etwas zu sehen sei, die Auslage des Geschäfts und
manchmal Licht, in einem der Zollhäuser oder irgendwo
auf der anderen Dorfseite, aber das wäre es nicht. In den
Stunden gegen Morgen wird es allmählich ganz ruhig, und
das Geräusch des nahen Bachs verstärkt den Eindruck, als
würde der Stille noch etwas entzogen. Die Leute schlafen,
vielleicht ist es das, oder wenn einer spät heimgeht, hört
er seine Schritte doppelt laut und erschrickt, und selbst
die Betrunkenen halten im ersten Augenblick inne und
sprechen flüsternd, unterdrücken ihr Lachen, wenn sie aus
der Bar treten und nebeneinander gegen die Hauswand
urinieren.

»Und in dieser Nacht?«

Sie saßen auf der Bank vor dem Geschäft.

»Ich wollte gerade wieder ins Bett«, sagt die Gritschin.

Da war etwas zu hören – Schritte durch das offene
Fenster, die in der Dunkelheit näher kamen. Sie blieb und
spähte angestrengt nach draußen, die Straße entlang, aber
nichts, und plötzlich standen sie im Licht der Auslage,
Jakob und Hanna, und schauten in den Laden, Hand in
Hand, und ihre Schatten wären lang auf den vereisten
Asphalt gefallen.

Die Gritschin spricht ruhig, sichtlich zufrieden, daß
man ihr zuhört, und sieht uns einen nach dem anderen an,

ist von der Anrichte gerutscht und hält im Stehen die Arme über der Brust verschränkt, unerschütterlich in dieser Geste, und einmal blickt sie aus einem Küchenfenster, wie zur Bestätigung; dort sind sie gesessen, auf der Bank, die rot-glänzend in der Mittagssonne steht. Wir haben uns hinter dem Tisch zurückgelehnt und stoßen einander bisweilen an über einem Wort, »zum Exempel«, und was sie sonst noch verwendet, und in einer gewichtigen Pause fällt Mutters Glas vom Tisch und zerspringt in einem hellen Klirren auf dem Boden. Von der anderen Dorfseite ist das Kreischen einer Säge zu hören, die lange leer läuft und dann abgestellt wird. Ein Auto nähert sich in langsamer Fahrt der Brücke und bleibt in der Kurve davor stehen. Die Gäste beim Café Tirol sind in völlige Bewegungslosigkeit gesunken, hängen, nach der Sonne ausgerichtet, in ihren Stühlen, die Augen geschlossen oder verborgen hinter dunklen Gläsern, und am Eingang steht untätig der Kellner, in schwarzen Hosen und einem Jäckchen mit Hirschknöpfen, die man von der Küche nicht sehen kann. Niemand schaut auf eine Uhr, und so ist ungewiß, ob die Zeit nicht gerade jetzt eine Sekunde versäumt.

Wie lange sie blieben?

»Ich weiß nicht.«

Im Licht, das aus dem Laden fiel, saßen sie nebeneinander auf der Bank, hinter ihnen die Schnapsflaschen, in Dreiergruppen angeordnet, ein Baumstrunk, auf den allerlei Firlefanz gehängt war, Sonnencremes, Lippenstifte, Flachmänner in den verschiedensten Größen, und diagonal über das Fenster lief ein Paar Schi, die zugehörigen Stöcke vor der Bindung gekreuzt. Sie blickten geradeaus, beide reglos, und was sie gesprochen hätten oder ob überhaupt, ich weiß es nicht, sagt die Gritschin. Sie saßen eng aneinandergerückt, am äußersten Rand der Bank, und hielten die Hände, zwanzig Finger zu einem Knäuel geballt, in Hannas Schoß vergraben. Vom Balkon darüber hing ein Seil, dessen Anfang gerade in Augenhöhe fast unmerklich hin und her schwang, ein Übrigbleibsel vom Spiel der Kinder, die am Tag alles mögliche hinaufgezogen hatten und wieder heruntergleiten ließen oder einfach fallen, wenn ihnen danach war.

»Sie mußten gestritten haben.« Die Gritschin hält inne und sieht zu, wie Novak sich bückt und mit einem Handbesen die Scherben zusammenkehrt. Er gleitet auf die Knie und kriecht halb unter den Tisch auf der Suche nach den letzten Splittern. Mutter steht auf. Sie geht zur Abspüle und dreht den Hahn wieder bis zum Anschlag, läßt das Wasser lange laufen, laut das Prasseln im leeren Blechbecken, bevor sie einen Augenblick ihre Hände darunter hält. Draußen, vor dem Geschäft, ist eine Frau stehengeblieben und schaut in das Innere oder liest das Schild, ein Stück Pappkarton mit den Geschäftszeiten, sorgfältig an die Tür geheftet.

»Zehn Minuten, eine Viertelstunde, ich weiß nicht«, sagt die Gritschin.

Dann gingen sie. Aus der Bar war Musik zu hören, und gleich darauf fuhr beim Hotel Fend ein Auto an, dessen Lichter sich rasch über die Brücke entfernten, auf die andere Dorfseite zu, Richtung talauswärts. Mit dem Geräusch des Motors standen sie auf, tappten im Licht der Auslage über die vereiste Straße und verschwanden gerade unter ihrem Fenster im Dunkeln, kein Wort sei zu hören gewesen, und sie wären getrennt gegangen, ein Meter, zwei Meter zwischen ihnen.

»Das ist alles?« Der Gehilfe sieht die Gritschin an. »Oder will jemand etwas hinzufügen?« Seine Stimme bricht mitten im Satz, und er räuspert sich laut. In der folgenden Stille machen die beiden Anstalten zu gehen. Sie setzen die Kappen auf und stehen einen Augenblick unschlüssig im Gang zwischen Herd und Anrichte.

»Wartet«, Mutter kommt aus der Abspüle hervor, »noch nicht«, und sie wirkt gleich aufgeregt wie am Anfang, als sie in die Küche traten und zuerst kein Auge hatten für nichts und nur wissen wollten, wo Jakob war.

»Wo ist er?«

»Im Zimmer«, aber sie sollten ihm Zeit lassen, ein paar Minuten wenigstens, »Max und Siegfried sind bei ihm, und er schläft, von den Tabletten, die er genommen hat.«

Dann ging er nur noch selten aus. Es kam vor, daß man ihn ganze Monate in keinem Gasthaus sah, und wenn er irgendwo saß, immer kleiner und mehr in sich zusammengeschrumpft, wie es schien, war er der Alte, oder man wußte nicht – womöglich wäre etwas verloren oder im Gegenteil neu hinzugekommen – oder fand keine passenden Worte, nur daß er unabhängig sein mochte von früheren Vorlieben, oder doch nicht, zumal er den Wein getrunken habe wie gewöhnlich, ein Glas nach dem anderen in kleinen Schlucken. Er blieb fern, vielleicht weil er sich selbst nicht mehr wohl fühlte in seinem schäbigen Zustand, oder weil er müde war nach all den Jahren, oder wie auch immer, es sei einerlei gewesen, seit ihm Mutter wieder Zugang verschafft hatte zu den Kellern, mit der

Bedingung, daß er nicht über alle Stränge schlage. In den Lokalen wurden die verschiedenen Möglichkeiten angedeutet, aber in Wahrheit kümmerte es keinen, und jeder mußte selbst sehen, daß er von einer Nacht irgendwie in die nächste kam.

Viel Zeit verbrachte er zu Hause. Er ging allen aus dem Weg, erinnert euch, räumte seinen Platz hinter dem Ofen, sowie jemand in die Stube trat, lief aus der Küche oder begann erst, in den Schränken und Kästen nach etwas Eßbarem zu suchen, wenn er wußte, daß er allein war, schloß sich ganze Nachmittage im Zimmer ein oder saß in der Bastelkammer, untätig und ohne die alten Arbeiten und Spielereien je wieder aufzunehmen. In der Zwischensaison schritt er zuweilen die langen Flure ab und öffnete wahllos Türen zu den leeren Gästezimmern, bis er in helle Erregung geriet beim Gedanken, daß niemand ahnte, wo er war, und schließlich irgendwo eintrat und, auf dem Bett sitzend, die Weinflasche entkorkte. Ob er sich wohl gefühlt habe? Manchmal trank er so viel, daß er alles vergaß und, die Augen weit geöffnet, nichts sah, und später, wenn andere über ihn sprachen, dachte er nicht an sich oder dachte nur: es gibt mich nicht.

In diesem Winter wurden es achtzehn Jahre, seit er aus der Stadt heimgekommen war und das Dorf nicht mehr verlassen hatte, abgesehen von dem einen und erfolglosen Besuch beim Zahnarzt und einer anderen Gelegenheit, als er mitfuhr, Äpfel holen, über die nahe Grenze und noch am selben Tag zurück. Was draußen vor sich ging, kümmerte ihn wenig. Er las die Zeitung, und das Beschriebene schien nirgendwo oder so weit entfernt zu sein, daß es nicht wirklich wäre. Oder er hörte jemanden erzählen, einen Gast, der die halbe Welt gesehen hätte, und wußte, oder wußte er nicht, daß es allein Gerede war, was blieb? Ein einziges Mal erkundigte er sich, wie weit es sei und ob man einen Paß brauchte, und wollte einen Atlas haben und den Ort finden im Osten des Landes, aber am nächsten Tag wurde er still, erinnert euch, und konnte nicht glauben, daß das Serviermädchen ihm alles vorgespielt hätte und nur zum Spaß die Augen verdreht.

Er hatte den Sinn für die Wirklichkeit verloren – und nichts dazugewonnen. Niemand erwartete etwas von ihm, es sei denn Dummheiten oder eine neue Ausfälligkeit, und er entsprach, am Anfang vielleicht willentlich, aber längst, weil er nicht anders konnte und seine Möglichkeiten nicht sah, oder es habe keine mehr gegeben. Außer Hanna war Mutter die einzige Person, mit der er manchmal redete, oft nur ein paar Sätze, die Mutter nachdenklich zurückließen, wenn sie sich irgendwo trafen im Haus. Ihre Sorgen blieben zunächst unbestimmt, Klagen über die schlechten Zeiten, in die sie ihn mitunter einschloß, und erst allmählich begann sie zu fürchten, es könnte ihm dies passieren oder das, oder er sich selbst etwas antun, wie einmal, als sie aus seiner Kammer die Ziehharmonika hörte und mit beiden Fäusten gegen die Tür trommelte: was sei – weil er so lange nicht mehr gespielt habe; oder an dem Morgen, da er nicht im Bett war und sie vor Angst durch das ganze Haus lief, bis man ihn in einem Gästezimmer fand, splitternackt neben der Badewanne.

Irgendwann in dieser Zeit fing er mit neuen Spinnereien an. An einem Vormittag kam er in die Küche und wollte ein Fieberthermometer haben, und niemand dachte sich etwas, alle lachten, als er sagte, es müsse Krebs sein.

Aber von da an hatte man keine Ruhe mehr, es ließ ihn nicht los, und wenn er lange im Zimmer gesessen war, tauchte er mit wirren Bemerkungen auf und Fragen oder lief schreiend durch die Gänge, er halte es nicht aus, und was tun, was tun, wenn man nichts dagegen tun kann? Im Keller stieg er jeden Tag auf die Fleischwaage, und man hörte ihn klagen, dreiundsechzig Kilo, und wie er davon sprach, meine Krankheit, sagte er, und daß er ein Krebser sei. Es gelang nicht, ihn zu beruhigen, weil er alles besser wußte und die Bruchstücke, die er irgendwo aufgriff, zusammensetzte, wie es ihm paßte, daß man sofort zugab: du hast recht. Oder wenn er einen flehend ansah und seinen Lieblingsspruch wiederholte: ich schau schon schlecht aus, und es ginge zu Ende.

Das war zu Beginn des Winters, und in den Monaten seither hatte sich nichts geändert. Er saß untätig im Haus herum, oft betrunken, und schien die letzte Hoffnung verloren zu haben und ganz ohne Willen von einem Tag irgendwie in den nächsten zu gleiten. Einmal noch sah man ihn im tiefen Neuschnee taleinwärts spazieren, bis hinter Rofen; und ein anderes Mal überredeten ihn die Kinder, beim Iglubau zu helfen, und er war den ganzen Tag draußen. Aber bei beiden Gelegenheiten sei er verstört heimgekommen und weinend die Treppe zu seinem Zimmer hinaufgestiegen, daß man nicht wußte, was sagen oder tun, und nichts sagte und nichts tat wie in all den Jahren davor.

Was sonst noch? Die letzten Tage verbrachte er fast ausschließlich im Zimmer und ließ sich nicht blicken, auch nicht beim Essen oder auf dem Weg zum Getränkekeller oder irgendwelchen Verrichtungen, von denen er nicht einmal in seinen schlechtesten Zeiten absah. Wenn Mutter Novak an die Tür klopfen hieß, gab er keine Antwort, und die Mahlzeiten, die man ihm auf dem Gang abstellte, blieben unberührt, sogar der Wein, ein Doppelliter vom billigsten, den er gewöhnlich trank. In der Ruhe eines Nachmittags stieg Mutter unters Dach und redete ihm zu, aber er hätte nicht aufgemacht trotz ihrer Bitten und Versicherungen, es wäre gut, Jakob, und er brauche sich nicht zu verstecken, vor wem denn? Niemand, nur die Schwägerin habe ihn einmal gesehen, mitten in der Nacht, wie er aus dem Keller kam, in beiden Händen eine Flasche, und auf dem halbdunklen Gang wortlos an ihr vorbeischlich.

Die Tage vergingen auch so, gewiß. Man hatte mit den Ostergästen genug Arbeit und machte sich keine Gedanken, es sei denn Mutter, ob er reglos auf dem Bett lag und ausbrütete zu tun, was er dann tat, oder nur döste in einer stundenlos gleichförmigen Leere, das Glas in der Hand, aus dem er von Zeit zu Zeit einen Schluck nahm. Oder es ging ihm nicht gut und er war zuletzt tatsächlich krank geworden, denken wir jetzt, in der Küche, wo Inspektor und Gehilfe zwischen Herd und Anrichte stehengeblieben sind, einen Augenblick noch, bevor sie ihn holen.

Als er erschien und sich an den Tisch setzte, gestern am frühen Abend, stellte man keine Fragen. Er sah zu, wie in der Küche langsam die alltäglichen Vorbereitungen anliefen, und hörte nicht auf die Sprüche der Kinder, die ihn sofort umringten, schaute die Schwägerin kaum an, als sie eine Bemerkung machte, irgend etwas, und daß der Pullover zu warm wäre für die Jahreszeit. Es gab nichts zu sagen. Er kaute wortlos auf dem Kanten Brot herum, den ihm Mutter aus der Speis geholt hatte, und schien zu warten. Ob etwas auffällig gewesen sei? Einmal lachte er plötzlich und starrte wie irr auf die Tür, dort, oder auf etwas dahinter, das die anderen nicht sahen. Er war glattrasiert und sein blasses Gesicht ganz eingefallen, ein ungewohnter Anblick nach all den Wochen, da man wenig von ihm bemerkte. Er trug ein frisches Hemd, frisch gewaschene Hosen, und die Schuhe waren sauber, der letzte Haarschnitt nicht zu lange zurück, aber lange genug, daß fast nichts geblieben sei von den Wunden im Nacken.

Sowie das Essenausgeben begann, stand er auf. Im Vorhäuschen und die Holzstiege hinunter hörte man seine Schritte und ahnte, daß er über die Straße ging, Geld betteln, und von dort in die Milchbar oder ins Café Tirol, und wo er zuletzt enden würde, sturzbetrunken. Man hatte keinen Grund anzunehmen, daß es nicht ein Tag wäre wie alle, und dachte nichts, nichts Besonderes, und erst recht nicht, was sie jetzt denken, in der Küche, wo der Inspektor wieder Anstalten macht zu gehen und uns alles mögliche einfällt.

Einmal, er war noch nicht lange aus der Stadt zurück, habe er eine ganze Woche im Karlinger Haus geschlafen, wir erinnern uns, man hatte ihn beobachtet, die Kirchgänger, wie er am Morgen aus dem Fenster sprang und bis zum Bauch im Neuschnee versank. Er traute sich nicht über die Treppe, wenn er von drunten Geräusche hörte, das Dienstmädchen, das schon aufgestanden war und den Gästen Frühstück machte oder darauf wartete, daß der Tag begann. Daheim erzählte er, er sei mit Freunden ins nächste Dorf gefahren und die ganze Nacht nicht losgekommen.

Wenn im Haus alle schliefen, schlich er hinter der fremden Frau die Stufen hinauf. Sie sprachen nicht in der Dunkelheit und gingen auf dem schmalen Gang hintereinander. In der Kammer standen sie sich wortlos gegenüber oder saßen am niedrigen Fenster und schauten in die graue Winternacht, und wenn er in zögernden Versuchen endlich ihre Hand fand, erschrak er zuerst und wußte nicht, was tun; ob er sie halten sollte oder streicheln oder was sonst. Sie hatten vom ersten Tag an viel geschwiegen, lieber nichts gesagt und oft verständnislos gelächelt, einer über die fremde Sprache des anderen.

Im Bett blieb er angezogen und strich mit unsicheren Fingern über ihren nackten Körper. Es gab nichts zu sagen, nichts, und was sie unter der Decke flüsterten, hatte allein Klang und keine Bedeutung. Er faßte sie an, wie er dachte, daß es von ihm gewollt wurde, und sprach, wenn er sprach, weil er glaubte, es wäre Zeit dazu. Gewöhnlich lag er die ganze Nacht wach, mit offenen Augen, und wartete. Oder hatte er aufgehört auf das große Glück zu warten, das nicht kam?

Wenn er sich über die schlafende Frau beugte und ihren Atem auf seiner Wange spürte, waren es immer die gleichen Gedanken, die ihn plötzlich zurückfahren ließen: wie leicht, ein Griff nur, ein Druck, und nichts wäre mehr. Er blieb reglos liegen, schob später seine Hand unter die Decke und nahm sie lange nicht von ihrer warmen Brust. Einmal war er in den Morgenstunden eingenickt und wußte im Aufwachen vor Schrecken nicht wohin über die plötzliche Leere, lief polternd die Treppe hinunter und aus dem Haus. Irgend etwas mußte schiefgegangen sein, oder vielleicht wäre es immer so, seinen Gedanken angemessen, und er fühlte sich elend wie nie, als er heimkam und ungesehen ins Zimmer schlich.

Das Kind wollte Priester werden. Er gab es zu Hause bekannt und stand auch dazu, als er gescheiter war. Er hatte gelernt, den Erwartungen zu entsprechen, und erst recht jenen, für die er selbst verantwortlich schien. Längst gegen seine Überzeugung, blieb er auf Fragen immer noch stumm, als es das ganze Dorf ahnte und die Mitschüler ihn zu hänseln begannen und jeden Tag mit neuen Namen belegten, die nichts oder nichts Gutes verhießen. Im Sommer kam der Pater zu Besuch und saß mit ihm auf der Terrasse, erinnert euch, und beim Aufbruch drückte er Mutters Hand und sagte, daß Jakob schon wüßte, wenn er in die Stadt ginge aufs Gymnasium und später studieren.

In der Schule hörte man dem Kind neugierig zu, und seine Zeichnungen wurden den anderen als gutes Beispiel hingehalten, bunte Blätter, auf denen Leute in einer Wiese standen, gefangen in ihren leuchtendgelben Heiligenscheinen, und über ihnen hätte ein riesiges Auge gewacht; Gott, las man in Blockbuchstaben als Erklärung darunter und manchmal andere Worte, verständliche, wie Heimsuchung oder Vertreibung oder die siebzig Plagen. An den Werktagen ließ Mutter uns schlafen und schickte ihn früh am Morgen allein in die Kirche, auch im Winter, wenn es noch dunkel war und zuweilen Schnee gefallen und keine Spur auf der ungeräumten Straße. Er ging, ohne zu murren, stand, saß, kniete und wäre kein anderer gewesen, wenn er hinter den paar alten Weibchen herauskam und wortlos nach Hause lief.

Später konnte er nur lachen darüber. Es fiel ihm schwer zu glauben, daß er es gewesen sei, dasselbe ich, das oft tagelang die verrücktesten Geschichten aushob und am liebsten eine Todsünde begangen hätte, einen Freund erschlagen oder irgend etwas, damit die Beichte bedeutend wäre und nicht wieder die alte Litanei, er habe gelogen und gestohlen und den Vater nicht geehrt, weil ihm nichts einfiel. In der Sakristei hatte er bisweilen Hostien eingesteckt und auf dem Heimweg eine nach der anderen gegessen, und einmal, an einem Nachmittag, sei er vom Pater erwischt worden, wie er mit ausgebreiteten Armen vor dem Altar eine Salatschüssel voll Wein segnete und Hanna hinknien hieß oder aufstehen zum Gebet, wenn ihm danach war.

In die Kirche ging er später noch manchmal und schaute vom Eingang staunend nach vorne, dachte nichts oder an ganz etwas anderes. Er sah nicht weg, wenn sich jemand nach ihm umwandte und mißbilligend den Mund verzog über seinen Zustand. Am liebsten sei er betrunken gewesen, weil es dann vorkam, daß er alles glaubte oder wenigstens vergaß, einen Augenblick oder so lange, bis er wieder nüchtern war. Was sonst? Einmal, zu Weihnachten, habe er es in der Mitternachtsmette nicht mehr ausgehalten, gerade noch die schwere Tür aufgebracht und sich vor den Grabreihen erbrochen, immer wieder wäre es ihm hochgekommen, hätte ihn gewürgt, daß er schließlich erschöpft liegenblieb im Schnee, vor dem Eingang, wo man ihn halb erfroren fand und ein Gezeter anschlug, bis er aufstand – was es sei, was denn – und den Kirchturm anvisierte, aus dem ein Weihnachtslied kam, auf der Trompete falsch und wehmütig in die stille Nacht geblasen.

Er hatte verstört geschaut und gewöhnlich nichts gesagt, wenn sie ihm bei verschiedenen Anlässen aus seiner Kindheit erzählten, sie wäre längst vorbei, zu irgendeiner Zeit gewesen, gut oder schlecht, und was hieße das, später, Vergangenheit, wenn er sich nicht einmal daran erinnerte? In der Stadt mochte er zuweilen darüber nachgedacht haben, aber es war müßig, weil man immer nur von einer Grenze zur nächsten kam, und dahinter? Er mußte glauben, was die anderen erzählten, oder erfand die eigene Geschichte, oder er trank und versuchte, alles zu vergessen, oder scherte sich wenigstens keinen Deut darum, was einmal gewesen wäre.

Er stieß sich nicht am Vergangenen selbst, sondern an ihrer unveränderten Haltung dazu: es ist schon richtig und alles gerade so geschehen, wie es gut war. Sie hatten das Kind geschlagen, und Mutter erzählte immer noch voll Stolz, wie sie mit ihm fertig geworden sei, als der Vater für ein paar Tage in die Stadt fuhr. Den Schreier habe sie schreien lassen in der Kammer, die Tür zugemacht und erst wieder hineingeschaut, wenn kein Mucks zu hören war. Was sollte man tun mit einem Zornbinkel, der tobte und weinte und nicht wußte, warum? In den Nächten, wenn sie aufstand und sich über das Gitterbett beugte, habe sie auf das Häufchen eingeredet und manchmal selbst geschrien, daß es erschrak, oder ihm die Windeln heruntergezogen und den Hintern anständig versohlt. Mutter schien das gern zu erzählen, der Erfolg gab ihr recht, sagte sie, und daß das Kind brav gewesen wäre; man habe ganze Nächte durchschlafen können, als der Vater aus der Stadt zurückkam.

Jakob hätte sich am liebsten die Ohren zugehalten oder Mutter gebeten zu schweigen und versuchte kaum, seine Tränen zu verbergen. Ob es ihm geschadet habe? Das Kind hatte Lungenentzündung und war grün und blau geschlagen worden, bevor man es in die Klinik brachte, an jenem Abend, Schnee sei gefallen, erzählten sie, der Vater habe keine Zeit gehabt und Mutter allein in die Stadt geschickt, im Bus, das Kind auf dem Schoß, das nicht einen Augenblick ruhig gewesen sei. Was soll die Frage? Geschadet hätte es keinem, und solange niemand umkam, war das Gegenteil nicht bewiesen.

Woran er den Gästen die Schuld gab? Solange er ein Kind war, hatten sie ihn als Kind behandelt und bis unters Dach verfolgt mit ihren Fragen und den Süßigkeiten, die sie ihm hinhielten, damit er unter dem Küchentisch hervorkäme und erzählte oder zuhörte, was sie wußten über die große Welt und wie man sich darin zu bewegen habe. Er verstand nie, was genau sie von ihm wollten, und wollte selbst nichts von ihnen, nur seine Ruhe, wenn man ihn aufforderte, nicht so zu tun. Im Grunde habe er wenig gegen sie gehabt, als Kind, jedenfalls nicht mehr als gegen Leute im allgemeinen, und es sei zu dieser Zeit allein seine Scheu gewesen, in den ersten Jahren, seine Leutescheu, das war der Ausdruck, mit dem man ihn schon begriff, als er noch nicht einmal gehen konnte.

Später wurde es zusehends schwerer, für das fragwürdige Verhältnis angemessene Worte zu finden, und auch fragwürdig wäre eines, das man zögernd hinschrieb, in Ermangelung eines besseren, zuletzt nur ausgewählt, weil es wenigstens auf sich selbst anwendbar sei. Was wollten sie? Eine Saison um die andere sah er zu, wie sie ihm ein Leben vorgaukelten, das Lust- und Trauerspiel ihres angeblichen Alltags, und er stand da, ein Zuschauer, der alles für die Wirklichkeit halten sollte und »schön« rufen oder »doll« und aufgeregt in die Hände klatschen. Wenn sie ihn brauchten, wurde er hervorgeholt und durfte mit auf die Bühne, als Schilehrer, Jodler, Tellerwäscher oder was ihnen einfiel, Alpenrose, vielleicht Gamsjäger, und das war schon alles. Einmal erzählte er von seiner Zeit in der Stadt, aufs Gymnasium sei er gegangen, ein paar Monate, und sie sagten, daß es nichts für ihn gewesen sein konnte; oder bist du durchgefallen? Und selbst mit Abschluß, eine Matura wäre nie ein Abitur, wäre nur etwas Österreichisches.

Er wollte immer noch nichts, seine Ruhe, und hätte am liebsten laut aufgeschrien, wenn er sie nicht bekam. Ihr fortwährendes Besserwissen mochte er ertragen, aber nicht die ungefragte Nähe, mit der sie einen bedrängten und nicht losließen, jeden Winter, jeden Sommer und zuletzt ganz, wenn man nicht achtgab.

Und all die Liebeleien? Die Töchter von Deutschen sind keine Deutschen, sagte er, solange er ihnen nachstellte und versuchte, sie dranzukriegen. In der Halbdunkelheit eines Cafés hielt er ihre Hände und nannte sie zärtlich Piefke, und später, oder wenn sie sich zwischen die Beine greifen ließen, konnte er mitunter ein Gefühl des Triumphs nicht unterdrücken, er hätte es ihnen heimgezahlt, allen, und bekannte flüsternd vor Erregung seine Liebe oder sonst eine Dummheit. Wenn sie abreisten, saß er nachdenklich da, und das Verhältnis blieb für immer unklar, bis er vergaß, oder manchmal kam eine nach Jahren wieder und wußte nicht, wohin schauen oder was sagen, oder schaute an ihm vorbei und redete über die alten Zeiten und was für ungezogene Kinder sie gewesen wären.

Er wollte nichts.

»Er ist kein schlechter Mensch«, sagt Mutter. Sie steht im Gang zwischen Herd und Anrichte und hat wie beschwörend die Hände gehoben. Ihr Gesicht wirkt in der Sonne, im hellen Licht, das schräg durch die Fenster fällt, geradezu entspannt, bis man ein zweites Mal hinschaut: zitternde Mundwinkel, als beginne sie gleich zu weinen, und die Augen, sie glänzen vor Müdigkeit und vom unmäßigen Trinken. Wir haben den Satz oft gehört, ausgesprochen bei verschiedenen Gelegenheiten und immer gefolgt vom selben Schweigen, als überlege man ernsthaft, ob er noch gelte nach der begangenen Untat oder einem Mißgeschick. Von der Abspüle nickt Novak zustimmend mit dem Kopf, und vielleicht ist es wahr, daß er am meisten weiß, besonders über die letzte Zeit, in der Mutter ihm stets aufgetragen hat, sich um Jakob zu kümmern, und ihn alles tun hieß, was ihr selbst zu viel war, von uns, den Brüdern, oder der Schwägerin gar nicht zu reden.

In der lang anhaltenden Stille richten sie ihre Blicke auf ihn, aber er wendet sich wortlos ab und legt das schwere Küchenmesser, das er in der Hand gehalten hat, geräuschvoll in das Blechbecken.

Von draußen ist nichts zu hören. Auf der Terrasse vor dem Café Tirol stehen die ersten Gäste auf und beginnen, aus dem ungeordneten Haufen am Straßenrand ihre Schi und ihre Stöcke zu suchen. Schon geht eine Gruppe in unbeholfenen Schritten über die Brücke, und eine andere verschwindet hinter dem Hotel Fend, auf dem Weg zum Übungshang, der neben dem Karlinger Stall vom Bach bis unter die Waldgrenze reicht. Es sind immer noch viele, die in der Sonne sitzen, sich treiben lassen hinter geschlossenen Augen oder dunklen Brillen, und etwas ganz Außergewöhnliches müßte geschehen, sie jetzt in ihrer Ruhe aufzustören.

»Es ist Zeit«, sagt der Inspektor.

»Zimmer zehn.« Mutter bleibt ohne Bewegung mitten im Gang stehen.

»Also.« Der Gehilfe wartet an der Tür, und während die beiden noch einmal die Kappen abnehmen und uns zunicken, denken wir überhaupt nichts, denken nicht einmal, daß es zu spät ist, zu denken.

»Auf Wiedersehen«, sagen Viz, Valentin und die Gritschin fast gleichzeitig.

Wir schweigen.

Wir sehen einander an, sehen Mutter an, die, der Tür
zugewandt, plötzlich erschrocken innegehalten hat, sehen
auf die Küchenuhr, deren Zeiger hinter dem fettverschmierten Glas um halb elf stehengeblieben sind, und
warten: nichts, wie sie die Steinfliesen auf Höhe der Speis
betreten, die festgenagelten Bretter vor der Kellertür, die
kein Geräusch machen. Und jetzt: Büro- und Toilettengestöhn, wir hören mit dem Knarren der Holzdielen, wie
sie sich entfernen, Stiegenhausknarren, die Stufen hinauf,
wo sie Jakob holen, herunter, Speisesaalknarren, Stubentürknarren, und nach einer kurzen Stille das Ächzen der
Feder, von der die Haustür ins Schloß gezogen wird – ein
leichter Schlag, fast nicht wahrnehmbar, der es beendet.
Wir treten ans Fenster, als vor dem Haus der Wagen an-
fährt, und nur Mutter bleibt regungslos stehen, mitten im
Gang zwischen Herd und Anrichte, die Hände vor dem
Schoß gefaltet, und schaut, sie schaut nicht, wie sie mit
gewichtigen Schritten die Treppe hinuntergehen, Jakob in
der Mitte, kaum sichtbar zwischen den Uniformen, die
im hellen Mittagslicht ihren Trägern eine ganz besondere
Existenz verleihen. Auf der Sonnenterrasse des Café Tirol
wenden sich die braungebrannten Gesichter: Augen, die
hinter dunklen Gläsern neugierig dem Auto folgen, wie
es unruhig über Spurrinnen fährt, vorbei am Geschäft,
Gemischtwarenhandlung steht in abblätternder Farbe über
dem Eingang, und in der Glastür erscheint jetzt die Ver-

käuferin, dreht den Schlüssel zweimal im Schloß, tritt heraus und blickt lange nach links die Straße hinunter, dort, dem Auto hinterher, bis es von ihrem Standort nicht mehr zu sehen ist. Während Viz, Valentin und gleich darauf die Gritschin sich verabschieden und aus dem Vorhäuschen die schmale Treppe hinuntersteigen, fährt es schon auf die Brücke zu, vorsichtig deren tückisch vereiste Bretter entlang, schaut, schaut doch, durch den Verschlag, über dem die Seile der Doppelsesselbahn gespannt sind, und jetzt den ersten Häusern entgegen, auf der anderen Dorfseite, wo wir es für ein paar Sekunden aus den Augen verlieren. Dann taucht es mit verminderter Geschwindigkeit wieder auf, an der Engstelle beim Hotel Post, hat den dahinter liegenden Stall erreicht, an dessen Eingang in einer kleinen Lache Schweineblut versickert, ist vorbei am Hotel Kleon, an der Bäckerei, und nähert sich langsam der Kirche.

Da fahren sie, sagt der Bruder und sieht Mutter an, die noch immer reglos dasteht und unter den Blicken plötzlich zu gehen beginnt, mühsam in Bewegung kommt, zwei Schritte, drei, auf die Töpfe zu, die unverändert leer am Rand des kalten Herds aufgereiht sind. Sie beugt sich darüber, unverständlich murmelnd, und während sie Novak bittet, ihr noch ein Glas zu wärmen, mit viel Wein und viel Zucker, sehen wir wieder ihr Gesicht, Nase und Wangen gerötet vom Trinken, und plötzlich all die Jahre darin, ihre Jahre, unsere Jahre und die von Jakob, so alt ist sie. In der Küche wird es einen Augenblick ganz still. Da fahren sie – und jetzt tritt Mutter zu uns ans Fenster, schaut den Bruder nicht an, der mit der Hand nach draußen weist, und beginnt endlich, den Kopf gesenkt, damit wir es nicht sehen, lautlos zu weinen.

Das Auto gleitet schon die Straße talauswärts, weißglänzend in der hellen Mittagssonne, als hinter der alten
Rofnerin die Haustür schwer ins Schloß fällt und sie die
backofenwarme Stube betritt, gegrüßet seist du Maria,
sich mit demselben Erschauern bekreuzigt, das ihr beim
Anblick des vorbeifahrenden Wagens durch den ganzen
Körper gegangen ist. Und zerstreut beginnt sie, den in
den unglaublichsten Bahnen über den halben Raum verteilten Wollfaden auf das Knäuel zu wickeln. Eins: unter
dem Schlag der Stubenuhr hat sie die Brille gefunden und
aufgesetzt, das blaugrün gestreifte Kopftuch abgenommen,
und jetzt, während der dumpfe Ton sich verliert, kommt
sie mühsam, mit steifen Beinen zu sitzen, und nichts – das
Leben kann weitergehen. Dem Dorf ist die Abfahrt nicht
entgangen, und wer Zeit hat, steht am Fenster und schaut
erwartungsvoll hinaus, ob sich noch etwas tut zwischen
den Häusern oder draußen auf der Straße, die schwarzglänzend in zahlreichen Kurven den schneebedeckten
Hängen folgt. Jetzt springt der Zeiger der Schuluhr weiter,
bleibt leise zitternd stehen, eine Minute nach eins, im
leeren Klassenzimmer, wo die Stühle Reih in Reih gerückt
sind und auf der Tafel halb verwischt, von eingetrockneten
Schlieren durchzogen, gerade noch die Städte des Unterlands zu lesen, und darunter ein Geschmier, einzelne
Buchstaben wie absichtslos von Kinderhand hingeschrieben. Aus dem Geschäft tritt wieder die Verkäuferin, einen
großen schwarzen Sack in der Hand, den sie am Boden
hinter sich herzieht, und im selben Augenblick beginnt
irgendwo, weit entfernt, ein Hund zu bellen, so leise, daß
man es fast nicht hört. Als gleich darauf der Bus ankommt,
schaukelnd in den unregelmäßigen Rinnen festgefrorenen

Schnees, die jedes Jahr um diese Zeit im Schatten der Häuser entstehen, als er vor dem Hotel Fend hält und durch die Hintertür eine Schar Kinder entläßt, die Hauptschüler aus dem Nachbardorf, vielleicht dann, oder doch erst, als er ein paar Meter weiterfährt und in einem leisen Zittern am Straßenrand zur Ruhe kommt, blauglänzend in der Sonne, hat der Fender auf die Wanduhr geblickt, und es ist acht nach eins gewesen. Plötzlich, wie ein Aufschrei, beginnt das Knattern wieder, das schon den ganzen Vormittag dem Dorf im Ohr gelegen ist, von einem Hang über die Dächer zurückgeworfen auf den anderen, und die Burschen, drei sind es, fahren auf ihren Motorrädern hin und her, dort, rotglänzend die Helme im Mittagslicht, drehen unermüdlich Kreise in knietiefem Schnee, der von den Hinterrädern meterhoch aufgewirbelt wird, und jagen immer von neuem dieselbe Treppe, fünf Stufen hinauf und auf der anderen Seite den Absatz in einem Sprung herunter, daß die Federn mit einem quietschenden Geräusch tief einknicken.

# IN DER LUFT

Auf einmal steht der Ballon frei in der Luft, hoch über den Dächern, den Schloten der Fabrikgebäude, vor dem allmählich aufhellenden Himmel seine Silhouette, ein phantastisch großer Tropfen, auf den Kopf gestellt, kurz vor dem Abreißen, einen Augenblick unschlüssig, scheint es, bevor er losschießt, senkrecht nach oben, und mit einem Rauschen und Knattern, als würde in der Nähe ein Vogelschwarm aufsteigen, zieht er sein schlapp herabhängendes unteres Ende wie einen Kometenschweif nach, und, an den Tragseilen wild hin- und hergeschlenkert, die Gondel, die Aluminiumkugel mit ihren nicht sichtbaren Einstiegslöchern und Bullaugen. So schnell geht es, daß ungewiß ist, ob zuerst der Schrei war, oder ob der Ballon sich losgerissen hat und der Starter, um den Schein zu wahren, augenblicklich nachsetzt: »Haltetaue los.« Die Haltemannschaften, rund um den Startplatz verteilt, treten ein paar Schritte zurück und schauen, den Kopf in den Nacken gelegt, zu, wie das Ungetüm, schon ruhiger, Meter um Meter gewinnt. Das Schlenkern der Gondel nimmt ab, ihr Pendelausschlag, und schließlich zittert sie sich in der Ruhestellung ein, während der Ballon immer praller, immer runder wird, und mit den ersten Sonnenstrahlen bricht er aus dem Grau in Grau, auf einmal gelb leuchtend, in scharf umrissenen Konturen, ein überraschender Mond.

Das Stimmengewirr, das im Lärm des Starts untergegangen ist, wirkt nun, in der Stille, um so stärker, man versteht kaum ein Wort, nur immer wieder: »Unglaublich, er steigt, steigt und steigt.« Es ist eine illustre Runde, die sich auf dem Gelände der Ballonfabrik eingefunden hat, Fabrikvorstand und Direktion – Direktor und Direktorstellvertreter –, Wissenschaftler, allen voran Meteorologen und Physiker, Luftfahrtsachverständige, Aeronauten, Piloten oder wie sie sich nennen, Militärs sind darunter, in Uniform und in Zivil, Geheimdienst, Behördenvertreter, Honoratioren, und nur der Schickeria ist es noch zu früh. (Nicht einmal die Schauspielerin gibt sich die Ehre, die, engagiert oder aus eigenem Antrieb, am Vorabend die ganze Zeit um die zum Start vorbereitete Gondel herumgestreunt ist, wie zufällig, einmal so, einmal so posierend, mit einer keck über die Schultern geworfenen Stola und einem Kleid mit einer Vielzahl von Knöpfen auf dem Rücken, das nach dem schon klassischen ›Liebling, kannst du mir helfen?‹ geradezu schrie, mit Netzstrümpfen, Stiefeletten, mit einer Fliegerkappe aus Leder, und schließlich, als Höhepunkt, streifte sie sich einen weißen Wissenschaftlermantel über und ging unter dem Klicken unzähliger Photoapparate vor der weit ausgebreiteten Ballonhülle in Stellung: »Toi, toi, toi.«) Dutzende von Journalisten und Bildberichterstattern drängen sich um die besten Plätze, unter ihnen sind es die Vertreter der Augsburger Zeitung, vierschrötige Kerle mit dem Gehabe von Rausschmeißern, die sich hervortun, mit gezückten Blöcken ihren Heimvorteil ausnützen, rücksichtslos, und später unverdrossen ihre Photoapparate in das grobgekörnte Nichts richten. Von Mädchen in Tracht, Marketenderinnen, werden Gläser ausgeteilt, Sekt wird eingeschenkt, und man stößt unter Hoch- und Bravorufen, übertönt vom

Geschepper einer augenblicklich einsetzenden Blasmusik, auf gutes Gelingen an. Es ist ein Programmpunkt – Skepsis, Freude, Skepsis –, und allen scheint es leicht zu fallen, einen erhabenen Ausdruck in ihre Gesichter zu zaubern. Stets von neuem gehen wie auf Kommando, wie gebündelt ihre Blicke nach oben, und es ist etwas Religiöses im unentwegten Starren und Staunen, dieselbe Einfalt wie auf den ›Himmelfahrten‹, Pfingst- und Auferstehungsbildern alter Meister, daß allein schon das Ansetzen von Ferngläsern gottlos wirken muß. Und vielleicht erklärt das den Genuß, mit dem es geschieht.

In Wellen ist von Zeit zu Zeit, wenn es still genug wird, wie von weit her, von der anderen Seite des Fabrikkanals das Brausen der Menge zu hören, die dort in unzähligen Reihen, dicht an den Kanalrand gedrängt, Aufstellung genommen hat, und es erinnert an den Lärm in einem Stadion, mit seinem Auf und Ab. Trotz der Kälte sind Scharen gekommen, manche schon am Abend davor, um nichts zu versäumen, manche von wer weiß wo herangekarrt, aus dem ganzen Landkreis, es ist ein gesichtsloser Haufen im Zwielicht, ein Durcheinander von Müßiggängern und allen möglichen Neugierigen. Weiter weg, vor dem Hintergrund anderer Fabriken, ist es ein paar Unentwegten gelungen, auf der taunassen Wiese ein Feuer anzuzünden und mit ein paar Klaftern Krüppelholz qualmend am Brennen zu halten. Drumherum beginnt ein Tanz scheinbar Regloser, mit wüst wirkenden Licht- und Schattenspielen in ihren Gesichtern. Da und dort flammen notdürftig als Fackeln verwendete Scheite in den Händen der Umstehenden auf, und wenn sie mit ihnen Symbole in die Luft zeichnen, wild fuchtelnd, steckt nichts dahinter, nichts, es geschieht spontan, mit einem Zischen, einem Fauchen, mit dem Funkenflug von Wunderkerzen. Als es nach und nach immer mehr sind, die sich dazugesellen, Arm in Arm schon, vor allem Männer, und auf einmal ganze Schlangen, Spiralen singend um den ›Scheiterhaufen‹ kreisen, wie in Trance, nimmt das Interesse am Himmelsgeschehen auch schon ab – ›Himmelsgeschehen‹ ist das Wort einer einschlägigen Zeitung –, man schaut nicht mehr nach oben, wozu auch, es ist alles im reinen, und gibt sich statt dessen lieber seinem Taumel hin, seinem Heidentum.

Der Ballon scheint inzwischen nicht mehr zu steigen. Ins Gleichgewicht gekommen, ab und zu von leichten, schnell wieder zerrissenen Wolken verdeckt, steht er majestätisch still, und nur wenn man lang genug hinschaut, wieder und wieder visiert, ist kaum merklich die Drift Richtung Süden, Südwesten erkennbar. Weit unter ihm schraubt sich das zu spät aufgestiegene Beobachtungsflugzeug in immer engeren Spiralen in die Höhe, schmiert ab, steigt wieder auf, schmiert ab und scheint von Zeit zu Zeit sogar ins Trudeln zu kommen, ob absichtlich oder nicht, mit einem Lärm, der, an- und abschwellend, alles überdeckt. Bis es im Sturzflug herabschießt, sich im letzten Augenblick fängt und über den Köpfen der Versammelten eine weite Schleife zieht, so niedrig, daß man, vom Propeller verwischt, in der Kuppel den Kopf des Piloten sehen kann, bevor es verschwindet. Aus der entgegengesetzten Richtung kommt ein Doppeldecker näher, mühsam, scheint es, arbeitet sich heran, an seinem Heck ein Spruchband, HOTEL BAYERISCHER HOF, kreist, kreist und kreist und sucht sich schließlich einen neuen Mittelpunkt über dem Zentrum der Stadt.

Es ist noch immer nicht ganz hell, als auf dem Gelände der Ballonfabrik ein Schwarm Ballons losgelassen wird, Gasballons in allen Farben, die hoch in die Luft steigen, nur einer, der platzt und abstürzt, zerfetzt – etwas daran gibt dem Ganzen den Anstrich eines Versuchs, wenn auch nachgetragen, eines Experiments, das statistisch geglückt ist –, und während einer nach dem anderen verschwindet, unsichtbar, macht sich zum ersten Mal Erleichterung breit. Was will man mehr? »Wir werden sehen.«

Wir hatten uns an die Dunkelheit im Inneren der Gondel noch gar nicht gewöhnt, und es war das Geräusch der zufallenden Luken, das uns schwer in den Ohren lag, oder die folgende Stille – wer weiß –, als es losging. Mit einem Scheppern, Metall gegen Metall, und alles, was nicht niet- und nagelfest war, kam ihnen entgegen. Auffangen, halten, immer andere Teile der Apparatur, unseres Hab und Guts in den Händen – es war ein Kunststück. Hin- und hergeworfen, vermochten sie sonst nichts zu tun, und ihre Schläge gegen die Kabinenwand wurden mit Schlägen von außen beantwortet, mit einem unvergleichbaren Lärm. (Am ehesten war er vergleichbar mit dem Tohuwabohu in einem Yachthafen, über den gerade ein Sturm hinwegging, daß die Masten der Segelboote im Takt hin- und herschwankten, mit dem schon sprichwörtlichen Klirren – es war ein Schaben und Kratzen dabei –, und wenn ab und zu eine Bö am aufgerollten Tuch zerrte oder gar einen Teil losriß, war es ein Knallen, mit Pausen wie zum Atemholen, Augenblicken vollkommener Stille, wenigstens schien es so, unmittelbar davor und danach.) Wir hielten uns an den Händen, wir fanden uns Hand in Hand wieder, sowie der ärgste Wirbel vorbei war, stumm, starr vor Angst. Sie sahen sich nicht an, standen nur da, einmal war es der Professor, einmal der Assistent, der ansetzte, etwas zu sagen, und schließlich machten sie gleichzeitig in Flüchen ihrer Erleichterung Luft und versuchten stets von neuem zu lachen, stets von neuem vergeblich.

In der Zwischenzeit ging die Temperatur so weit zurück, daß die sich niederschlagende Feuchtigkeit als Reif auf uns herabrieselte, und erst später, in der Sonne, gefror sie nicht mehr und blieb in großen Tropfen an der Decke hängen oder floß in kreuz und quer sich schneidenden Bahnen die Wände entlang. Daß die Kugelgondel wie eines dieser Souvenirs wirken mußte, die man auf den Kopf stellt oder schüttelt, und es schneit in einer Allgäu-, Alpen- oder Schwarzwaldlandschaft, und spätestens zu Mittag war es wie in einem winzigen Gewächshaus unter tropischen Bedingungen, mit nur ein paar Kubikmetern stickiger Luft. Das gleichmäßige Brummen, das zu hören war, kam von den Sauerstoffapparaten, und es ging uns schnell in Fleisch und Blut über, von Anfang an etwas Organisches, ganz und gar uns zugehörig, $O_2$, farb-, geschmack- und geruchlos – wir waren froh, wenigstens das Geräusch zu haben, und lauschten, als lauschten wir unserem eigenen Herzschlag. Zögern, einen Augenblick, nicht länger. Schon versuchten sie im Licht, das mittlerweile durch die Bullaugen drang, Ordnung zu machen, und während sie noch die Meßgeräte überprüften, ging es Schlag auf Schlag. Wir schauten nur so, als ein Barometer auf dem Boden zersprang. »Quecksilber.« Sie sagten es gleichzeitig – »Quecksilber und Aluminium« –, und es war nicht nötig, etwas anderes zu sagen. Wir warteten. Als

nichts geschah, wagten sie sich umzuschauen. »Ruhe.«
Und auf einmal war ein Zischen zu hören. Wir hatten ein
Leck. (Ich hörte die Worte meines Turnlehrer- und Re-
serveoffiziervaters, ›Mannszucht‹, ›Disziplin‹, als würde er
unmittelbar neben uns stehen, eine lächerliche, eine alt-
modische Erscheinung, mit seinem Spitzbart und seinem
immer noch nicht abgelegten Zwicker, und wenn er im
Rahmen seiner berühmt berüchtigten körperlichen Er-
tüchtigung eine seiner Kompanien, entweder in der Ar-
mee, oder eine seiner Schulklassen, die er auch so nannte,
über Stock und Stein schickte und sie dann vor sich in
Reih und Glied antreten ließ, war es immer die Atmung,
auf die er Wert legte, und er machte selbst mit, übertrieben,
mhhh-phhh, mhhh-phhh, durch die Nase ein, durch den
Mund aus, daß es von Jahr zu Jahr mehr in seine Physio-
gnomie eingegraben zu sein schien, wenn er einmal wie
ein Hungerleider mit Hohlwangen wirkte, einmal wie ein
Bonze, ein Parteibonze mit Pausbacken.) »Scheißloch.« Sie
entdeckten die Stelle, und während der Professor sich über
sie beugte und unter wilden Verwünschungen das vorbereitete Gemisch aus Wollfäden und -fusseln verstrich,
stand der Assistent scheinbar gelassen da, las laut die Baro-
meterstände ab, außen so und so viel, innen so und so,
und um den Druckverlust auszugleichen, schüttete er von
Zeit zu Zeit ein paar Tropfen Sauerstoff aus und sah zu,
wie sie verdampften. Wir waren schon in der Stratosphäre,
als der Innendruck endlich konstant blieb, während der
Außendruck noch weiter sank, Strich um Strich, und sich
schließlich auf einem Wert einpendelte, der nur wenig
über dem von uns angepeilten lag. Wir hatten aufgehört zu
steigen.

Bevor wir mit den Messungen begannen, urinierten wir Rücken an Rücken, voneinander abgewandt, in unsere Uringläser, stöpselten sie zu und stellten sie auf den Boden. (Ich erinnerte mich, daß ich als Kind nie konnte, wenn ich in einem Pissoir, in einer öffentlichen Toilette mit ein paar Männern dastand, mit verzweifelt ihr Geschlecht schüttelnden und schlenkernden Prostatikern, mit Betrunkenen, die, ihre Stirn an die Fliesenwand über der Schale gelehnt, in den Knien einknickten und mit geschlossenen Augen sich selbst besprenkelten, manchmal freihändig, und aus ihrem Mund kam ein unverständliches Geseire.) Dann standen sie, ohne etwas zu sagen, über die Schreiber gebeugt, sahen zu, wie die Schreibarme, schnurrend und tickernd, auf den Registriertrommeln Millimeter um Millimeter ihre haarfeinen, zittrigen Linien zogen, Temperatur, Luftdruck und Luftfeuchtigkeit, und nahmen in Minutenabständen abwechselnd an den Ionisationskammern Stromstärke und Spannung ab, um sie in die entsprechenden Tabellen einzutragen. Wenn alles gut ging, war sonst nichts zu tun. »Wir können uns Zeit lassen.«

Stets von neuem warfen sie einen Blick aus den Bullaugen oder starrten durch die Bodenluke nach unten, und in ihrem Sichtkegel, manchmal von Schleierwolken verwischt oder gar ausgelöscht, tauchte während des ganzen Vormittags immer wieder ein Fluß auf, es mußte der Lech sein, verschwommen, ohne Kontraste die Landschaft, ein ungewisses Blaugrau, Graugrün, eher schwarz-weiß als in Farben. Es war ein anstrengendes Schauen, und während der Professor, wie um noch mehr zu sehen, ab und zu die Augen schloß, so kurz, daß es wie ein verzögertes Blin-

zeln wirkte, schien der Assistent mit weit aufgeklappten
›Scheinwerfern‹ alles ausleuchten zu wollen. Was wir uns
davon versprachen? Über dem Dunst, der als weiße, scheinbar straff gespannte Decke unter ihnen lag, türmten sich
da und dort in den phantastischsten Formen, plüschweich,
schien es, Haufenwolken auf, mehrere Stockwerke hoch,
Wolkenkratzerwolken, mit von Augenblick zu Augenblick
sich ändernden Licht- und Schattenspielen. Der Himmel
über uns war am Horizont hell und wurde gegen den
Zenit zu immer dunkler, so blau, daß er schon schwarz
wirkte. (Daß ich Lust bekam, wieder Firmament zu sagen,
wie ich es als Kind immer gesagt hatte, und mit welcher
Inbrunst, als wäre dann alles noch himmlischer, heiliger.)
Als sie in der Ferne, weit weg, die ersten Ausläufer der
Alpen sahen, war es wie eine Halluzination, so transparent
schienen sie, ein Kippbild, das wild hin- und hersprang,
einmal, als würden ihre schnee- und eisbedeckten Kuppen
frei in der Luft schweben, dann wieder, als wären sie ge-
köpft, nur mit ihren Rümpfen fest verwurzelt. Es dauerte
eine Zeitlang, bis ein im Peilring anvisierter Bodenpunkt
von der Mitte an den Rand gewandert war – Mosaik-
steinchen, ununterscheidbar, schoben sich nur allmählich
neben-, scheinbar übereinander, Überblendungen –, und
es ging kaum Wind.

Wir entschlossen uns zu steigen – »7.30 Uhr. Wir ent-
schließen uns zu steigen«, schrieb der Professor ins Bordbuch –, und nachdem wir genug Ballast ausgeschleust
hatten, mehrere Säcke Bleisand, warteten wir an den Baro-
metern und lasen in einem fort die Stände ab, auf halbe
Millimeter genau – wir sahen uns immer wieder an, als
würde die Zahlenreihe nicht stimmen und unser mono-

tones Herunterzählen auf ein schlimmes Ende zustreben –, und als außen der Druck nur mehr eine Zehntelatmosphäre betrug, wir schauten wieder und wieder hin, war es acht Uhr. »8 Uhr. Unser Ziel ist erreicht.«

Da war die Schmach wie weggewischt, die den Professor seit dem ersten Startversuch achteinhalb Monate davor auf Schritt und Tritt zu begleiten schien. Er hatte die Schlagzeilen noch in den Ohren: ›Münchhausen‹, ›Schneider von Ulm‹. War es seine Schuld gewesen? Zu wenig Bedachtsamkeit, Überstürzung konnte man ihm vorwerfen, aber sonst? In seinen Alpträumen war es eine wiederkehrende Szene, wie er, zum Einsteigen bereit, unter dem schon gefüllten Ballon stand und sich von seiner Familie verabschiedete, mit versagender Stimme, von der Professorengattin, denn das war sie ganz und gar und wäre es wahrscheinlich auch ohne ihn gewesen, eine Professorengattin, die mit einem schwarzen Schlapphut und einem ebenso schwarzen Cape wartete, ängstlich und stolz, und ihm auf einmal vor aller Augen, ohne sich um seine Zurückhaltung zu scheren, um den Hals fiel, und mehr noch von den Kindern, vom Jungen, der scheu auf den Boden starrte, um nicht zu weinen, und von den drei Mädchen in Matrosenkleidern, weiß, gelb und grün, Stutzen und Schnallenschuhen, die ihre Handtaschen fest an sich drückten, mit überernsten Erwachsenengesichtern und weißen, gelb und grün gesprenkelten Maschen im Haar – Schmetterlinge –, und als er nach dem Assistenten eingestiegen war, ging es schnell, Windbö um Windbö stieß über das Fabrikgelände, an einen Aufstieg war nicht mehr zu denken, auch nicht, wenn sie Ballast gaben, nein, eine hilflose

Geste, von den Zuschauern symbolisch verstanden – »Sie haben sich in die Hosen gemacht« –, und es gab schon die ersten Buhrufe und Pfiffe, als sie wieder ausstiegen: »Viel Rauch um nichts.«

»Die Geschichte unserer Fahrt«, schrieb er später, »war von Anfang an die Geschichte mancher Mißverständnisse.« Schon als er sich zum ersten Mal mit seinem Plan an die Ballonfabrik gewandt hatte, war ihm unter der übertrieben zur Schau getragenen Begeisterung die Reserviertheit des Direktors nicht entgangen. Ob er einen Scharlatan in ihm sah? Auf jeden Fall umgab ihn schnell etwas Anrüchiges, als trotz aller Geheimhaltung die ersten Gerüchte in Umlauf kamen, und er mußte immer wieder sein Ziel ins richtige Licht rücken, betonen, daß es ihm um wissenschaftliche Experimente ging, er scheute sich nicht, es auszuführen, um eine ›Untersuchung der kosmischen Strahlung‹, eine ›Theorie der Luftelektrizität‹. Oder ging es ihm um einen neuen Höhenweltrekord? Zuletzt einigte man sich auf eine Wendung, die so oder so gedeutet werden konnte: ›Eroberung der Stratosphäre‹. Was ihn am meisten traf, war die Skepsis, manchmal Ablehnung in Fachkreisen, wenn er in naturwissenschaftlichen oder aeronautischen Gesellschaften darüber sprach, das Gelächter der Gelehrten. In einer Laune hatte er einmal seinen ›Sturzhelm‹ vorgeführt, den er bei der Landung tragen wollte, einen mit winzigen Wollknäueln und mehreren Stoffschichten ausgelegten Eierkorb, eigens schief aufgesetzt, und war angesehen worden wie ein nicht ernst zu nehmender Querkopf. Den Höhepunkt erreichte es, als er die Gondel überstellen ließ und die Fahrt selbst auf dem Beifahrersitz des Lastwagens mitmachte, Brüssel-Augsburg, ein Ereignis, Triumphzug oder Spießrutenlauf, überall strömten Leute zusammen, und was sie zu sehen bekamen, war die von der Presse einmal hoch-, einmal heruntergespielte Berühmtheit, ein schmalschultriger, hagerer Mann mit der sprichwörtlichen Denkerstirn und einer schon schütteren Künstlermähne, wenigstens war das immer wieder zu hören, ›Künstlermähne‹, oder ›Prototyp eines Wissenschaftlers‹, Himmelsstürmer, Hochstapler oder Held. Wenn die Bilder ganz durcheinander gingen, hieß es ›Don Quichotte auf seinem Trojanischen Pferd‹, und es endete erst nach seiner Ankunft, mit einem ›Masseninterview‹ im Foyer des Bayerischen Hofs – Vertreter in- und ausländischer Zeitungen, dreißig, vierzig oder mehr, waren versammelt –, mit den üblichen Fragen, den üblichen Vergleichen, Vergleichen vor allem mit der unsäglichen Expedition Andrée, von der unlängst erst Überreste und Aufzeichnungen gefunden worden waren, und man sagte ihm mehr oder weniger verschlüsselt dasselbe Schicksal voraus, wie es Salomon August A. – es wurde oft dabei belassen –, der Draufgänger, erlitten hatte, als er Ende des vorigen Jahrhunderts mir nichts, dir nichts mit einem Ballon von Spitzbergen nach Alaska wollte, und seither war er verschollen.

»Im Jahr 1783, oder, um genau zu sein, am 5. Juni 1783, ließen die Brüder Michel Joseph und Etienne Jacques de Montgolfier vom Marktplatz in Vidalon-lès-Annonay den ersten unbemannten Heißluftballon aufsteigen.« Das sagte der Professor immer auf Fragen, woher alles kam, und wenn er es sagte, möglichst ohne etwas auszulassen, wirkte er spöttisch, stolz auf sein unnützes Wissen. (So war es in einem Extrablatt der Augsburger Zeitung zitiert, und genau gleich in anderen Blättern, wenn es um entscheidende Kindheitserlebnisse ging, mit Flieger- und Möchtegernfliegeranekdoten, als Vorgeschichte sozusagen, nur weil jede Geschichte eine Vorgeschichte hatte, und jede Vorgeschichte wieder eine, wieder und wieder: »Gebürtig in Basel, studierte er an der ETH Zürich und war dort Privatdozent und Professor, vor seiner Berufung nach Brüssel. Den Ausschlag, sie anzunehmen, gab nicht nur, daß er Vorstand des Physikalischen Instituts wurde, sondern vor allem die Zusicherung eines Freibudgets: ›Sie können damit machen, was Sie wollen.‹ Schon als Student ging er zu einem Gordon-Bennett-Wettbewerb und stand zum ersten Mal vor einem der angepriesenen, in einem Zelt abgestellten ›Flugapparate schwerer als Luft‹, und als er sie wenig später fliegen sah – man nannte es so –, legte er sich mit den anderen Zuschauern ins Gras neben die Startpiste und schaute, ob die Ränder den Boden verließen, und wenn, wie lange, wieviel Sekunden, wenn eines der Dinger daherkam, ein paar Sprünge machte, störrisch, schien es, und vielleicht sogar abhob. Davor schon hatte er selbst die ersten Ballonflüge unternommen, als Mitglied des Schweizerischen Aeroklubs, und war dabei, sich in Fliegerkreisen einen Namen zu machen, nicht zuletzt mit seinen vielbeachteten Vorträgen ›Die Stabilität der Flugzeuge‹ und ›Theorie der Höhenflüge und maximale Fluggeschwindigkeiten‹.«

»Während wir unserer Arbeit nachgehen, schwebt der Ballon Tausende von Metern hoch über unseren Köpfen, auf dem Weg in ein neues Zeitalter der Luftfahrt, und wenn Sie, Leser, Sie, Leserin, hinaufschauen und ihn sehen oder auch nicht sehen, denken Sie daran, daß wir den Männern Dank schulden, dem Professor, einem Bild von Mann, und dem Assistenten, der ihm in seiner Unerschrockenheit in nichts nachsteht.«

»Es war ein denkwürdiger Tag.« So oder so ähnlich begann der Bergführer und ehemalige Volksschullehrer Franz Joseph Schatz seinen Bericht immer, wenn er später gefragt wurde, und er fuhr mit großartigen Gesten fort und verstieg sich unweigerlich in Kleinigkeiten. Es war sein Lebensthema, von Mal zu Mal mehr und noch mehr ausgeschmückt, wenn er allen möglichen Gruppen damit kam oder auf Jubiläumsveranstaltungen des Fremdenverkehrsverbandes mir nichts, dir nichts loslegte, und es gelang ihm, es an Stammtischen jahrzehntelang am Leben zu halten. Er ließ keine Möglichkeit aus, es anzubringen, vor allem, als er älter wurde, und auch wenn Kinder ihn ärgern wollten und von weitem schrien, erzähl, erzähl, erzählte er. Und als er nicht mehr konnte, oder man ließ ihn nicht, weil er zu redselig war, blieb es, von anderen vorgetragen, unverändert sein Metier, und er stand im Mittelpunkt, selbst schon zum Mythos geworden, ein verschmitzt lachender Alter mit einer Baseballmütze auf dem Kopf, der von Zeit zu Zeit ja sagte, anwesend, abwesend, und ununterbrochen zu nicken schien: »Ich wußte am Morgen noch nichts vom Start des Ballons.«

Als er die Zeitungen vom Vor- und Vorvortag durchblätterte, stieß er in den Rubriken ›Vermischte Nachrichten‹ und ›Weltspiegel‹ zum ersten Mal auf entsprechende Meldungen und sah im Sensationenmischmasch aus irgendeinem Grund etwas Besonderes darin, während er aus seinem Zimmer trat und den langen Personaltrakt des

Hotels abschritt, wo er seit knapp einem Jahr wohnte, an den leeren Dachkammern vorbei, es war noch nicht Saison, die Treppe hinunterstieg und das Haus verließ. »Ich kam schon in Schwung, wenn ich nur daran dachte, daß ich am Nachmittag mit den Zimmermädchen verabredet war, Felicitas Fiegl und Philomena Valentiner. Sie hießen wirklich so.« Draußen war es kalt. Am Bau nebenan hatten Maurer schon mit dem Verputzen begonnen, saßen oder standen in Blauzeug auf den Gerüsten, im Lärm der Mischmaschinen, und über den Dachstuhl turnten, nur von den Hüften an sichtbar, Dachdecker. Zusehen, eine Zeitlang, war seine Devise, und sich auf und davon machen, wenn man ihn sah. Über die Brücke, am Hotel Post, am Hotel Kleon vorbei, mit ihren Betrieb-geschlossen-Schildern und zugeklappten Fensterläden, und als er die angrenzenden Ställe passierte, lief er, und er stürzte atemlos ins Pfarrhaus, ins Klassenzimmer, verwirrt, als er das vielstimmige ›Grüß Gott, Herr Lehrer‹ hörte, abgehackt, Silbe um Silbe, und die vor ihm wartenden Schüler sah: »Grüß Gott.«

Das konnte er in aller Ausführlichkeit erzählen, um, wenn er so weit war, mit der Geschichte zu kommen, die er den Schülern zugemutet hatte, mit immer anderen, immer weiter ausgearbeiteten Versionen: »Der Ballonflug der Herrn Hinz und Kunz.« (»So einen Blödsinn hab' ich von mir gegeben«, sagte er meistens, »so einen Blödsinn«, und gab ihn trotzdem unweigerlich von sich.) »Der Start glückte auf Anhieb, und innerhalb von wenigen Minuten waren sie so hoch gestiegen, daß am Boden alle winzig klein wirkten, nicht mehr voneinander unterscheidbar, oder nur an ihren Dressen, die sie angezogen hatten, weiß ein paar, ein paar schwarz, und gerade noch der sprichwörtliche Ameisenhaufen, Durcheinanderlaufen, Winken, Schwenken von Schals, war es aus ihrem Blickwinkel schon ein Bild annähernder Reglosigkeit. Wenn sie sich abwechselnd über den Rand der Gondel beugten, schlug ihnen Jubel entgegen, laut noch zu hören, während sie höher und höher stiegen, ausgelassen, und als ihre Ausgelassenheit nach und nach umschlug, als zuerst der eine, dann auch der andere blaß wurde und sich unversehens erbrach, war es zu spät, und sie taumelten in ihrem Käfig hin und her, stießen aufeinander, tasteten sich wie Blinde ab, als seien sie erstaunt, nicht allein zu sein, um, auf einmal übermannt, wie U-Haken über die Einfassung geknickt, mit wild rudernden Armen, auch noch das letzte aus sich herauszuwürgen. Dann, von einem Augenblick zum anderen, ging ihre Atmung unruhig, um sich wieder zu beruhigen, wenn sie versuchten, die Luft, das bißchen Luft, das ihnen noch geblieben war, tief einzusaugen, auszustoßen, mit plötzlichen Stillständen. Zuletzt lagen sie sich röchelnd in den Armen, wie Boxer im Clinch, einmal auf der einen, einmal auf der anderen Seite in den Seilen, und es half nichts, natürlich nicht, daß sie sich die Kleider vom Leib rissen und mit aller Kraft den Hals umschlossen.« Das war die Stelle, an der er stets eine vielsagende Pause machte, um sich, wann immer es ging, eine Zigarette anzuzünden, und von Zeit zu Zeit an ihr ziehend, sprach er in einem Ton der Erleuchtung, salbungsvoll, weiter: »Beim Herunterkommen waren sie tot, waren ineinander verschlungen, daß es ihren Angehörigen kaum gelang, sie zu trennen, und ihnen die Augen zu schließen, war eine Prozedur, Augen mit einem Ausdruck unsinnigen

Grauens«, so die eine Version, wahrscheinlich gleichbedeutend mit der anderen, »als hätten sie den Herrn geschaut.« »Ich habe mich vor den Schülern nicht so gewählt ausgedrückt«, sagte er zu den aufmerksam lauschenden Touristen, und wenn er sah, daß sie sich geschmeichelt fühlten, setzte er gleich nach, »und wie auch, ich tu' das nur für Sie«, augenzwinkernd, mit Verbeugungen und Knicksen.

Mitten am Vormittag war es, als er das Pfarrhaus wieder verließ und sich auf den Weg zurück machte, pfeifend, die Tonleiter hinauf und herunter, und als er von weitem schon Felicitas und Philomena sah, wie sie einen riesigen Müllkübel aufs Brückengeländer stemmten und über dem Bach auskippten, machte er sich bereit, etwas möglichst Lockeres zu sagen, und sagte im Vorbeigehen nur: »Wir sehen uns später.« »Ich war noch nicht ein durch und durch trainierter Kavalier.« Augenzwinkern. Lippenschürzen. Händeklatschen.

Die Gäste hatten sich vollzählig in der Kantine der Ballonfabrik versammelt, und auf der anderen Seite des Fabrikkanals war niemand mehr, als der Direktor sich in sein
Büro zurückzog. Er nahm hinter seinem berühmt berüchtigten Ungetüm von Schreibtisch Platz, eigens ange-
schafft, um ihm die Leute weit genug vom Hals zu halten,
Kunden und Belegschaft, und starrte auf die Karten, eine
Europakarte und eine Umgebungskarte der Stadt, die er
an der Wand gegenüber aufgehängt hatte, um die Flug-
route verfolgen zu können. Der Schweiß stand ihm im
Nacken, und als in Schüben der Lärm vom Festbuffet an
ihn heranschlug, erinnerte er sich an einen Satz aus der
Schulzeit, wortwörtlich: »Während der Wiener Kongreß
tanzte, griff Napoleon von Elba aus noch einmal nach der
Macht.« Oder genauso zwanghaft an ein Schlagwort: ›Untergang der Titanic‹. Stets von neuem ging sein Blick aus
dem Fenster, und er versuchte, Schicht um Schicht die
Luft zu durchdringen, bis ihm die Augen weh taten, aber
nichts, nicht mehr. Davor schon hatte er nur so getan, als
würde er noch etwas sehen, um dazuzugehören, zu den
Leuten, die vor Verrücktheit am ganzen Himmel längst
Phantome sahen. Als das Telephon klingelte, nahm er
abrupt den Hörer ab. Er sagte: »Ja.« Und nach einer Pause:
»Ja, Schatz, ja, alles gut.« Dann legte er auf, um mit allen
weiteren Anrufern ähnlich umzuspringen, mit dem Bürgermeister, mit einem Herrn Kommerzien- oder Kom-

merzialrat, mit einem Doktor, einem Doktor Doktor, ja, ja, ja, und sonst nicht viel, und nur einmal ließ er sich hinreißen: »Es ist sensationell.«

Im Hof waren Arbeiter dabei, die Haltetaue aufzurollen, immer zwei und zwei – einer hielt seine Arme weit von sich gestreckt, der andere schwang die Schleifen darum und verknotete sie –, und als sie fertig waren, legten sie die Leintücher zusammen, die man zum Schutz der Ballonhülle auf dem Pflaster ausgebreitet hatte, und trugen alles in die Hauptlagerhalle. Dann kamen sie mit Strohbesen zurück und kehrten den Platz, oder vielmehr, sie taten nur so, gingen unnütz auf und ab und blieben schließlich, auf die Stiele gestützt, in einem Kreis stehen, zündeten sich Zigaretten an und waren schon mitten in einem Gespräch. Ob sie nicht merkten, daß sie beobachtet wurden?

Der Direktor stand auf, öffnete die Tür zum Vorzimmer einen Spalt und sagte zu seiner Sekretärin: »Ich bin nicht mehr zu sprechen.« Als er wieder Platz nahm, war aus seinem Gesicht der angespannte Ausdruck gewichen, und er schien mit sich zufrieden zu sein. Er kramte eine Schnapsflasche unter einem Haufen Ordner hervor, schenkte den Schwenker voll, den er stets in Griffweite hatte, und trank. Das war ein Ritual, und genauso, als er sein Sakko auszog und anfing, die Ärmel seines Hemds aufzukrempeln, wie er es immer tat, wenn er sich anschickte, etwas zu tun. Schließlich schrieb er: »In keinem anderen Land, auch nicht in Amerika, ist in den letzten Jahren auf dem Gebiet der Luftfahrt mehr erreicht worden als in Deutschland, und zu den unbestritten wichtigsten Firmen, denen man das danken muß, gehört die Siegfried

Kaltenegger und Söhne AG Augsburg. Das noch im vergangenen Jahrhundert gegründete Unternehmen hat sich rasch Weltgeltung verschafft und beliefert heute viele Militärstaaten mit seinen Produkten, mit Frei- und Fesselballonen, mit ›Zeppelin‹-Hüllen und ganzen ›Zeppelin‹-Ausrüstungen. Mehr und mehr wird uns auch die Werbung ein Anliegen.« Er unterbrach sich. »Werbung.« »Werbung.« »Werbung.« Es war ein Kurzschluß, zu denken, er könnte seine letzten Zweifel zerstreuen, wenn er schon mit der Jubelbroschüre begann. War es nicht ein Schmuddelgeschäft? Als er das Blatt angeekelt zerknüllte und auf den Boden warf, erschien es ihm so. Er erhob sich und lief, seinen Kopf weit vorgeneigt, mit am Rücken verschränkten Armen unruhig hin und her. Dann, wieder ruhiger, zog er den Band ›Die Geschichte der Aeronautik‹ aus dem Bücherregal und blätterte im Stehen darin, ohne zu merken, daß er währenddessen, eine nach der anderen, die Blumen umknickte, die, ›Aufmerksamkeit seiner Adlaten‹, mitten im Raum auf einem Tischchen standen. In seinem Schädel, Stichwort ›Schulunterricht‹, ging, scheinbar zusammenhanglos, ein einziger Satz um: »Ceterum censeo Carthaginem esse delendam.«

Draußen hatten sich die Arbeiter inzwischen zurückgezogen, waren nach wenigen Minuten auseinandergeeilt und in verschiedenen Gebäuden verschwunden, und aus irgendeinem Grund wirkte der Platz mit seinem schadhaften Pflaster und den zwischen den Pflastersteinen sprießenden Grasbüscheln wie seit langer Zeit schon verlassen. Manchmal, wenn eine Windbö auf ihn herunterfuhr, stieg meterhoch Staub auf und verwischte den Blick auf die Werkshallen – Bewegung, schien es, um die Bewegungslosigkeit noch deutlicher sichtbar zu machen. Sonst war nichts zu sehen, nur – wenn man es sah –, daß die Schatten kürzer wurden. Da mußte es wie eine Erlösung wirken, als auf einmal aus einer Garage ein Wagen hervorschoß und in einem wahren Trommelfeuer von Fehlzündungen durchs Bild holperte, ungebremst auf das Ausgangstor zu, das geschlossen war und im letzten, im allerletzten Moment aufging, auf-, nur um ihn durchzulassen, und gleich wieder zu-, und zwischen Klappe und Klappe, ein paar Sekunden, nicht länger, war es ein Stück Kulisse, ein Stück Frühling.

»Herr Direktor.« »Herr Direktor.« Ohne daß er sie eintreten gehört hatte, stand auf einmal die Sekretärin hinter ihm, drauf und dran, ihn anzustoßen. »Herr Direktor.« Und als er sich umdrehte, mußte sie sonst nichts mehr sagen. Er sah die Leute, die dichtgedrängt in der Tür standen, eine ganze Phalanx war es – ›Phalanx‹, wieder so eine Reminiszenz –, und als sie losschrien, ihn schreiend umringten, suchte er vergeblich nach einem Fluchtweg. »Warum kommen Sie nicht mit uns?« Da stand er schon in ihrer Mitte, eingezwängt zwischen schwitzenden Körpern. Das Ziel war die ›Sternwarte‹, ein sonst unbenutzter Turm am Rand des Fabrikgeländes. Auf seinem Dach hatten Professoren des Akademischen Gymnasiums eine Höhenmeßstation errichtet, und wie er es, vorwärts geschubst und geschoben, mit der Meute betrat, mußte er wirken wie ihr Anführer, und er verbiß es sich zu sagen: »Ich habe nichts damit zu tun.« Beruhigt erst, als er am Fernrohr stand und unter Anleitung eines Studienrats durchsah, auf ein Aquarell, blau, hellblau, von weißen Schlieren zersetzt, weiß, changierend, und dazwischen, darunter, dahinter schimmerte von Zeit zu Zeit der Ballon, durchsichtig, schien es, und angesichts der vorbeiziehenden Wolken in voller Fahrt.

Wir waren mit unserer Arbeit schon so gut wie am Ende und dachten ans Landen, als wir entdeckten, daß sich die Ventilleine verhängt hatte, wahrscheinlich während des Aufstiegs, und so groß die Versuchung auch war, wir versuchten nicht, sie zu ziehen. Denn später, wenn es wider Erwarten gehen sollte, ging es ohnehin, wie der Assistent bemerkte, und der Professor: »Hören Sie mit Ihrer Logik auf, Herr Ingenieur.« So taten sie möglichst ruhig, möglichst ohne an das Malheur zu denken, was noch zu tun war, wieder über die Registriertrommeln gebeugt, wieder vor den Ionisationskammern, und verpackten schließlich die Instrumente in ihren stoßsicheren Hüllen, auf einmal voller Sarkasmus: »Damit der Wissenschaft nur nichts verlorengeht.«

Wir waren über dem Alpenvorland, unter uns Hügel, einmal halb von Wolken verdeckt, dann wieder, schnell wechselnd, frei, Felder im Sonnenschein, gelb, und das Geschlängel des Flusses. An ihm entlang Dörfer, eines wie das andere, ununterscheidbar, mit einer Kirche, und wie hingewürfelt um sie Häuser. Dagegen die Freiheit alleinstehender Höfe, abstrakt, aber das war es, was man auf den ersten Blick wahrnahm. In der Ferne, näher schon, bekamen die Berge allmählich Konturen, übereinandergetürmt, Zickzacklinien am Horizont, und unmittelbar vor uns sahen wir mehrmals Schwaden von Eisnadeln vorbeiziehen. (»Das Phänomen ist nicht restlos geklärt«, schrieb der Professor ins Bordbuch. »Vielleicht handelt es sich um

Reif, der am Ballon entsteht, vielleicht auch um Kondensation der Feuchtigkeit im Balloninneren. Am wahrscheinlichsten aber wirkt auf mich, daß sich um den Ballon ein aufwärts gerichteter Wind entwickelt hat, und damit einhergehend, versteht sich, Abkühlung der Luft und Frieren ihres natürlichen Wassergehalts.«)

Als sie schließlich am Ventilrad drehten, einmal der Professor, einmal der Assistent, schien es zuerst noch blockiert und ging plötzlich durch. Wir sahen uns an und wußten Bescheid. Da war es nur mehr Hohn, wenig später, das durchgescheuerte Ende der Leine vor einem der Bullaugen zu entdecken, hin- und herschwingend, unerreichbar nah. Wie am Himmel aufgehängt, tatsächlich, wie am Himmel aufgehängt. Wenn die Metapher je stimmte, stimmte sie in ihrer Lage, und es gab keinen Anlaß, pathetisch zu sein. Wir konnten aus eigener Kraft, aus eigenem Entschluß nicht mehr landen und mußten warten, daß es kühler wurde und der Ballon von allein sank. »Wenn er überhaupt sinkt.« »Unsinn. Wir werden nicht, noch nicht, Herr Ingenieur, und schon gar nicht aus Angst, von den elementarsten physikalischen Gesetzen Abstand nehmen.« Wir hatten so und so viel Sauerstoff – wir rechneten – und einen Sauerstoffverbrauch von so und so viel, was so und so viele Stunden ergab, Schlußrechnung, Volksschulunterricht, o. k., wenn wir nicht wieder ein Leck hatten, allein das Wort genügte, ›Leck‹, und wir verstummten und lauschten. Dagegen wirkte die Gefahr, aufs Meer abgetrieben zu werden, vergleichsweise klein, zu gering, zu gleichmäßig gering blieb die Drift. Aber an den Haaren herbeigezogen schien es nicht, sich darum zu sorgen, und tatsächlich war es neben der Lage der Ballonfabrik ein

Grund gewesen, Augsburg als Startort zu wählen, weil es von dort dreihundert Kilometer zur Adria waren, über vier- zum Golf von Genua und mehr zur Nord-, zur Ostsee und zum Ärmelkanal. Sie mußten es sich aus dem Kopf schlagen, wie geplant gegen Mittag wieder zurück zu sein, und wahrscheinlich war es das, was ihnen angst machte, daß sie ihr Vertrauen, ihr Durchhaltevermögen, ihr wer weiß was – Worte, Worte, Worte –, daß sie sich selbst eingeteilt hatten, auf nur ein paar Stunden, und nicht mehr wußten, wie es weiterging.

Inzwischen war es in der Kabine heißer und heißer geworden, schließlich unerträglich, mit Temperaturen um vierzig Grad, und die Sonne stand der Aluminiumkugel gegenüber, Aug in Aug, schien es, und machte keine Anstalten, zu steigen. Die Innenwand der Gondel glühte richtig, daß sie achtgeben mußten, sich nicht zu verbrennen, und sie taten überhaupt gut daran, mit ihren Bewegungen möglichst sparsam umzugehen, in der stickigen Luft. Sie waren bemüht, Haltung zu wahren, so lächerlich es schien, und erst als es nicht mehr ging, zogen sie sich aus, oder genauer, es war der Professor, der damit begann, und der Assistent machte ihm alles nach, legte wie er den Mantel ab, lockerte die Krawatte, schlüpfte wie er aus dem Sakko, aus dem Hemd, aus dem Unterhemd, und schließlich strampelten sie sich auch noch von den Schuhen frei, stiegen aus den Hosen und standen in Unterhosen und Socken da, oder nein, sie standen nicht, sie saßen schon schwitzend auf den Seilrollen am Boden – »Quecksilberspritzer« – und sahen sich verlegen, sahen sich mit exakt gerichteten Blicken an, nur nicht da- und da- und dahin schauen. (Im Sommer, wenn mein Turnlehrer- und Reserveoffiziervater es wollte, und er wollte es stets, als Zeichen, daß er, Sohn armer Leute, es zu etwas gebracht hatte, ging's auf Urlaub, zwei oder drei Wochen ans Meer, und wir, Mutter und ich, wurden rekrutiert und saßen mit ihm tagein, tagaus in unserem Strandkorb, respektierlich, neben anderen Respektierlichkeiten, und wenn es ihn von Zeit zu Zeit packte, sprang er auf und rannte über den Sandstreifen zum Wasser, daß ihm die Spaziergänger kopfschüttelnd nachschauten – Herren in weißen Anzügen, Damen mit großen Sonnenhüten und manchmal Schirmen –, wie er, seine Beine wild hochreißend, über die Untiefen setzte, ein Cancan-Tänzer, Crazy Horse, wie er stolperte, stürzte und im Sturz, nach einem Hechtsprung, und noch einem, und noch einem, schon ins Kraulen kam, mit der Gleichmäßigkeit eines Raddampfers, eines Dampferrads, wie er selbst sagte, und am Ende des Akts, er war oft eine volle Stunde aus, stelzte er lachend, keuchend und lachend daher, Brust heraus, Bauch hinein, und es war etwas Militärisches an ihm, auch im Badeanzug, mit seiner Trillerpfeife um den Hals, silbern, zwischen den vor Nässe silbrig glänzenden Brusthaaren. Und gewiß, gewiß – wir versicherten es –, wir hatten ihm immer zugeschaut.) Da saßen sie, auf einmal wie Gestrandete – es war, als würde ihnen mit dem Schweiß Schminke, Spucke, Sperma oder wer weiß was herunterrinnen –, sie wirkten unrasiert, apathisch, mit ihren stieren Augen, und taten eine Zeitlang nichts, als die Wasserflasche hin- und herzuschieben und in großen Schlucken aus ihr zu trinken. »Wenn die Sonne steigt und wir im Schatten des Ballons sind, wird es kühler.«

Durch die Bodenluke, zwischen unseren Beinen, waren

nur Wolken zu sehen, Haufen, sich selbst gebärend, schien es, wenigstens gab das am ehesten das Barocke, Schwülstige wieder, das es hatte, ein Grau, nicht aus Schwarz und Weiß, eine Blau-Orange-Mischung, an den Rändern violett. Als es aufriß, standen wir genau über einer Flußgabelung, deren Arme sich, nach und nach sichtbar, voneinander weg-, parallel, aufeinander zustrebend, vereinigten, und die so gebildete Insel wirkte stromlinienförmig. Dann wieder tat sich von einem Rand unseres Sichtkegels zum anderen Wald auf, durchgängig, oder mit kreuz und quer laufenden Schneisen, als wären riesige Mikadostäbe, -stämme hineingefallen.

»Ich habe Buße getan«, las der Professor auf einmal, ansatzlos, nachdem er eine zuammengeknüllte Zeitung aus dem übriggebliebenen Verpackungsmaterial herausgezogen und geglättet hatte, und er wirkte wie das Inbild eines heruntergekommenen Abenteurers, mit seinem an den Ecken verknoteten Taschentuch, das er sich auf den Kopf setzte, ohne sein Lesen zu unterbrechen, während der Assistent die Luft anhielt, »Buße, ein Mensch zu sein, gottähnlich in meinem Unvermögen, und wenn ich mich erinnere, wenn ich die immer gleichen Bilder vor mir sehe, von Mal zu Mal klarer, kann ich nicht an mich halten und verfluche den Herrn, verfluche ihn, wieder mitten in der immer gleichen Situation. Wieder sitze ich dann da, sitze im Schneetreiben über den Sterbenden gebeugt, und wieder ist es sein Zittern, es ist sein Fieber, sein Nervenfieber, das mich selbst am ganzen Leib abbeutelt, und wieder sein Delirium, sein Stammeln, wieder sind es seine Worte, die mich meine im Mund zerstücken lassen, und wieder geht sein Atem rasch, geht rasend schnell und steht schließlich still. Daß ich wieder lausche, mir mein Schnaufen verbeiße und warte, wieder vergeblich, fünf Sekunden, zehn, die wieder fünf mal fünf, zehn mal zehn Sekunden sind. Dann beuge ich wieder seinen Kopf zurück, presse meine Lippen auf seine Lippen und komme erschöpft auf ihm zu liegen, während ich ihn wiederzuerwecken versuche, vollzupumpen mit meinem Leben, mit dem Rest von Leben, der mir noch geblieben ist. Wieder lege ich mein Ohr auf sein Herz, und nichts, wieder nichts, es rührt sich nichts. Wieder meine Hand auf sein Brustbein, den Handballen, den einen, den anderen darüber, und wieder zähle ich, zähle hinauf und herunter, während ich drücke, mich aufstütze mit meinem Gewicht. Und so immer weiter, Mund zu Mund, Massage, Mund zu Mund, Massage, wieder und wieder. Zuletzt, als ich zu mir komme, ist es wieder sein Geruch, säuerlich vom Schnaps, ist es sein starrer Blick an mir vorbei, und während ich noch auf ihn einschlage, Hieb um Hieb auf seine Brust, weiß ich wieder, daß sein Tod mein Leben ist.« (Ich wußte nicht, wozu das gut sein sollte, zumal in unserer Lage, und wenn ich ihn unwidersprochen lesen ließ, so nur aus Respekt vor seiner Person, und es schien mir ein unzureichender Erklärungsversuch, von Zerstreutheit zu sprechen.)

Dann nahmen wir unsere Lunch-Pakete und aßen, versuchten zu essen, Bissen um Bissen. Wir sahen uns notgedrungen ständig an, wie auf der Lauer, als würde eine falsche Bewegung schon zum Äußersten führen, und wir waren umsichtig genug, von Zeit zu Zeit etwas zu sagen, etwas möglichst Belangloses. »Wir haben nichts zu verlieren.«

Als der Ballon am Verschwinden war, nahmen wir, Berger, Gerber, Demel, Degle, Direktor Degle, eigentlich Direktorstellvertreter, Diplomingenieur Berger, Oberstleutnant Gerber, Doktor Demel, so oder so, die vier genannten Herren und ich, Zeeh, mein Name, ich war Fahrer, wir nahmen die Verfolgung auf, schnurstracks Richtung Süden. Wir hatten das Fabrikgelände kaum verlassen, als wir schon in einem Pulk von anderen Wagen fuhren, ein paar Dutzend, Familiennarren mit ihren Frauen und Kindern, Reporter, unter ihnen auffällig, natürlich, die Augsburger Zeitung, und Schickeria, Berufssöhne und -töchter der guten Gesellschaft. (Zwischen zwei unglaublichen Stutzern, Schwachköpfen mit Schnauzbärten, war im Fond eines Kabrioletts auch die Schauspielerin zu sehen, die seit ihrem ersten Auftreten vor ein paar Tagen die Stadt in Aufruhr versetzte, ein Ufa-Star, angeblich, anonym, und es war schon ein Bild, wie sie die beiden, die weit ausgebreiteten Arme um ihre Schultern gelegt, in die Polster drückte, scheinbar über ihnen schwebend, mit ihrem im Wind wehenden Haar, wie sie einmal den einen, einmal den anderen anlachte, von oben herab, und wieder wegsah oder mit geschlossenen Augen richtiggehend hin- und hertrieb.) Ich stieg aufs Gas und überholte in ein paar Anläufen die ganze Kolonne, es war ein Zirkus, an dem wir vorbeizogen, und ich kann gar nicht sagen, wie sehr ich es genoß, das Prasseln des Schotters gegen die Bodenplatte zu hören, wie sehr, den Staub aufsteigen und alles auslöschen zu sehen, im Rückspiegel, zwischen den auf einmal ängstlichen Gesichtern, wie sehr, den Geruch der Geschwindigkeit einzuatmen, der von draußen hereinkam. Wir hatten alle abgehängt, als wir zum ersten Mal stehenblieben, um Ausschau zu halten, und während die Herren, an das Wagendach gelehnt, nacheinander durch das Fernglas schauten, klappte ich die Kühlerhaube auf und machte mich am Motor zu schaffen oder gab es wenigstens vor. Ich zündete mir eine meiner Zigarren an, aus plötzlichem Schabernack, und versuchte, trotz der heruntergekurbelten Fenster alles vollzunebeln, als sie wieder einstiegen und wie auf Kommando ihre Sonnenbrillen aufsetzten, was ihnen immerhin etwas Verwegenes gab, es wirkte wie eine Verkleidung, mit ihren Hüten und Anzügen. (Auch der Oberstleutnant war in Zivil.)

In Landsberg machten wir halt, und während Demel und Degle zum Postamt gingen, der eine, um sein Blatt anzurufen, die Neue Zürcher Zeitung, der andere die Ballonfabrik, warteten Berger, Gerber und ich vor dem Rathaus und sahen den Passanten zu, wie sie uns zusahen, sie verhohlen, wir unverhohlen, und wenn ganz Neugierige sich heranwagten, waren Berger und Gerber in ihrem Element. Dann standen sie da, überboten sich gegenseitig und wußten mit wiederkehrenden Wendungen wie ›in meteorologischer Hinsicht‹, ›vom militärischen Standpunkt‹ wiederkehrende Fragen hervorzubringen: »Sind Sie Meteorologe?« »Und Sie, Sie sind vom Militär?« Ich saß auf dem Trittbrett des Wagens und hörte amüsiert zu, wie sie ihre Geschichten erzählten, mit geradezu schamloser Bescheidenheit, der eine schweizerisch, schweizerischer ging's nicht, mit einer Sprache, als würde er Wort um Wort ertränken und, ohne es auszuwringen, klitschnaß über die Trommelfelle ziehen, zu allem Überfluß mit französischen Einsprengseln, während der andere sich nicht entscheiden konnte, ob er möglichst zackig sein sollte oder umgänglich, in einem auftrumpfenden Wir-sind-auch-Menschen-Stil. Es war ein Haufen, der sich nach und nach um sie scharte, und sie lösten ihn erst auf, als die anderen zurückkamen, mit einer verwirrenden Nachricht: »Im ganzen Landkreis gibt es Leute, die den Ballon aus allernächster Nähe sehen, während er gerade über uns schwebt.«

Dann war eine Zeitlang nichts zu tun. Wir setzten uns neben dem Wagen auf die Bordsteinkante, packten unseren Proviant aus und aßen, und wir tranken Bier aus der Flasche, was allein schon Grund genug war, daß uns niemand mehr zu nahe kam. Ich saß in der Mitte und schaute einmal zur einen, einmal zur anderen Seite, wo die Herren, zwei und zwei, ein wenig steif, mit ihrer Lage nicht zurechtzukommen schienen, wie Ministranten, als sie nacheinander die Sakkos auszogen, in weißen, bauschigen Hemden, Unschulds-, Engelskleidern, und augenblicklich, wer weiß warum, stellten sich mir Bilder von um und um versorgten Schwerenötern ein. Darin schienen sie einander gleich zu sein, und es war eine Zeitlang vergessen – wenn man sie so sah –, daß der eine geradezu zwanghaft den Intellektuellen mimen mußte, während die anderen mehr auf Hemdsärmeligkeit gaben. Der eine so sehr, mit seiner wie dazu geschaffenen Körperfülle, daß er eine Präsenz hatte, die kaum auszuhalten war, auch wenn er wenig sagte, meistens überhaupt nichts, und wenn, immer hinterrücks, mit einer schlagenden Logik, Unlogik – ›Bauernschläue‹. Während die anderen durch ihre Arbeit im Freien, ›wind-‹ und ›wettergegerbt‹, etwas regelrecht Bäuerisches hatten, der eine durch und durch, der andere übertüncht. Aber in der Haltung, die sie zum Ereignis einnahmen – ›Ereignis‹ war ihr Sprachgebrauch –, unterschieden sie sich sehr. Während Demel es ›wohlwollend, mit aller gebotenen Skepsis‹ sah, ließ Degle keinen Zweifel, es war eine Schnapsidee, nur, wenn's schon nichts hilft, schadet's auch nicht viel, und Berger ging nicht von seiner immer gleichen Wendung ab, ›wissenschaftlicher Wert‹, während Gerber sich kryptisch zurückhielt: »Ich weiß, was ich weiß.« Mehr als Stammtischgerede kam nicht zustande, ein mühsames Hin und Her mit scheinphilosophischen Exkursen, unpassend schwarz in der Sonne, solange sie noch schien. (»Da lebt man tagein, tagaus so vor sich hin, und auf einmal, über Nacht, packt's einen, und man tut, was man nicht lassen kann, und meinetwegen, nennen Sie das Unternehmen ruhig Auswuchs einer Midlife-crisis.«) Wenn einer sprach, nickten die anderen von Zeit zu Zeit, auch wenn sie nach allem, was man wissen konnte, nicht seiner Meinung waren. »Ich wundere mich am meisten, wie die da oben mit der Stille zurechtkommen, und wer weiß, vielleicht ist's die größte Schwierigkeit des ganzen Flugs, nicht verrückt zu werden.«

Bevor wir es merkten, waren Wolken aufgezogen, und wir starteten wieder, als es uns gelungen war, die Drift des einmal sichtbaren, einmal unsichtbaren Ballons zu ermitteln. Außerhalb der Stadt verloren wir ihn aus den Augen, und wir mußten uns auf unser Gespür verlassen, oder vielmehr, sie, sie mußten sich auf ihr Gespür verlassen, während ich nur tat, was mir aufgetragen wurde – solange es ging, solange sie sich einigen konnten, und wehe, wenn nicht. Dann war es die Regel, daß wir an Kreuzungen stehenblieben, und im schlimmsten Fall entspann sich ein Streit, und wenn ich das Zünglein an der Waage spielen sollte, wie sie sagten, weigerte ich mich schon aus Prinzip, bis es vorkam, daß sie Münzen warfen, Kopf oder Zahl. Ich sah ihnen am Steuer sitzend zu, wie sie von Zeit zu Zeit aus dem stehenden Wagen sprangen, sich im Gras am Straßenrand auf den Bauch legten, ihre Visierstöckchen hinpflockten und den Himmel absuchten, als erwarteten sie eine Erscheinung, und wenn sie zurückkamen, klopften sie ihre Hemden und Hosen ab und stiegen achselzuckend wieder ein. Da hatten sie schon die Ärmel aufgekrempelt, die Krawatten gelockert, die Hüte abgelegt oder in den Nacken geschoben, und sie gaben sich überhaupt den Anschein, Schwerarbeit zu leisten. Wenn sie nacheinander aus dem Heckfenster schauten, wischten sie sich anschließend mit großen Taschentüchern Schweiß von der Stirn, und sie rutschten unruhig hin und her oder hingen apathisch in ihren Sitzen. Es kam vor, daß die hinten, zusammengequetscht, auch wenn mehr als genug Platz war, richtiggehend aufeinander saßen, während der vorne residierte und den Ton angab, wenigstens sprach er am meisten. Dann wieder nahmen sie die Straßenkarte aus ihrem gemeinsamen ›Einsatzkoffer‹ und studierten ausgiebig die Route, oder sie gaben Tips auf den Ort der Landung ab, wetteten und setzten ein paar Groschen. Alles in allem schien die Betriebsamkeit, die sie entwickelten, nichts mit dem Zweck der Fahrt zu tun zu haben, oder nur vordergründig etwas, und was sie taten, so gut es ging, gemeinsam taten, weckte mehr und mehr den Eindruck, nachgestellt zu sein.

Als wir von einer Anhöhe den Ballon wieder entdeckten, in einem Loch der an manchen Stellen zerrissenen Wolkendecke, war es in der Nähe einer anderen Stadt,

Kaufbeuren hieß das Kaff, und während ich mich als Zuschauer ins Gras setzte, inszenierten die Herren einen regelrechten Freudentanz, um so mehr, als wir im selben Augenblick in der Ferne den schon verloren geglaubten Konvoi der anderen Verfolgerwagen sahen, wie er, einen Staubschweif hinter sich herziehend, zunächst zügig auf uns zukam, stehenblieb, schließlich im rechten Winkel abdrehte und nach und nach verschwand. Und es war reine Schadenfreude: »Richtung Memmingen, Richtung Memmingen, verkehrter geht's gar nicht.«

»Wir haben uns gleich gedacht, daß es etwas Besonderes ist, als wir es groß in den Zeitungen sahen«, sagten Felicitas und Philomena später übereinstimmend zu den Reportern, die in Horden ins Dorf gekommen waren und sie stets von neuem drängten zu erzählen. Standen sie zuerst noch schüchtern da, gewannen sie mit ihrer plötzlichen Wichtigkeit mehr und mehr an Selbstvertrauen und posierten schließlich vor den Photographen. Sie sprachen abwechselnd, verbesserten sich, und wenn es ihnen gelang, einen nach dem anderen einzuwickeln, strahlten sie vor Genugtuung.

In Wirklichkeit setzten sie sich im Zimmer des Lehrers, das sie von Zeit zu Zeit putzten, zuerst auf den Boden, eng nebeneinander, die Beine ausgestreckt, zündeten sich Zigaretten an und rauchten, mit einem Getue, als sei es eine Heimlichkeit, und sie schlossen die Augen wie vor einem Kuß, wenn sie angestrengt zogen, und machten sie nur zögernd wieder auf, mit einem entgeisterten Zwinkern und Zucken. Dann sammelten sie die überall herumliegenden Zeitungsteile zusammen, ohne auch nur einen Blick hineinzuwerfen, es war keine Rede von lesen, und warfen sie zerknüllt in den Mülleimer. »Wir gingen ganz darin auf, und es gelang uns nicht mehr, über etwas anderes zu reden, oder wenn, schwenkten wir augenblicklich wieder um, und schließlich kam es so weit, daß wir uns gegenseitig bremsen mußten.« Sie wischten Staub, klopften den Teppich aus, kehrten den Boden und gingen nach und nach dazu über, im Kasten und in den Schubladen des Schreibtischs herumzuwühlen, und alles mögliche kam zutage, unter anderem ein Halblitertintenfaß, Bergkristallsplitter und ein zusammengeschnürter Packen mit Briefen, von ihnen spöttisch goutiert. Sie nahmen Bücher aus dem Regal und stellten sie, ohne darin zu blättern, wieder zurück, zerstreut, zum Zeitvertreib. Es ging gegen Mittag, als sie sich zuletzt über das Bett hermachten, ihre Köpfe hineinsteckten und daran rochen, bevor sie es ausbreiteten, glätteten und umschlugen, mit der größten Ruhe, und sie kamen immer mehr in Verzug. »Wir gingen nicht ins Zimmer des Lehrers, setzten uns auf die Treppe vor dem Personaltrakt und schwebten mit unseren Gedanken wieder über den Wolken.«

(»Später, in der Waschküche im Keller, waren es vor allem Fliegergeschichten.«) Später, in der Waschküche im Keller, als sie die Hähne aufdrehten und Wasser in die großen Steinwannen prasseln ließen, schauten sie eine Zeitlang nur zu, eingehüllt vom aufsteigenden Dampf, bevor sie ganze Wäscheberge hineinkippten und durch den zuvor noch mit Seife versetzten, mehr und mehr sich verfärbenden Sud zogen, schließlich Stück um Stück über Waschbretter rieben, auswrangen und in die bereitgestellten Schaffe warfen, ihre Gesichter vor Anstrengung ge-

rötet, und sie hatten Schürze und Bluse ausgezogen und
standen, die Arme nackt, in Unterleibchen da, schwer atmend, nur mit den nötigsten Bewegungen, so sehr in ihre
Arbeit vertieft, daß sie nichts anderes mehr sahen, auch
die Kinder nicht, die dicht an dicht am Fenster in Kopfhöhe
über ihnen knieten und durch die beschlagenen Scheiben
spähten. Da war eine Kleinigkeit schon genug, eine An-
spielung auf eine Liebelei mit dem Lehrer, hin- und herge-
schoben, und es ging durcheinander, nein, nein, nein, um
Gottes willen, und nach einer Pause sagte es zuerst die eine,
dann die andere noch einmal, nein, eine Lüge, oder wenigstens glaubten sie voneinander, daß sie logen, und waren
sich ihrer eigenen Glaubwürdigkeit nicht sicher. »Nein,
natürlich nicht, wir gingen nicht so weit, uns Hals über
Kopf in den Assistenten zu verschauen, nur wegen einer
Photographie, oder wer weiß warum, und der Professor,
Sie können sagen, was Sie wollen, ist von vornherein zu alt.«
(Es war der Vertreter eines namentlich nicht nennenswerten Klatschblatts, ein schmieriger Kerl, der sie mit Halb-
und Dreiviertelanzüglichkeiten mehr und mehr auf Linie
brachte, Herz und Schmerz, und ungeniert zusah, wie sie in
seine Fallen stolperten, und wenn sie von Zeit zu Zeit einen
Rückzieher machten, nickte er nur und nahm es nicht zur
Kenntnis. »Im ganzen Land waren es vor allem die Frauen«,
schrieb er später, »die den Flug von Anfang an begleiteten, mit Leib und Seele, und nicht nur ein paar, Hunderte,
Tausende, Hunderttausende wünschten sich, die großen
Männer von Angesicht zu Angesicht zu sehen, oder kek-
ker, einen Abend mit ihnen zu verbringen, oder sie träum-
ten gar, Glockenläuten, von einem Leben an ihrer Seite.«)
Als sie die Wäsche ins Freie trugen und nach einer

weiteren Zigarettenpause begannen, sie aufzuhängen, war am Bau nebenan niemand zu sehen. Die Arbeiter saßen entweder auf dem Dach in der Sonne, wie sie es auch sonst manchmal taten, oder sie waren schon zum Mittagessen gegangen. »Wir setzten uns zu den Maurern auf das unterste Brett eines Gerüsts, und während wir ihnen zusahen, wie sie ein Kartenspiel hervorzauberten und mit ein paar Stichen in aller Eile eine Kiste Bier ausspielten, warteten wir, mit unserer Begeisterung zum Zug zu kommen, wir Träumer.« Während sie noch die letzten Stücke festkluppten, schlugen die Kirchenglocken, und sie zögerten, als wollten sie alles liegen und stehen lassen, und machten erst nach einer Unterbrechung weiter. »Wir müssen verrückt sein.« (»Die Schönen auf unseren Photos, Felicitas Fiegl und Philomena Valentiner, sind deutsche Mädchen, wie sie vor allem in Österreich, und gerade in den Bergen aufwachsen, Blondinen, groß, rotbackig, mit kräftigen Körpern, gesund und natürlich, und es ist neben einer Vielzahl äußerer Vorzüge ihr sonniges Gemüt, das einen wieder und wieder in Entzücken versetzt und im Kopf eiertanzen, sackhüpfen und radschlagen läßt.«)

In seinem Büro zurück, nahm der Direktor einen neuen
Anlauf: »Sehr geehrte Damen und Herren, erlauben Sie
mir, möglichst nüchtern mit einer technischen Beschreibung unseres Aerostaten zu beginnen.« Sichtlich zufrieden
las er sich den Satz laut vor, schloß die Augen und ver-
kostete ihn auf der Zunge, ehe er fortfuhr: »Bei einem
Durchmesser von 30 m hat der Ballon im voll aufge-
blähten Zustand über 14 000 cbm Inhalt und ist in seiner
Größe mit den sonstigen, etwa in der Sportfliegerei ver-
wendeten 2000 er-Ballonen nicht oder nur schwer vergleichbar, vergleichbar hingegen in den meisten seiner
Details − Stichworte müssen genug sein, ›Ventil‹ und
›Reißbahn‹ mit ihren zugehörigen Leinen, ›Füllansatz‹,
›Pöschelring‹ −, abgesehen von ihrer Anordnung und vom
Material. Denn die Hülle ist nicht aus dem üblichen,
schräg doublierten Stoff mit Zwischengummierung, sondern, um Gewicht zu sparen, und weil sich nur geringe
Belastungen ergeben, aus einfachem Baumwollgewebe,
einseitig gummiert, 90 g pro qm, im unteren Viertel sogar weniger. Dort ist der Gurt angebracht, von dem die
Auslaufleinen ausgehen, zweiunddreißig, mit zwei Reihen Gänsefüßen, und sie münden in einen gewöhnlichen
Korbring, an dem nicht ein Korb, natürlich nicht, sondern
eine Kugel aus Aluminiumblech von $3\frac{1}{2}$ mm Stärke hängt,
2 m, knapp über 2 m hoch, mit zwei ›Mannlöchern‹ und
Bullaugen, acht, mit 8 cm lichter Weite.« Da war seine

Zufriedenheit schon wieder vorbei, und er sparte sich die Aufzählung der Instrumente im Inneren der Gondel und erstickte noch den letzten Funken Euphorie mit ein paar trockenen Worten: »Das Gesamtgewicht, einschließlich Besatzung und allem Drum und Dran, beträgt 2200 kg.« Dann stand er auf und trat entschlossen in das Kabinett, wie er den Raum hinter seinem Büro nannte, wo er sich vor dem Wandspiegel mit einem naß gemachten Kamm penibel die durcheinander geratenen Haarsträhnen über den kahlen Schädel zog, von einem Ohr zum anderen, sie arrangierte, ohne sich, ohne sie zu berühren, schien es, Akt einer Beschwörung, und zuletzt zerraufte er sie, zerraufte sie wieder und wieder, und als er herauskam, war ihm, er wußte es, auch im Gesicht etwas verrutscht. Er nahm Platz und schrieb: »Zum Start wurde der Ballon nur zu zirka einem Sechstel seines Fassungsvermögens gefüllt, exakt mit 2600 cbm Wasserstoff, dessen Tragfähigkeit, 0° C vorausgesetzt, 1,15 kg pro cbm war, und nach allen Berechnungen mußte die anvisierte Höhe von 16 000 m mit Bestimmtheit zu erreichen sein, um so mehr, als die niederen Temperaturen in der Stratosphäre und die Erwärmung des Gases in der Sonne zusätzlichen Auftrieb erzeugten.« Das war genug. Das war die Stelle, dachte er, wo alle aufhören würden zu lesen, angenommen, es gab überhaupt Leser, und solche Schriften hatten eine andere Bedeutung, als an die Belegschaft ausgeteilt zu werden, die sie nicht einmal ansah, oder in Abstellkammern zu verstauben, oder man drückte sie später mit größtmöglicher Beiläufigkeit seinen Kunden in die Hände – »Vielleicht interessiert es Sie« –, und nichts, natürlich interessierte es sie nicht: »Natürlich interessiert es mich.«

Als das Telephon klingelte, ließ er es ein paarmal klingeln und wußte, als er abhob, wer es war, und entsprechend klang sein ›ja, Schatz, ja, alles gut‹, und während des ganzen Monologs, der dann kam, hielt er den Hörer weit vom Ohr, als müsse er sich wer weiß was beweisen, unterbrochen nur, wenn er von Zeit zu Zeit einen seiner Zisch- oder Stöhnlaute in die Sprechmuschel stieß, Zustimmung, Ablehnung, und wenn er sich vergriff, war es ein eiliges ›nein, ich meine ja‹ oder ›ja, ich meine nein‹ und sein übliches Säuseln. Wenn er zu nah an die Hörmuschel kam, zuckte er zurück, mit einem Blick, hypnotisiert, hypnotisierend, wenigstens tat er so, und näherte sich zum nächsten ›mh-h‹ oder ›nh-nh‹ nur zögernd an. Es war, als ob er Zuschauer hätte, Stammtischpublikum, dessen Applaus ihn von einer Pointe zur anderen trug, daß er alle Anstrengungen zu verdoppeln schien, auch wenn es längst nicht mehr ging, und er hatte schon aufgelegt, als er seinen ersten Satz sagte: »Wir müssen über alles noch reden.«

Draußen lief vor den Werkshallen ein Herr in Anzug umher, und als er sich um sich drehte und, von einem Punkt ausgehend, immer weitere Spiralen zog, zuerst, im Zentrum, gebückt, mehr und mehr aufrecht, schien er etwas zu suchen, und zuletzt ließ er sich auf seine Knie nieder und tastete mit Händen und Füßen das Pflaster ab. Bevor er wieder verschwand, richtete er seinen Blick auf die Fenster des Bürogebäudes und winkte, ob er jemanden sah oder nicht, wie um zu zeigen, daß er ›trotz allem‹ normal war. Im Wind, auf einmal, stieg ein von irgendwo, wahrscheinlich von der anderen Seite des Fabrikkanals herangewehtes Zeitungsblatt hoch, weit ausgebreitet, und schwebte im üblichen Pagodenzickzack wieder herab, ehe es, so gut wie am Boden, seinen Halt verlor. Darüber schob sich am Himmel ein Vogelschwarm von einem Bildrand zum anderen, immer wieder seine Flugrichtung ändernd, einmal eine Raute aus pulsierenden Knäueln, einmal unsichtbar, wie verschwunden, und als er vorbei war, kam mit einem Ruck, schien es, alles zum Stillstand. Die Sonne stand im Zenit.

In einem Akt angestrengter Lässigkeit hatte der Direktor seine Beine auf den Schreibtisch vor sich gelegt und saß da und schaute, ohne seinem Zwang nachzugeben, Zusammenhänge zu sehen, und auf einmal packte es ihn, vielleicht ging es so, vielleicht mit einer Situationsbeschreibung, möglichst poetisch. Das dachte er. Doch ehe er den ersten Satz zuwege brachte, etwas über die in voller Blüte stehenden Wiesen auf der anderen Seite des Fabrikkanals, mußte er lachen, über sich, und darüber, was die Sprache alles zuließ, wenn man nur nachlässig oder konzentriert genug mit ihr umging, und es war wie um weitere Extravaganzen zu vermeiden, als er die Sekretärin zu sich kommen hieß und an die Karten trat. Dann, während sie ihm vorlas, wann und wo der Ballon gesichtet worden war, und in welcher Richtung, wenigstens gab es Anrufer, die es beschworen – »Landsberg, elf Uhr zehn, Süd, Bad Wörishofen, elf Uhr zwanzig, Südost, Kaufbeuren, elf Uhr vierzig, Ostsüdost« –, wiederholte er die Angaben und markierte die Orte mit Stecknadeln, rot, wenn er glaubte, es war etwas dran, schwarz, wenn er Hirngespinste darin sah. Als er alle Markierungen hatte, zog er mit dem Zeigefinger Verbindungslinien zwischen ihnen und schloß sie willkürlich zu Kreisen oder verlängerte sie über ihre Begrenzungen hinaus. »Der Professor hat sich ganz schön verschätzt mit seiner Prognose, zwischen Basel und Zürich zu landen.«

»Kennen Sie ›Il Decamerone‹?« Kaum hatte er es ausgesprochen, genauso, mit dem italienischen Artikel, was allein schon verdächtig, anrüchig war, begann der Professor zu erzählen und unterbrach sich nur, um von Zeit zu Zeit mit einem Blick seine Wirkung zu testen, und keine Frage, daß es die gab, wenn der Assistent nicht wußte, wohin schauen oder was sagen, oder glaubte, allen Enthüllungen etwas entgegensetzen zu müssen, wenn es Enthüllungen waren. (Ich wußte natürlich, daß manche Leute in Extremsituationen tratschsüchtig werden, aber so etwas, nein, so etwas.) Das Motto war: »Ich gebe die Geschichte einer Besessenheit zum besten, Herr Ingenieur, und es bleibt Ihnen überlassen, wo Sie die Grenze zwischen Phantasie und Wirklichkeit ziehen, und wenn es nicht anders geht, springen Sie ruhig hin und her.«

Wir saßen uns Aug in Aug gegenüber, in Unterhosen und Socken – wir konnten es später nicht oft genug sagen –, und es hieß Ruhe bewahren, als wir sahen, daß sich an unserer Lage nichts zu ändern schien. Denn die Sonne war zwar gestiegen, und ein Teil der Kabine lag schon im Schatten, aber es kühlte nicht ab. Dazu kam, daß der Barometerstand anzog, gleich um ein paar Millimeter, und wir uns Hoffnungen machten zu sinken, um so mehr enttäuscht, als er sich wieder einpendelte und die Quecksilbersäulen wie aus Gußeisen in ihren Rohren standen, unumstößlich, schien es.

»Meine Frau war zum letzten Mal schwanger, als ich

mich mit einer Sekretärin unseres Instituts einließ, wie der üblichste aller üblichen Trottel.« »Es begann mit den üblichen Ausreden, üblicher ging's nicht, Ausreden, die allein schon, man mußte nicht übertrieben hellhörig sein, die Form eines Geständnisses hatten, und wenn ich manchmal erst am Morgen nach Hause kam, schlich ich wie ein Schwerverbrecher ins Schlafzimmer, und es gelang mir immer, den Wecker um ein paar Stunden zurückzustellen, ehe sie wach wurde oder so tat, als würde sie wach, und wissen wollte, wie spät, auch wenn sie's wahrscheinlich längst wußte, wahrscheinlich wach gelegen war, und wenn ich, ohne Licht zu machen, zu ihr ins Bett kroch, drängte sie sich zu mir und umschloß mich mit Armen und Beinen, daß ich ihre Brüste und ihren Bauch an meinem Rücken spürte, und ihr Trick war, nichts zu sagen, mich allein zu lassen mit meiner Schuld.« »Ich nahm an allen möglichen und unmöglichen Kongressen teil, nur um aus der Stadt zu kommen, und wenn sie mich mit den Kindern zum Bahnhof brachte, war das ihre einzige Anklage, und natürlich ahnte sie, mußte sie ahnen, daß die andere irgendwo wartete oder vielleicht schon im Zug saß.« »Sie ließ mich nichts spüren, und das war ihre Methode, es mich spüren zu lassen.« In seiner Art zu sprechen, lag etwas Abschließendes, und als er sich immer weiter vorwagte, mehr und mehr aus sich heraus, wurde mir mulmig, und ich dachte augenblicklich, wir sind verloren, er weiß es, sonst würde er sich hüten, und seine Zuversicht war nur gespielt, um es mir leichter zu machen. Satz um Satz schien es sicherer, daß wir nicht genug Sauerstoff hatten, Satz um Satz, daß wir in der Hitze verschmorten, daß wir abstürzten oder in der Luft blieben, Satz um Satz, daß es aus war. Ich wollte ihn stoppen, zögernd, und wurde in meinem Zögern gepackt und mitgerissen von seiner Kompromißlosigkeit, um so mehr, als er sich auf einmal richtig verstieg: »Wir vergessen uns, wenn wir vergessen, daß es nicht einzigartig ist«, er sagte nicht, was, »daß es nichts dazu braucht als irgendeinen Mann und irgendeine Frau und ein Mindestmaß an Geschick, oder nicht einmal das.« »Reden wir von Liebe, reden wir von Kitsch, und wenn wir es trotzdem tun, so nur, um schneller unsere Ziele zu erreichen, oder in Augenblicken plötzlicher Kopflosigkeit.« »Zuletzt zerrinnt ohnehin alles zu Mitleid, Mitleid mit dem anderen, Mitleid mit dem Menschen, weil er ein Mensch ist, Selbstmitleid.« Es waren nur Phrasen, aber es schien, als ob er sie brauchte, um von ihnen ausgehend wieder in Schwung zu kommen. Dabei veränderte sich sein Ton, und er präsentierte noch die plattesten Aphorismen wie Naturgesetze, ohne Leidenschaft, daß ihn die Leidenschaft, mit der er dann wieder auftrat, Lügen strafte, und tatsächlich, als er den Namen der Geliebten sagte, platzten Tränen der Rührung in seine Augen, und auf einmal sah ich ihn ohne Scheu an, und was zu sehen war, stand im Widerspruch zu allem, was er von sich gab, angefangen mit den nassen Kringeln unter dem längst auch schon nassen Taschentuch, eng an seinem Kopf anliegend, über die vorgeklappten Schultern mit ihren Knorpel- oder Knochenhöckern, über die schütter behaarte Konkavbrust und den in der Kauerstellung in Wülsten liegenden Bauch, sonst, in anderen Stellungen, waren es Striemen, schweißverschmiert, und die Unterhose wirkte wie aus der Sammlung einer richtigen 1 Zentner-Witwe, daß die Spindelbeine das Bild nur noch vervollständigten, zusammen mit den wer weiß wie oft gestopften Socken. »Wir nahmen in Amsterdam eine Wohnung, im Haus eines Industriellen, der sich zu seinem Vergnügen gegen Kost und Logis ein ganzes Rudel Studenten in mehr oder weniger luxuriösen Kammern hielt, ›Stipendiaten‹ war sein Wort, und wer weiß, warum er uns den Vorzug gab, warum er uns das Dachgeschoß ließ, als Kontrapunkt, wir wollten es nicht wissen, und wenn wir zwei und zwei, immer zwei und zwei auf der Treppe trafen, einer Spiegelbild des anderen, mit ihren Haartollen und Kurzhaarschnitten, mit ihren Schminkgesichtern, Cowboys oder Dandys, oder wenn wir den Alten nachts umherschwirren sahen, einmal da, einmal dort unterkriechen, waren wir angesteckt, im wahrsten Sinn in Flammen.« Bestrebt, so viel wie möglich in einen einzigen Satz zu packen, gingen ihm die Worte aus, und er wurde vage – »Sondrine machte alles und ließ alles mit sich machen, alles, alles, alles« –, und als er mich ansah, war mir klar, er sah mich nicht, in seinem mühsamen Ringen, in der Vertracktheit seiner Details. (Grund genug, mich an den stadtbekannten Säufer zu erinnern, vor dem mich mein Turnlehrer- und Reserveoffiziervater stets auf die gegenüberliegende Straßenseite stieß, wenn er irgendwo auftauchte, während ich im Abstand von ein paar Schritten hinter ihm herlief, wenn ich allein war und er sich in der Nähe unseres Hauses herumtrieb, und von ihm bekam ich meine erste Uhr, kaputt, aber wenn man sie schüttelte oder mit den Fingern gegen ihr Gehäuse schlug, verschoben sich die Zeiger, und man hatte einmal die, einmal die Zeit. Immer wieder kam es vor, daß er eine Weile verschwand, und dann hieß es, er war auf Entzug, er, der Kessel- oder Pfannenflicker, wie er genannt wurde, oder Tosser, mit seinem Namen, und wenn er wieder erschien, von einem Tag auf den anderen, waren es seine Geschichten, die manchmal Scharen von Leuten um einen Tisch versammelten, und meistens ergab es sich, daß er zum ersten Mal rückfällig wurde, wenn er unter Applaus seine ›amourösen Anekdoten‹ erzählte, die man in der Stadt noch weitererzählte, als er lange schon tot war. Daß es von da an zu den Apokryphen, zur ungeschriebenen Chronik gehörte – ›Tossers Delirien‹ –, wie er es mit den Schwestern der Anstalt trieb, mochte er noch so heruntergekommen sein, und der Höhepunkt war immer, wie er von seinem Bett aus zusah, wie sich eine über seinen an Dutzenden von Kabeln und Schläuchen hängenden Nachbarn beugte, und es ging im O-Ton weiter, Slapstick, um Peinlichkeiten möglichst zu vermeiden, in einmal mehr, einmal weniger gelungenen Imitationen seiner schrillen Stimme, oder es war nur eine Parodie, ein Skandal in einem Faschingsblatt: »Ich sah zu, wie sie ihn abdeckte und mir nichts, dir nichts sein Glied nahm, wie sie es leckte, wie sie es sich in den Mund steckte, als die Eichel zwischen den Schrumpeln der Vorhaut heraussprang, rotviolett, zitternd, und sie sog und saugte daran, schien es schlucken zu wollen, und als sie es wieder herauszog, glänzte es von ihrer Spucke, und sie setzte sich, ohne ihren Schlüpfer auszuziehen, unter ihren Röcken drauf, ansatzlos, mit langsamen, kaum merklichen Bewegungen, von Schauern geschüttelt, und als es richtig losging, war es wie der Ritt eines Rodeoreiters, mit den unglaublichsten Biegungen und Brechungen, als sei ihre Wirbelsäule elastisch, oder als habe sie keine, wie sie die eine Hand zwischen ihren Beinen hatte, während sie mit der anderen ihr Haar am Kopf zusammenhielt oder über ihm Zeichen in die Luft schrieb, SOS einer Ertrinkenden, alles, versteht sich, mit geschlossenen Augen und in vollkommener Lautlosigkeit, und schließlich, als sie unter wilden Zuckungen über dem Halbtoten zusammenbrach, entrang sich ihr ein Laut, ein langgezogenes Seufzen, mehrmals ein- und ausgeatmet.«)

»Wollen Sie den Fortgang der Handlung hören?« Auf einmal sah er mich vielsagend an, und statt weiterzuerzählen, nahm er wieder die Zeitung zur Hand und las mit der größten Selbstverständlichkeit. Es war nicht der Fortgang der Handlung, offensichtlich nicht, es war ihre Vorgeschichte: »Auf den ersten Schnee stießen sie, als sie die letzten Höfe erreichten, und es wurde ihnen trotz ihrer sommerlichen Kleidung nicht bange, wußten sie doch aus Erfahrung, daß die schlimmsten Wächten im allgemeinen kaum über die Gebirgsscheide hinausgingen. Sie machten sich nach kurzer Rast wieder auf den Weg, um die Stunde einzuholen, die der Kurat mit dem Messelesen am Morgen verplempert hatte, gegen die Ahnung, gegen das, was er später die Ahnung des Führers nannte, der noch in der Sakristei der Kapelle hin- und hergezappelt war und, stets von neuem auf die Uhr schauend, mit einer Handvoll Bauern das Spektakel verfolgt hatte, um mit dem letzten Amen aufzuspringen. Sie gingen schweigend nebeneinander, genauso, wie sie mehr als eine Woche lang nebeneinander gegangen waren, auf Kur, um sich von den Strapazen des Sommers zu erholen, mit derselben Leichtigkeit, auch wenn der Weg immer steiler wurde und ihnen auf einmal ein kalter Wind entgegenschlug. Der Himmel war wolkenbedeckt, und wenn sie zurückschauten und den

Verlauf ihrer Spur absuchten, verschwand sie nicht weit hinter ihnen im Zwielicht, daß sie sich eilig wieder umwandten und weiterschritten, um das vage Gefühl, ausgesetzt zu sein, gar nicht erst aufkommen zu lassen, Punkte, winzig klein, in der schon sprichwörtlich unendlichen Weite.« »Der eine Anfang, der andere Ende dreißig, schienen sie gleich alt zu sein, auf den ersten Blick ihre einzige Gemeinsamkeit, abgesehen vielleicht von einer Haltung, die man im einen Fall Naivität, im anderen Gottvertrauen nennen mochte, und während der eine groß und schlank war, mit seinem riesigen, an den Enden aufgezwirbelten Schnurrbart eine Erscheinung, ein Mann, der, wenn er stehenblieb, zu posieren schien, als sei er in voller Montur, als sei er im Anzug, mit Eispickel und Seil, einen Hut in der Hand, war der andere nicht allzu groß, weniger schlank, als würde seine Schlankheit von einem Korsett herrühren, und in seinem Gesicht war etwas Blasiertes, etwas lehrerhaft Strenges, wie er hinter der Nickelbrille hervorsah.« »Seit ein paar Stunden erst war es, daß sie sich duzten, daß sie sich mit ihren Vornamen ansprachen, was immer so klang, als würden sie ›Lieber‹ oder ›mein Lieber‹ dazusagen, eigenartig distanziert.« »Mehr als ein Fuß Schnee lag schon, und es schneite, als sie aufs Joch kamen. Hinter ihnen war alles von Nebel verhüllt, und vor ihnen, über den Gletscher, so weit sie sahen, trieb der Wind Schneewehen zusammen. Während sie im Stehen ihre Brote aßen und Wein aus der Flasche tranken, schauten sie sich um und sahen, daß weitum alles ununterscheidbar weiß war.«

Inzwischen war die Sonne auf der einen Seite verschwunden und nach einer Weile, in der die Kabine ganz im Schatten lag, auf der anderen aufgetaucht. Die Temperatur war rasch gesunken – »11.30 Uhr. 35°« »12.45 Uhr. 20°« – und, wir konnten es kaum glauben, genauso rasch wieder gestiegen: »14 Uhr. 30°.« Daneben war es vor allem die Luftfeuchtigkeit, die uns zu schaffen machte, die sich überall niederschlug, und als wir nichts mehr zu trinken hatten, schleckten wir Kondenswasser von den Wänden. Im Keller, wie wir die Kalotte unterhalb des Bodens nannten, war eine richtige Lache entstanden, nur nützte sie uns nichts, weil sie Quecksilber enthielt. Der Barometerstand blieb erschreckend konstant. In der Stille war das Brummen der Sauerstoffapparate zu hören, sonst nichts, oder genauer, wir hatten nur einen, den Flüssiggassapparat, in Betrieb, während wir den anderen, den Preßgasapparat, ausgeschaltet hatten, und als wir, ihn einschalteten – »Engelsstimmen« –, wußten wir, vor Mitternacht war nicht mit einem Mangel zu rechnen. »Das ist das Rauschen des Äthers.«

Ich stieß den Wagen, was es ging, und es war ein Spaß, die Gänge wild hineinzureißen, daß das Getriebe kreischte, möglichst ohne Kupplung, oder zu spüren, wie er sich mit quietschenden Reifen in eine Kurve legte, auf der einen Seite, und auf der anderen hochkam wie ein Katamaran, wie er beim Bremsen in die Knie sank, beim Beschleunigen sich aufbäumte, und wir schossen mit 100 km/h und mehr auf die Stadt zu. Es war mir egal, daß mich die Herren ermahnten, vorsichtig zu sein, es war mir alles egal, und ich mußte nur lachen, wenn ich von weitem schon sah, wie der Gegenverkehr auf der Bankette hielt, um mich vorbeizulassen, und um so mehr, sooft es vorkam, daß einer aus seiner Kiste sprang und hinter mir herfuchtelte, und wenn immer, sowie ich hupte, eine Frau in einem Vorgarten oder am Straßenrand stand, war es nicht Zufall. Das Gezeter machte mir nichts aus, mochten sie sagen, was sie wollten, eher schon das von Zeit zu Zeit scheinbar unvermeidliche ›le voilà‹, wenn sie vor sich in den Wolken den Ballon entdeckten. Dann zuckelte ich nur so dahin oder stoppte überhaupt, und wenn er wieder verschwand, war ich schon in meinem Element, unnötig, mich anzutreiben, und versuchte, aus dem Daimler alles herauszuholen, alles und noch mehr: »Schneller geht es nicht.«

Die Landschaft, durch die wir kamen, war mir vertraut. Beiderseits der Straße zogen sich, so weit der Blick reichte, Hügel hin, als wir die Ebene hinter uns hatten, und es waren Formen, daß mir das Wort ›schmerzhaft‹ im wahrsten Sinn hochkam, mit Baumgruppen oder vereinzelten Bäumen, oder es war ein richtiger Saum, am Rand einer Kuppe, oder auf ihr eine Krone, und natürlich immer wieder Wald. An der markantesten Stelle, weithin sichtbar, stand ein Holzkreuz, wahrscheinlich mit Kränzen und Kerzen, und von ihm ausgehend, oder vielmehr, zu ihm hinstrebend, waren es Bretterzäune, aus allen Himmelsrichtungen, gestrichen, ungestrichen, und wer weiß wozu, es schien ein Areal vollkommener Zwecklosigkeit zu sein. Daran schloß sich ein Pferdekorral mit einem einzigen Pferd, einem Schimmel. Dahinter lagen Wiesen im Sonnenschein, und über sie weg, über die Wände der unzähligen Heuhütten, mit plötzlichen Beschleunigungen, plötzlichen Verzögerungen, strichen Schatten, hinterrücks, in ihrem klammheimlichen Konturenflug. Immer wieder ging es durch Alleen, manchmal schnurgerade, und manchmal waren sie so üppig, daß in ihrem Fluchtpunkt schon die Dunkelheit zu warten schien, mitten am Tag, oder ein Gewitter. Ich wandte mich von Zeit zu Zeit Degle zu, der neben mir saß, oder Berger, Gerber und Demel im Fond, meistens mit nichtssagenden Bemerkungen, nur um zu sehen, wie sie reagierten, und was ich sah, war Glückseligkeit, nichts anderes, zwischen ihren plötzlichen Erregungszuständen, wie sie mit Kinderaugen schauten, ihren Bildband vor sich, ›Deutsches Märchenland‹, und ich war, ob ich es wollte oder nicht, Chauffeur eines sentimentalen Pensionistentrupps. »Schön ist's, wirklich wunderschön.«

Als wir in der Stadt ankamen, war Mittag vorbei, und wir hatten den Ballon schon wer weiß wie lange nicht mehr gesehen. Wenn unsere Schätzungen stimmten, oder vielmehr, ihre, mir war es egal, mußte er unmittelbar über uns sein, und unmittelbar über uns war eine dichte Wolkendecke. Ich merkte, wie die Herren allmählich nervös wurden, und wenn einer von ihnen etwas sagte, sagte er immer Scheiße dazu und sah auf die Uhr: »Im schlimmsten Fall sind die Kanaillen von der Augsburger Zeitung als erste zur Stelle.« Kaum hatte ich den Wagen auf dem Marktplatz geparkt, sprangen sie auch schon heraus und gingen Rücken an Rücken in Stellung, um nur nicht überrascht zu werden, und als sie begannen, sich langsam um sich zu drehen, war es, als würden sie Richtstrahlen aussenden, Radar, so gespannt wirkten sie. Sie schienen nicht wahrzunehmen, was um sie geschah, und schon gar nicht, wie in einigem Abstand immer mehr Zuschauer zusammenkamen, und erst als ein Betrunkener zwischen sie trat, wurden sie aufmerksam. Ich sah zu, wie sie von einem zum anderen gingen und versuchten, weiterzukommen – »Hast du –« »Haben Sie etwas gesehen?« –, es war die immer gleiche Frage, immer die gleiche Antwort, nein, oder nur Kopfschütteln, und manch einer, manch eine wich vor ihnen zurück oder sah sich wie nach Hilfe um. War es ihr saloppes Auftreten? War es ihr Äußeres? Ich wartete, als ich den Stecknadelkopf über der Kuppel des Kirchturms entdeckte, zwischen riesigen Bauschen, und genoß es, daß ich der einzige war, der ihn sah, eine Sekunde, einen Sekundenbruchteil. Dann brach der Wirbel schon los, und es waren die eigenartigsten Reaktionen, sich Kreuzzeichen auf die Stirn, auf den Mund, auf die Brust zu schlagen, oder nur die Hände vors Gesicht, Kopfschütteln, Blinzeln, Zwinkern, Zucken, während das Stimmengewirr im plötzlich mit aller Macht einsetzenden Glockenläuten unterging. Das war es, sonst nichts, nur Degles Erleichterung, Demels Sarkasmus und Bergers Sprachlosigkeit, Gerbers Schweigen im allgemeinen Durcheinander. »Wir müssen schnell weg.«

Der Wagen holperte über das Kopfsteinpflaster, mit einem Donnern, das, wie von einem Murenabgang, stetig anzuschwellen schien, als ich ihn um den aus allen Mäulern wasserspeienden Brunnen in der Mitte des Platzes lenkte, einmal, und vor Euphorie ein zweites Mal, und schließlich in eine der wegstrebenden Gassen riß, ohne zu schauen, welche es war. Im Rückspiegel sah ich noch die auseinanderstiebende Menge, als schon ein wilder Lärm, zwischen den Wänden hin- und herspringend, über uns zusammenschlug. Der Motor kam auf Touren. Ich spürte sein Vibrieren und stellte mir vor, wie die Kolben in die

Zylinder stießen, mit welcher Kraft, mit welcher Frequenz, mit der Unverbesserlichkeit eines verbissenen Liebhabers. In der Windschutzscheibe kippten links und rechts die Häuser, und es war, als würden wir von Bordsteinkante zu Bordsteinkante gestoßen, mitten in einem Labyrinth von sich ändernden Längs- und Querverbindungen, ohne Gewähr auf einen Ausgang. Die Tachometernadel zitterte, sprang auf und ab. Der Rosenkranz, der vom Scheibenwischerhebel hing, schwang hin und her, schlug mit einem erschreckenden Prasseln seiner Holzperlen an das Armaturenbrett, daß es ratterte und rasselte, als wären irgendwo in seinem Inneren Schrauben locker, und das Kreuz kam ins Schlingern. Es wirkte, als würde alles unter uns zusammenbrechen, alles auf einen Schlag aus sein. Ich war mit solchen Situationen vertraut, und vertraut war ich auch mit der Stimme, die sich in meinem Kopf zu verselbständigen schien, im Ton eines Radioreporters, Stichwort ›Hektik‹, Stichwort ›Herzinfarkt‹, und mein Leben einmal mehr zu einem Sportereignis machte: »Da zieht er schon aus der Box, Dagobert Zeeh, Triumphator im Grand Prix von Le Mans, und es ist unnachahmlich, wie er seine Aufholjagd startet, im Stil eines Weltmeisters, einen Kontrahenten nach dem anderen überholt, mit immer neuen Rundenrekorden, es sind Demütigungen, Demütigungen sind es, im wahrsten Sinn, und wie er an Start und Ziel vorbeikommt, geht ein Brausen durch die Menge, an- und abschwellend, hinter seinem schießenden und schreienden Boliden her.«

Zuerst, als wir die Stadt verlassen hatten, war es kaum zu glauben, welch ein Schweben, welch eine Schwerelosigkeit und Stille, zwischen den schon hoch stehenden

Wiesen, die von einem unverschämten, geradezu unwahrscheinlichen Grün waren, mit Sprenkeln und Tupfern wie in einer Kinderzeichnung. Der Ballon stand gut sichtbar über uns, und wenn wir wollten, sahen wir, wie sich die Wolken in alle Richtungen von ihm wegbewegten, Zirren, mit einer Konsistenz wie Geist und Seele, wenigstens stellte ich mir die so vor, wenn ich nicht zögerte, mir ›diesbezüglich‹ überhaupt etwas vorzustellen. Die längste Zeit schon war der Himmel kein Binnenland-, war ein Meerhimmel, mit Änderungen von einem Blick zum anderen, wie hin- und wieder weggewischt, alles schien möglich, daß es nahelag, wenn schon nicht an Gott, an die Vierdimensionalität des Raums zu glauben. Wir wählten die erstbeste Erhebung und machten halt, und während die Herren sich im Gras ausstreckten und in der prallen Sonne versuchten, ein Nickerchen zu machen, wie sie sagten, übernahm ich die Wache und schaute mir die Augen aus dem Kopf.

In der Halle des Hotels saßen die Kartenspieler schon an ihrem Tisch, wie an den meisten Tagen, und meistens nach dem Mittagessen, und es waren die Großmeister, so nannten sie sich selbst, der Schwarze Luis und der Weiße Hans, Hoteliers, mit dem Postler, der nur der Postler war, sonst nichts, namenlos. (Auch das Hotel wurde schlicht Hotel genannt, ohne weitere Bezeichnung, nicht weil es nicht auch andere gab, nein, es so zu nennen, mit der größten Selbstverständlichkeit, stammte aus einer vergangenen Zeit, Anfang des Jahrhunderts, als es tatsächlich das einzige war, und später immerhin noch das erste am Platz, und nicht der an allen Ecken und Enden Fäulnis ansetzende Kasten mit dem Ruf eines gestrandeten Schiffs.) Als Franz Joseph Schatz zu ihnen stieß, waren sie komplett, und es konnte losgehen, in der üblichen Konstellation, Unternehmer gegen Beamte, mit dem üblichen Protzen auf der einen Seite, mit Schwerkaliberzigarren, immer höheren Einsätzen und was sonst noch dazugehörte, vor allem schien es das Lachen zu sein, ein Lachen, das tatsächlich schallend wirkte, oder wenigstens genauso laut und verbraucht wie das Wort, während es auf der anderen Seite nicht Zurückhaltung war, nicht Dummheit, sondern im schlimmsten Fall nichts. Vor sich hatten sie einen Doppelliter Wein stehen, den sie aus winzigen Gläsern wie Schnaps tranken, ex, und neben ihnen auf dem Boden stand eine Kiste mit mehreren Flaschen. Sie spielten wie immer zu Beginn, wie um warm zu werden, wortlos, oder nur mit den nötigsten Worten, leise, unhörbar im Klatschen der Karten, und erst nach und nach wurden sie lauter, mit Sprüchen, Stich um Stich, die unschlüssig über ihnen schwebten, wenigstens wirkte es so, eine Zeitlang, und schließlich herabstießen, Belanglosigkeiten, Beleidigungen. Darum schien es zu gehen, möglichst gekonnt einen Streit zu inszenieren, spielerisch, mit dem Ernst eines richtigen Spiels, und alles andere war nur Alibi, Mittel zum Zweck. (Im Bericht des Bergführers nahm das kaum Platz ein, weil er wußte, es würde niemanden interessieren, und schon gar nicht so, als Analyse, und es kam nur in seinen Memoiren zur Sprache, tatsächlich, er schrieb Memoiren, später, ›Mein Leben an einem Tag im Mai vor vielen, vielen Jahren‹, und publizierte sie sogar im Rahmen der Bauernkitsch- und -lügenliteratur, die eine Zeitlang so sehr im Schwang war, Banalitäten, aus einem Erinnerungsvermögen, einer Erinnerungswut sondergleichen: »Ich setzte eine möglichst verwegene Miene auf und spielte meine Karte, und es war ein Schlag ins Gesicht, als der Schwarze Luis sagte, schachmatt, weil ich wußte, daß mein Kompagnon längst schon verreckt sein mußte, und der Weiße Hans hatte die Sau, der Weiße Hans hatte immer die Sau, man konnte tun, was man wollte.«)

# 4

Die anderen konnten es nicht glauben, als Franz Joseph Schatz sein Blatt niederlegte, vier Asse, mit einem einzigen Griff seinen Hut und seine Jacke vom Nebentisch nahm, aufsprang und, noch bevor sie etwas sagten, auf den Ausgang zueilte, wo in den Fenstern links und rechts von der Tür einen Augenblick die Gesichter der Mädchen aufgetaucht waren. »Ich wandte mich noch einmal um und sah, daß ihnen die Worte im Hals steckenblieben, so verdutzt schienen sie, und es war schon ein Abgang, wie ein Zinker zu spielen und mir nichts, dir nichts zu gehen, und noch dazu mit zwei Schönen, und sie saßen da wie Gehörnte, der Schwarze Luis und der Weiße Hans, die notorischen Ehemänner, vom Postler gar nicht zu reden, der wohl kaum wußte, wie eine Frau überhaupt aussah.«

Die Mädchen präsentierten sich in einer gewagten Aufmachung, mit Röcken, Röckchen eher, aus einem groben Stoff, knielang, kaum länger, nicht mehr oder noch nicht in Mode, wahrscheinlich selbstgeschneidert, mit schweren Schuhen und Wollstrümpfen, die sie über die Schäfte hinabgerollt hatten, mit Männerhemden, die Ärmel aufgekrempelt, und Hosenträgern. Die bloßgelegte Haut ihrer Arme und Beine war weiß. Sie trugen Rucksäcke, die ihnen über den Hintern hinunterhingen und speckig in allen Farben zu schimmern schienen, Kriegs- oder Vorkriegsmodelle, von wer weiß wem ausgeliehen. (Das war die Stelle, wo der Bergführer anfing, es nicht mehr so genau zu nehmen, wenn er an Stammtischen schwärmte, wenn er sie immer anders ausstaffierte, immer noch aufreizender, nach irgendwelchen Modekatalogen, und schließlich, zugegeben, er war nicht mehr der Jüngste, ging er sogar so weit, zu sagen, sie seien barfuß, in Badeanzügen oder Bikinis erschienen. Das war nicht weiter erstaunlich, erstaunlich war, daß er sich mit solchen Lappalien überhaupt aufhielt. Denn vor Fremden ließ er das heikle Thema stets aus, und in seinen Memoiren schrieb er nur: »Felicitas Fiegl und Philomena Valentiner waren Töchter aus gutem Haus.«)

»Das Hochjoch-Hospiz, eine Schutzhütte in den Bergen, war unser Ziel.« Das Dorf wirkte wie verlassen, und selbst auf dem Bau, wo sonst immer jemand zu sehen war, schienen sich die Arbeiter ins Innere zurückgezogen zu haben, als sie aufbrachen und eine Zeitlang schweigend ausschritten, geradeso, als müßten sie eine Tabuzone hinter sich bringen. Solange der Weg breit genug war, gingen sie nebeneinander, und augenscheinlich versuchten die Mädchen zu vermeiden, daß er in ihrer Mitte ging. Ohne etwas zu sagen, drängten sie ihn stets von neuem ab, bis er unmerklich, einmal auf der einen, einmal auf der anderen Seite, nachhing. Davor schon hatten sie darauf bestanden, ihn Lehrer zu nennen, was zumindest eigenartig schien. Es gab ihm einen Stoß, und als der Weg schmaler wurde und er vor ihnen ging und von Zeit zu Zeit ihr Kichern in seinem Rücken hörte, war er längst angeknackst, und er konnte nicht anders, als denken, daß es ihm galt, und fühlte sich auf einmal fehl am Platz, mit seinem Sonntagsanzug, seinen Halbschuhen, seinem zylinderähnlichen Hut und der Uhrkette, die protzig aus seiner Westentasche hing, alles Eitelkeiten, Details eines Gecks. Daß sie nicht der Norm entsprachen, klar, aber Bergtour hin, Bergtour her, es war zuallererst ein Rendezvous. Das dachte er, wenn er sich umwandte und sah, wie Felicitas und Philomena immer weiter zurückfielen, immer weniger auf Höflichkeit bedacht, und trotzdem, so verlogen es ihm schien, wenn er auf sie wartete, versuchte er zu lachen. Als sie nach einer Stunde eine Pause machten, war er nahe dran, alles zu bereuen, und er saß etwas abseits von ihnen auf einem Felsvorsprung über der Schlucht und lehnte es ab, an ihrem Picknick, wie sie sagten, teilzunehmen, ›Picknick‹, allein schon das Wort. Er verbiß es sich, etwas zu erzählen, und verschluckte lieber, was er vorbereitet hatte, Tier- und Pflanzenkunde, nichts als Imponiergehabe, Lehrer-, Oberlehrertrottelei, und selbst wenn er sich an die Ballongeschichte erinnerte, wer weiß, warum sie ihm nicht aus dem Kopf ging, immer noch nicht, zuckte er instinktiv zurück. War es nicht unsinnig, mit ihnen überhaupt etwas zu teilen, und noch dazu etwas, was er mehr und mehr zu schätzen schien? Es dauerte nicht lange, und sein Sarkasmus kam zum Zug. Das war es, Sarkasmus, als er sich anbot, ihre Rucksäcke zu tragen, und sie stimmten zu, nannten ihn einen Kavalier und rannten ihm von da an voraus, daß er sie schnell aus den Augen verlor. Das war der Augenblick, wo er überlegte, umzukehren, sie sich selbst zu überlassen, aber allein die Überlegung schien ihm schon genug, und er schlich weiter. (»In den Bergen gibt es von einer Höhe an so gut wie keine Vegetation mehr, und die paar Büschel, die da und dort zwischen Steinen hervorsprießen, oder die Moose, die aus dem Fels wie aus dem Nichts zu wachsen scheinen, haben selbst schon etwas Anorganisches an sich, Vorformen von Versteinerungen. Die Talwannen, von Gletschern aufgeschürft und -geschliffen, mit ihren noch nach Jahrhunderten erkennbaren Schmutzrändermoränen, sind manchmal nur von einem dünnen Flaum überzogen, den die ersten Regenfälle, von Murenabgängen gar nicht zu reden, wegwaschen können. Darüber, auf den Hängen, liegt, vom Frost gesprengt, Geröll, darüber Schnee, Eis. Und über allem schweben Dohlen.«)

Schließlich, als er die Schutzhütte erreichte, saßen die Mädchen schon in der Gaststube, und er bemühte sich, keine Notiz von ihnen zu nehmen. Er ließ die Rucksäcke mitten im Raum fallen, nahm umständlich Platz und schaute über ein paar Tische hinweg zu, wie sie sich darüber hermachten. Dann ließ er großspurig Schnaps kommen, eine ganze Buddel, und trank, er inszenierte sein Trinken und warf von Zeit zu Zeit verstohlene Blicke auf sie. Schluck um Schluck wurde ihm wärmer, und er zog sich mehr und mehr in sich zurück, er genoß es, seinen Schweiß zu riechen, seinen Atem, seinen Alkoholatem, seinen Urin, einerseits, und sah sich andererseits, natürlich, er war ein Narr, immer aufdringlicher um. Im Rausch erkannte er verschwommen ein Bollwerk, eine Bastion, als er sich zu ihnen setzte und lallend vorgab, daß sein Mißmut nur gespielt war, sein Ärger, und von ihm aus, seinetwegen, er kam ins Stottern, von ihm aus schien alles vergessen: »Haben wir uns nicht schon einmal gesehen?«


Die Herren schliefen noch, als ich wach wurde, einer neben dem anderen, und der Ballon war verschwunden. Schon suchte ich den Himmel ab, von Horizont zu Horizont, vergeblich. Die bewölkten und die unbewölkten Stellen schienen ein Schachbrettmuster zu bilden, und die Sonne, der Sonnenstand: »Scheiße.« Wie spät es wohl war? Ich wandte mich den Schlafenden zu, unschlüssig, ob ich sie wecken sollte und zugeben, was mir passiert war, welches Mißgeschick. Oder sollte ich mich auf und davon machen? Das dachte ich, auf und davon, aber es war nicht mein Ernst. Da lagen sie, mit aufgeknöpften Hemden, ohne Schuhe, und über ihnen zuckte ein Mückenschwarm hin und her, geradeso, als sei zwischen seinem Zucken und dem Durcheinander ihres Schnarchens ein Zusammenhang. So, im Zentrum der Bewegung, wirkten sie übertrieben reglos, und es war kein Abstand zwischen ihnen, tatsächlich schienen sie sich zu berühren, und während einer auf dem Rücken lag, mit gespreizten Beinen, einem ganz und gar aus der Fasson geratenen Bauch und etwas Vulgärem in seiner Stellung, lagen die anderen seitwärts gekehrt, einer mit geballten Fäusten, kauernd, einer die Hände gefaltet zwischen seine Schenkel geklemmt, einer mit zitternden, wie Schreibmaschine schreibenden Fingern. Einmal im Licht, einmal im Schatten, wirkten sie einmal unnahbar, einmal umgänglich. Ich zögerte nicht länger und schlug Alarm, und während sie aufstanden, ihre Schuhe anzogen, ihre Hemden zuknöpften und überhaupt versuchten, sich zurechtzumachen – sie knüpften ihre Krawatten, die sie eingesteckt hatten, streiften ihre Jacken über und setzten ihre Hüte auf –, startete ich schon den Wagen.

Im nächsten Augenblick rasten wir Richtung Schongau, zuerst schlitternd und schleudernd den Schotterweg hinunter, den wir heraufgekommen waren, und erst auf der Hauptstraße lag der Wagen ruhig, wenigstens auf den geraden Stücken, schien wieder zu schweben, zwischen genau den gleichen Wiesen wie vorher, und als wir in einen Wald kamen, es war ein Mischwald mit hochstämmigen, weit auseinanderstehenden Bäumen, wurde es kurvig, eine richtige Rennstrecke, und ich nahm meine Hand nicht mehr vom Ganghebel und schaltete, schaltete und schaltete, vor einer Kurve hinunter, ohne zu bremsen, und noch in ihr wieder hinauf, möglichst wenn die Fliehkraft am größten war, unmittelbar vor dem Abheben. Der Lärm des Motors schlug mit dem Fahrtwind durch die offenen Fenster herein, und was zustande kam, war ein ununterbrochenes Knallen, einmal leiser, einmal lauter, mit plötzlichen Druckwechseln, Hoch- und Niederdruck in den Ohren. Als wir den Wald hinter uns hatten, war es wieder Hügelland, und in schneller Folge zogen mehrere alleinstehende Höfe vorbei, mit riesigen Ställen, einer im Rohbau, nur sein Skelett war vorhanden, mit hoch aufragenden Pfählen, Vierkanthölzern, mit Querverstrebungen und einem noch windigen Dachgebälk, ein anderer abgebrannt, ein verkohlter Bretterhaufen, wenig später war es ein Sägewerk, und noch später ein Stapel nasser, glitschglatter Bloche. Meistens schon aus der Ferne zu sehen waren die Dörfer, ihre immer gleichen Silhouetten, mit ihren immer gleichen Kirchtürmen, ihren immer gleichen Maibäumen, und manchmal stand auch ein Schlot mitten unter den immer gleich angeordneten Giebeln der Häuser. Wir schossen mit unverminderter Geschwindigkeit am einen Ende in sie hinein und am anderen wieder aus ihnen heraus, und als wir angehalten wurden, einmal, ein einziges Mal kam es vor, von einem schon von weitem winkenden Polizisten, war es genug, daß Degle unverschämt mit seiner Wichtigkeit hausieren ging, im Interesse des Landes, wie er stets von neuem sagte, und mit der Wichtigkeit der anderen, mit ihren Titeln – »Oberstleutnant Gerber, Diplomingenieur Berger, Doktor Demel, Herr Kommissar« –, und der Wilhelminer, denn das war er ganz und gar, ein Wilhelminer, stand stramm: »Jawohl«, oder vielmehr, »jawoll, Herr Direktor.« Dann, als wir auf einen Bahnübergang stießen, war ich drauf und dran, die heruntergelassenen Halbschranken in einem eleganten ›S‹ zu umrunden, und nur ein herannahender Zug hielt mich im letzten Augenblick zurück, die Dampflokomotive an seiner Spitze, die haus-, hochhaushoch wirkte, aus der Nähe, und schmerzhaft laut ihr Zischen, ihr Donnern, ihr Quietschen, das in keinem Zusammenhang mit ihrer Langsamkeit stand. Wir saßen vor Schrecken sprachlos in unseren Sitzen, staunend, wie ein Waggon nach dem anderen an uns vorbeischlich, ein endlos langer Gütertransport, und am Ende war es wie im Theater nach dem Aufgehen des Vorhangs, Halluzination oder nicht, wir sahen die Landschaft dahinter zum ersten Mal richtig, zum ersten Mal die Alpen, obwohl sie wer weiß wann schon sichtbar gewesen sein mußten.

Wir waren ein Stück weiter, als es losging: »Ich kann mir nicht vorstellen, daß der Professor ohne Grund so lange in der Luft bleibt, und entweder er ist ein vollkommener Narr, nicht vor den Bergen die letzte Gelegenheit zum Landen zu nutzen, oder es muß etwas geschehen sein.« Das war der Anfang, und nach und nach wurden alle möglichen Eventualitäten erörtert, mit erstaunlicher Gelassenheit, ›Höhenrausch‹ war ein immer wiederkehrendes Wort, ›Höheneuphorie‹, und wenn es Dutzende von Gründen gab, sich Sorgen zu machen, gab es stets einen weiteren dagegen oder die Zuflucht in irgendwelche Witzeleien: »Kein Grund zur Besorgnis. Denn alles, was aufsteigt, kommt irgendwann wieder herunter.« Ich hielt mich heraus, ohne Erwartung, was sie von sich gaben, einer wie der andere, aber vor allem waren es Demel und Degle, die sprachen, der eine zurückhaltend, mit akademischer Genauigkeit, sein Sprechen war von einem abwehrenden Gestikulieren begleitet – Gesten der Ohnmacht –, und es schien gerade seine Zurückhaltung zu sein, die den anderen zu immer neuen Vorstößen trieb, mit der Zielsicherheit eines Tatmenschen und dem ihm eigenen Machtinstinkt, während Berger und Gerber nicht viel oder überhaupt nichts sagten, kopfnickend, kopfschüttelnd, einmal so, einmal so, unabhängig vom Verlauf. Die Positionen waren klar, einerseits Hoffnung, daß alles gut ausging, andererseits Besserwisserei, und es schien, lächerlich genug, nach wie vor ihr Ehrgeiz, daß wir als erste die Lande-, oder wenn schon nicht Lande-, die Absturzstelle erreichten, im schlimmsten Fall als Zeugen eines Unglücks. Und im Visier ihrer Lamentos war wieder und wieder, daß wir wahrscheinlich nicht vor Einbruch der Dunkelheit nach Hause kamen. Da wunderte mich nichts mehr, auch nicht als wir eine Panne hatten und sie plaudernd und plappernd im Wagen sitzenblieben und ungeniert zusahen, wie ich den Reifen wechselte, eine Scheißarbeit, und aus Rache zündete ich mir eine meiner Zigarren an, wieder eine, zitterte und zuckte, schnippte die Glut zu ihrer Verblüffung über den offenen Benzinkanistern scheinbar nachlässig weg, bevor ich sie mit ihren Mäulern voran in die Tankstutzen steckte, und es war das Gluckern, es war der Geruch, es war der Geschmack des Benzins, vermischt mit dem Rauch, vermischt mit dem Alter, mit der Jugend des Jahres, was mich aufatmen ließ. Wir lebten – so viel war sicher –, wir lebten in ganz anderen Welten.

Inzwischen schien mehr als die Hälfte, schienen drei Viertel, sieben Achtel des Himmels wolkenbedeckt, und es war ausgeschlossen, daß der Ballon zum Vorschein kam, trotz aller Flüche und Verwünschungen, vor allem der Oberstleutnant tat sich hervor, trotz der Gebete des Meteorologen, so wirkten sie, seine Aufzählungen, seine Anrufungen, wie Gebete, wie Litaneien, Zirrus, Zirrostratus, Zirrokumulus, Altokumulus, Altostratus, Nimbostratus, Stratokumulus, Stratus, Kumulus, Kumulonimbus, und er ging ganz und gar in ihnen auf: »Das sind die Säulenheiligen.« Der Direktor sagte: »Unsinn, alles Unsinn, mein Herr«, und Doktor Demel ließ ein entsetztes ›aber, aber‹ vernehmen. Es war zu erwarten, daß sie von da an schwiegen, um sich nicht in die Haare zu geraten, und tatsächlich, es dauerte eine Zeitlang, und erst als sie einen Flachmann reihum gehen ließen und Bruder- oder Brüderschaft tranken, wie sie sagten, schien der Bann gebrochen. Ich wunderte mich, daß keine Vorwürfe kamen, und war froh, daß wenigstens die Windrichtung stimmte, wenigstens in den untersten Schichten, soweit ich es ausmachen konnte, Richtung Osten, Südosten: »Ich wette, daß der Aerostat genau über uns steht, wenn es aufreißt.«

Das Schauspiel in der Stadt war wieder das gleiche, mit umgekehrten Vorzeichen, ein Auflauf von Leuten, mehrere Dutzend schienen es zu sein, die sich nach und nach um uns scharten, und es gab kein anderes Wort als ›Ufo-Hysterie‹, alle schienen etwas gesehen zu haben, der eine da, der andere dort – sie redeten und redeten –, nur wenn wir wissen wollten, was, wurden sie kleinlaut, und ihre widersprüchlichen Informationen waren wenig, waren nichts wert. Dann standen sie nur da und warteten, und mir kam die Wendung ›den Herrgott einen guten Mann sein lassen‹ in den Sinn. Ich wußte nicht, warum ich das Gefühl nicht los wurde, mit den Augen eines Missionars auf sie zu schauen, wenn ich sah, wie sie uns, wie sie den Wagen anstarrten, der dampfend im Schatten stand, mit Verdauungsgeräuschen, einem Gurgeln, das von Zeit zu Zeit aus seinem Inneren drang, und sonst war es mucksmäuschenstill. Wir rissen uns los und gingen zur Post. Die obligatorischen Anrufe waren zu tätigen, ohne Ergebnis, niemand wußte etwas, auch in Augsburg nicht, nichts Genaues, und während ich müßig vor dem Gebäude stand, wer weiß, warum ich nicht hineingegangen war, unter den weit offenen Fenstern der Telephonzentrale, ahnte ich augenblicklich, man würde mir nicht glauben, und ich müßte wahrscheinlich schwören, wenn ich erzählte, daß ich einmal, zwei-, dreimal, viermal hintereinander denselben Satz hörte, mehr oder weniger laut geschrien: »Hallo«, und nach einer Pause, »Schatz, ja, Schatz, ja, alles gut.«

Zwölf Stunden waren wir schon in der Luft, und wir wußten, es würden wahrscheinlich noch vier weitere werden, vorausgesetzt, die Sonne ging um acht Uhr unter, vorausgesetzt, die Sonne ging überhaupt unter. Wieder war es unerträglich heiß, oder immer noch, immer, immer, immer. Der Barometerstand stieg an, blieb konstant, stieg an, blieb konstant, stieg an, insgesamt ein paar Millimeter. Kein Leck – wir hatten es hundert-, tausend-, hunderttausendmal gecheckt –, kein Leck, kein Leck, kein Leck. Der Sauerstoffapparat, der in Betrieb war, war in Betrieb. Die Zeit verstrich, verstrich nicht, verstrich am Bordchronometer nach ganz eigenen Gesetzen, nach den Gesetzen unseres gemeinsamen Schicksals, nach den Gesetzen der Schwerelosigkeit und des Schweigens.

»Sie waren noch nicht weit auf dem Gletscher gegangen, als sie bis über die Knie, an manchen Stellen bis über die Hüften im Neuschnee versanken. Vorgeneigt, als gingen sie aufwärts, stapften sie hinab, schoben sie sich Schritt um Schritt, wühlten sie mit ihren Händen einen Weg, und wenn es nicht anders ging, krochen sie auf allen vieren. Über ihnen schlugen die Elemente zusammen, oder rund um sie, sie wußten nicht mehr zu sagen, wo oben und wo unten war, im Schneetreiben, im Nebel. Sie taumelten, nur von Windverwehungen gestützt, ohne Richtung dahin, ohne Gleichgewichtssinn. Durch und durch naß und schlotternd vor Kälte, versuchten sie, mit allen Mitteln in Bewegung zu bleiben, vor oder zurück, oder sie liefen im Kreis.« »Wenn sie sich am Anfang im Vorausgehen abgewechselt hatten, ging nach einer Zeit nur mehr der Führer voraus, mürrisch, mit einem Dutt aus Schnee und Eis in seinem Haar, mit richtigen Eiszapfen im Schnurrbart, während der Kurat sich in seinem Windschatten hielt und von Zeit zu Zeit ein Vaterunser sprach. Die Rollen waren verteilt, und wenn der eine schon nichts sagte, aus Ehrfurcht vor Hochwürden, aus einer Frömmelei, die ihn mit großer Zielsicherheit das Dümmste tun ließ, konnte es dem anderen nur recht sein, und er gab

nach ein paar zaghaften Versuchen seinen Widerstand auf.«
»Die Dämmerung kam mitten am Nachmittag, und das
Licht, ohne bestimmbare Quelle, verschwand, als würde es
von den Molekülen oder Atomen des Wirbelsturms auf-
gesaugt werden. Schon war es Nacht, und es blieb nur ein
Glitzern über dem Schnee, das da und dort aufblitzte, sonst
nichts. Oder manchmal ein Streichholz, zitternd die Flamme, kaum aufgeflackert, war sie wieder weg. Die Geräusche wurden in der Dunkelheit lauter, das Keuchen, das
Husten der Männer, ihr unruhiger Atem, vermischt mit
dem Knirschen ihrer Schritte, mit ihrem Schaben die
Schneewände entlang, und wenn sie etwas sagten, war es
ein Flüstern. Es waren die Gebete des Kuraten. Es waren
die Flüche des Führers. Meter um Meter tappten sie
voran, und wenn sie von Zeit zu Zeit schrien und auf ein
Echo lauschten, war es ihre einzige Möglichkeit, sich zu
orientieren, und ihre Schreie verklangen, von niemandem
gehört, von keiner Menschenseele und auch von sonst
niemandem.« (Aus irgendeinem Grund ließ die Zeitungs-
geschichte den Professor noch immer nicht los, und wenn
er ein Stück las, abbrach und erst viel später fortfuhr, war es
nach einer ganz eigenen Regie, und es gelang mir nur mit
Mühe, ihm zu folgen.)

Wir bewegten uns so wenig wie möglich, mehr liegend
als sitzend, auf unseren Seilrollen, und es war schon An-
strengung genug, Anstrengung zu viel, wenn wir uns von
Zeit zu Zeit erhoben, um das metallen schmeckende
Kondenswasser von den Kabinenwänden zu schlecken.
War es Wasser? War der Sauerstoff, den wir einatmeten,
Sauerstoff? Egal, wir atmeten, ein, aus, ein, aus, ein, aus,
mit unverminderter Beharrlichkeit. Allgegenwärtig war

der Schweiß, unser Schweiß, nicht nur in unseren Körpern, schien es, in allen Dingen, zerstäubt in ihren Teilen, in all ihren Atomen, er war in uns, um uns, wir waren in ihm. Wir zitterten, hörten auf zu zittern und zitterten wieder, zitterten vor Hitze, und wenn wir uns ansahen, wußten wir, wir waren Schablonen, einer Spiegelbild des anderen, von den Strapazen, vom Schrecken zur Gleichheit entstellt.

Da war der Stimmungsnullpunkt längst erreicht. Ich ließ inzwischen ohne Widerspruch über mich ergehen, was der Professor von sich gab, mochte es noch so ein Unsinn sein, und versuchte nicht mehr, ihn zu bremsen. Alles, was ich versuchte, war, wortlos meine Mißbilligung zum Ausdruck zu bringen, wenn ich ihn ansah, oder nein, ich sah ihn nicht an, nicht wirklich, es war schon genug, an ihm vorbeizuschauen, um zu sehen, wie lächerlich, wie er dalag, mehr tot als lebendig, nach wie vor in Unterhosen und Socken, mit seinem Taschentuch, verrutscht, auf dem Kopf, und vor sich hindöste, und wie erst, wenn er hochfuhr und loslegte, manchmal, oder mühsam aus seiner Versenkung herauskam, mit großen, immer größeren Pausen, nie ohne sich ausgiebig zu räuspern und seinen eingetrockneten Schleim durch den Rost in die Wasserlache unter uns zu spucken: »In Wahrheit waren wir noch nicht lange verheiratet, als mir zum ersten Mal Zweifel kamen, während unserer Flitterwochen, ohne Skandal in der Brautnacht, ohne Schande oder sonst etwas Sensationelles.« »Vielleicht lag es daran, daß mir nicht richtig klar war, daß mit der Hochzeit die Ehe begann.« »Das dachte ich, einerseits, und andererseits, es lag an all den Familien, in denen die Söhne seit Generationen zu Honoratioren erzogen wurden, die Töchter zu Waschweibern, und was das hieß, bekam ich zu spüren, Zuckerbrot und Peitsche, Pflichterfüllung, und Revoluzzerinnen gab es nicht.« »Das wollte ich am Anfang nicht wahrhaben, zu gut hatte ich die Reden meiner Frau, als sie noch nicht meine Frau war, in Erinnerung, Reden, die stets Widerreden waren, zu gut ihre Klagen, Anklagen, wohltuend zynisch, zu gut ihre Koketterie mit irgendeiner Loge, einer Libertinage, wie sie sagte, deren Ideen ihr die Schamröte ins Gesicht trieben, aber immerhin, sie vollzog sie nach.« »Das sollte mit einem Schlag aus und vorbei sein, nichts als Konversation, ein Zeitvertreib, ihre Art, sich interessant zu machen, ohne Herzblut. Denn mit einem Schlag ging es ihr um Ehrbarkeit, und sie ergriff nicht mehr die Partei irgendwelcher Traumtänzer, sie ergriff nicht einmal mehr ihre eigene Partei, sie ergriff von vornherein meine, egal, ob sie richtig oder nicht richtig war. Es kam schnell so weit, daß ihre Haltung zu mir die übertriebener Rücksichtnahme wurde, und wenn ich mich irgendwo hinsetzte und las oder sonst etwas tat, konnte ich sicher sein, daß sie sich mit einem Näh- oder Strickzeug zu meinen Füßen niederließ, ergeben auf einen Befehl wartete und, wenn keiner kam, selbst anfing: ›Möchtest du etwas?‹« Ich wußte nicht, wovor ich mich mehr ekelte, vor ihm, seiner ganzen Erscheinung, oder vor dem, was er sagte, und als er weitersprach, alles mögliche über einen Mangel an Ekstase, Selbstvergessenheit und Wahn, war ich nahe dran, ihm Beleidigungen an den Kopf zu werfen. Denn er schien nicht zu merken, daß er über alle Stränge schlug. Waren es Halluzinationen? Ich nickte selbst von Zeit zu Zeit ein und schrak schnell wieder auf, von seinem Röcheln erschreckt, das, wenig-

187

stens im ersten Augenblick, das Röcheln eines Sterbenden war, aber sobald ich seine Stimme hörte, wußte ich, kein Grund zur Sorge, seinen Bariton, seinen Baß, der wie von draußen, aus dem Raum, hereindrang, wie von uralten Lautsprechern verstärkt, und manchmal, mit geschlossenen Augen, kam es mir vor, als würden wir im Inneren einer Box sitzen, von Kehl- und Kratzgeräuschen, Katastrophenlärm, umgeben: »Zuletzt war es ihre Migräne, die ich natürlich nicht ernst nahm, und als ich mich gezwungen sah, sie ernst zu nehmen, angesichts einer Serie von immer schwereren Anfällen, in denen der Unglücksvogel weder pipp noch papp sagen konnte, noch sich bewegen, noch sonst etwas, wußte ich, es war meine Strafe.«

Das mußte das Ende sein, so, wie es klang. Wir warteten eine Zeitlang, und gegen meinen Willen begann sich eine Art verständnisvollen Schweigens breitzumachen. Ich hatte nichts gesagt, und wahrscheinlich war es nicht nötig, daß ich etwas sagte, was auch, etwas Zustimmendes, wo er sich so sicher schien, und Ablehnung würde er ohnehin nur überhören. Dann setzten wir uns auf und aßen ein paar Bissen, zwangen uns wieder, ein paar Bissen zu essen, und natürlich schmeckte es lau, schmeckte schal, schmeckte nach nichts. Wir kauten, als kauten wir an unserem eigenen Gaumen, unserer eigenen Zunge herum, und statt sich zu zersetzen, statt weniger zu werden, wurden sie mehr, Schwellkörper in unseren Köpfen. Der Durst – wir hätten wissen müssen, daß es ein Fehler war, etwas zu uns zu nehmen – war auf einmal kaum noch zu löschen, und wir mußten uns hüten, wir mußten uns gegenseitig hüten, nicht die Brühe aus der Kloake im Keller zu schöpfen. »Wir gehen auf Pilgerschaft, Herr Ingenieur, und trinken ein paar Kübel Weihwasser, in einem Zug, ex, wenn unser Stern nicht zerschellt.«

»Daß sie das Gletscherende erreichten, war Zufall, und wenn schon nichts anderes, wußten sie wenigstens wieder, wo sie waren. Vorsichtig nahmen sie das letzte Steilstück in Angriff. Sie hatten aufgehört zu reden. Sie hatten aufgehört, aufrecht zu gehen. Sie hatten mit allem aufgehört, mit allem, was umsonst war. Denn dort lag kein Schnee, auch wenn es immer noch schneite, und unter ihren Händen und Füßen war das blanke Eis, daß sie wieder und wieder ins Rutschen kamen und sich nur mit Mühe zu halten vermochten, mit ihren Fingernägeln festgekrallt, und schließlich, haltlos, sausten sie in die Tiefe und landeten unter dem untersten Abbruch in einem Schneehaufen. Sowie sie sich aufgerappelt hatten, schauten sie auf die Uhr und sahen, es war Mitternacht.«

Inzwischen waren wir den Bergen sehr nahe gekommen. Direkt unter uns Flachland. In einem leicht schrägen Winkel sahen wir zwei breite, seichte Flüsse zusammenfließen, die aus Gebirgstälern kamen. Dort, wo der gemeinsame Strom in die Ebene mündete, lag eine Stadt mit im Sonnenlicht glänzenden Dächern. Weiter weg Schnee, einmal weiß, einmal bläulich schimmernd, einmal, schien es, golden, schien es, gelb. Darüber waren in allen Himmelsrichtungen, in allen Höhen Wolken zu sehen, in allen Formen, in allen Farben des Regenbogens, und tatsächlich, vor uns breitete sich die Natur in ihrer ganzen Künstlichkeit aus, es wirkte wie eine Fata Morgana, oder so, wie eine Fata Morgana wirken mußte, wir hatten noch nie eine gesehen, und wir warteten auf einen

Kippeffekt, mit dem alles umschlagen würde, ins Bodenlose, ins Leere, in den Zenit, ins Zentrum einer anderen Welt.

»Ja, Schatz, ja, alles gut.« Der Direktor sprach, noch bevor er den Hörer richtig am Ohr hatte, wie um sich über sich selbst lustig zu machen, und er wußte, es wirkte, vielleicht auch auf sie, auf die Frau, wie eine Parodie und trieb es gerade darum auf die Spitze. Er war längst daran gewöhnt, daß sie ihn hin und wieder anrief, wie er nachsichtig sagte, und hatte aufgehört, eine Strichliste zu führen, und tatsächlich, wenn sie es schaffte, einen Vormittag oder Nachmittag lang nicht anzurufen, war immer er es, der den Bann brach. Schon seit einiger Zeit hatte er die, wie ihm schien, richtige Haltung dazu, alles so zu nehmen, wie es war, und wenn er sich an seinem Stammtisch an den üblichen Witzeleien beteiligte, erstaunt, daß es den anderen gleich ging, oder wenn er gar die Rolle des Wort- und Rädelsführers spielte, war es nie, sie bloßzustellen, es war ein ungeschickter Versuch, mit Hilfe von Klischees zumindest ein Patt zu erreichen. Sein Widerwille war nicht echt, und überhaupt, wie er auf sie reagierte, nur gespielt, aber nach all den Jahren schon so gut, daß ›echt‹ und ›nicht echt‹ nicht mehr voneinander unterscheidbar waren.

In der Stille, als er aufgelegt hatte, sprang ihn der Schrecken an. Es schien zum ersten Mal wirklich still, weil der Lärm vom Festbuffet verklungen war. In sein Unbehagen stießen Bilder, und es gelang ihm nicht mehr, ihnen beizukommen, nicht mit Sätzen, nicht mit Satzschablonen. In seinem Kopf war es ein Strohfeuer, es war eine

Kette von Strohfeuern, die abbrannten, Stich um Stich. Wenn er in einem Augenblick noch wie gelähmt an seinem Schreibtisch saß, stand er im nächsten schon auf, und es blieb ihm nichts anderes übrig, nach dem üblichen Hin- und Hergerenne, als sich wieder zu setzen. Das war es gerade, daß er nichts tun konnte, nur warten, von Zeit zu Zeit wie ein Beamter auf die Uhr schauen, wenigstens entsprach es seinen Vorurteilen oder, wie er sagte, seiner Weltsicht, daß nur Beamte so schauten, und tatsächlich, es war derselbe Effekt wie manchmal in Filmen, wenn er auf die Räder eines fahrenden Autos starrte und, wenn es langsamer wurde, stets wieder der Täuschung erlag, sie würden sich gegen die Fahrtrichtung drehen, Speiche um Speiche, schien es, ein wenig holprig, als wären sie nicht rund, als wäre nicht der Kreis das Prinzip, auf dem sie beruhten, sondern ein Vieleck mit einmal so, einmal so vielen Ecken, und es war ihm nie eingefallen, sich Gedanken zu machen, warum, um den Zauber nicht zu brechen. Dazu kam ihm immer in Erinnerung, wie er zum ersten Mal in einem Wandspiegel gesehen hatte, wie der Sekundenzeiger einer Uhr im Gegenuhrzeigersinn von einem Strich des Zifferblatts zum nächsten sprang, nichts Besonderes, natürlich nicht, aber er machte etwas daraus, es gelang ihm, etwas daraus zu machen, mit einer Empfindsamkeit, die er nur sich selbst verzieh, hin- und hergerissen, was er sagen sollte, Faszination, Blasphemie, und zuletzt blieb nur ein Wort, ›Schwindel‹, sonst nichts. Immer wieder trat er an die Karten und schaute auf die Nester roter und schwarzer Stecknadelköpfe, als könnte er in ihrer Anordnung eine Antwort auf seine Fragen entdecken. Was war geschehen? »Die Forscher sind seit Stunden überfällig«, las er wenig später in der schon am frühen Nachmittag erscheinenden Augsburger Abendzeitung, die ihm die Sekretärin druckfrisch auf den Tisch legte, »und wir müssen das Schlimmste fürchten, wir müssen fürchten, daß den Männern etwas zugestoßen ist, und darum beten Sie, verehrter Leser, verehrte Leserin, beten Sie.«

Da war es nicht verwunderlich, daß er den Reporter, der, zu einem Interview nach der Landung angesagt, trotz der Schlappe erschien, mit ein paar Worten hinauskomplimentierte, wie er zuvor schon den immer noch euphorischen General – er wußte nicht einmal seinen Namen – hinauskomplimentiert hatte, so gut wie ohne Worte. Er staunte selbst, wie leicht es ihm gelang, sie einzuschüchtern, sowohl den schwitzenden, eine Schweißglocke vor sich hertragenden Zeitungsstinker, einen 100-Kilo-Brokken, als auch den sterilen Militär, ein Männchen, das an einem ausgeprägten Kleiner-Mann-Syndrom litt und seiner körperlichen Dürftigkeit mit Haltung zu Leibe rückte, mit einer ständigen Habtachtstellung, mit Eigenschaften, die ihm wahrscheinlich den Ruf eintrugen, einen eisernen Willen zu haben, zumindest in seinen Kreisen, oder es waren andere Wendungen, ›stählerner Blick‹, ›metallene/-r/-s wer weiß was‹ und ›Drahtigkeit‹. Tatsächlich schien sein Gesichtsausdruck schon genug, oder es war die Art, wie er ihren Fragen auswich und sie in der Antwort wörtlich, möglichst wortwörtlich wiederholte: »Ich stimme Ihnen zu –« »Sie haben recht –« »Wir waren in der Planung zu leichtsinnig.«

Im Hof war währenddessen eine Gruppe von Männern zusammengekommen, manche noch im Arbeitszeug, manche schon umgezogen, und sonst, wahrscheinlich wären sie sonst, ohne die Besonderheit des Tages, als Herumlungerer, als Faulpelze verschrien gewesen, angesichts des Versammlungsverbots, das, unausgesprochen, auf dem ganzen Fabrikgelände galt. Der Feierabend war vorverlegt worden, und sie warteten, mit Schildkappen die meisten, Schnurrbartträger, mit verwegenen Gesichtern, ein Gruppenbild, das alles ungeschminkt ließ, unvorstellbar, es könnte einmal romantisiert werden, und als die Werksbusse, dunkelgrüne Ungetüme mit schweren Schnauzen, rundlichen, weit über die Hinterachsen hinausstehenden Hintern und leuchtend gelben Aufschriften, SIEGFRIED KALTENEGGER AG, wie von selbst aus den Garagen kamen, so schlecht waren die Fahrer durch die spiegelnden Windschutzscheiben zu sehen, stiegen sie in den vordersten ein, der augenblicklich mit ihnen davonfuhr, arthritisch, schien es, altersschwach. Die anderen – sie waren numeriert, I, II, III – standen mit zitternden Kühlerhauben in der Sonne, und auf sie eilten aus allen Richtungen Wartende zu und verschwanden in ihnen, von ihnen verschluckt, und als sich der Konvoi in Bewegung setzte, sprang in den jäh an- und allmählich abschwellenden Motorenlärm das Gebimmel der Glocken über der Hauptlagerhalle, und es war vier, exakt sechzehn Uhr.

Der Direktor schrieb, mehr um sich abzulenken als aus sonst einem Grund: »Man kann die Geschichte der Rekordfahrten mit dem Jahr 1804 beginnen lassen, als Gay-Lussac die damals unglaubliche Höhe von 7000 m erreichte, aus der er Luftproben mit zur Erde brachte, um ihre Zusammensetzung zu untersuchen. Im ganzen 19. Jahrhundert tat sich sonst nicht mehr viel, abgesehen vielleicht vom Abenteuer Glaishers, der in einer Höhe von 8000 m das Bewußtsein verlor und wahrscheinlich noch höher stieg – Tissandier kam auf 8500 m –, oder von der Alpentraversierung Spelterinis. Dann hielt lange Zeit die Marke der Berliner Meteorologen Berson und Süring, 10 800 m, aufgestellt am 31. Juli 1901, und erst in den letzten Jahren ging es Schlag auf Schlag, als Ballon und Flugzeug miteinander konkurrierten und es vor allem in Amerika auf sogenannten Flugshows eine Basis gab, die immer mehr Männer anzog, Kopf und Kragen zu riskieren, Männer, die nichts zu verlieren hatten und so schnell zu Ruhm kamen, manchmal auch zu Geld, und der Stand vor kurzem war noch, Soucek 11 800 m im Wasser-, 13 100 m im Landflugzeug, Gray 12 900 m mit einem Ballon. Den Deutschen Rekord hält Neuenhofer, auf einer Junkers, und wer weiß, wenn unser Unternehmen gut ausgeht, was in Zukunft alles möglich ist, alles, wenn wir an uns glauben.«

Dann saßen sie links und rechts von Franz Joseph Schatz, Felicitas und Philomena, und versuchten halbherzig, seine halbherzigen Avancen abzuwehren, schlüpften unter seinen Armen durch, entzogen sich seinen Händen und schütteten den Schnaps, den er ihnen aufdrängte, von Zeit zu Zeit zurück in die Buddel oder in den Spucknapf am Boden. Sie sahen interessiert zu, oder nein, in Wirklichkeit ließ es sie kalt, wie er sich mehr und immer noch mehr betrank, und wenn er sie anschaute, schon stier, hielten sie seinem Blick immer stand. Dabei glänzten ihre Augen, und wenn er stets von neuem mit derselben Masche kam – »Was ist? Seid ihr traurig?« –, mußten sie lachen, wie sonst auch, wenn er zwischen seinen Sprüchen, seinen Späßen, über die sie nicht lachten, auf einmal verständnisvoll, ernst oder sonst irgendwie ehrenwert tat. »Wir nahmen ihm von vornherein allen Wind aus seinen Segeln.« Das war es, was sie später sagten, und wenn sie weitersprachen, kam meistens der Satz: »Daß der Narr aus Stolz, aus Hartnäckigkeit oder wer weiß warum auf Kurs blieb, war nicht unser Verschulden.«

Draußen blieb es noch hell, während die Gaststube schon im Dämmerlicht versank. Auf den Tischen waren Kerzen angezündet worden, die in den unterschiedlichsten Mustern ihren Schein und ihre Schatten auf die Wände warfen, daß das Holz der Vertäfelung wie lebendig wirkte. Dann und wann kam der Wirt herein, und es war schwer zu sagen, was er tat, wahrscheinlich nach dem Rechten sehen, wenn er überall herumrückte und -rupfte, ehe er wieder verschwand. ›Die Festgesellschaft‹ war eine unvermeidliche Wendung in seinen hingeworfenen Sätzen, und er kündigte stets von neuem Herrschaften aus Berlin an, Sektionsleute, wie er sagte, hin- und hergerissen zwischen einem zackigen Habtacht und nackter Verachtung, und schließlich, als sie eintraten, waren es die gewöhnlichsten Schlurfer in großkarierten Hemden, in Knickerbockern und Socken. Sie hatten kaum Platz genommen, als sie sich schon an ihre Aufgabe machten, eine Jubiläumsfeier, ihren Proviant auspackten, Bier bestellten, in Halbliterkrügen, und ein Grammophon installierten, ein Ungeheuer mit einem riesengroßen Trichter und einer Handkurbel, und es dauerte nicht lange, und Musik, immer die gleiche, von einem halben Dutzend Platten, schallend, scheppernd und schmetternd, mit Kratzgeräuschen, zerriß das Durcheinander ihrer Stimmen, und sie tanzten, tanzten einer nach dem anderen mit der einzigen Frau, die dabei war, trotz ihrer Proteste, ihrer Bitten und hilfesuchenden Blicke, und wie sie auf den paar Quadratmetern in Schwung kamen, wie sie herumalberten oder auch nicht, waren es die verschiedensten Stile, einer gab sich schüchtern, einer soldatesk, einer tragisch, einer stümperhaft, nachlässig, je nachdem, wie sie es konnten, wie sie sich trauten mit ihr. Zuletzt entwischte sie auf die Toilette, und als sie zurückkam, oder vorher schon, glühten ihre Wangen, alles an ihr schien zu glühen, und sie setzte sich abseits hin, dem Lachen, dem Weinen nah, so oder so, sie war still, vollkommen still, in der Stille rundum, und schien später, paradox oder nicht, in der Beschaulichkeit des einsetzenden Gitarrengeklimpers nur noch stiller zu werden. Auf einmal war die Hitze des überheizten Raums zu spüren, war der Schweiß der ganzen Horde zu riechen, als wäre er vorher nur aufgewirbelt gewesen, und durch die beschlagenen Scheiben war nichts mehr zu sehen. Im Stillstand, der sich einstellte, schien allen zu Bewußtsein zu kommen, was geschehen war, und der Fortgang des Abends ließ sich weniger aggressiv an, mit dem üblichen Hüsteln und Flüstern, kein Dezibel zu viel, mit dem üblichen Klirren der Gläser.

Inzwischen waren auch Felicitas und Philomena, wenigstens zeitweilig, von den schlimmsten Zudringlichkeiten befreit. Waren sie zuerst noch wie Betschwestern zu beiden Seiten des seine eigene Messe, seinen eigenen Untergang zelebrierenden Lehrers gesessen, saßen sie übertrieben aufrecht, wie um die Stellung zu wahren, als er mit einem nicht beschreibbaren Laut der Erleichterung über dem Tisch zusammengesackt war, und warfen von Zeit zu Zeit einen Blick auf den plumpen, mit seinen weit ausgestreckten Armen wie erlegt wirkenden Körper oder unterbrachen über seinem unverständlichen Stammeln ihre Unterhaltung. Es war ein Flüstern, leise, mit einem Ton der Verschwörung, über den sie kichern mußten, um, kichernd, nur noch leiser zu sein. Denn auch die anderen sollten nichts hören, sich weiter nur um sich selbst scheren und nicht etwa ein Wort zum Anlaß nehmen, sie einzubinden in ihren Hüttenzauber. (Die Beschreibung, die der Vertreter jenes namentlich nicht nennenswerten Klatschblatts später von ihnen gab, oder nein, es war keine Beschreibung, es war nur ein Auswuchs seiner Phantasien, stimmte, natürlich ohne daß der Stümper es wußte, in keiner Sekunde mehr als gerade in der, wo sie ihre Gläser nahmen, aufstanden und mit einem Ausdruck, der unmißverständlich hieß, daß das alles war, kreuz und quer durch den Raum prosteten: »Auf den ersten Blick scheint es ihre Frische zu sein, die einen anzieht, ihre Unverbrauchtheit, mit der sie wissen, was zu tun ist – sie tun es instinktiv, und die Frage, ob richtig oder nicht richtig oder sonst irgend etwas, stellt sich erst gar nicht.«)

Es kam unerwartet, als der Lehrer aufstand und sich, ohne etwas zu sagen, vor den Blicken aller anschickte, mit knieweichen Tapsern den Raum zu durchqueren, auf den Ausgang zu, wo er eine Weile stehenblieb und sich umsah, versuchte, sich umzusehen, bevor er, verloren, in seiner unangemessenen, lächerlichen Kleidung, hinaustorkelte und hinter sich mit aller Kraft die Tür zuschlug. Dann nichts, ein paar Sekunden nichts, lang genug, um unter den Anwesenden ein vielsagendes Schweigen entstehen zu lassen, das übliche Schweigen moralischen Entsetzens, das Schweigen der Rechtschaffenheit, und schon waren seine Schritte auf dem Kies vor den ebenerdig gelegenen Fenstern, war plötzlich ein Rumpeln wie von durcheinander geratenen Fässern zu hören, und wenn es sich wirklich um Fässer handelte, gegen die er gestoßen war, schien im selben Augenblick eines die Geröllhalde vor der Hütte hinunterzupoltern, so klang es, ein schnell verschwindender Lärm. In der Stille war ein Plätschern, leise, laut, das erste Geräusch, abgelöst von einem wiederkehrenden Würgen, das sich in mehreren Explosionen entlud. Spucken. Husten. Und auf einmal ein Schrei, ein Freudens-, ein Schreckensschrei. (»Wir wollten zuerst nicht glauben, daß er es war, der schrie.«) Daran schloß sich die Hektik seines überstürzten Laufens, ein alles abtötendes Knirschen, Getrappel, und als er schwer atmend wieder eintrat, war sein Kredit längst verspielt, und niemand nahm ihm ab, was er sagte, das heißt, die meisten wußten nicht einmal, wovon er sprach.

Wir hielten uns in Schongau nicht länger als nötig auf und fuhren weiter, unsicher, ob wir den Ballon überhaupt noch einmal zu Gesicht bekommen würden. Das einzige, worauf wir uns verließen, wenn auch aus windigen Gründen, oder nur aus Beharrlichkeit, war, daß die Richtung stimmte, Richtung Süden. Seit der letzten Sichtnahme schienen Stunden vergangen zu sein, und so lange war es nicht mehr Tag. Wir wollten noch einmal alles versuchen, ehe mit der einbrechenden Nacht unser Unternehmen so oder so zu Ende ging, um so mehr, als wir nach den letzten Anrufen wußten, daß wir auf uns allein gestellt waren und mit Informationen, welcher Art auch immer, nicht mehr rechnen konnten.

Ich ließ mir Zeit, 50, 60 km/h, langsamer ging's nicht, wenn ich nicht verrückt werden wollte, und wie sonst auch in solchen Situationen kam ich ins Sinnieren, und es war schön zu sehen, daß die Herren nicht mehr Herren waren, wenigstens nicht nur, weil sie sich auf einmal wirklich Sorgen machten und ihren Ehrgeiz und ihren Feierabendwahn nach und nach vergaßen oder gut kaschierten. Zum ersten Mal kenntlich, zum ersten Mal nicht nur Schablonen, so kam es mir vor – Demel schweigend, oder wenn er etwas sagte, schien es Teil seines Schweigens zu sein, genauso unantastbar, Degle redend, redend und redend, mit stets neuen Ideen, während Berger und Gerber tatsächlich nichts von sich gaben, nur ein- oder zweimal ein irrtümliches, irritierendes ›le voilà‹ –, saßen sie abwechselnd vorn, immer solange sie konnten, solange sie noch etwas sahen, nicht nur ein ziel- und richtungsloses Flimmern, lehnten sich mit dem Fernglas aus dem Seitenfenster und schauten. Ich wollte nicht wissen, woher der Umschwung kam, als wir Unter- oder Oberammergau passierten, und wenn ich sie mir ansah, einen nach dem anderen, zurückgeholt, zurück auf den Boden, von wegen ›Ereignis‹, von wegen ›historisch‹, ›national‹ und ›international‹, ob ernst oder nicht ernst, voller Ironie, schienen sie einerseits insgeheim Fürbitten zu sprechen, so weihevoll saßen sie da, andererseits darüber und über sich selbst laut zu lachen. Sie wirkten auf das Wesentliche konzentriert und schenkten nicht einmal der vorbeiziehenden Landschaft, die sie zuvor noch goutiert hatten, Beachtung, es schien ohnehin immer die gleiche zu sein, Einstellung um Einstellung, Idyll um Idyll, mit unmißverständlichen Untertiteln – ›Nimm dir eine Frau, laß dich nieder, zeug ein Kind und nenn es – nenn es, wie du willst‹ –, und nur die näherrückenden Berge waren eine Barriere, gaben dem Ganzen eine Note, mit ihrer sprichwörtlichen Härte, mit ihrer Kompromißlosigkeit. Darüber zogen nach wie vor in allen Formationen Wolken, undurchdringbar, und an den wenigen Stellen, wo die Sonne, schon flach stehend, durchdrang, waren ihre Strahlen wie in den Darstellungen biblischer Szenen zu sehen, und der mystische Anstrich, den dadurch alles bekam, schien mir, erstaunlich genug, auf einmal angemessen.

Als wir Partenkirchen erreichten, entschlossen wir uns,

eine Pause zu machen. Auf gut Glück weiterzufahren, schien sinnlos, und es war ohnehin Zeit, daß wir etwas zu essen bekamen. Der Ort wirkte auf den ersten Blick wenig einladend, trotz der Wagen, die überall standen, mehr, viel mehr als an einem gewöhnlichen Tag, und es wurde uns nach und nach klar, ob wir es wollten oder nicht, wir waren nicht die einzigen ›Ballonleute‹. Daher wohl auch die Selbstverständlichkeit, mit der uns der Wirt des Hotel Post aus einem instinktiven Zu- und Zusammengehörigkeitsdenken, sicher wohlmeinend, in sein Hinterzimmer geleitete, wo die anderen Verfolger saßen, an mehreren zusammengeschobenen, zu einer richtigen Tafel erweiterten Tischen, und auch wenn es inzwischen, seit wir die Kolonne überholt hatten, weniger geworden waren, blieben es Horden, oder vielmehr, Widerspruch hin, Widerspruch her, jeder einzelne schien eine zu sein, so führten sie sich auf, so laut, so auftrumpfend, so weit außerhalb irgendwelcher Normen, allen voran die Kerle von der Augsburger Zeitung, sechs, sieben oder mehr, einer wie der andere, mit ihren Schildkappen, DEUT-SCHER MEISTER HERTHA BSC BERLIN stand darauf, ihren Stoppelbärten und der Aura, die sie umgab, einer Hinterhofaura, einer Aura von Schweiß und schwerer, rechtschaffener Arbeit, daß es verwunderlich schien, warum sie sich mit der Schickeria überhaupt zusammentaten, oder, wenn schon nicht zusammentaten, zusammen sehen ließen, oder umgekehrt, sie sich mit ihnen, die paar phlegmatischen, schwachbrüstigen Jüngelchen samt ihren Anhängseln, die mit ihrem weichen, weibischen Äußeren noch im vergangenen Jahrzehnt steckten und sich um so mehr bemühten, ihre schlechtesten Seiten hervorzukehren. Wahrscheinlich war es der Alkohol, der die Vereinigung der scheinbar Unvereinbaren schaffte, und die anderen, die entweder nichts tranken oder aus sonst einem Grund nicht vereinbar waren, vor allem Familien, hatten längst schon gepaßt. (Immer noch zwischen denselben Milchgesichtern wie am Vormittag, oder zwischen anderen, sie waren ununterscheidbar, mit ihren wie aufgeklebt wirkenden Schnauzbärten, saß die Schauspielerin, und natürlich, sie war dieselbe, nur ein wenig derangiert, mit durcheinander geratenen Haaren, mit Lippenstift- und Lidschattenschmierern, und sie wirkte augenblicklich verloren, wenn sie zu lachen vergaß, und wie erst, später, als sie sich von ihnen auf einen Tisch legen und unter dem Applaus aller Sekt, Champagner war keiner zu kriegen, aus den ausrasierten Achselhöhlen schlappen ließ.) Wir standen eine Zeitlang da, ohne etwas zu sagen, nur um den richtigen Augenblick zu erwischen, uns zu empfehlen, und während wir im angrenzenden Raum Platz nahmen, war plötzlich ein wildes, unversteckt vulgäres Gelächter zu hören, das wie eingepeitscht, lauter werdend, stets von neuem losbrach und wahrscheinlich uns galt, uns langweiligen, alten Säcken. Ich sah mir selbst mit einer Mischung aus Unbehagen und Gleichgültigkeit zu, wie ich immer weniger versuchte, mich von den anderen zu distanzieren, wie ich ihre Sache mehr und mehr zu meiner machte oder wenigstens in allen möglichen Situationen selbstverständlich von uns sprach, und nicht nur von ihnen. Was ging es mich überhaupt an?

Wir aßen, und als wir gegessen hatten und ohne Erwartung ins Freie traten, war es der Mond, den wir entdeckten, in einem Fleck wolkenlosen Himmels, riesengroß, matt schimmernd, und kein Wunder, daß wir im ersten Augenblick den im Sinken begriffenen Ballon in ihm sahen. Das Wunder war, daß wir uns von dem Hin und Her kaum erholt hatten, als wir ihn, winzig klein, auf das Alpenmassiv zutreibend oder womöglich schon im Bereich der Zugspitze, es war nicht genau zu sehen, tatsächlich sahen, und nein, er hatte nichts, noch immer nichts oder wenigstens nicht viel an Höhe eingebüßt, so schien es. War es ein Lebenszeichen oder, im Gegenteil, ein Zeichen des Todes? Da schwebte er – wir unterdrückten unsere Freude und suchten angestrengt nach einem Anhaltspunkt –, schwebte, noch prall in der Sonne, zügig in Fahrt, während weit unter ihm die nackten Felswände schon im letzten Licht lagen, das sich an ihnen nicht mehr richtig zu halten vermochte und abglitt, selbst schon im Halbschatten. Wir konnten nur mutmaßen, auf welcher Seite der Grenze er war, aber unsere schlimmsten Befürchtungen, nicht nur wegen der Berge, wurden mehr und mehr zur Gewißheit: »Die werden wohl nicht in Tirol landen wollen.« Und wir malten uns ein gottvergessenes Nest mit einem gottvergessenen Namen aus, Bschlabs, Gramais oder Namlos, dessen Bewohner, ein paar Dutzend bigotte Leute, in einem solchen Ereignis nichts weniger als den Tag des Jüngsten Gerichts vermuten mußten. Wir ließen die kleiner werdende Kugel nicht aus den Augen, und schließlich war es ein Punkt, unteilbar, ohne Ausdehnung, mitten im Blau, und wenn wir ihn noch sahen, schien es schnell unsicher, ob wir nicht nur glaubten, ihn zu sehen, und schon, sicher, schon sahen wir ihn nicht mehr. Da erst wurde uns klar, wie lange wir geschwiegen hatten, einerseits, andererseits, wie lange nichts gehört, und wir hörten aus den weit offenen Fenstern des Hotels das Singen und Schreien der ahnungslosen Wichtigtuer, meinten einmal ein paar Takte der ›Internationale‹ zu hören, ein anderes Mal das ›Lied der schlesischen Weber‹, und von der nahen Kurpromenade, durch ihr Laubwerk, kamen andere Klänge, es war die ›Donna Clara‹, Klänge, wehmütig genug, uns mit dem Tag zu versöhnen: »Wir haben getan, was wir tun konnten.«

Wir zogen uns an – »Wir ziehen uns zu unserem eigenen Begräbnis an«, scherzte der Professor –, als es in der Kabine nach und nach kühler wurde, und schnallten uns zur Sicherheit schon die Fallschirme an. Die Apathie der letzten Stunden wich, und sie waren nur mehr müde, ohne Resignation, ohne Fatalismus. Die Harlekinade, man konnte es nicht anders nennen, schien mit einem Schlag vorbei zu sein, und als der Oberharlekin seine Narrenkappe vom Kopf nahm, sein an den Ecken verknotetes Taschentuch, und nicht zum Spaß, nein, ernst den selbst konstruierten Sturzhelm aufsetzte, den nachhaltig bekannt gewordenen Eierkorb, als er sich den Wissenschaftlermantel überstreifte und erst so nicht mehr nackt war, war klar, daß seine Monologe in einer plötzlichen, schnell überspielten Scham versanken: »Ich muß es wohl nicht sagen, kein Wort, nichts, kein Sterbenswörtchen über unseren Tratsch.«

Wir machten unser Testament, mehr aus Genuß am Skurrilen als aus wirklicher Angst, wenigstens gaben wir es vor. Es war, als wollten sie sich die Zeit mit Schauergeschichten verkürzen – »Wenn ich sterbe –« –, alles Sätze mit ein und demselben Anfang, und der Reiz war, daß es keine Fortsetzung gab, nur die üblichen Kleinlichkeiten, angesichts der ›Größe des Ereignisses‹. Das klang schwer, schwerer, als uns zumute war – »Wir werden es überleben« –, daß es genau richtig kam, als wir abgelenkt wurden, gezwungen waren, voreinander unsere Därme zu entleeren. (»Wir sind guter Dinge«, schrieb der Professor ins Bordbuch, »übermütig, nach den Beklemmungen der letzten Stunden, und vielleicht, so verschroben es klingt, vielleicht gelingt es uns sogar, unser Abenteuer zu genießen, trotz der unentwegten Anspannung, trotz der Ungewißheit unseres Schicksals.«)

Seit einiger Zeit schon waren wir über den Bergen, und in alle Himmelsrichtungen breiteten sich unter uns Ketten von Gipfeln aus, es war ein richtiges Meer, schneebedeckt, oder ohne Schnee, an den schroffsten, abweisendsten Stellen, ein Anblick, tatsächlich zum Atemanhalten, und es gab keine Worte, die ihm gerecht werden konnten. Wir sahen, im richtigen Maßstab, ein Alpenrelief in einem Museum, so wirkte es, und nur das Licht, das darauf zu liegen kam, strafte mit seinem langen Schattenwurf den Eindruck Lügen, ein Licht, zart, zerbrechlich, als könnte ein Lüftchen seine nicht sichtbaren Strahlen verwehen, und es fehlte nicht viel, und sie waren parallel zur Erdoberfläche und warfen ihre Projektionen, wenn nichts im Weg stand, ins Unendliche, irgendwo in den Raum. Der Mond, der unauffällig aufgetaucht war, scheinbar durchsichtig, zuerst noch, in einem unscheinbaren Zwischenbereich, unwirklich, war, schon ganz hell, wirklicher geworden. Das Himmelsblau wirkte an manchen Stellen grün, an anderen rötlich, und über uns war es nach wie vor schwarz. Wir schauten zu, wie die Wolken, die schon eine Zeitlang wie an die Gondel gehängt unter uns schwebten, auf einmal in Bewegung kamen, auseinanderrissen, mit ausgefransten Rändern, an- und abschwellend, wie Quallen, und in neuen Konstellationen wieder zusammenstießen. Wir warteten in unserer Festung, mit unseren Bullaugen als Schießscharten, warteten, was geschah, und ließen unsere Blicke, von der Horizontkrümmung zurückgeworfen, stets von neuem über das Szenario streichen.

»Im Schein des letzten Streichholzes«, ›Zeitungslektüre‹, »zuckten einen Augenblick ihre Gesichter auf, das des Kuraten gefaßt, mit zusammengepreßten Lippen, das des Führers zitternd, zerhackt, und verschwanden wieder in der Dunkelheit. Als Totenköpfe standen die Nachbilder noch eine Zeitlang im Raum. Dann setzte der Sermon des Kuraten ein, monoton, eine leblose Stimme, und das Zähneklappern des Führers, das nicht mehr verschwand.«
»Der Führer war davor schon kopfüber in den Schnee gefallen und aus eigener Kraft nicht mehr herausgekommen, hatte sich erbrochen und versucht, sein Würgen zu verbergen. Starrköpfig wankte er immer noch voraus, und wenn er von Zeit zu Zeit etwas sagte, war es meistens ein und dasselbe: ›Wir hätten umkehren sollen.‹« »Sie kamen von Stunde zu Stunde langsamer voran. Es war, als trippelten sie nur mehr im Stand. Schritt um Schritt spürten sie Schmerzen, wenn sie überhaupt noch etwas spürten. Ihre Hände und Füße waren erfroren, ihre Gesichter von der Kälte richtig zerrissen, die Lippen gesprungen, und wenn sie versuchten, in der Dunkelheit etwas zu sehen, standen ihnen augenblicklich Tränen in den Augen, und nichts, nicht einmal Halluzinationen. Sie kauten und

lutschten an den Resten ihres eisstarren Proviants herum und nahmen immer wieder einen Schluck Wein oder Schnaps aus der Flasche, und als der Führer sich weigerte, noch etwas zu nehmen, kam es dem Kuraten recht, weil so alles ihm blieb.« »Wahrscheinlich war es ohnehin schon zu spät, und sie konnten tun, was sie wollten, oder sich untätig ihrem Schicksal ergeben.«

Inzwischen war der Barometerstand stetig gestiegen, ein Millimeter pro Minute und mehr, und sie wußten, daß der Ballon von nun an unaufhörlich sank. In seiner Hülle tauchten zuerst im Bereich des Traggurts und wenig später überall, zufällig verteilt, Falten und Einbuchtungen auf, und seine Symmetrieachse schien sich nach und nach um ein paar Grad aus dem Lot zu neigen. Die Form wurde immer länglicher, es war längst schon keine pralle Kugel mehr, und durch die Verlängerung verschwand das durchgescheuerte Ende der Ventilleine, das während des ganzen Flugs zu sehen gewesen war, aus unserer Sicht, wahrscheinlich unerreichbar, auch wenn wir die Einstiegsluken öffneten, irgendwo weit über der Gondel. Wir versicherten uns, daß wenigstens mit der Reißleine alles in Ordnung war. Sie schauten, ob die Ballastsäcke an Ort und Stelle standen, und lösten die Knoten an den Sackhälsen, daß sie nur noch mit einfachen Schlaufen verschlossen waren und ohne langes Hin und Her in die Schleusen geleert werden konnten. Wir versuchten – spät genug –, das Quecksilber abzusaugen, und tatsächlich, es gelang uns, mit einem Schlauch, den wir in eine der Instrumentenöffnungen steckten, und schwupp, zischend, zornig, schien es, verschwand es samt dem Wasser als Sprühregen im Raum. Wir waren vorbereitet: »Sauerstoff en masse.«

Als wir auch noch Innendruck und Außendruck verglichen hatten – »20 Uhr. 12 000 m« –, setzten wir uns wieder auf die Seilrollen am Boden und starrten einander mit leeren Blicken an. Sie sagten nichts, nichts Zitierenswertes, auch wenn sie wahrscheinlich spürten, daß es ein Augenblick voll Pathos war, der Augenblick der großen Reden, und zum Glück, er ging sang- und klanglos vorbei. (Wir sparten uns den Satz, den wir vorbereitet hatten: »Es ist ein kleiner Schritt für einen Menschen, aber ein großer für die Menschheit.«) Es war ein Gespräch über Banalitäten, das sich ergab, über Vorstellungen, Wunschträume von einem warmen Bad, einer Massage, einem Abendessen, alles weitere war schon wieder unaussprechbar, und Schwachsinn oder nicht, sie malten sich aus, daß irgendwo im All Außerirdische mithörten, mit riesigen Antennen, und ihre Worte entschlüsselten, mit viel mehr Bedeutung, als sie hatten, mit einem Hin und Her von Heimlichkeiten.

»Die Hoffnung, außerhalb des Gletschers auf weniger Schnee zu stoßen, zerschlug sich, sowie sie die ersten Schritte taten. Sie brachen nicht mehr nur bis über die Knie, nicht mehr nur bis über die Hüften, sie brachen an manchen Stellen bis unter die Achseln ein. Es schneite immer noch, und Augenblicke plötzlicher Windstille wechselten mit Augenblicken ab, wo der Wind von allen Seiten zu kommen schien, als wollte er sie in Grund und Boden stampfen. Dann blieb ihnen manchmal die Luft weg, und sie mußten stehenbleiben und warten. Der schmale Talboden war über weite Strecken von Lawinen, die auf beiden Seiten von den Hängen brachen, ausgefüllt, haushoch und mehr, und wenn sie sich über sie arbeiteten, war es ein Schwimmen und Rudern, so sehr verloren sie den Boden unter den Füßen. Wenn sie ein Donnern hörten, irgendwo über sich, ohne es orten zu können, erstarrten sie, und wenn ihnen der nachfolgende Druck die Lungen zu zerreißen drohte, warfen sie sich in den Schnee, die Arme schützend vor den Kopf gehoben, oder sie wurden hochgerissen und ein paar Meter weiter wieder abgesetzt, während schon Schneestaub auf sie niederrieselte und sie unter sich begrub.« »Sie waren immer noch am Leben.«

Schon bevor die Gondel im Schatten lag, begann es in der Kabine zu dunkeln, und sie maßen zum ersten Mal seit irgendwann am Morgen Temperaturen unter zwanzig Grad. Der Ballon selbst war noch eine Zeitlang im Licht und verblaßte schließlich auch, und wenn es nach wie vor Leute gab, die sich die Mühe machten, uns zu beobachten, verschwanden wir aus ihren Augen. Die Hülle war inzwischen vollkommen verbeult und wirkte so, als würde sie von einer Sekunde auf die andere in sich zusammensacken, oder noch schlimmer, umkippen und wie ein aufgespannter Regenschirm auf dem Kopf dahintreiben oder ohne Halt ins Trudeln kommen. Auffallend weiß breiteten sich nicht weit unter ihnen Wolken aus. Darunter war es ein sprichwörtliches Alpenglühen, lodernd, schien es, feuerrot, und wir schauten hin, schauten weg, wieder hin, wieder weg. Die Sonne ging unter, verlor ihre Form, eine Ellipse, platt und immer noch platter gedrückt, federnd fast am Rand der Welt, und am Himmel, ein Nachbild, blieb der Bogen ihrer Bahn, wenigstens sein letztes Stück, sichtbar, unsichtbar zurück. Darüber, tatsächlich schon in Augenhöhe, war ein Kumuluspilz entstanden, kohlrabenschwarz. In einem letzten Stoß schienen die Farben ihre Kraft zu versprühen, und es dauerte nicht lange, und sie verschwanden, lösten sich auf in den unterschiedlichsten Grautönen, daß alles umkippte in einen anderen Wirklichkeits-, Möglichkeitsgrad, mit anderen Geräuschen, unhörbar, es war von einem Augenblick zum anderen weniger ein Durcheinander als ein gleichmäßiges Summen, und einmal mehr war klar, daß die Erde im Mittelpunkt stand. (»Sind Sie religiös, Herr Ingenieur?« Der Professor stellte wie nebenher die Frage und sah den Assistenten durchdringend an, und als nichts kam, wartete er, wiederholte sie und versuchte, ihm, und mit ihm sich, einmal die eine, einmal die andere Antwort schmackhaft zu machen, mit einem Kopfnicken, einem Kopfschütteln, und er war sichtlich zufrieden über das Nein, ein Nein, schien es, gegen alle Versuchungen des Teufels.) »Wir sind mitten im Landungsmanöver.«

In der Stille, die sich ausbreitete, als die letzten Gäste das Gebäude verlassen hatten, es waren lauter Honoratioren, und in scheinbar lautlos vorfahrenden Limousinen, deren Fahrer ihnen mit dem Gehabe von wohlerzogenen Butlern die Türen zum Fond aufhielten, verschwunden waren, versuchte der Direktor, auf einen Nachhall zu lauschen. Manch einer hatte sich noch sehen lassen, hatte den Kopf zur Tür hereingesteckt und ein paar Worte gesagt, manch einer nicht, und ihm kam alles gleich nichtssagend vor. Die Sekretärin war, zum Gehen bereit, umgezogen, in ihrem Straßenkleid, mit einem ihrer Hüte, die sie von Tag zu Tag zu wechseln schien, noch einmal eingetreten, wieder, wie seit Jahren, in der Hoffnung oder Angst, eher

Angst, er würde sich ihr nähern, und als sie längst schon auf und davon war, hallten ihre Stöckelschuhschritte, von den Wänden hin- und hergeworfen, noch in seinen Ohren. Dann war außer ihm, er wußte, nein, er spürte es, nur mehr ein Telephonist in der Portiersloge da, der die immer noch von Zeit zu Zeit eingehenden Anrufe aufnahm, nichts Besonderes, natürlich nicht, in der Dämmerung, in der zunehmenden Dunkelheit, Dummheiten, oder nicht einmal Dummheiten, Dampfplaudereien, und er genoß die Ruhe, auf einmal ohne Sorgen, saß ungerührt an seinem Schreibtisch, seinen Blick auf die Karten vor sich gerichtet, durch sie hindurch, irgendwo-, nirgendwohin, und konnte über die Idee, sozusagen a priori, wie er sich sagte, eine Jubelbroschüre zu schreiben, nur lachen, während ihm von der Vorstellung, allein zu sein, warm wurde, allein genug, mit ausreichend Mauern, ausreichend Luft zum Atmen, zwischen sich und anderen Menschen. Das kam seinem Wunschtraum schon sehr nahe, mit einer Zigarette auf einem schallisolierten Scheißhaus zu sitzen, zu rauchen, als sei es die erste, als sei es die letzte, oder ohne zu rauchen, Stunde um Stunde nur so zu verweilen, in einem Durcheinander von Darmgeräuschen oder mucksmäuschenstill.

Als das Telephon klingelte, ließ er es klingeln, lächelnd, als es nach einer Pause noch einmal begann, penetranter, lang anhaltend, und er wußte, daß es mit der Ruhe vorbei war, während er auf den Apparat starrte, als könnte er das Klingeln sehen, comicartig, in seinem Pulsieren, seinem Hüpfen, im Zickzack seiner Strahlen. Er wartete, und als es von neuem losging, zuckte er zusammen, wie von der Trillerpfeife eines Polizisten verwarnt, an- und ausgepfiffen. Dann stand er auf, ging ein paar Schritte, und wie er in der Mitte des Raums stehenblieb, war es wieder da, wieder und wieder, mit nur mehr kurzen Unterbrechungen, und schließlich schrillte es ununterbrochen, trieb ihn von einer Ecke in die andere, unschlüssig, ob er abheben sollte, abheben und auflegen oder seinen Standardsatz sagen, einmal noch, ein letztes Mal, und als er ans Fenster trat, öffnete er die Flügel und lehnte sich so weit hinaus, daß er zurückschrak, mit verwackelten Bildern im Kopf, unten war oben, und oben war unten, ein Himmel, der es ihm antat, und Theatralik hin, Theatralik her, er sprach es aus, mitten hinein in das Schellen, das in seinen Ohren immer aggressiver klang, wie von einer Fahrradklingel irgendwo im Hof, einer Feuerwehrsirene, einem Fliegeralarm, unüberhörbar, und in seinen Augen standen Tränen: »Ja, Schatz, ja, alles gut.«

Sowie es aufgehört hatte, ging er, oder vielmehr, er entwischte, schweißgebadet. In aller Eile stolperte er auf den Gang, die Treppe hinunter und kam im schummrigen Licht des Parterres vor dem Telephonisten zum Stehen, einem Burschen, der Haltung annahm, und ohne auch nur irgend etwas wissen zu wollen, ließ er ihn Bericht erstatten und war, während er noch sprach, schon aus dem Haus. Draußen blieb er eine Weile stehen, eingelullt von der Wärme, die ihn plötzlich umgab, und schaute über die Werks- und Lagerhallen, über das Bürogebäude, über die Geräteschuppen in die einbrechende Nacht, und es war alles wie sonst, abgesehen von den Lämpchen, die schon den ganzen Tag auf der Spitze der ›Sternwarte‹ brannten, Glaubens-, Aberglaubenszeichen, mit einem Blinken wie von den Positionslichtern eines Flugzeugs, wenn die im Dunkeln unsichtbaren Büsche vor dem Turm sich im Wind bewegten. Er wußte nicht, wieviel Zeit vergangen war, wußte nicht einmal, seit wann, ohne Anhaltspunkt, und wenn er versuchte, sich an die letzten Sekunden, Minuten, an die letzten Stunden zu erinnern, blieb stets von neuem nichts, und er stand da, ohne zu wissen, warum. Schließlich – es war wieder Zeit vergangen, so viel schien sicher –, im Geräusch eines in der Ferne vorbeiratternden Zugs, hörte er Schritte, unschlüssig, bevor ihm aufging, daß er es war, der sie verursachte, weit ausschreitend, über das Pflaster, auf das Ausgangstor zu, und wie er in den Knien einsank und mit einem Ruck seinen Körper verschob, mit hängenden Armen, mit nervös spielenden Händen, war es der Gang eines Revolverhelden in einem Western, wiegend, zugleich ein Seemannsgang, als müßte er von Augenblick zu Augenblick Angst haben, den Boden unter seinen Füßen zu verlieren. Das war nicht zu viel gesagt. Denn tatsächlich wankte er, und erst außerhalb des Fabrikgeländes kam er wieder zu sich, in der Allee, die, schlecht beleuchtet, schnurgerade vom Stadtrand ins Zentrum führte, eine Ein- und Ausfallstraße mit regem Verkehr, deren Bäume im Schein der sich nähernden Autos gespenstisch aufleuchteten, weiß bemalt die Stämme, ihre Enden, und wenig später, ›ausgeknipst‹, wieder verschwanden. Zwischen ihnen schienen Gestalten hin- und herzuwehen, Stimmen waren zu hören, unwirkliche, wirkliche, aus Wagen, die sich im Schrittempo heranpirschten, um gleichauf den späten Spaziergänger zu inspizieren, und wenn sie mit einem Satz regelrecht wegsprangen, schaute er ihnen lange nach. Einmal war es ein

Mann, der ihn, unsichtbar auf der Bankette, anfuhr, mit einer Drohung, aus einem Versteck im Unterholz, und er hielt sich zurück. Ein anderes Mal war es ein Huschen im Gebüsch, ein Sausen in der Luft, ein Kratzen auf dem Asphalt, ein Scharren, und ein Knallen weit, weit über ihm. Dann wieder waren es Hirngespinste, und er wußte nicht, ob er den noch zuckenden Kadaver einer Katze wirklich sah, oder ob er sich einbildete, ihn zu sehen, alles schien möglich, und als ihm gerade da ein Paar entgegenkam, eng umschlungen, ängstlich, sich umschauend, war es mit seiner Fassung vorbei, und er begann zu laufen, lief, zuerst noch bemüht, möglichst wenig Krach zu machen, schließlich klappernd, mit seinen harten Absätzen, und schaute sich selbst in einem fort um, es war das Wort ›Fadenkreuz‹, das ihm nicht aus dem Sinn ging, schaute nach links in die Schwärze, nach rechts, wo auf der anderen Seite ein Straßenstrich war und er die Damen, wie er sagte, nur an den Glutpunkten ihrer Zigaretten erkennen konnte, so weit weg standen sie, oder wenn sie aus dem Schatten traten, eine Zeitlang, und wieder zurückwichen, schaute nach vorn und nach hinten, über die stumpfe, an manchen Stellen, unter den vereinzelten Straßenlampen, wie regennaß spiegelnde Fahrbahn, und wenn er nach oben schaute, war es, je nachdem, ein Mückenschwarm oder nur die dichte Wolkendecke, die er sah, und manchmal nichts. (Der Ballon war längst abgetrieben, aus seiner Sicht sowieso, und mehr noch, viel mehr, aus seinem Bewußtsein.) Er lief, schwer atmend, mit einem Stöhnen ein-, mit einem Rasseln aus-, eine Hand, eine Faust in seinen Bauch gedrückt, und als er über den Bahndamm kam, über die Eisenbahnbrücke, so langsam, daß sein Laufen wie eine

Parodie wirkte, sah er eine Weile nur mehr schwarze Punkte, die vor seinen Augen explodierten, in grellen Spritzern, und sein Sehfeld wieder und wieder in einen Goldregen tauchten, und er schien drauf und dran, nichts mehr zu erkennen, als er erkannte, wo er war, im Bahnhofs-, mitten im Vergnügungsviertel.

Als Franz Joseph Schatz nach einer Weile, in der er kopfschüttelnd dagesessen war, wieder ins Freie trat, schwebte
der Ballon über dem Tal, unverändert, schien es, auf Höhe
des Dorfs, und in der Dunkelheit war er gegen den helleren
Himmel gerade noch zu sehen, ein Klecks über der scharf
abgesetzten Linie der Berge. Es ging kaum Wind, und auf
der windabgewandten Seite hinter der Hütte wirkte es mit
einem Schlag wärmer, als es den ganzen Tag gewesen war.
In der Luft lag ein Geruch nach Moder, ein Geruch von
sumpfigem Abwasser, ein Gestank, der vom Müll kam, der
über die Geröllhalde gekippt wurde, und wenn er sich von
Zeit zu Zeit verzog, roch es nach Kohlen, von den Kohle-
säcken, die unter dem Vorsprung des Dachs gelagert waren, nach Bier, aus den leeren Fässern, nach dem Saum-
pferd, das lautlos in seinem Bretterverschlag stand, und
irgendwo, kaum erahnbar, nur mit viel Phantasie, hing ein
Duft von Wiesenkräutern. Zu hören war nichts als das
Rauschen des Bachs, einmal leiser, einmal lauter, wie von
weit herangetragen, manchmal trotz der Ferne richtiggehend aggressiv, und, paradox oder nicht, eher von oben
als von unten aus der Schlucht. Dazu kam, daß es eigenartig nach Salz schmeckte, wie am Meer, und es war ein
Geschmack von einer ›Körnigkeit‹ sondergleichen, der
Assoziationen weckte an einen auf einer Herdplatte ver-
zischenden, wie vor Schmerzen hin- und herrasenden
Tropfen. Der Mond, der auf einmal zwischen Wolken her-

vorstieß, tauchte die Umgebung in ein künstliches, kalt violettes Licht, silbern, métallisé, wie vom Blitz eines Photoapparats, oder als sei der Blitz steckengeblieben, eine Science-fiction-Szenerie, alles unter Röntgenstrahlen, durch und durch durchleuchtet, daß die Dinge ihr wirkliches Antlitz zeigten, noch lebloser als sonst, und es kam augenblicklich alles zum Stillstand, nur hoch droben, am, oder genauer, im Himmel, eine Sekunde sichtbar, in der nächsten schon nicht, zogen mit ungeheurer Geschwindigkeit Schwaden dahin, so, als habe sich die ganze Energie des Alls in ihnen versammelt. »Ich wußte, daß ich nicht irgendwelchen Wahnvorstellungen, irgendwelchen Chimären aufsaß, und wie ich es wußte, aber es war einerlei, wenn das Pack in seiner Selbstzufriedenheit nicht wollte, und schließlich blieb mir nichts anderes übrig, als um Hilfe zu schreien, tatsächlich, ich schrie, ich schrie aus Leibeskräften um Hilfe, daß die Nacht zerriß und alles wieder in Bewegung kam.«

Das wirkte, natürlich, es mußte immer um Leben und Tod gehen, und wenn auch nur scheinbar, sonst ging's nicht, sonst ging nichts. Es war eine Handvoll Leute; zuerst, nicht mehr, die aus der Hütte stürmte, schreiend, als versuchte sie, ihres Schreckens Herr zu werden, drängend und stoßend, und wie sie die Treppe herabgestürzt kam, im wild hin- und herschwingenden Schein einer Taschenlampe, der einmal, jäh, über alle Gesichter strich, wie vom Licht eines Leuchtturms, einmal ins Unendliche stieß, schnell schwächer werdend, ein Kegel ohne Basis, im gedämpften Geräusch ihrer Schritte, hatte sie etwas Bedrohliches, etwas von den Mitgliedern eines Geheimbunds, eines militanten Ordens an sich. Sowie sie den Lehrer entdeckten, hatten sie ihn auch schon umringt, durcheinanderredend und -gestikulierend, und während sie ihm mit ihren Fragen zusetzten, stupsten sie, stießen sie ihn und gaben erst wieder Ruhe, als er, ohne etwas zu sagen, mit weit ausgestrecktem Arm auf die birnenförmige Aussparung in der Wolkendecke zeigte, den dunklen Fleck, etwas anderes war es nicht, und seelenruhig wartete, daß sich ihre Pupillen umstellten. Der Effekt konnte größer nicht sein, wie sie innehielten, wie sie einen Schritt vor-, einen zurücktraten, als könnten sie so ihren Blickwinkel verbessern, wie sie sich immer wieder über ihre Augen wischten, mit einer gehörigen Portion Theatralik, und loslegten, unglaublich, nein, wirklich unglaublich. Inzwischen, vom Tumult angelockt, waren die anderen, war der Rest nachgekommen, mit ihnen auch Felicitas und Philomena, und sie standen auf der winzigen Fläche dicht zusammen, manche schon ein paar Schritte die Böschung, den Abhang hinunter, stiegen, ohne es zu merken, durch Haufen Pferdeäpfel, sich aufeinander stützend, und als der Wirt, der mit seinem Personal dazugestoßen war, um Verdunkelung gebeten wurde und nur mehr hie und da ein Streichholz aufflammte, hie und da die Glut einer Zigarette, war es zum ersten Mal wirklich eine Festgesellschaft, in Erwartung eines Feuerwerks, oder vielmehr, es ging gerade los und steuerte in Sekundenschnelle seinem Höhepunkt entgegen, der anhielt, lang, lang anhielt und auf den Wangen aller Röte, Blässe, einen Hauch von Erregung zurückließ. Dann, als einer ein Lied anstimmte, aus plötzlicher Ergriffenheit, aus einem verqueren Kameradschaftsgefühl oder nur aus Schabernack, summten, sangen viele mit, und es war ein richtiges Staatsereignis, als auf einmal die Hymne erklang, weithin hörbar, ›Deutschland, Deutschland über alles‹, während sie strammstanden und mit glänzenden Augen, voll von Hirngespinsten, nicht mehr sahen, was sie sehen konnten.

»Wir schauten zu, wie der Ballon langsam durch das Tal hereinschwebte, zuerst noch, solange er sich über den Bergen hielt, gut sichtbar, und als er absank, kamen ein paar Sekunden lang, gegen den Schnee, seine Konturen hervor und verschwammen augenblicklich wieder, und er war nur mehr ein Schatten, gegen den schwarzen Hintergrund der Felswände, einmal leicht, einmal weniger leicht zu erahnen, und als er an uns vorbeizog, auf der anderen Seite des Bachs, am Hang entlangschmierend, schien es, konnten wir nichts erkennen, keine Details, obwohl er nicht viel höher als auf Augenhöhe war, und nah, ganz nah das Flattern seiner Hülle, und wir wußten, wir würden ihn aus der Sicht verlieren, als er noch einmal von einem Aufwind erfaßt wurde und im Steigen auf die Grenze zu Italien regelrecht zutorkelte, auf die Gipfel mit ihren sehnsüchtig, schwachsinnig machenden Namen, Vordere, Mittlere und Hintere Hintereisspitze.« (Auszug aus den Memoiren.)

Im Bericht des Bergführers kam es, wenn er so weit war, stets von neuem zu einer plötzlichen Pause, und bevor er fortfuhr, schien er sein Publikum mit ein paar Blicken einschätzen zu wollen, wenn er es nicht kannte, unsicher, welcher Schluß ihm zuzumuten war, Version I, ›Der nächste Tag‹, Version II, ›Intermezzo‹. Was er auf den Jubiläumsveranstaltungen des Fremdenverkehrsverbandes erzählte, war klar, und genauso klar war es, wie er an allen möglichen Stammtischen immer wieder schwadronierte: »Wir hatten zusammen ein Zimmer, Felicitas, Philomena und ich, und es war eine Nacht, eine Nacht war es, zum Verrücktwerden.« Das schien die Version zu sein, die ihm das größere Anliegen war, und manchmal, wenn er sich richtig in sie verstieg, meistens angetrunken, kam es vor, daß er seine Zuhörer schlichtweg vergaß und alles noch einmal durchlebte, oder nein, nicht durchlebte, natürlich nicht, er malte sich in den billigsten Klischeebildern seine Phantasien aus und ging von Mal zu Mal weiter. Zuletzt war es so, daß sein ganzes Erzählen nur auf den stets gleichen Höhepunkt zielte, und er kürzte das unnütze Vorspiel mehr und mehr ab oder ließ es in manchen Fällen überhaupt weg, und wie eigens zu diesem Zweck zugelegt wirkte seine Macke, sich stets von neuem mit rhetorischen Fragen zu schmücken: »Ob das erzählenswert ist?« »Was es sonst noch zu erzählen gibt?« War es Altersschwachsinn? War es System? Wenn er ganz außer sich geriet, konnte man zuschauen, wie ihm der Speichel aus seinen Mundwinkeln tropfte, und sein Blick war nicht zurück-, er war nirgendwohin gerichtet und schien von nirgendwo zu kommen, während auf seiner Stirn in einem eigenartigen Zickzack eine Ader hervortrat, und wahrscheinlich war allein schon aufgrund seines Äußeren klar, aufgrund seiner Aura, ihres vollkommenen Fehlens, daß nichts von dem, was er sagte, so gut wie nichts, der Wahrheit entsprach.

Wir suchten uns Zimmer, in einem anderen Hotel, nicht im Hotel Post, um weitere unliebsame Begegnungen möglichst zu vermeiden. Der Anruf, den wir von der Hotelhalle aus machten, war nur mehr pro forma, ein Zeichen an die Ballonfabrik, nicht unbedingt ein Lebenszeichen, und was uns mitgeteilt wurde, daß der Ballon in Italien gesichtet worden war, war nicht dazu angetan, unsere Stimmung zu heben, im Gegenteil, es schien uns nur ein letztes Mal zu zeigen, daß in der Sache niemand mehr Kompetenzen hatte, niemand mehr die Zügel in der Hand. Dazu kam, daß es ohnehin schon egal war. Denn wir gaben zu der Zeit die Forscher verloren, und allein die Tatsache, daß wir das sonst verpönte Wort gebrauchten, ›Forscher‹, wenn wir von ihnen sprachen, und noch dazu ganz ohne Ironie, sagte viel und gab unserem Sprechen immer öfter den Anstrich eines hieb- und stichfesten Nachrufs. Da war es längst nur noch der Zipfel Irrationalität, der in solchen Situationen offenbar dazugehörte, wenn wir trotzdem noch hofften, wenigstens insgeheim, auch wenn wir uns schon gegenseitig zurückhielten, wenn zu abstruses Zeugs zur Sprache kam, Ursache-Wirkungs-Ketten ohne Anfang, ohne Ende, Mutmaßungen, Halb- oder nicht einmal Halbwahrheiten, mit geradezu sektiererischem Fanatismus, und am schlimmsten schien es, wenn wir nichts sagten, wenn wir, ohne etwas zu sagen, weitermachten.

In der Hotelhalle war ein unentwegtes Kommen und Gehen von Gästen, die meisten Kururlauber, ältere Semester, die betulich daherkamen, soweit es ihnen noch gelang, in der Haltung typischer Vertreter der guten Gesellschaft, die auf Schritt und Tritt Wert darauf legten, daß man es sah, oder tatterig, am Stock, Mann und Frau, Herr und Dame, sich gegenseitig stützend, und natürlich gab es auch Jüngere, gab es Mädchen am Arm von Scheintoten, Paare, die sich an der Rezeption als Vater und Tochter ausgeben mußten, als Großvater und Enkelin, mit getrennten Zimmern, selbstverständlich, und zwischen ihnen turnten livrierte Pagen umher. Die Fauteuils waren alle besetzt, mit aufrecht dasitzenden Vogelscheuchen, die sich nur darauf zu konzentrieren schienen, daß sie ihre Beine zusammengepreßt hielten und, weit vorgerückt, mit dem Rücken nicht die Lehne berührten, mit ihren sanft entschlummerten oder alles mit der gleichen Interesselosigkeit betrachtenden Begleitern, Bulldoggen- oder Boxerphysiognomien, oder es waren richtige Leutchen, über die Jahre einander gleich geworden. Da saßen sie, als sollten sie Statisten spielen oder nur Kulisse sein, und wenn einer oder eine aufstand und über die Teppiche auf die Toilette zuschlurfte, schauten die anderen nach, selbst die Schlafenden, schien es, wurden plötzlich wach und starrten vor sich hin, und es war, als wollten sie von einer Sekunde auf die andere in Applaus oder Häme ausbrechen. Die Bewegungen aller wirkten, als wären sie miteinander verbunden, mit einem unterirdischen Gestänge, einem Hebel- und Kurbelwellensystem, mit einem aufgezogenen Uhrwerk, wie von Figuren ohne eigenen Willen. Wenn einer sich rührte, rührten sich alle, wenigstens schien es so, und ihre Reglosigkeit, einen Augenblick später, war stets von neuem vollkommen. Dann wurde man nie den Eindruck los, daß sie die letzten Zucker taten, von Mal zu Mal unsicherer, und es war wie zur Geisterstunde, als plötzlich ein Radio einsetzte, Musik aus den versteckt installierten Lautsprechern, ein stolpernder Marsch, wie um das Quietschen der Mechanik zu vertuschen, und die halbblinden Wandspiegel rundum waren tatsächlich leer.

Die Herren schauten lange zu, und als sie genug hatten und sich zurückzogen, ging ich schnurstracks an die Bar, die, verborgen, wie ein verbotenes Etablissement in einem Hinterzimmer untergebracht war. Ich setzte mich auf einen Hocker, weit genug abseits von den üblichen Thekenbrüdern und Unglücksvögeln, die es offenbar überall gab, geben mußte, unabhängig vom Lokal und seinem Anspruch, etwas Bestimmtes zu sein, der alles erschlagenden Anspruchslosigkeit, und ließ meine Blicke unauffällig über sie streichen, über die paar schrägen Gestalten, und immer wieder über den Ober, der ein Ober war, wie er sein sollte, unablässig Gläser waschend, wischend, mit steinernem Gesicht, ein Steher, den nichts erschüttern konnte, auch nicht, wahrscheinlich nicht, wenn sich von Zeit zu Zeit einer ausheulen kam, mit seinem ganzen Schlamassel. Das war es, was ich augenblicklich dachte, in einer Mischung aus Zustimmung und Spott, und während ich Schnaps bestellte, eine Buddel, alles andere schien ein Fauxpas, und mir eine Zigarre anzündete, war es noch vor dem ersten Schluck, vor dem ersten Zug eine Wärme, die mich durchzog, eine Behaglichkeit, trotz aller Scheu vor dem Wort, ein Draußen-stürmt-und-schneit-es-und-wir-sitzen-in-der-warmen-Stube-Gefühl, wie ich es schon lange nicht mehr erlebt hatte, seit der Kindheit nicht. Da war alles andere weit weg, zum Lachen, zum Weinen oder solche Reaktionen nicht einmal wert, Demels Korrektheit, Degles Vertrauen auf die Machbarkeit von allem, so oder so, nichts war korrekt, und nichts, aber auch gar nichts war machbar, nicht mehr, und am ehesten schien noch Bergers und Gerbers Weltsicht, ihre Meinungslosigkeit, etwas mit der Welt zu tun zu haben. So trank ich auf das Schicksal der Ballonbesatzung, auf den Professor, den ich mir als einen Besessenen vorstellte, einen Mann, der, von der Wichtigkeit einer Sache überzeugt, keine Wahl hatte, ums Verrecken nicht, als ihr nachzugehen, und auf seinen Assistenten, vielleicht einen Jasager, vielleicht einen Karrieretypen, wer weiß, und je mehr ich trank, je mehr ich versuchte, ihre Situation nachzuempfinden, um so wohler wurde mir, ›weihnachtlicher‹. Denn die Dunkelheit, der ich nicht ausgesetzt war, wirkte heller als alles Licht. Die Kälte, die ich nicht spüren mußte, spürte ich, aber nicht als Kälte, natürlich nicht. Die Todesangst, die nicht meine war, schlug um in Lebenseuphorie, und es schien alles nur ein Balanceakt zu sein, ein Hin und Her zwischen verschiedenen Welten. Ich war ein Schweinehund, und mehr noch, stolz, einer zu sein, stolz allein schon auf den Satz, es sagen zu können, als hätte ich allen ein Schnippchen geschlagen, und Bedenken rückte ich mit Plattheiten zu Leibe, Beteuerungen, daß es nicht meine Schuld war, wenn die beiden krepierten. Hatten sie sich's nicht selbst ausgesucht? Mit der üblichen Abruptheit, von einer Sekunde auf die andere, stieg mir der Alkohol zu Kopf, und es war erhebend zu spüren, wie er sich ausbreitete, wie er mich flutete, so kam es mir vor, in einem ganz eigenen Blutsystem, dem ›Sitz der Seele‹. Während ich mich mit zusammengekniffenen Augen umschaute, gerann mir, was ich sah, zu Farbklecksen, wie auf den Bildern von Impressionisten, und es wurde immer abstrakter, ging durcheinander, einmal schien alles mit allem zusammenzuhängen, einmal nichts mit nichts. Die Gesichter der Anwesenden, aufgeblasen, aufgebläht, geradeso, als herrschten andere Schwerkraftverhältnisse, schienen zu schweben. Ihre Körper waren wie in einem Spiegelkabinett verzerrt, entweder die von langen Lulatschen, mit

Knicken an den unmöglichsten Stellen, oder kugelrund, und ihre Gliedmaßen, ihre Arme und Beine, entweder fehlten sie, oder sie waren wie Tentakel von Insekten. Dazu kam ein Laut, wie ich ihn noch nie gehört hatte, wahrscheinlich das sprichwörtliche Rauschen der Stille, wie von einer riesigen, mit einem Klöppel angeschlagenen Metallscheibe, ein Ton, dessen Besonderheit nicht so sehr in seiner Höhe, in seiner Tiefe, als in seiner Dauer lag, ohne Begrenzung, schien es, daß ich mich gegen die Stimmen wehrte, Stimmen, die mir nur allzu bekannt waren, Stimmen, die ihn auf einmal von allen Seiten zu zerreißen drohten. (Die Herren waren noch auf einen ›Schlummertrunk‹ gekommen.)

Als ob der Ballon in ein anderes Kraftfeld geraten wäre, mit anderen physikalischen Gesetzen, sanken wir auf einmal rasch, rascher, als wir gedacht hatten, rascher, als uns lieb sein konnte, und es war richtig zu spüren, ohne Beweis, ohne Barometer, daß die Sink-, die Sturz-, die Fallgeschwindigkeit stetig zunahm, so sehr, daß wir uns beeilten, ein paar Säcke Ballast auszuschleusen. Das hatte den gewünschten Effekt, und sie schwebten nach ein paar Schrecksekunden verzögert weiter. Wir verminderten den Innendruck − wir ließen einen Teil des so lange so kostbaren Sauerstoffs durch einen Hahn ins Freie −, und als es so weit war, Innendruck gleich Außendruck, öffneten wir die Einstiegsluken, und was wir, ohne etwas zu sehen, ohne etwas zu hören, mit wer weiß welchen Sinnen wahrnahmen, war zuallererst die Weite, oder nur die ganz andere Stille des Raums. Die ganz andere Luft, sämiger, ohne den metallenen, schalen Geschmack der Kabinenluft, schoß in ihre Lungen, und sie taten ein paar Augenblicke lang nichts anderes, als atmen, halb benommen dastehen und atmen, zuerst gierig, unregelmäßig, mit Aussetzern, nach und nach regelmäßig, und ihre Schreie, auf einmal schrien sie, waren Geburtsschreie. Wir gewöhnten uns, vom Taschenlampenlicht geblendet, nur langsam an die Dunkelheit und sahen nicht weit unter uns, zwischen Wolkenschwaden, Berggipfel, und über uns waren Sterne, klar, wie wir sie noch nie gesehen hatten, Gruppen, Grüppchen, so dicht nebeneinander, daß sie sich nicht mehr auflösen ließen, Milchstraßen, während schlagartig unser Gehör einzusetzen schien, und wir hörten das Rauschen des Fahrtwinds. Das alles geschah innerhalb von nur ein paar Sekunden, und als sie sich ansahen, war es wie von weit her, als wäre wer weiß wieviel Zeit vergangen, und sie warteten, der Professor mit einem Lächeln, das dem Lächeln eines Verrückten glich – »Wollen wir überhaupt zurück?« –, während der Assistent hin- und hergerissen war zwischen Lachen und Weinen und, so gut es ging, versuchte, seine Tränen zu verbergen. (Ich erinnerte mich an die Worte, die mir mein Turnlehrer- und Reserveoffiziervater zum Abschied mit auf den Weg gegeben hatte, auf ein Blatt Papier geschrieben – HE TURNED INDIAN –, um nur nicht sein schwerzüngiges Englisch unter Beweis stellen zu müssen, und daß mir das nicht passierte, und er setzte zu einer langen Erklärung an, daß es ein unter Forschern, die sich Monate in der Arktis oder Antarktis aufhielten, üblicher Spruch war, wenn einer überschnappte und nicht mehr zurück wollte, nicht wollte oder nicht konnte, und es waren sichere Zeichen, wenn er stundenlang wie ein Pinguin dastand und aufs Treibeis hinausstarrte, rohen Fisch in sich hineinstopfte oder mit Flatterbewegungen seiner Arme daherkam, und noch sicherer, wenn er auf einmal in allen Schreckschrauben, in allen Eskimofrauen Schönheiten sah.)

»Der Morgen graute, als der Führer nach einem Sturz im Schnee liegenblieb und mit nervös zwinkernden Augen versuchte, den Kuraten zu sehen, vergeblich, schien es, vollkommen vergeblich, so sehr er sich bemühte.« »Der Kurat erteilte ihm die letzte Ölung und sank weinend über dem leblosen Körper zusammen.« »Es schneite.« Bevor der Professor die Zeitung wieder zerknüllte und achtlos auf den Boden warf, las er zur Verwunderung des Assistenten, wie er nur konnte, noch einmal laut vor: »Was heißt Schuld? Ich weiß nicht, ob es meine Schuld war, und es ist nichts damit getan, es ist nichts gut, es ist nichts mehr wieder gut zu machen, wenn ich sage, mea culpa, mea culpa, mea maxima culpa, im Gegenteil, es steckt nichts dahinter als die Hoffnung des Pharisäers auf die letztendliche Absolution. Soll ich zur Beichte gehen? Soll ich zu mir selbst zur Beichte gehen? Soll ich springen? Soll ich mich stoßen lassen? Was ist der Unterschied? Ich will nicht, nein, ich will nicht Gerechtigkeit, ich will nur, daß man mir zuhört. Ich will alles erzählen, von Anfang an, vom Ende her, es ist egal. Denn die Anklagen sind nicht Anklagen gegen mich, es sind Anklagen gegen Gott und gegen seine Ungerechtigkeit, und wer nach Buße schreit, ist selber schuld.« »Das kennen wir schon«, unterbrach er sich, »und wie wir das kennen. Das scheint der Anfang zu sein, das Plädoyer des ehrenwerten Herrn.«

In der Dunkelheit entdeckten sie unter sich einen dicht zusammengedrängten Haufen von Lichtern, wahrscheinlich ein Dorf, windverweht, wenigstens gerieten die Punkte stets von neuem in ein eigenartig unstetes Flackern, und während der Professor sich weit aus einer der Einstiegsluken beugte und mit der Taschenlampe SOS-Zeichen blinkte, ließ der Assistent es sich nicht nehmen, immerhin gesichert, am Seil, aus der Kabine auf das Dach der Gondel zu klettern, und er hantelte sich, eng ans eiskalte Metall gepreßt, die Griffe entlang, als sei er sein eigener Stuntman, und kehrte nach ein paar kläglichen Hilferufen wieder um. Da standen wir, der eine, als könnte er es nicht glauben, der andere, als hätte er es immer schon gewußt, nicht Kleinigkeiten, nein, daß die Welt so schlecht war, wie sie war, während die Lichter langsam in der Ferne verschwanden. Die Berge schienen zum Greifen nah, auf Augenhöhe, und sie konnten ihre Grate und Kare erkennen, glänzend, Gipfelkreuze mit und ohne Strahlenkranz, und es war ein riesiges Maul, das sie verschlang, mit seinen von Horizont zu Horizont sich ziehenden Zahnreihen mit ihren schlecht aufgesetzten, in Zungen auslappenden Schnee- und Eisplomben, mit den Kariesrissen und -schründen ihrer Rinnen, die sich entweder dunkel in der Finsternis verloren oder milchig weiß waren von den darin schäumenden und stiebenden Bächen. Wir schauerten vor dem Anblick zusammen, so abweisend war er, so abweisend war der Wind, der durch uns durchging. Dazu kam, daß es immer dunkler wurde, Meter um Meter, und es war schwarz, wenn der Mond sich verzog. Der Himmelsausschnitt, den wir über uns sahen, wenn wir ihn sehen konnten, wurde kleiner und kleiner, ein langgestrecktes, verzerrtes Deltoid mit sich stumpfwinklig schneidenden Diagonalen, und als der Ballon mit seiner an manchen Stellen, vor allem am unteren Ende, schon platten Hülle sich auf einmal zu drehen begann, war es, als wäre er an ihnen aufgehängt, wie eine Marionette an ihren Stäben, und die ineinander verwickelten Fäden entwirrten sich langsam. (»Höhe 3000 m, nicht mehr«, schrieb der Professor ins Bordbuch, und es war seine letzte Eintragung: »Wir kommen ins Schlingern.«)

Da war es, plötzlich, noch mitten in der Drehbewegung, daß sie Stimmen hörten, einmal leiser, einmal lauter, oder vielmehr, sie glaubten sie zu hören und wagten nicht, es sich einzugestehen, und als es nicht mehr Stimmen waren, als es umschlug und ein Singen wurde, versuchten sie, es zu ignorieren, und ertappten sich ein ums andere Mal pfeifend, die Hymne, tatsächlich die Hymne, die sie hörten oder nicht hörten, so oder so, nicht hören wollten, und sie pfiffen sie mit, pfiffen dagegen, pfiffen und pfiffen, auf einmal voll Entsetzen: »Wir verlieren noch im letzten Augenblick unseren Verstand.«

Dann ging alles schnell, und eh' wir uns versahen, setzten wir schon auf, weich, kaum daß wir die Berührung mit dem Boden spürten, und die Gondel glitt über ein steiles, unter einer senkrechten Felswand steinübersätes Harschfeld, funkensprühend, und es war ein Krach, das Kratzen der Steine, eine gehörige Dosis, eine Überdosis in unseren entwöhnten Ohren, bevor der Ballon noch einmal abhob, oder vielmehr, er rutschte über eine Kante und kam mit Ach und Krach ins Schweben. Waren es Minuten? Waren es Sekunden? Sie überquerten ein Tal, als Zugabe, so kam es ihnen vor, und während sie wieder Ballast gaben, den Sand nicht mehr ausschleusten, sondern mit den Säcken hinauswarfen, um nicht an dem sich drohend nähernden Abhang auf der anderen Seite zu zerschellen, redeten sie auf einmal wild durcheinander – »Ich brech' mir lieber das Genick als das Rückgrat, und Sie?« –, wahrscheinlich ohne zu wissen, was sie sagten, nur um ihre Angst loszuwerden: »Unsinn. Was soll das?« Es war ein Schlag, der uns niederstreckte, als wir landeten, und bevor wir auch nur daran denken konnten, etwas zu tun, rumpelte das ganze Inventar, Instrumentarium, alles, was nicht niet- und nagelfest war, auf uns herunter, und schließlich, noch ein paar Hüpfer, wir saßen zusammengekauert, unsere Köpfe unter unseren Armen geschützt, da, und während wir uns aufrappelten, spürten wir, wie wir in der Horizontalen weiterbewegt wurden, schwebend, schien es, und doch auf Grund. Da zögerten sie keine Sekunde, und während der Professor das Schlepptau mit dem Anker warf, zog der Assistent an der Reißleine, und sie kamen augenblicklich zum Stillstand. Wir konnten es nicht glauben und wagten kaum, uns zu rühren. Draußen tat sich eine im Mondschein grünlich gelb glänzende Gletscherlandschaft auf, über ihnen, unter ihnen Eisbrüche in den phantastischsten Formen, Spalten, parallel, wie die Kiemen eines Riesenfischs, und ihr Platz, eine Mulde, nicht größer als ein Fußballfeld, schien die einzig sichere Stelle weitum zu sein. Wir stiegen aus, und wir stiegen wie auf einen anderen Planeten, ein anderes Gestirn, wie auf den Mond, wir sprangen in den Schnee, oder viel abstrakter, in sein Glitzern, als würden wir ins Glück springen, mitten hinein. Sie sanken in die Knie und sahen zu, wie die Gondel sich, ohne ihr Gewicht, zur Seite neigte, wie die Hülle zusammensackte, und erst nach und nach schien die Zeit wieder weiterzugehen. Zweiundzwanzig Uhr auf dem zerschmetterten Bordchronometer. Wir wußten nicht, wo wir waren, wir wußten nur, auf der Welt, und wir lagen uns weinend in den Armen.

Das Gewitter, das Augsburg noch vor Mitternacht erreichte, schien sich genau über dem Gelände der Ballonfabrik, am Stadtrand, zu entladen. Zuerst war es windstill, und der Wind, der auf einmal aufkam, schien am Anfang nur aus einem Zittern der Luft zu bestehen, einem unsteten, unschlüssigen Hin und Her, einem vagen Vibrieren, und als es richtig losging, trieb er schon alles mögliche Zeugs vor sich her, als sei er nicht echt, von einem Gebläse gemacht, ein Filmwind. Die Büschel, die im Hof aus den Fugen des schadhaften Pflasters sprossen, schienen sich unter ihm zu sträuben, schienen an ihren Wurzeln zu zerren, als wollten sie los, oder trieben, wenn er, wie um Kraft zu sammeln, einen Augenblick ausließ, wie Algen hin und her. Dazwischen drehten sich immer wieder Sandspiralen, reibungslos leicht über dem Boden, hielten in allen möglichen Formationen inne, Verbänden wie aus einem Astronomielehrbuch, und waren weggeblasen, noch ehe sie richtig sichtbar wurden. Die elektrischen Laternen, so weit voneinander entfernt, daß sich ihre Lichtkegel gerade berührten, kamen ins Flackern, während die Lämpchen auf der Spitze der ›Sternwarte‹ unwirklich starr wirkten. Die Gebäude rundum, die Werks- und Lagerhallen, das Bürogebäude, die Geräteschuppen, schienen von Zeit zu Zeit, wie von Erdstößen bewegt, zu erzittern, schienen vor dem Hintergrund einander jagender Wolken hin- und herzuschwanken, und es war, als seien sie nahe am Kippen. Es roch nach Schwefel, es roch nach Schießpulver, und der

Geruch, der sonst in der Luft hing, war ein typischer Laborgeruch. War es Brom? War es Jod? Oder was war es ein Element im Periodensystem oder irgendein Mischmasch? Der erste Knall, so oder so, schien weniger die Folge einer elektrischen Entladung als die einer chemischen Reaktion zu sein, einer Explosion, deren Druckwelle sich in Sekundenschnelle über das ganze Areal ausbreitete. Da war es, als ob einen Augenblick alles aussetzen würde, alles, das heißt, der Fortgang der Dinge, ehe es mit einem Schlag anfing zu regnen, dicht, in dünnen Fäden, daß die Nacht eigenartig strichliert und strichpunktiert war, ein Gewebe aus zerrinnenden Nähten. Danach, paradox oder nicht, schien der erste Blitz wie eine Leuchtrakete, tatsächlich von unten nach oben, in die Dunkelheit zu steigen, und in seinem Licht, grell im Zentrum, bläulich fahl an den Rändern, wirkten die Umrisse der Dinge, was auch immer es war, wie mit Kohle gezeichnet, während ihr Inneres gleichzeitig verblaßte, verbrannt, schon verkohlt, schien es. Dann blitzte und donnerte es wild durcheinander, wie von einem Feuerwerk, Kanonenschläge, einmal klar abgesetzt, einmal stolpernd, sich überschlagend, es waren Schüsse, es war Maschinengewehrknattern, es war schwere Artillerie, in einer ausgesprochen künstlichen Beleuchtung, und von Zeit zu Zeit riß der Himmel regelrecht auf, in Zickzacklinien entlang einer Horizontalen, aus der Nähe, aus der Ferne entlang der Erdkrümmung, wenigstens wirkte es so, wie ein mit einem stumpfen Messer ausgeführter Schnitt im Hintergrund, in der Leinwand, die den Hintergrund bildete, und in den Rissen sah ein Betrachter, wenn es überhaupt noch einen gab, seit auch der Telephonist nach Hause oder wer weiß wohin gegangen war, nichts, zum Glück nicht, sah, geblendet, nicht, was, vielleicht eine Welt ohne Menschen, sah nicht, daß nichts dahinter war.

In konzentrischen Kreisen, oder nein, es waren Spiralen, ohne in seiner Intensität abzunehmen, ohne an Energie einzubüßen, im Gegenteil, er schien stärker und stärker zu werden, breitete sich der Wirbel von seinem Mittelpunkt einerseits, ohne etwas anzurichten, über die Felder vor der Stadt aus, über das weithin unverbaute Gebiet, das gleich außerhalb des Fabrikgeländes begann, andererseits über die Stadt selbst, und was er da anrichtete, war nicht der Rede wert, auch wenn es später hieß, daß er alles, was in Reichweite lag, dem Erdboden gleichmachte, wie eine Feuersbrunst, und tatsächlich ging das Gerücht von einem Hurrikan, und man gab ihm sogar einen Namen. Dabei war es nichts als ein ganz gewöhnliches Unwetter. Die Wiese auf der anderen Seite des Fabrikkanals mit ihrem wie von einem Hubschrauber im Tiefflug geplätteten Gras ersoff fast im Wasser, von einem Augenblick zum anderen, so schnell ging es, und an ihrem Rand verschwanden die dort stehenden Fabriken mit ihren teilweise noch rauchenden Schloten, nachdem zuvor schon der Rauch verschwunden war, und zurück blieb nur eine Flamme, die in der Dunkelheit zu tanzen schien, unruhig hin und her, mit einem Kranz, einer Korona, die eigenartig durchsichtig war. Wie Hagel schlug der Regen gegen die Backsteinmauern, und die Tropfen sprangen, spritzten unzerstört zurück, mit einem kaum hörbaren Klirren, oder glitten überhaupt ab, wie, größer, Sandsäcke abgleiten würden. Im Nu wirkten die Straßen, die ins Zentrum führten, ausgeschwemmt, wie Bachbette, wenn sie keine Bäume hatten, mit den am Straßenrand abgestellten, schwarz glänzenden Wagen, unverrückbaren Felsblöcken ähnlich, wie abgeschliffen, abgerieben, mit den Rundungen ihrer Kotflügel und Kühlerhauben, mit den sanften Formen ihrer Hecks, mit ihren blitzblanken Scheiben, und die Alleen waren voll Blätter, ganze Haufen entlang der Bordsteinkanten, vom Wind durcheinandergewirbelt, wie im Herbst. Die Wasserfontänen, die von den vorbeifahrenden Autos manchmal meterhoch aufstiegen, sprangen als Gischt gegen die Fenster der angrenzenden Häuser, zumal im Parterre, und verwischten ein paar Augenblicke lang die Sicht, hinaus wie herein, hinein wie heraus, und was dann zu sehen war, war auch nicht viel, ein paar verschreckt hin- und herhuschende Schemen. Sonst nichts, kein Mensch, niemand. Denn es war die Stunde des Beischlafs – so getragen muß man es sagen –, zweiundzwanzig, dreiundzwanzig, vierundzwanzig Uhr, wie es sich gehörte, und wahrscheinlich ging es drunter und drüber, unter dem unaufhörlichen Blitzen und Donnern – Scheinwerfer und Tusch –, mit sich paarenden Arbeitern und Arbeiterinnen, Bürgern und Bürgerinnen, oder durcheinander, in allen möglichen Kombinationen, und was herauskam, wenn überhaupt etwas, war nur eine Schar Kinder, Schlechtwetterkinder, schon sprichwörtlich, was nichts anderes hieß als ›Ausschußware‹, schlecht gemacht, zusammengeschustert, gestümpert, Querulanten, genau die gleichen Querköpfe, wie die ›Macher‹ waren. In irgendwelchen Kuschelecken bekam zweifelsohne auch das alte Gerücht Nahrung, daß es, wie überall, zwischen den Klöstern, Männer- wie Weiberorden, unter-, überirdische Verbindungsgänge gab, mit Kapellen, so hießen die Séparées, nichts anderes waren sie, wo sich die Maulwurfmönche und Maulwurfnonnen zu ihren Stelldicheins trafen, und von da an ging es wortwörtlich weiter, mit Zitaten, ›der Sünde anheimfallen‹, ›sich im Dreck suhlen‹, ›dem Satan nicht widerstehen‹, weil man mit anderen Worten nicht zurechtkam, und erst wenn von Buße die Rede war, oder davon, daß sie sich an die Kandare nahmen, kehrte wieder ein unangestrengter, sozusagen normaler Ton ein, gerade gut genug, Mutmaßungen über Ursache und Wirkung anzustellen, was zuerst war, der Frevel, wie es hieß, oder die Strafe des Herrn. Zuletzt schien sich alles über dem Münster abzuspielen, tatsächlich, als sei es unter Beschuß, und wie es im Zucklicht immer wieder aus dem Dunkeln tauchte, wirkte es, ob man es wahrhaben wollte oder nicht, als ob es sich bewegen würde, ein riesiges Schiff, kieloben, eine Arche Noah, gekentert, nicht daß der Vergleich etwas hergab, nur so viel, daß auch diese Geschichte endlich richtig erzählt war, endlich mit dem ihr angemessenen Ende, ohne Heils- und Rettungsphantasien, und wie es dahintrieb, geräuschlos oder mit Geräuschen, die im allgemeinen Durcheinander untergingen, war es nicht zu viel gesagt, daß die ganze Welt auf dem Kopf stand.

Der Professor und der Assistent erwachten noch in der Dunkelheit, oder vielmehr, sie waren die ganze Nacht, in die Ballonhülle gewickelt, mehr oder weniger wach gewesen, von Zeit zu Zeit eingenickt und augenblicklich wieder aufgeschreckt. Zu erregt, immer noch, und gleichzeitig zu müde, um zur Ruhe zu kommen, waren sie nebeneinander gelegen, Kopf an Kopf, und hatten sich sprechen gehört, wie unter Schock, wild durcheinander war alles mögliche aus ihnen heraus-, hervorgesprudelt – sie wußten später nicht zu sagen, was, es war auch egal –, und am Ende hatten sie nur so getan, als würden sie schlafen. Als ein kräftiger Wind aufgekommen war, waren sie eine Zeitlang in die Gondel übersiedelt, zusammengekauert hinter den zugeklappten Einstiegsluken gesessen und so schnell wie möglich zu ihrem Lager zurückgekehrt. Dort hatten sie sich wieder hingelegt, mit geschlossenen, mit weit offenen Augen, und über ihnen war der Fixsternhimmel weitergerückt wie in einem Planetarium, Stufe um Stufe, schien es, Stunde um Stunde. Bis sie sich erhoben und vor Kälte augenblicklich auf der Stelle traten, hin- und hertänzelten, daß ihnen warm wurde, und in der Wärme wich der angespannte Ausdruck aus ihren Gesichtern, und sie sahen sich an und lachten. Dann tranken sie den Sekt aus der mit einer rosaroten Schleife mit der Aufschrift HERZLICHEN GLÜCKWUNSCH verzierten Flasche, die die Bruchlandung, wie sie sagten, in ihrem Gepäck überlebt hatte, prosteten sich immer wieder gegenseitig zu, und zwischen Ernst und Unernst hin- und herschwankend, einmal rülpsend, was das Zeug hielt, dann wieder von plötzlichem Pathos übermannt, das sie die unwahrscheinlichsten Dinge tun ließ, Stichwort ›Schiffstaufe‹, warteten sie. Als es nach und nach hell wurde und der Gletscher im Dämmerlicht zu Leben erwachte, wenigstens schien es so, als sein Panzer langsam sichtbar wurde, zuerst grau in grau, schließlich in allen möglichen, graugetönten Farben, breiteten sie, mit den übriggebliebenen Sandsäcken beschwert, in der Nähe des Ballons die Signalflagge aus, seilten sich provisorisch an und gingen los, auf den Rand zu, der Professor voraus, Schritt um Schritt sondierend, der Assistent am gespannten Seil hinter ihm her, und sie waren noch nicht weit gekommen, als in ihrem Rücken die Sonne aufging.

Zu der Zeit war Franz Joseph Schatz mit Felicitas und Philomena längst schon auf dem Weg, ihnen entgegen, nach einer schlaflosen Nacht, in der er den beiden ununterbrochen zugesetzt hatte, mit Bitten und Betteln, ein Schafskopf mit entsprechendem Durchhaltevermögen. Stets von neuem zurückgewiesen, war er in aller Früh aufgestanden und, ohne etwas zu sagen, auf Zehenspitzen ihnen voraus aus der Hütte geschlichen. Draußen war der Mond gerade untergegangen, und er war im Licht einer Taschenlampe zügig ausgeschritten, ohne sich um sie, ohne sich um den schnell größer werdenden Abstand zu kümmern. In der aufgehenden Sonne hatte er auf einer Anhöhe gewartet und, als sie näher gekommen waren, so getan, als würde er sie nicht sehen, als würde er nur die Gletscher absuchen, die sich vor ihm ausgebreitet hatten.

Ohne sie eines Blicks zu würdigen, war er dagestanden, und ohne sie eines Blicks zu würdigen, stand er immer noch da, als sie auf einmal in Schreie ausbrachen und mit ihren Fingern zeigten, und als sie endlich sagten, was sie meinten, sah er ihn schon, den Ballon, in einer Entfernung von vielleicht einem Kilometer, nicht mehr, die ausgebreitete Hülle, gelb, die Gondel, schwarz, ein Quadrat, wer weiß, was es war, rot, und er schaute und schaute.

Der Direktor saß am Frühstückstisch, als das Morgenblatt, eine Extraausgabe der Augsburger Zeitung, durch den Türschlitz geworfen wurde, und ein Blick auf die Schlagzeilen war ihm genug. Bevor er Zeit hatte, hineinzublättern, ging die Küchentür auf, und seine Frau trat ein, im Bademantel, mit gerötetem Gesicht und einem Lockenwicklerarrangement auf dem Kopf, das hin- und herschwankte, und während sie Platz nahm, zog sie ein Necessaire aus der Tasche und begann mit ihrer Maniküre, veranstaltete ein richtiges Zeremoniell, wie sie ihre Hände, ihre Finger inspizierte, ohne ihn auch nur einmal anzusehen. Während er sie in einem fort ansah. Wortlos tranken sie ihren Kaffee, wortlos aßen sie ihre Brötchen, er, als sei es seine Henkersmahlzeit, sie wie eine Grand Old Lady, mit spitzem Mund, mit sparsamen Bewegungen, ohne Zweifel ihre Masche, und als er aufstand und sich davonstehlen wollte, genauso wortlos, mit einem Kopfnicken, möglichst schnell ins Büro oder sonstwohin, erwischte sie ihn an der Schwelle mit ihrer unvermeidbaren Frage, wo er so lange gewesen war, und als er nur achselzuckend dastand, wurde sie deutlich: »Du warst mit einer Schlampe zusammen.«

Als Demel, Degle, Berger und Gerber nacheinander in

die Hotelhalle kamen, war der Chauffeur schon da, und es schien, als wollte er von Anfang an das Kommando übernehmen, wie er in seinem Fauteuil saß, leger zurückgelehnt, eine Zigarre in der Hand, und sagte: »Ich habe schon mit Augsburg telephoniert, und es scheint zum ersten Mal zuverlässige Meldungen zu geben, nach denen der Ballon im Schnalstal abgestürzt ist, in Italien, unmittelbar an der Grenze zu Österreich.« Das schlug ein, und wahrscheinlich wußte er, daß es einschlagen mußte, und genoß das Durcheinander, das entstand. »Wir sollen eine Maschine chartern und alles unternehmen, was in unserer Macht steht, um Gewißheit zu erlangen.«

Der Professor und der Assistent hatten aus eigener Kraft die Seitenmoräne des Gletschers erreicht, als sie auf Franz Joseph Schatz und Felicitas und Philomena stießen. Es konnte keine Rede davon sein, daß sie gerettet wurden, wie es später immer wieder hieß, und es war genauso übertrieben, ihre Orientierungslosigkeit als Verwirrung zu bezeichnen. Sie staunten, als sie hörten, wo sie waren. Sie erzählten die Geschichte, die sie noch so oft erzählen sollten, der eine schon mit der ihm später eigenen Zurückhaltung, der andere, als wollte er ein Heldenepos daraus machen. Als sie sich ausgeruht hatten, schlug der Lehrer vor, vorauszugehen, und während er im Laufschritt verschwand, machten sie sich mit den Mädchen langsam auf den Weg. Die Gerüchte, sie hätten es so gewollt, um mit ihnen allein zu sein, von Klatschblättern tatsächlich verbreitet, sie hätten im Augenblick ihrer Rettung nichts anderes im Kopf gehabt als das eine, wie es hieß, waren so absurd, daß nicht einmal die leichtgläubigsten Idioten sie glaubten, und schließlich, unter dem Druck aufgebrachter

Leser, die in der Landung ein ›Ereignis von nationaler Tragweite‹ sahen, mußten sie sogar revidiert werden. Sie gingen schweigend dahin, und als die Hütte in Sicht kam, sahen sie die Festgesellschaft den Hang dahinter heraufkommen, eine Horde von Leuten, die ihnen entgegenwogte, und sie konnten von weitem schon ihr Keuchen hören, sie konnten hören, wie sie zwischendurch sprachen, und hörten sogar, was, als der Wind auf einmal umschlug.

Es war später als gewöhnlich, als der Direktor die Fabrik erreichte und, ohne sich von den in Scharen am Eingangstor wartenden Zeitungsmännern auch nur einen Augenblick aufhalten zu lassen, in sein Büro eilte. Die Sekretärin war außer Rand und Band und sprudelte nur so vor sich hin, egal, schien es, was davon ankam, Hauptsache, sie wurde es los, und während er zu- und gleichzeitig weghörte, wußte er schon, wahrscheinlich, was zu tun war, nichts, sie reden und reden lassen, und Schwamm über alles. Als er im Vorzimmer den Telephonhörer abnahm und neben den Apparat legte, sah sie ihn dankbar an, dankbar und bewundernd, und als sie von neuem ansetzte, etwas zu sagen, zog er sich, so schnell es ging, zurück. Da saß er, seinen Kopf schwer in die Hände gestützt, als würde er einem Bildhauer Modell sitzen, der ihn in Stein meißelte, als Mahnmal, so ruhig, so still, so leblos war er, wenigstens eine Weile, und schließlich, als er sich in Bewegung setzte, mit Schnapsflasche und Schwenker, aufs Kabinett zu, klopfte es, und er stand wie ertappt mitten im Raum und sah wortlos zu, wie die Tür aufging. Er blinzelte, und es war ein kaltes, künstliches Blinzeln. Er räusperte sich, und sein Räuspern klang wie automatisch verstärkt. Dann sprach er, sprach, sprach und sprach, und es waren nur

Phrasen. An der Schwelle stand die Frau des Professors, stand da, ganz in Schwarz, mit ihren Kindern, mit ihrem Sohn, in einen schwarzen Anzug gezwängt, wahrscheinlich war es sein Erstkommunionsanzug, mit ihren Töchtern, die in Trachten steckten, in allen Farben, und links und rechts von ihren Puppengesichtern hingen ihnen die Zöpfe über die Schultern, so starr wie die unvermeidlichen Handtaschen in ihren Armbeugen, und während er sie ansah, eine nach der anderen, Helen, Elena, Anna Emilia, verging peinlich viel Zeit. Wie hieß er, der Junge? »Madame.« »Wir wissen immer noch nichts.«

Es ging gegen Mittag, als Franz Joseph Schatz, vor Erschöpfung ganz weiß im Gesicht, ins Dorf stürzte, unter den Blicken der Bauarbeiter von einem Haus. zum anderen stolperte, eintrat, zuerst im Hotel, und augenblicklich wieder herauskam. Er suchte den Postler, so viel schien klar, von Mal zu Mal unwilliger, und schließlich, als er auf ihn stieß, auf einen übernächtigen, nach Schnaps, Zigarettenrauch und wer weiß was sonst noch stinkenden Brabbler, war er außer sich, und er zog und zerrte ihn aus der Gemischtwarenhandlung. Wie einen Hund trieb er ihn vor sich her in die Dienststelle, die in einem Seitentrakt des Hotels untergebracht war, und trug ihm auf, Augsburg anzurufen, Siegfried Kaltenegger und Söhne AG, und als er sah, daß er stockbesoffen war, nahm er es selbst in die Hand und meldete, sowie er die Verbindung hatte, das Ereignis, vor Aufregung stotternd, sich überschlagend, im Telegrammstil, und es war nicht genug, er konnte nicht anders, als es ›österreichweit‹ an alle Tageszeitungen zu melden. Der Dienststellenleiter, wie er ihn schon spöttisch nannte, schlief, schnarchte vor sich hin, als er ins Freie trat, in einen Schwarm von Kindern, die aus der Schule kamen, aus den Religionsstunden des Pfarrers, und ihm mit einem verstohlenen ›Grüß Gott, Herr Lehrer‹ auswichen, und er übersah sie, so gut es ging, übersah auch das Hoteliers-gespann, das Arm in Arm, wahrscheinlich um sich gegen-seitig zu stützen, auf ihn zusteuerte: »Wie wär's mit einem Spielchen?«

Inzwischen saßen der Professor und der Assistent längst schon in der Hütte, Felicitas und Philomena links und rechts von ihnen, mitten in der Festgesellschaft, die sich einmal mehr, einmal weniger bemühte, das Ereignis zu einem deutschen Ereignis zu machen. Die Trinksprüche, die über den Tisch gingen, wurden immer verwegener, immer anmaßender, und wenn sie sich nicht wehrten, so nur, weil es ihnen zu viel war, es war schon genug, daß sie stets von neuem den Runde um Runde angeschleppten Schnaps abwehren mußten. Eingeklemmt, eingezwängt, im Zentrum, wirkten sie wie nicht dazugehörig, und wenn sie etwas sagten, wenn überhaupt, nach dem obligatori-schen Bericht, wandten sie sich an die Mädchen, oder sie sprachen miteinander, geradeso, als sei sonst niemand da, als seien sie immer noch in der Gondel. Der Wirt hatte den Kachelofen überheizt, daß das Ofenrohr glühte, und wie die Wärme sich ausbreitete und von den Fenstern nach und nach der Beschlag verschwand, kämpften sie mit dem Schlaf und schliefen schließlich im Sitzen, einmal hatte der eine seinen Kopf auf der Schulter des anderen, einmal war es umgekehrt, oder sie kippten voneinander weg, und wenn sie von Zeit zu Zeit aufschraken, sahen sie sich um. Sie waren so abwesend, daß ihnen das Politisieren wahr-scheinlich entging, das auf einmal in Gang kam, oder sie nahmen nur Schlagworte wahr, ›Wirtschafts-‹, ›Weltwirtschaftskrise‹, ›Reichstagswahlen‹, was auch, es wurden Namen genannt, Namen von Personen aller Parteien, und es war immer wieder auch der eine, den sie nur den Österreicher nannten, in einer Mischung aus unverhohlener Bewunderung und einem Wissen, einer Ahnung mehr, daß die Bewunderung heikel war. »Wir müssen weiter.«

Die Maschine war schon startbereit, stand mit rotierenden Propellern am Ende des Rollfelds im gerade einsetzenden Nieselregen, als der Chauffeur den Wagen vor dem Kontrollturm zum Stillstand brachte, als müsse er ihn mühsam bändigen, und die Herren schnell aussteigen ließ. Abgemacht war, daß er über Innsbruck nach Meran fahren sollte, um vor Ort alles weitere zu sehen, während sie sich in die Luft begaben. Mit tief in die Stirn gedrückten Hüten, Karikaturen, einmal mehr Karikaturen ihrer selbst, sahen sie zu, wie er davonschoß, wie er attackierte, so sein eigenes Wort, und er war verschwunden, nur das Geräusch des Motors noch nicht, es schien von überall zu kommen, schien, an allem klebend, erst nach und nach abzubröckeln, als sie sich umwandten und im Laufschritt über die Startbahnen eilten. Es war ein Seelenverkäufer, wenigstens mußte es ihnen so vorkommen, das Ding, auf das sie zuliefen, rostzerfressen, allem Anschein nach, mit abblätternder Farbe, mit richtigen Nestern von Beulen und einem aufgemalten Totenkopf am Heck, ganz zu schweigen vom Lärm, den es machte, einem Blubbern, nah am Absaufen, oder von dem filigranen Gestänge in seinem Inneren, den Gräten, Querverstrebungen, zwischen denen die nackten Metallsitze viel zu plump wirkten, und sie waren kaum eingestiegen, einer nach dem anderen, Demel,

Degle, Berger und Gerber, als es losging, ein Ruck, ein holpriges Dahinrollen, ein Aussetzer, einen Augenblick, und sie schwebten, schwankend, mit winkenden Schwingen. Da hatte es nur seine Richtigkeit, daß der Pilot nach dem Klischee eines Rabauken modelliert war, ein richtiger Haudegen, Weltkriegsveteran, wie sich herausstellte, ein Mann in seinen besten Jahren, ein Kahlkopf, glatt rasiert, stiernackig, und wie er sie mit einem Brummen begrüßte, mehr war es nicht, schwang unterschwellig schon sein Lachen mit, ein Lachen, rauh, tonlos, das den ganzen Flug über immer wieder aus ihm hervorbrach, wenn er etwas zu ihnen sagte, oder wenn er sie ansah. Davor spuckte er meistens ein Stück Kautabak auf den Boden, der mit bräunlichen Flecken gesprenkelt war, und was kam, war immer abgehackt, ein einziger Satz meistens, und meistens verkürzt. Er steuerte die Maschine wie einen Bagger, so grobschlächtig, und als sie die österreichisch-italienische Grenze erreichten, zog er im Zickzack über den Alpenhauptkamm, um eine möglichst große Fläche abzudecken, mit richtigen Spitzkehren, Schleifen mit immer engerem Radius, haushoch, nicht viel mehr, über den Gipfeln, daß sie die erstaunten Gesichter einer Seilschaft Alpini sehen konnten, die in einer Flanke hing und ihnen mit Ferngläsern nachsah, eine Tatsache, die er über alles genoß: »Spaghettis, ich kann's nicht glauben, Spaghettis.« Stets von neuem wiederholte er den Satz, mit einer Versessenheit, daß ihnen mulmig wurde, und wenn er die Drohung nicht wahrmachte, umzukehren und mit vollem Karacho über sie hinwegzubrausen, so nur, weil sie im selben Augenblick den Ballon entdeckten, seitlich, unmittelbar neben sich. Da schwenkte er schon um und ließ den Vogel

mir nichts, dir nichts absacken, wie in einem vollkommenen Vakuum, und während sie im Näherkommen, zwischen den nassen, schwarz glänzenden Felswänden, Ein-
zelheiten erkannten und schon den Photoapparat zückten,
kämpfte er mit den plötzlich aufkommenden Windböen,
die sie wild hin- und herbeutelten, aufhoben und augenblicklich wieder fallen ließen, mit atemberaubender Be-
liebigkeit, um das trudelnde Durcheinander unmittelbar
über dem Gletscher hochzureißen und, sowie es sich stabi-
lisiert hatte, wieder hinunterzustoßen, im Sturz, wieder
und wieder, während die Herren vor Angst und Aufregung
schrien und stets von neuem versuchten, Photos zu machen, stets von neuem vergeblich.

Als der erlösende Anruf kam, zögerte der Direktor keine
Sekunde, verfrachtete die auf einmal aufgeregt schnattern-
de Frau des Professors samt ihren Kindern in seinen Wagen
und machte sich, ohne die Sekretärin auch nur aufzuklä-
ren, auf den Weg. »Wenn meine Frau anruft, sagen Sie ihr,
was Sie wollen.« Er war in seinem Element, und auf der
Fahrt wechselten sie sich ab, unerhört, in ihren Mono-
logen, er und die Dame neben ihm, ein Prachtstück, wie
sie nach und nach die Fassung wieder gewann und in einem fort sagte, er lebt, mein Gott, er lebt, in einem Ton,
der offen ließ, wie es gemeint war. Daß sie augenblicklich,
vor Schreck, er könnte sie mißverstehen, von ihrer Ehe
schwadronierte, mit einem Vokabular wie aus einer Bibel-
stunde, ›pflichtbewußt‹, ›aufopfernd‹ und ›treu‹, Ungeheuerlichkeiten, alles Ungeheuerlichkeiten, während er, an ihr
vorbei, von der Ballonfabrik schwärmte, Festvortragsge-
rede, Stichwort ›Jubelbroschüre‹, ein steriles Konzentrat.
Sie ging so weit, ihren Mann Gemahl zu nennen, und

nicht nur das, eine historische Person, und er stand ihr
nicht nach, wenn er Institut sagte, oder Institution. Schritt
um Schritt schaukelten sie sich gegenseitig immer höher
auf, ohne eine Regel zu verletzen, und auf dem Höhepunkt, als es nicht mehr weiter ging, sahen sie sich an und
lachten, und es war wahrscheinlich der Junge, es waren die
Mädchen im Fond, die, nebeneinander sitzend, still zu-
hörten, eine Kleinigkeit war es, so viel schien klar, daß sie
nicht von einem Augenblick auf den anderen alles umstie-
ßen und sagten, was sie sagen wollten, sie, er ist ein Scheiß-
kerl, und er, meine Rede, meine Rede, Madame, ganz
natürlich, und unser Betrieb natürlich nichts wert. Es war
kein Unglück, daß es nicht geschah, wie es kein Unglück
gab, wenn es nicht herbeigeredet wurde, wenigstens war
das landauf, landab die Meinung, und wie sie so dahinkut-
schierten, ohne Eile, mußten sie wirken wie eine Familie,
mit allem Zubehör, mit einem schmerbäuchigen, schnell
alternden Vater, der mit wachsender Resignation den
Kampf gegen sein Altern verlor, einer zwischen den Jahren
hin- und herschwankenden Mutter und ihrem wie aus
dem Katalog bestellten Anhang, strotzend vor Vorbildlich-
keit, eine Familie auf einer wunderbaren Sonntagsfahrt.

Irgendwann am Nachmittag trafen die ersten Zeitungs-
leute im Dorf ein, Vertreter von lokalen Blättern, und wie
es schien, wie sie sich bewegten, mit welcher Selbstverständlichkeit, um nicht zu sagen, Penetranz, sie ihre Nasen
überall hineinsteckten, waren es die allseits bekannten
Dummköpfe und Zyniker, verhärmte oder vom Suff auf-
gedunsene Gestalten, Männer, denen alles ›wurscht‹ war,
wie sie sagten, und unter ihnen eine Frau, ein richtiges
Weibsbild, eine Walküre, die mit ihren starken Sprüchen,

mit ihren ausländischen Zigaretten oder allein schon mit ihrer Tracht ein Original war. Nachdem sie da und dort herumgeschnüffelt hatten, stürmten sie zusammen die Dienststelle der Post, weckten den Postler auf, um an ihre Schmuddelredaktionen zu melden, daß es nichts zu melden gab, und waren augenblicklich wieder im Freien, wo sie sich von ihrem Gefolge feiern ließen, ein paar Neugierigen, den üblichen Adabeis, ohne die es nicht ging. Der nächste Schub Ankommender schwemmte die ›seriöse‹ Presse an, anzug-, mantel- und huttragende Herren, die aus München kamen und mit steriler Arroganz ihre Recherchen betrieben, als müßten sie die ›Sache‹ sezieren, unscheinbare Figuren, und in ihrem Schlepptau waren die Kerle von der Augsburger Zeitung, offenbar übernächtig, unausgeschlafen, die am ehesten eine Ahnung, den Flair der großen, weiten Welt verbreiteten, mit ihrer schon klischeehaften Ungepflegtheit, Detektive, wie es sie in Büchern gab, wahrscheinlich alles zum Mißfallen der Schickimickis, die sie immer noch begleiteten, und nicht zu vergessen, die Schauspielerin, nur mehr ein Schatten ihrer selbst, so zerzaust, so zerrupft war sie, so sehr außer sich. Zwischen Hotel und Gemischtwarenhandlung wurden mittlerweile Tische und Bänke aufgestellt, vom Schwarzen Luis und vom Weißen Hans initiiert, ein Bierausschank, und als es ihnen auch noch gelang, den schon obligatorischen Ziehharmonikaspieler aufzutreiben, einen verschreckten, finster vor sich hinblickenden Burschen, der aufspielte, als ginge es um sein Leben, als nach und nach, von den Klängen angelockt, aus allen möglichen Löchern irgendwelche Einheimischen hervorkrochen und die Bauarbeiter sich dazugesellten, war es ein Wirbel, und tatsächlich, es ging hoch her, als der Professor und der Assistent, blumenbekränzt, mehr tot als lebendig dahertrotteten, wie Almabtriebskühe, Felicitas und Philomena links und rechts von ihnen, und dahinter, weit, weit dahinter die Sektionsleute. Augenblicklich verstummte die Musik, und es war ein einziges Durcheinander, das den beiden entgegenschlug, ein Wirrwarr von Fragen, und erst als Franz Joseph Schatz sie abschirmte und um Ruhe bat, wurde es allmählich still, und sie standen einer ganzen Horde von Reportern Rede und Antwort, immer unwilliger, und schließlich, als sie sich in ihr eilig reserviertes Zimmer zurückzogen, entstand vor dem Telephon ein wildes Gedränge, und mehr noch, wieder und wieder brachen Schlägereien um die Plätze aus. Meldungen gingen hinaus. Meldungen kamen herein. »Die Bundespräsidenten Österreichs und der Schweiz und andere hohe und höchste Persönlichkeiten telegraphierten ihre Glückwünsche, und der König von Belgien ließ dem Professor die Ernennung zum Kommandeur des Leopoldsordens, dem Assistenten die zum Ritter übermitteln.« Als über den Dächern das Flugzeug auftauchte, ging es Schlag auf Schlag, als es so tief daherschwebte, daß alle die Köpfe einzogen, und, an seinem Tiefstpunkt lautlos, wie mit abgeschalteten Motoren stieg es, plötzlich röhrend, wieder auf, zog weit draußen im Tal, lächerlich klein und kaum mehr hörbar, eine Schleife und kam zurück, und nein, unmöglich, nein, es landete, es schickte sich an zu landen, so viel war klar, als es, am Kirchturm vorbei, nur knapp über den Drahtseilen, die zwischen den Ställen von einer Bachseite zur anderen gespannt waren, einen Augenblick, schien es, reglos in der Luft stand, und schon berührte es den Boden, machte ein paar Sprünge und holperte über den Sammelplatz, die einzige Wiese weitum, die groß genug war, und wie es ganz nah an ihrem Ende zum Stehen kam, wurde es still. Dann Applaus, selbstverständlich Applaus, als Demel, Degle, Berger und Gerber nacheinander ausstiegen und in eigenartig gebückter Haltung angerannt kamen, als müßten sie sich vor den langsamer und langsamer rotierenden Propellern in acht nehmen, und es war der Höhepunkt, als auch der Pilot erschien, vor der Maschine in Pose ging, mit Schildkappe und Sonnenbrille, unschlüssig, wie er dastand, zu lange, wie er sich ungeniert in den Schritt griff und wie ein Pausenclown, mit steifen Beinen, hinter ihnen herlief. Schon im nächsten Augenblick zuckelte das Auto des Direktors über die Brücke, blieb, blitzblank im Sonnenlicht, stehen und spuckte die Frau des Professors mit ihren Kindern aus. Dahinter, unmittelbar, wie als Kontrast, entstand im aufgewirbelten Staub, als würde er sich mit seinem Bild erst materialisieren, schlammverkrustet der Wagen eines offenbar Verrückten, eines Rasers, mit Höchstgeschwindigkeit, und als er abrupt zum Stillstand kam und ein Mann sich schimpfend, ohne daß man sein Geschimpf verstand, daraus hervorarbeitete, war es natürlich Dagobert Zeeh. »Wir hatten Aufstellung genommen, Hauptdarsteller, Nebendarsteller und Statisten, und als die Forscher wieder zu uns stießen, konnte das Spiel beginnen, und wir mußten nur tun, was man in solchen Situationen tat, es uns gut gehen lassen, so leicht war es, schwer genug, ohne Probe, wir mußten nur ein Fest in Gang bringen, mit den üblichen Böllerschlägen, mit der üblichen Sauferei, mit dem üblichen Wischiwaschi, und es war alles im Lot.«

»Außergewöhnliches«, Zitat Augsburger Zeitung, »leistete die Filmberichterstattung der Ufa. Mit den ersten Reportern war am Tag nach der Landung auch einer ihrer Kameramänner an Ort und Stelle, und er zögerte nicht, es ging ruck, zuck, Aufstieg zum Gletscher, Aufnahme, und am Abend raste er zurück nach München. Das Flugpostflugzeug war schon weg. Sonderflug am nächsten Morgen, Start um 10, Landung in Berlin um 2 Uhr. Film entwickeln, Film kopieren, schneiden und zusammensetzen. Text auf Tonband sprechen, Ton entwickeln, Ton kopieren. Originaltonaufnahmen waren aus technischen Gründen nicht möglich. Als in der Hauptstadt die Lichter angingen und die Leute in die Filmpaläste strömten, waren, tatsächlich nicht einmal achtundvierzig Stunden nach der Landung in einem weltvergessenen Alpental, die ersten Bilder in der Tonwoche, verwackelt, verschwommen, zugegeben, von Ballon und Gondel, von den müde lächelnden Fliegern vor einem Haufen von Neugierigen, und es war ein Triumph der Technik, es war mehr, es war etwas Amerikanisches, es war Hollywood mit seinem Glanz.«

# SELBSTPORTRAIT
# MIT EINER TOTEN

*Ich wünsche Ihnen viel Glück mit Ihrem neuen Roman.* Kaum war er aus dem Transalpin ausgestiegen, hatte er den Satz gesagt, *ich wünsche Ihnen viel Glück mit Ihrem neuen Roman,* habe die Wernicke ihm an den Kopf geworfen, ausgerechnet die Wernicke, er stand auf dem Bahnsteig, in der einen Hand die Reisetasche, in der anderen einen Papiersack mit seinen Büchern, wie ich gleich sah, seine beiden Jacken trug er übereinander, die Winterjacke, ohne die er nur im Hochsommer auf Reisen ging, und die Jacke für seine Auftritte, ein im Lauf der Jahre stark mitgenommenes Leinensakko mit durchscheinenden Ellbogen, darunter ein zerknittertes, weißes Hemd, und er war zwar rasiert, aber am Kinn und auf der Oberlippe hatte er, wahrscheinlich in Eile, ein paar Haare vergessen, was ihm zusammen mit seiner wirren Frisur das Aussehen eines übernächtigen Provinzcasanovas verlieh, eines lächerlichen Grünschnabels, der nach einem verheerenden Besäufnis gerade wieder auf den Beinen war. Ohne mich zu begrüßen, hatte er es gesagt, ohne mich anzusehen, richtiggehend ausgespuckt, *ich wünsche Ihnen viel Glück mit Ihrem neuen Roman,* während ich versuchte, mit ihm zu reden, ruhig, ganz ruhig, es hat keinen Sinn, wenn du dich aufregst, und ihm meine Hände auf die Schultern legte, obwohl ich spürte, wie er unter der Berührung zurückwich, als würden wir uns nicht kennen. Tatsächlich war er mir bereits am Morgen damit gekommen, als er mich vor seiner Abfahrt aus

Wien angerufen hatte, daß ich sofort ahnte, es war ein Fehler gewesen, ihn zum *Wettlesen des Konsuls* fahren zu lassen, wo die Wernicke, eine Bekannte von ihm, deren Bücher er ostentativ auf der Toilette stapelte, ohne sie auch nur anzublättern, die Auszeichnung abgeräumt hatte, den *Mitteleuropäischen Literaturpreis,* wie er nicht müde wurde zu wiederholen, und es war für mich kein Wunder, daß er bei seiner Ankunft augenblicklich wieder loslegte, mir ein weiteres Mal erklärte, sie habe ihm nach der Abstimmung, bei der er leer ausgegangen war, weil nicht einmal er selbst für sich gewesen sei, mit einem maliziösen Lächeln, gönnerhaft und von oben herab ihr Beileid bekundet, *ich wünsche Ihnen viel Glück mit Ihrem neuen Roman,* ob Sie mir das glauben oder nicht, *ich wünsche Ihnen viel Glück mit Ihrem neuen Roman.* Meine Hände immer noch auf seinen Schultern, beschwichtigte ich ihn, vergiß es, ich lade dich zum Essen ein, meinetwegen in die Blaue Ente, wenn du willst, den Storchen oder in ein Mövenpick, in der Hoffnung, ihn so weit zu kriegen, daß er einen Witz darüber machte, oder ihm ein paar abfällige Worte zu entlocken, über die er gewiß ins Lachen gekommen wäre, eine Schroffheit, wie ich sie von ihm gewohnt war, aber nichts, weder ja noch nein, bis er anfing, die Wernicke, von allen Leuten die Wernicke muß mir das antun, die Wernicke mit ihrer *Blauäugigkeit,* ihrer *Vorpubertätspoesie* und ihrem *Pädagoginnenwahn,* und auf einmal nannte er sie eine *Diva,* ich will dir nicht zumuten, sagte er, was die anderen über die *Diva* von sich gegeben haben, *meine lieben Kollegen,* von den *Herrn Kritikern* gar nicht zu reden, und sprach es schon aus, die Königin steht ohne Kleider da, ist die Meinung von Ochsner gewesen, von der ersten bis zur letzten Zeile *Stumpfsinn,* die von Ladurner, eine *Selbstentblößung,* so einmal der eine, einmal der andere, ein *Seelenstriptease,* eine *Schamlosigkeit,* insgeheim, versteht sich, nur hinter vorgehaltener Hand haben sie sich darüber ausgelassen, um sie gleichzeitig lautstark in den Himmel zu loben, eine *Prosa wie aus Samt und Seide,* ein *Juwel,* eine *Blume in der Wüste,* und sie ist nach ihrer Lesung strahlend dagessessen, als hätte sie gerade ihr erstes Schulzeugnis mit lauter Einsern eingeheimst, ist auf ihrem Stuhl hin und her gerutscht, als würde ihr eine Bescherung ins Haus stehen, *Weihnachten in der Karibik, Silvester mit einem Traummann* oder sonst eine Katastrophe, ereiferte er sich, und ich wußte, es hatte keinen Zweck, ihn bremsen zu wollen. Sooft ich ihm ins Wort zu fallen versuchte, ging es los, die Wernicke ist eine *Diva,* was in seiner Welt das gerade Gegenteil hieß, er polterte, ich bin ein *Bergmensch* und brauche mir von einer *Diva* nichts sagen zu lassen, ohne sich im geringsten dafür zu genieren, ohne auch nur zu merken, wie sehr ich dieses Kokettieren mit seiner Herkunft haßte, und während er auf seine Ehre kam, während er mir einmal mehr die Abfolge der ganzen Querköpfe herunterbetete, an deren Ende er als Erbe stand, die Litanei seiner Sippe, *Maxen Siegfried, Siegfrieden Hannes, Hannesen Max,* ließ ich ihn los. Als wäre ich nicht da, redete und redete er, mimte den Halbstarken und schrie in die Welt, was seine Altvorderen mit der Wernicke gemacht hätten, wie sie ihr über den Mund gefahren wären, und Schluß, ein für alle Mal Schluß mit ihrem Gequatsche, während er neben mir den Bahnsteig hinunterging und ich von der Lautsprecheransage mit den Anschlußzügen nur mehr ein paar Wortfetzen verstand. Kaum daß es ruhig geworden war, fing er sofort wieder an, *Madame* haben sie die *Gnädige* genannt, *meine Liebe,* sagte er, *Frau Doktor Wernicke,* die Wernicke und *Doktor,* vielleicht für Ochsner, vielleicht für Ladurner, auf jeden Fall hat Ochsner Ladurner stets von neuem angestoßen, Ladurner Ochsner, und ich habe gesehen, wie ihnen das Sabbern gekommen ist, den beiden *Fossilien,* wie sie vom ersten Tag an um sie herumscharwenzelt sind, wie sie ihr nachgestellt haben, als hätten ihnen ihre auf Schritt und Tritt sich an ihrer Seite haltenden *Weiber* nicht in einem fort auf die Pfoten geschaut, *Frau Doktor dies, Frau Doktor das,* sie haben sich mit ihren Narreteien gegenseitig überboten und vor ihr immer noch ihre läppische Höflichkeit gewahrt, als die ganze Belegschaft der *Hietzinger Villa,* in der das Theater stattfand, längst auf *Annette* umgeschwenkt ist, *Annette,* wiederholte er, *Annette,* und einen Augenblick schien es mir, als würde er lachen. Wir waren schon am Ausgang, und ich schlug ihm wieder vor, essen zu gehen, überrascht, daß er es nicht darauf anlegte, mich zu einem der *Express Buffets* in der Bahnhofshalle zu ziehen, ich versuchte ihm einmal seine Reisetasche abzunehmen, einmal den Papiersack mit seinen Büchern, nur um zu guter Letzt beides zu tragen, als wir in den Regen hinaustraten und ich damit herausrücken wollte, daß sich bei meinem Wochenenddienst in der Klinik eine meiner Patientinnen aus dem Fenster gestürzt hatte, aber er überrumpelte mich mit einem neuen Vorstoß, und ich verbiß es mir. Automatisch schneller gehend, sagte er, Ochsner und Ladurner hätten sich unermüdlich versichert, was für eine wunderbare Frau die Wernicke wäre, *würde sie nur mit ihren Ergüssen besser haushalten,* er machte sich lustig darüber, wie sie ihr Abend für

Abend nachgeschaut hätten, hinter ihr hergegafft, Abend
für Abend, wenn sie aus dem Haus gegangen war und vor
dem Haus schon die Limousine des Konsuls gewartet hatte,
und als könnte er sich dann besser erinnern, blieb er unvermittelt stehen und eilte gleich darauf um so entschlossener
weiter. Immer ein paar Schritte voraus, ich kam ihm mit
der Reisetasche und dem Papiersack mit seinen Büchern
kaum nach, bot er mir keine Gelegenheit, ihm beizu-
bringen, daß ich eine Tote gehabt hatte, und gab zum
besten, wie sie im Salon gesessen waren, Gehörnten gleich,
Ochsner und Ladurner, nachdem die Limousine des Konsuls mit der Wernicke in die Nacht verschwunden war,
Ochsners zerrinnendes Gesicht, zeterte er, seine wie aus
der Brillenfassung schwimmenden Pupillen, sein zitternder
Mund, als wollte er Einspruch erheben, Ladurners *Poker-
face,* das ihn zum Ausspruch veranlaßte, *ganz und gar Nobel-
preisträgerformat, wie geschaffen für den Olymp,* und während
mir meine Tote nicht aus dem Kopf ging, führte er lang
und breit aus, wie die *Herren Kritiker,* Tanner, Karg und
Wilhelm, in einem Taxi gefolgt seien, und schaute sich
nach mir um, als wäre ich daran schuld. Das war meine
Chance, dachte ich, endlich zu sagen, wie sehr mir das
Unglück zu schaffen machte, ihm von meiner schlaflosen
Nacht zu erzählen und ihn zu bitten, mich in den Arm zu
nehmen, mich festzuhalten, mich nicht mehr loszulassen,
aber er schrie in den Lärm eines ausfahrenden Zuges,
Tanner, Karg und Wilhelm, an ihnen wäre es gelegen, die
Wernicke zu stoppen, Tanner hätte Ochsners Mann sein
sollen, Karg Ladurners und Wilhelm meiner, aber nichts-
destotrotz sind sie Abend für Abend ihr nach, der *Gnädigen,* Abend für Abend ins *Casino,* während Ochsner und

Ladurner Karten gespielt haben, um bloß nicht mit ihren Frauen reden zu müssen, Patiencen gelegt, entfuhr es ihm, Patiencen, als wären sie im Ausgedinge, und ich ins Bett gegangen bin, und er war immer noch laut, als sich das Dröhnen in der Ferne verlor, Tanner Ochsners Fürsprecher, Karg Ladurners und Wilhelm meiner, wetterte er, Tanner hat Ochsner eingeladen, Karg Ladurner und Wilhelm mich. Als wir das Parkdeck erreichten, schüttete es richtig, und die ganze Zeit, in der wir durch und durch naß zwischen den Autos umherirrten, erhitzte er sich weiter, einerseits hat die Wernicke aus irgendeinem Grund niemanden gehabt, andererseits die ganze *Bagage,* er fuhr mich an, wo ich geparkt habe, und explodierte fast, wahrscheinlich hat der Spuk ohnehin nur ihretwegen stattgefunden, und wir sind Statisten gewesen, rief er aus, um gleich wieder zu meckern, aber du mußt doch wissen, wo du deinen Wagen hast, und er lief ziellos auf und ab, bis ich ihn entdeckte, titulierte die Wernicke als das *Flittchen des Konsuls* und stieß mir dabei den Ellbogen in die Seite. Solange ich die Reisetasche und den Papiersack mit seinen Büchern verstaute, umarmte er den Hund, ohne sich darum zu scheren, ob er mir im Weg war, und ich ließ den Wagen aus der Parklücke schießen, daß er für ein paar Augenblicke den Mund hielt, um dann von neuem einzusetzen, das *Wettlesen des Konsuls,* ist an allen Litfaßsäulen in der Stadt auf Plakaten gestanden, das *Wettlesen des Konsuls,* daß ich nicht lache, der *Mitteleuropäische Literaturpreis,* es sei eine *abgekartete Sache* gewesen, der Konsul eine *Operettenfigur, Honorarkonsul einer Bananenrepublik,* ein *Halbweltintellektueller,* ein *Bordellkönig* und *stadtbekannter Betrüger,* der versuche, sich mit seinem Hurengeld in die feine Gesellschaft einzukaufen. Der Regen trommelte auf das Dach des Wagens, daß wir darunter zusammenzuckten und ich Mühe hatte, die Ausfahrt zu finden, und natürlich standen wir sofort im Stau, und ich unterließ es, noch einmal davon zu reden, essen zu gehen, als er sich in eine abstruse Geschichte über die Vergangenheit des Konsuls als Geheimagent verstieg, er legte den ganzen Zynismus, zu dem er fähig war, in seine Worte und bezeichnete ihn als *ehrenwerten Herrn,* während ich aus der Kolonne ausbrach, auf den Straßenbahnschienen ein Stück reversierte und schließlich umdrehte und über die Brücke zurückfuhr, über die wir gekommen waren. Offensichtlich irritiert, sah er mich aus den Augwinkeln an, bevor er sagte, er könne sich vorstellen, welche Geschäfte im *Casino* gelaufen sein müssen, was es hieß, wenn die Wernicke bekanntgegeben habe, sie sei am Abend im *Casino,* auf Einladung des Konsuls, und Tanner, Karg und Wilhelm erpicht waren, sich ihr anzuschließen, *ins Casino, Annette, ins Casino,* wir kommen mit, aber ihre Limousine sei ihnen stets verwehrt geblieben, den *Tröpfen,* wie er sie nannte, während ich im Schrittempo dahinzuckelte und vor ihm zu verbergen versuchte, daß ich die Orientierung verloren hatte und mich nur auf mein Gefühl verließ. Die Straßenschilder, die verschwommen aus der Dämmerung auftauchten, konnte ich kaum entziffern, denn der Regen prasselte unverändert nieder, als er noch einmal auf die tagtägliche Demütigung der *Herrn Kritiker* zu reden kam, es waren *zweit- und drittklassige Hinterherläufer,* sagte er, weil sich sonst niemand bereitfand, für das *Wettlesen des Konsuls* den Kasper zu machen, Tanner, Schweizer Fernsehen, Karg, Universität München, und Wilhelm von der

*Presse,* die *Crème de la Crème,* hatte er in der Kasernenstraße noch gespottet, in der Militärstraße waren sie schon *Allerweltsopportunisten* gewesen, *öffentlichkeitssüchtige Arschkriecher* auf Höhe der Reitergasse, auf Höhe der Freischützgasse *Karrieristen,* sie haben wunderbar zusammengepaßt, Ochsner und Tanner, Ladurner und Karg, meinte er, als wir an der Jägergasse und an der Eisgasse vorbeikamen, Ochsner, der *Weltverbesserer,* Ladurner, der *Schwergewichtspathetiker,* und ich bog in die Kanonengasse ein, als er sich fragte, was Wilhelm mit ihm zu tun haben könne, und ohne zu zögern *nichts* schrie, *nichts, nichts, nichts.* Mit sich überschlagender Stimme sprach er von einer *Schmierenkomödie,* während ich am Straßenrand anhielt und vergeblich meinen Stadtplan suchte, er sagte, was auch immer ich mir vorher ausgemalt habe, es ist harmlos gewesen dagegen, von einem Augenblick auf den anderen wieder gelassen, und erzählte, wie tief die Wernicke in ihre Rolle eingetaucht sei, wie sie ihre ganze Garderobe ausgeführt habe, einen Alptraum in Rot zum Empfang des Altbürgermeisters, ein Abendkleid mit Spitzen und Rüschen, ein Jägerkostüm, um einen Stadtbummel zu machen, einmal ihr Tiefausgeschnittenes, einmal ihr Hochgeschlossenes, wenn es ins *Casino* ging, und tagsüber, um *meinen lieben Kollegen* den Kopf vollends zu verdrehen, ist sie alle paar Stunden in einem anderen Aufzug erschienen, unter wahren Begeisterungsstürmen der *Herrn Kritiker, Kompliment, Annette,* äffte er sie nach, als ich wieder losfuhr und im Zickzack durch das Rotlichtviertel irrte, *Kompliment,* und betonte, daß die *Hietzinger Villa* mit dem in ihr angehäuften Krempel aus mehreren Jahrhunderten für ihre Auftritte wie geschaffen war. Ohne die Damen zu bemerken, die sich in den Hauseingängen herumdrückten, stellte er fest, es sei eine Schande gewesen, wie sie sich vor ihrer Lesung noch einmal an alle herangeschmissen habe, ohne einen Blick für die Gespenster, während ich nach beiden Seiten Ausschau hielt, sie hat auf Ochsners und Ladurners Wohl getrunken, schon am Morgen, und die Narren sind ihr ins Netz gegangen, sie hat Tanner und Karg die Arme um die Schultern gelegt und Wilhelm angelächelt, daß er tatsächlich vor Aufregung erbleicht ist, und auf einmal fing er wieder an, eine *Prosa wie aus Samt und Seide,* nein, nein, nein, ein *Juwel,* eine *Blume in der Wüste,* Ochsner und Ladurner haben die *Gnädige* mit ihrem Schmalz noch übertroffen, eine *Prosa wie aus Samt und Seide,* man muß es nur oft genug vor sich hin sagen, ein *Juwel,* eine *Blume in der Wüste,* überschlug er sich, man muß nur den Mut haben, es zu wiederholen, und als ich allmählich wieder wußte, wo wir waren, ich sah nacheinander die Schriftzüge Piraten Bar, Fanny Hill und Shanghai in die einbrechende Nacht leuchten, ließ er sich darüber aus, wie sie gemeinsam über ihn hergefallen seien, weil er versucht habe, seine Einwände gegen die Wernicke vorzubringen, *Unsinn,* hätten sie darauf erwidert, ein *Glücksfall* auf sein *Unglück,* eine *Bereicherung* auf sein *Machwerk aus lauter Stereotypen,* und sowie er begonnen habe, Kostproben von ihren Blüten zu geben, hätten sie ihn niedergeschrien, er, *wie vom Donner gerührt,* sie, *wunderbar,* er, *mein Höschen war naß,* sie, *ihr Höschen war naß, unglaublich, ihr Höschen war naß,* er, *himmelblaue Augen, blutrote Lippen, goldenes Haar,* sie, *wunderbar, wunderbar, wunderbar,* immer lauter, sagte er, immer ungehaltener über meinen Widerspruch, und ich sah, wie er den Kopf schüttelte und sich an die Stirn griff. Es goß nach wie vor, und die Straßen, durch die wir kamen, waren fast leer, als ich einen neuen Anlauf nahm, ihm zu sagen, daß ich eine Tote gehabt hatte, aber er war schon dabei, mir klarzumachen, wie wenig es gebraucht habe, um die Wernicke zu durchschauen, er sei von Anfang an im Bild gewesen, vom ersten Abend an, wo er sie bei der Begrüßung lachen gehört habe, bei der Ansprache der Honoratioren, ihr Kichern sei ihm in Erinnerung geblieben, ihr Aufkreischen, als der Kulturstadtrat den Konsul einen *Förderer, Liebhaber* und *Wegbereiter der Besten des Landes* genannt hatte, ihr Prusten, ihr unterdrücktes Geschniefe und Geseufze, wann immer sein Name gefallen sei, der Konsul ein *Kunstkenner,* habe es mehrmals geheißen, der Konsul ein *Menschenfreund,* ein *Mann mit Weitblick,* ein *Grandseigneur,* und sie habe über den Abwesenden gelästert, in der *Hietzinger Villa,* habe gegickert und gegackert wie eine Halbwüchsige, habe einmal den Herrn links, einmal den Herrn rechts von sich angetippt und bei der Vorstellung von Ochsner und Ladurner vor Lachen die Schenkel zusammengepreßt, erinnerte er sich, und als er mitten im Satz abbrach und einem Polizeiwagen nachsah, der mit Blaulicht an uns vorbeischoß, erschien mir das wie die letzte Möglichkeit, ihm zu entkommen. Obwohl ich die Gegend kannte, überraschte es mich, den See plötzlich auftauchen zu sehen, und ich dachte wieder daran, ihm zu sagen, daß ich eine Tote gehabt hatte, als er mir versicherte, die erste Begegnung habe für ihn genügt, um zu wissen, daß ihr Schreiben nichts tauge, daß es *geschmäcklerisches Zeug* sei, *ohne Notwendigkeit,* ein *Schönreden der Welt,* ich war drauf und dran, ihn an den Schultern zu rütteln und es so lange zu wiederholen, bis er es begriff, ihm die Worte in die

Ohren zu schreien, die mir den ganzen Tag im Kopf herumgegeistert waren, um ihn endlich zum Schweigen zu bringen, ihm einzubleuen, eine *Tote,* von Mal zu Mal lauter, eine *Tote,* ob er es hören wollte oder nicht, eine *Tote,* aber er beschwor mich, es sei ihm nicht um die Ehre des Konsuls oder weiß der Teufel was gegangen, schließlich habe er ihn in all der Zeit nicht ein einziges Mal zu Gesicht bekommen, sondern nur darum, daß es gegen alle Regeln des guten Geschmacks verstieß, was die Wernicke sich leistete, und er beteuerte, er hätte sie am liebsten da schon darauf hingewiesen, noch ehe sie überhaupt den Mund aufmachen konnte, und verlor sich in einem wüsten Geschimpfe. Wir waren auf den Quais und fuhren am Ufer entlang, als ich einfach damit begann, daß sich bei meinem Wochenenddienst in der Klinik eine meiner Patientinnen aus dem Fenster gestürzt hatte, und er augenblicklich in seinem Lamentieren innehielt, eine *Tote,* erkundigte er sich, eine *Tote,* verdammt, eine *Tote,* warum ich ihm das nicht früher gesagt habe, und nach einer Pause, ob ich verantwortlich dafür sei, aber als ich ihm die Geschichte erzählen wollte, ließ er sich wieder über die Abstimmung aus, beklagte, sie sind alle für sich selbst gewesen, Ochsner und Ladurner, von der Wernicke gar nicht zu reden, oder von Tanner, Karg und Wilhelm, die selbstverständlich die *Gnädige* unterstützten, und er nahm es noch einmal auf, eine *Tote,* verdammt, eine *Tote,* meinte, lieber hätte er seine Stimme einer *Toten* gegeben als der eingebildeten Kuh, einem von den beiden alten Idioten oder sich selbst, lieber einem Analphabeten oder niemandem als Leuten, die auf ihren Visitenkarten *Schriftsteller* stehen hatten, während ich sah, wie er auf einmal auf das Wasser hinausschaute, auf dem ein phosphoreszierender Glanz lag. Ohne daß er sich aufregte, überquerte ich eine Kreuzung nach der anderen bei Gelb, und als ich mich in eine Einbahn verirrte und den Wagen auf den Gehsteig hinaufriß, weil mir ein Ansturm von Autos mit aufgeblendeten Scheinwerfern entgegenkam, plapperte er weiter, als hätte ich ihm nichts gesagt, als würde es nur seinen Dreck auf der Welt geben, *meinen Glückwunsch, Frau Doktor,* brach es aus ihm hervor, einmal mit einer Piepsstimme, einmal im Baß, Ochsner und Ladurner hätten unmittelbar nach der Entscheidung vor der Wernicke einen Kniefall gemacht, Tanner, Karg und Wilhelm seien nicht mehr auf den Boden gekommen, in der Art, wie sie ihr in einem fort gratuliert hätten, *Annette, ach, Annette,* imitierte er sie, es war ein richtiges Stöhnen, ein kehliges Ein- und Ausatmen von Silben, das auf mich abstoßend wirkte, und ich trieb den Wagen, daß er auf der nassen Straße ins Schlittern kam und er sich am Armaturenbrett festhielt. Vor uns war die Bahn frei, und ich blieb auf dem Gas, als er wieder anfing, *ich wünsche Ihnen viel Glück mit Ihrem neuen Roman,* er sei auf die Wernicke zugegangen, um wenigstens seinen guten Willen zu bekunden, und da habe sie ihm das entgegengeschleudert, *ich wünsche Ihnen viel Glück mit Ihrem neuen Roman,* mit einem maliziösen Lächeln, gönnerhaft und von oben herab, ganz *Diva,* als sei er ein Anfänger, habe sie es zu ihm gesagt, ein Stümper, der nichts in der Schublade hatte, und er war so überrascht, daß ihm keine Antwort einfiel, nichts, versicherte er mir, ich bin dagestanden und habe nichts gesagt, nicht piep und nicht papp, und sie sei wieder verschwunden, ein unverständliches Gezirpe und Geträller, schon war sie fort. Das Rucken und Zucken der Reifen in den

weitgezogenen Schleifen, die zu unserem Haus hinauf-
führten, schien ihn nicht zu beeindrucken, entweder er
nahm es nicht wahr, oder er sah darüber hinweg, er redete
davon, einem Betrug aufgesessen zu sein, und hatte die
Augen beim Sprechen zusammengekniffen, auf einmal
legte er zwischen den Sätzen Pausen ein, als wäre er sich
seiner nicht sicher, allein die Ausschreibung, sagte er, hätte
ihn warnen sollen, das Übertriebene, das Reißerische in
ihrem Ton, die Tatsache, immer wieder vom *Wettlesen des
Konsuls* hören zu müssen, er blinzelte in die Dunkelheit,
daß ich bei einem anderen schon gefürchtet hätte, er würde gleich weinen, und fuhr fort, wegen ein paar tausend
Schilling, während ich langsamer wurde, er habe sich wegen nichts und wieder nichts zum Gespött der Leute gemacht, wegen dieser lächerlichen Summe, und obwohl ich
nicht hinschaute, ahnte ich, daß er meinen Blick suchte,
weil er plötzlich verstummt war. Als ich den Wagen vor
unserer Garage abstellte, tröpfelte es nur mehr, wir stiegen
aus, ich schnappte mir die Reisetasche und den Papiersack
mit seinen Büchern, und obwohl er sagte, es sei noch früh
genug, ich lade dich zum Essen ein, meinetwegen in die
Blaue Ente, in den Storchen oder in ein Mövenpick, und
ich nicht wußte, was ich antworten sollte, vergiß es, nicht
wußte, ob er mich aufzog oder ob es ihm ernst war, hielten
wir schon auf den Eingang zu, ich mit dem Hund ein paar
Schritte voraus, er hinter mir her, wie wenn er sich nicht
auskennen würde, und als ich mich umwandte, bemerkte
ich, daß er seine Lippen wie im Selbstgespräch bewegte,
ohne einen Laut von sich zu geben. Dann wollte er wissen,
ob ich ihm überhaupt zugehört hatte, du hörst mir nicht
zu, sagte er, ich bin sicher, daß du mir nicht zugehört hast,

und auf halbem Weg setzte ich seine Sachen ab, um ihn zu umarmen, aber er erwiderte meine Umarmung nicht, er stand in seinen beiden Jacken regungslos da, der Winterjacke und der Jacke für seine Auftritte, während ich ihn beruhigte, *es ist alles gut,* stets von neuem, *es ist alles gut,* keine Angst, *es ist alles gut,* bevor er sich losriß und die Treppe zur Tür hinaufflief, ein Verrückter, von einer Eingebung gepackt, der sich durch den weit vorgebeugten Oberkörper verriet, seine Riesenschritte und die wild rudernden Arme, und augenblicklich war mir klar, ich würde ihn so in Erinnerung behalten, wenn er sich einmal ähnlich unvermittelt aus meinem Leben verabschiedete, wie er darin aufgetaucht war, wenn er seine ewigen Drohungen tatsächlich wahrmachen sollte, eines Tages auf Nimmerwiedersehen zu verschwinden.

*Hör dir das an,* sagte er immer wieder, *hör dir das an,* und er saß am Frühstückstisch in der Küche und blätterte in den Zeitungen, die er geholt hatte, las und fiel sich dabei alle paar Augenblicke selbst ins Wort, *hör dir das an,* der *Mitteleuropäische Literaturpreis* ein *Höhepunkt der Kultursaison,* die Wernicke ein *Wunderkind,* eine Entdeckung, deren Glanz das *Wettlesen des Konsuls* überstrahlt hat, Ochsner und Ladurner sollen *Altmeister* sein, *Erzähler ohne Furcht und Tadel,* rief er aus, und ich wußte, es war richtig, daß ich zu Hause geblieben war, daß ich den Tod meiner Patientin vorgeschoben und mir freigenommen hatte, um auf ihn achtzugeben. Die halbe Nacht war es so gegangen, er war mehrmals aufgestanden und im Dunkeln räsonierend auf und ab gelaufen, war wieder und wieder darauf zurückgekommen, was für ein Idiot er gewesen sei, sich dem Klamauk auszusetzen, wie naiv, nicht zu wissen, daß er nur Kanonenfutter war, hatte das Fenster aufgerissen, in den immer noch fallenden Regen hinausgestarrt und sich in aller Herrgottsfrüh splitternackt auf den Hund gelegt, eine Schrulligkeit, die er sich mehr und mehr zu eigen machte, auf das unter seinem Gewicht bedrohlich knurrende Vieh, und jetzt lümmelte er im Morgenmantel auf seinem Stuhl herum, ließ sich darüber aus, daß alle Blätter die *Vernichtung seiner Hommage* ohne Widerspruch aufgenommen hätten, und rührte den Kaffee, den ich ihm hingestellt hatte, nicht an. Ohne mich anzusehen, sagte er, es habe damit begonnen, daß Wilhelm ihn gefragt hatte, warum er seine *Hommage* überhaupt geschrieben habe, warum seine *Hommage à Hirschfelder,* warum eine *Hommage auf einen Exilanten,* noch dazu auf einen *Juden,* wenn er nichts vom Exil wisse, wie er darauf komme, es war wieder der Anfang einer Erregung, seine Klage, er sei aufgetreten, als habe er ein Monopol darauf, als dürfe nur er darüber schreiben, als habe er ein höheres Recht, sich damit zu befassen, weil er selbst alle paar Monate einen Ausgewanderten entdeckte, einen vergessenen Schriftsteller, den er dann so lange verkitschte, bis ein Heiliger herauskam, der keine menschlichen Züge mehr hatte, ein *Gerechter der Literatur und des Lebens,* stieß er hervor, was für ein Schwachsinn, aber das ist seine Bezeichnung dafür, ein *Gerechter der Literatur und des Lebens,* und ich lauschte wieder auf das Geräusch des Regens, das unentwegte Rauschen, das sich mit seinem Gezeter vermischte, als er aufsprang und an mir vorbei in sein Arbeitszimmer ging. Die Tür stand offen, und er hörte nicht auf zu reden, schaute auf das Bücherregal und wiederholte, es ist Wilhelm gewesen, der die Parole ausgegeben hat, es sei eine Verharmlosung, wenn ich Hirschfelders Geschichte ins nur Private ziehe, sei für die noch lebenden Exilanten ein Schlag ins Gesicht, was ihm Tanner und Karg natürlich nachgeplappert haben, von Ochsner und Ladurner ganz zu schweigen, oder von der Wernicke, steigerte er sich immer weiter hinein, und er ließ den üblichen Ausbruch folgen und schimpfte sie eine *Diva,* um gleich darauf mit einem Buch zum Tisch zurückzukommen, wieder mir gegenüber Platz zu nehmen und geräuschvoll eine Seite nach der anderen umzuschlagen. Von draußen drang ein faules Licht herein, und ich sah den Schatten, der auf sein Gesicht fiel, sah, daß er nach wie vor unrasiert war, und dachte plötzlich wieder an meine Tote, dachte daran, daß ich vor knapp achtundvierzig Stunden noch mit ihr gesprochen hatte, als sie zu mir gekommen war, *ich kann nicht mehr, Frau Doktor, ich kann nicht mehr,* dachte an ihr unzusammenhängendes Gerede, ihre trägen Augen und den Geruch nach Urin, der von ihr ausgegangen war, und fragte mich einmal mehr, welche Gespenster es sein mochten, die sie verfolgt hatten, während er sagte, ich könne gern kontrollieren, was Wilhelm selbst zu melden habe, könne mich überzeugen, daß er kein Klischee ausließ, es sei eine einzige Augenauswischerei, er stieß einen Finger in die Luft, *hör dir das an,* unglaublich, *hör dir das an,* was er über Hirschfelder schreibt, und schon legte er los, er sei ein *aufrechter Antifaschist, mit erzählerischem Charme begabt,* er sei ein *Stilist von hohen Gnaden,* der in seinem Werk *politische Kolportage und plaudernde Eleganz* auf das liebenswürdigste miteinander verbinde, und er war nicht mehr zu halten. Das geht endlos so dahin, sagte er, ein Satz unsinniger als der andere, es ist falsch, von Hirschfelder zu behaupten, er sei aus dem Osten, wie der Narr es wohl gern gehabt hätte, es grenzt an üble Nachrede, in die Welt zu setzen, er hielte *das Bild jenes anderen Österreich der vielen Völker* lebendig, das für niemanden lange die Fremde geblieben wäre, und dann etwas Schwülstiges über die *Heimat* daherzuschwadronieren, als hätte es das tatsächlich einmal gegeben, als wäre es nicht immer schon so gewesen, daß für einen von außerhalb Geld *Heimat* bedeutete und *Heimat* Geld, als wäre ein Zugewanderter gerade in Wien nicht immer schon zuallererst gefragt worden, woher er komme und was er dort verloren habe, in der Monarchie genauso wie später, als wäre die Frage nicht auch noch an seinen Kindern und Kindeskindern kleben geblieben, wenn er sich nicht buchstäblich hineingekauft hatte, und er wetterte, ich halte das Gewäsch nicht aus. Natürlich hätte ich wissen müssen, worauf ich mich einlasse, mit einer solchen *Koryphäe* in der Jury, sagte er, als er wieder ruhiger geworden war, ich hätte nie meine *Hommage* vorlesen dürfen, alles andere, aber nicht das, wenn er selbst so einen Unsinn über Hirschfelder verbreitet, und er beschäftigte sich immer noch mit dem Buch, hielt manchmal inne, überflog ein paar Zeilen und produzierte dabei sein immer gleiches Geleier, kam von neuem auf das *Wettlesen des Konsuls* zu sprechen und setzte sofort nach, welche Anmaßung, mit *Mitteleuropa* zu protzen, *Mitteleuropa* gibt es nicht außer in den Köpfen von ein paar Träumern, *Mitteleuropa* ist ein Hirngespinst, genauso wie das *Bild jenes anderen Österreich der vielen Völker,* mit dem er landauf, landab hausieren geht. Abwechselnd leiser und wieder lauter werdend, mokierte er sich darüber, was für ein Armutszeugnis es sei, das Wort *Heimat* überhaupt in den Mund zu nehmen wie sonst nur mehr ein Tourismusdirektor oder Kleinkunstveranstalter auf dem Land, voll Staunen, daß Wilhelm es ernst meinte, wenn er vom *Bild jenes anderen Österreich der vielen Völker* sprach, aber genauso gut das gerade Gegenteil vertreten konnte, und während er meinen Blick suchte, aber vor Aufgeregtheit gleich wieder wegschaute, als ich ihn ansah, erinnerte ich mich erneut daran, wie meine Patientin geklagt hatte, *Frau Doktor,* und ließ ihn ins Leere laufen. Eine Weile blätterte er schweigend, sein heftiges Atmen legte sich über das Geräusch des Regens, und ich hatte wieder ihr Drängen in den Ohren, *helfen Sie mir, bitte, helfen Sie mir,* als er sagte, er müsse mir seinen Lieblingssatz vorlesen, einen Satz nicht über Hirschfelder, sondern über einen anderen Exilanten, über einen, der nach Frankreich geflohen war, seinen Lieblingssatz, er hatte das Buch vor sich auf den Tisch gelegt, den Zeigefinger auf der richtigen Stelle, und begann zu rezitieren, *vielleicht zum ersten Mal fühlte sich der Ausgestoßene wirklich zu Hause, in der Gemeinschaft der Flüchtlinge und Clochards,* und schon sah er auf und unterbrach sich, *in der Gemeinschaft der Flüchtlinge und Clochards,* seine Stimme war heiser, als er ausrief, es geht weiter, paß auf, es geht weiter, *in der Begegnung mit Arbeitern und Bohemiens,* hör dir das an, *in dieser freien Luft von Paris,* und er schnellte wieder auf und schrie, lief schreiend von der Küche ins Schlafzimmer, vom Schlafzimmer ins Kabinett, vom Kabinett auf den Balkon, und ich hörte ihn die ganze Zeit wüten. Zu mir sagt er, *man kann über ein Leben wie Hirschfelders Leben nicht so pathetisch schreiben,* wie ich es getan habe, und er fährt allen Ernstes mit *Clochards und Bohemiens* auf, daß man im Hintergrund ein Akkordeon zu hören glaubt und die verrauchte Stimme einer Chansoniere, er redet von *dieser freien Luft von Paris,* ohne sich dafür zu schämen, zeterte er, und er setzte sich nicht mehr, umkreiste den Tisch und drehte und wendete den Satz, sagte, wenn er die parfümierten Wörter nur höre, werde ihm schlecht, und das um so mehr, als bei dem Narren nicht einmal die Arbeiter nach Schweiß stinken, weil sie keine richtigen Arbeiter sind, sondern Arbeiter von seinem Reißbrett. Der Hund war von seinem Platz aufgeschreckt und trottete hinter ihm her, bis er ihm einen Tritt gab und er sich fiepsend verzog, und er sagte, *diese freie Luft von Paris,* blöder geht es gar nicht, *diese freie Luft von Paris,* es sei eine Lächerlichkeit ohnegleichen, daß Wilhelm einen armen Teufel, der um sein Leben bangen mußte, mit dieser elenden Romantik zusammenbrachte, und als er noch einmal anfing, wie verlogen es sei, von *Flüchtlingen und Clochards* zu schwärmen, von *Arbeitern und Bohemiens,* als habe einer, der knapp dem Tod entronnen war, eine Klassenzugehörigkeit, als gebe es noch eine andere Gemeinschaft für ihn als die der Überlebenden, und er habe nicht schon hundertmal erfahren müssen, daß im Zweifelsfall niemand für ihn geradestand, sah ich, daß ihm seine Mimik außer Kontrolle geraten war. Als hätten seine Lippenbewegungen sich verselbständigt, wirkte es auf mich, und sooft sein Bild im Wandspiegel auf dem Gang auftauchte, schien er davor Haltung anzunehmen, doch er sprach ohne Unterbrechung vor sich hin, auf einmal sarkastisch, natürlich weiß ich nichts vom Exil, aber dieser Narr weiß noch weniger, natürlich weiß ich nichts, aber immerhin, daß ich mir sein *Parisgequatsche* nicht anzuhören brauche, *Exil ist nur ein anderer Ausdruck für Erfrieren,* ereiferte er sich, und ich war mir nicht sicher, ob er überhaupt wußte, was er mir zumutete, als er es noch weiter trieb, wer vom Exil sprechen wolle, müsse von *Schnee und Eis* sprechen und nicht von *Clochards und Bohemiens,* müsse von der Einsamkeit sprechen, statt sich in den ein für alle Mal feststehenden Vorstellungen von irgendwelchen bärtigen Hornochsen zu ergehen. Der Regen hatte viel von seiner Kraft eingebüßt, es war nur mehr ein Schnurren wie von einem Filmprojektor, in der Ferne ließ sich durch den Dunst der See erahnen, und mir fiel meine Patientin wieder ein, ich dachte daran, wie sie mir gegenübergesessen war, und er hatte von Wien aus angerufen, hatte, ohne sich auch nur eine Minute gedulden zu wollen, auf mich eingeredet, trotz meines Einwands, daß jemand bei mir war, und in der Erinnerung an ihr Gestammel hätte ich ihm am liebsten nicht mehr zugehört, als er nicht und nicht aus seinem Sermon herausfand, als er sagte, Wilhelm könne ihm mit seiner *Folklore* und seinem *verkappten Patriotismus* gestohlen bleiben. Augenblicklich war mir wieder gegenwärtig, wie sie noch einmal begonnen hatte, *Frau Doktor,* und ich nicht imstande gewesen war, den Hörer aufzulegen und sein immer gleiches Flehen zu unterbrechen, *ich muß mit dir reden,* während er von neuem auf die *Vernichtung seiner Hommage* zu sprechen kam und sagte, sein Deutsch sei Wilhelm nicht österreichisch genug, er habe ihm vorgeworfen, wie ein lackierter Affe zu schreiben und dadurch Hirschfelders Herkunft zu verraten, und als er es auf den Punkt brachte, *meine Sprache ist meine Sprache,* und von diesem Narren lasse ich mich nicht maßregeln, schien er am ganzen Körper zu zittern. Dann lachte er, bis sein Lachen nur mehr ein Husten und Schnaufen war, ein rauhes, tief aus der Brust aufsteigendes Bellen, an dem er fast zu ersticken schien, und er erregte sich, ich würde auch unter Folter nicht wie ein Hofrat zu Kaisers Zeiten daherreden, wie ein langsam vor sich hin verwesender Ministerialbeamter mit einer für die nächsten fünfzig Jahre ausgeklügelten Pensionsversicherung und Hämorrhoiden, wenn mir drei Tage Wien reichen, daß es mich graust, drei Tage Wien, und ich schäme mich, Österreicher zu sein, brüllte er regelrecht, drei Tage Wien, und ich könnte mich anspeien, und als er mich von einem Augenblick auf den anderen fixierte, dachte ich daran, wie

meine Patientin erneut gestöhnt hatte, *ich kann nicht mehr,*
*Frau Doktor, ich kann nicht mehr,* ohne auf die Fragen zu
antworten, die ich ihr stellte, und schließlich wortlos aufgestanden und gegangen war, als hätte sie ihn durch das
Telephon schreien gehört, *schick sie hinaus, ich muß mit dir*
*reden, schick sie hinaus.* Mit der gleichen Hartnäckigkeit
hatte er dem Hund oft beim Fressen zugeschaut, neben
ihm auf dem Boden, seinen Kopf so nah, daß das Vieh vor
Aufregung in ein um so wilderes Schlingen verfallen war,
ein Schlürfen und Schmatzen, ein Schlucken und Schnaufen, übertönt vom Scheppern des Weidlings gegen die
Wandfliesen, und es durchfuhr mich, als er lang und breit
ausführte, was Wilhelm ihm nachgesagt hatte, eine *grauen-*
*erregende Kälte in der Beschreibung von Menschen,* eine *pseu-*
*dowissenschaftliche Distanziertheit im schlechtesten Sinn,* Objekt wäre Objekt für ihn, sonst nichts, was auch immer er
vor sich habe, einen *Blick wie aus dem Weltraum,* Wärme,
wenn überhaupt, in der Beschreibung von Dingen, in der
Beschreibung von Natur, eher noch der leblosen als der
lebendigen, *Versteinerungen* allerorten, was er mache, seien
*Präparierübungen, Experimente unter Laborbedingungen,* farb-
los, geschmacklos und geruchlos, es sei die *Mechanik,* die
ihn interessiere, das Funktionieren nach ihren Gesetzen,
*Anatomie und Logik, Fliegen in Bernstein* zuhauf, *aufgespießte*
*Schmetterlinge, Gletscherleichen,* zählte er auf, um dann sofort wieder bei dem *Bild von jenem anderen Österreich der*
*vielen Völker* zu enden, während ich aus dem Fenster nach
draußen schaute, wo es immer noch nieselte und ein träger
Dampf zwischen den Nachbarhäusern aufstieg. Als ob der
Tag nicht richtig anbrechen wollte, hatte sich das Licht in
den Bäumen verfangen, und auf einmal mußte ich mich

zurückhalten, nicht einfach loszulachen, so grotesk kam
mir das Ganze vor, ich sah ihn an, und er konnte unmöglich der Mann sein, den ich einmal geliebt hatte, ich
suchte vergeblich einen Hinweis darauf, etwas in seinem
Gesicht, das mich daran erinnerte, daß das alles nicht wahr
sein konnte, aber er wiederholte voll Spott, *man kann über
ein Leben wie Hirschfelders Leben nicht so pathetisch schreiben,*
wie ich es getan habe, und als er den Tisch noch einmal
umrundete und dann von neuem auf den Gang hinaustrat,
floh der Hund, der sich dort hingelegt hatte, ins Schlafzimmer, kroch, seinen Schwanz zwischen die Beine geklemmt, unter das Bett und verfolgte jede seiner Bewegungen. Es fehlte nur, daß er ihn angebellt hätte, als er
sagte, Wilhelm habe so lange an seiner *Hommage* herum-
getan, bis nichts mehr davon übrig war, und er kam zurück
in die Küche, setzte sich an den Tisch und begann erneut,
in dem vor ihm liegenden Buch zu blättern, um es zuletzt
mit den Worten beiseite zu schieben, es sei alles nur ein
Vorwand gewesen, sein Herummäkeln, alles Geplänkel,
seine Bedenken, damit er sein *Geschwafel von einem verlore-
nen Paradies* rechtfertigen konnte, seine *nostalgischen Remi-
niszenzen an die Monarchie,* die er hinter seinem *Tick von
Mitteleuropa* verberge, als wäre es für einen Flüchtling von
Bedeutung, woher er kam, und nicht einzig und allein,
wohin er ging, oder genauer, wohin er gehen konnte, als
genieße Hirschfelder ein ganz besonderes Privileg, gerade
aus Österreich vertrieben worden zu sein, und er müßte
sich natürlich zurückwünschen in dieses wunderbare
Land. Die Hände wie zum Gebet gefaltet, saß er jetzt da,
Finger an Finger, die Daumen am Mund, und ich hoffte
schon, er würde endlich zur Besinnung kommen, würde

einsehen, wie sehr er sich verrannt hatte, als ich ihn lächeln sah, aber auf einmal gestikulierte er wieder, sprach von seiner *Hommage à Hirschfelder,* als wollte er sich über sich selbst lustig machen, verschluckte beim Namen den Anlaut wie ein Schauspieler, der einen französischen Akzent imitierte, und sein Lächeln war längst kein Lächeln mehr, war zu einem Grinsen verkommen, bei dem er die Eckzähne entblößte, wie um mich damit zu schrecken. Danach schwieg er eine Zeitlang, ehe er unvermittelt fortfuhr, Wilhelm habe sich selbst als *Aushäusigen* bezeichnet, ohne zu erklären, wie er das meinte, und seine beiden Spießgesellen hätten nur genickt, Tanner und Karg, während Ochsner und Ladurner vor sich hin stierten und das Wort in der Luft hängengeblieben sei, bis die Wernicke erwiderte, sie verstehe, was er damit sagen wolle, ausgerechnet die Wernicke, die von ihrer eigenen *Unbehaustheit* zu sprechen begann, die Wernicke, die mit ihrer Naivität alles ins Bodenlose zog, und ich brauchte nicht lange zu warten, und er landete wieder bei seiner *Diva,* er setzte sich richtig in Szene und sah mich dabei mit einem abschätzigen Blick an. Da erst fiel mir auf, wie bleich er war, und ich dachte daran, wie er mich zum zweiten Mal aus Wien angerufen hatte und daß da meine Patientin noch am Leben gewesen sein dürfte, es waren nur ein paar Minuten vergangen, seit sie sich aufgemacht hatte, zumindest erinnerte ich mich, daß die Schwester noch nicht in mein Zimmer gestürzt war, ohne zu klopfen, *Frau Doktor, mein Gott, Frau Doktor,* und ich konnte mich nicht einmal mehr darüber aufregen, als er sagte, so geschmacklos wie Wilhelm muß man sein, sich derart unverfroren anzubiedern, ein *Aushäusiger,* Applaus, Applaus, ein *Aushäusiger,* als wäre er ein Vertriebener im Westentaschenformat, nur weil er nicht mehr mit seinen Eltern unter einem Dach lebte, es ist zum Lachen, der Kerl sitzt wohlbestallt bei seiner Zeitung, und ich muß mich von ihm fragen lassen, warum ich über Hirschfelder schreibe, warum über einen *Sproß einer altösterreichischen Familie*, ein *Kind der Monarchie*, warum über einen Exilanten, noch dazu über einen *Juden*, wenn ich als Hinterwäldler keine Ahnung davon hätte, und er machte alle paar Sekunden eine Pause, als erwartete er eine Antwort von mir. Plötzlich war der Regen wieder stärker geworden, das Schnaufen des Hundes ging darin unter, ich wurde den Gedanken an meine Tote nicht los, und daran, wie mich alle getröstet hatten und wie mir das wie ein Glückwunsch vorgekommen war, als gehörte ich erst jetzt richtig zur Zunft, erst seit ich meine Tote hatte, als wäre meine Tote die letzte Prüfung, die ich bestehen mußte, und ich unterdrückte ein Gähnen, während er sagte, er hätte sich ausrechnen können, wie Wilhelm mit seiner *Hommage* verfahren würde, und wieder von vorn anfing, es sei eine Dummheit von ihm gewesen, am *Wettlesen des Konsuls* überhaupt teilzunehmen, und es sprudelte aus ihm hervor, der *Mitteleuropäische Literaturpreis*, was für eine *unsägliche Veranstaltung*, und Wilhelm ihr erster Protagonist, Wilhelm ihre zentrale Figur, Wilhelm, dem er zu verdanken hatte, was ihm widerfahren war, bis er ihn am Ende einen *gelernten Österreicher* nannte, als handle es sich dabei um das größte Schimpfwort, das es gab. Als er die Zeitungen noch einmal zur Hand nahm, machte ich mich darauf gefaßt, daß er wieder einsetzen würde, *hör dir das an*, unglaublich, *hör dir das an*, die Wernicke ein *Wunderkind*, Ochsner und Ladurner *Erneuerer der Sprache*, ich wartete auf seinen Aufschrei, *Altmeister* sollen sie sein, *Erzähler ohne Furcht und Tadel,* aber er starrte nur darauf, als wären es lauter leere Seiten, und schien sich nicht bewußt zu sein, daß er dabei immer noch redete, die Wörter kamen wie riesige Brocken daher, die sich vor mir auftürmten, Trümmer, die gegeneinanderstießen und dabei ein Geräusch machten, das ihre Bedeutung auslöschte, obwohl er von neuem zitierte, sich selbst wie ein kleines Kind nachplapperte, *politische Kolportage und plaudernde Eleganz,* und es sofort wiederholte, als wäre es nur der Ton, der ihn interessierte, als hätte er damit den Schlüssel zu allem entdeckt, und er verschränkte wie nach getaner Arbeit die Arme vor seiner Brust und lachte mich an, offensichtlich unbekümmert, ob ich ihn überhaupt verstand. Es klang wie das Krachen eines Lautsprechers, sooft er sich räusperte und wieder die *Vernichtung seiner Hommage* beklagte, seine Stimme hatte auf einmal etwas Poröses, wie wenn einzelne Silben fehlten, wie wenn Buchstaben abbröckelten, und seine weit ausholenden Gesten wirkten auf mich übertrieben, sein abruptes Blinzeln und das stumme Auf und Zu seines Mundes, wenn er Luft holte, das leere Schnappen, bei dem ich mir immer vorstellte, wie sich die Stille ausbreitete, wenn er endlich aufhören würde, ein sturzbachartiges Hervorschießen, gefolgt von einem langsamen Verästeln, eine Bewegung wie von einem Schwall Wasser auf einem rissigen Asphalt.

Wieder nichts, soweit ich mich erinnerte, im Bett eine Katastrophe, von seinem Lektor kein Wort, auf dessen Anruf er wartete, mitten in der Nacht Telephongeklingel, ich ging nicht dran, er ging nicht dran, aber er ließ sich nicht davon abbringen, gleich darauf den *Dottore* anzurufen, den Nachbarn, mit dem er sich seit Wochen wegen irgendwelcher Kleinigkeiten stritt, sonst kam seiner Meinung nach niemand in Frage, und ihn zu beschimpfen, und es paßte dazu, daß wir auf den Tag genau ein Jahr in der Stadt waren, um gar nicht erst davon zu reden, daß es nach wie vor regnete, eine wahre Sintflut ging nieder. Am Morgen, viel zu früh, war dann Paulmichl am Apparat, meines Wissens der einzige Mensch, den er seinen Freund nannte, und er hatte, neben mir liegend, schon ein paar Mal seinen Namen ausgesprochen, als er auflegte, Licht machte und mir erklärte, er sei vor ein paar Wochen in London gewesen und habe in einer Laune Hirschfelder aufgesucht, in seinem Domizil in Southend-on-Sea, er habe sich einfach angemeldet, sagte er, als ob man sich bei einem Mann wie Hirschfelder einfach anmelden könnte, und sei am Tag darauf hingefahren, offenbar konnte er es nicht glauben, er schüttelte den Kopf, Paulmichl mit seiner Schüchternheit, Paulmichl, der Höllenqualen litt, wenn er einen Fremden ansprechen mußte, er soll sich an den Unnahbaren herangemacht haben, ganz ohne Schwierigkeiten, soll mit ihm spazierengegangen sein, auf den Pier hinaus, von einem gemeinsamen Theaterbesuch war die Rede, von einem Picknick am Strand und einem Abendessen im Haus des Meisters. Die Meldung, man habe in einem Abfalleimer in der Nachbarschaft den Stein der Weisen entdeckt, hätte ihn wahrscheinlich nicht mehr überrascht, er überschlug sich, erzählte mir noch einmal, wie zurückgezogen Hirschfelder lebte, *wie aus der Welt,* waren seine Worte, überhaupt seit seinem Besuch in Wien, seit dem von Wilhelm inszenierten Debakel rund um seinen *Staatspreis,* dem sattsam bekannten *Wiedergutmachungskarneval,* er erinnere sich noch genau an die Bilder, das kreisende Flugzeug, die Landung, Minister und Kanzler rotnasige Clowns in der Kälte, Wilhelm hinter den beiden und hinter einer Absperrung die ausgewählten Vertreter der *Wiener Bande,* die gejohlt hätten, als er auf die Gangway getreten sei, winzig klein, gebückt, während seine Frau neben ihm riesig gewirkt habe, sie hat sich umgeschaut wie in Feindesland, wie eine Feldherrin, hat einen Augenblick gewartet und ihn dann an ihrer Hand die Stufen hinuntergeführt, an der *Tritsch-Tratsch-Tante* vom Fernsehen vorbei, die auf ihre Frage, ob er sich wohl fühle, nach so vielen Jahren wieder in der *Heimat* zu sein, keine Antwort bekommen habe und mit ihrem Mikrophon hinter dem Paar hergelaufen sei wie ein aufgeschrecktes Huhn. Allein die Vorstellung schien ihm unerträglich zu sein, ich spürte, daß er unter der Decke unruhig hin und her zappelte, und mir war klar, er meinte es ernst, als er fortfuhr, es sei immer noch eine Schande für das Land, daß sich niemand aufgerafft habe, ihr eine Ohrfeige zu geben, *Heimat,* eine Geschmacklosigkeit ohnegleichen, *Heimat,* sagte er, als wäre der Ausdruck ein Brechmittel, und nach einem Zögern, *Wieder zu Hause* sei der Titel ihres Beitrags in den Abendnachrichten gewesen, von den Zeitungen am Tag darauf übernommen, und er habe zum ersten Mal Photos von ihm gesehen und seither sein Lausbubengesicht und Wilhelms Visage nicht mehr vergessen, die Aufnahme, auf der sie am Flughafenausgang gestanden sind, der *Heimkehrer*, wie es hieß, und sein *persönlicher Betreuer.* Zugegeben, er neigte zur Schwarzweißmalerei, aber als um sieben der Wecker läutete, war er gerade dabei, über die eigentliche Verleihung zu wettern, und ich wollte ihn nicht unterbrechen in seinen Auslassungen, es sei ein *Bauernstück* gewesen, eine *Posse*, ein *Fauxpas*, Hirschfelder der *Wiener Bande* vorzuwerfen, unter Wilhelms Regie, denselben Jammergestalten, die auch sonst das Geld verteilten, einen Batzen hier, für einen schlampig zusammengeschmierten Gedichtband, *wir können das arme Schwein doch nicht verrecken lassen,* war die Devise, einen Batzen da, für die Mitgliedschaft bei der richtigen Partei, eine dauerhafte Demutsgeste und ein paar im Rausch gezeugte Kinder, einen Batzen in die eigene Tasche, er war außer sich, obwohl er sich selbst geholt hatte, was zu holen war, alles in allem sicher mehr als eine Million Schilling, und tatsächlich, er rieb sich die Augen, als müsse er einen Alptraum verscheuchen, und starrte auf den Plafond, während es richtiggehend aus ihm hervorschoß, unvorstellbar, Hirschfelder mit den *Apparatschiks* auf einem Festbankett, mit den Kerlen, die sich wieder einmal auf Staatskosten vollfressen konnten, den verkrachten *Journalisten, Redenschreibern* und *Gewerkschaftern* mit ihren selbstverlegten Broschüren, den *Vorstandsmitgliedern, Sekretärinnen* und *Vizepräsidenten* von in allen Ehren verstaubten Vereinen, die mit ihren *Sonder-*

*subventionsgebissen* unverschämt in die Kameras grinsten, eine *Sauerei,* ereiferte er sich, eine *Sauerei,* und es folgte ein Lachen, auch seine Zähne waren staatlich saniert, ein Husten, eine Serie von Flüchen, so rabiat, daß ich nicht daran dachte, ihn zu beschwichtigen. Er setzte sich auf und versicherte mir, von da an seien außer bei der Fahrt nach Ebensee immer ein paar von den *Falotten* mit von der Partie gewesen, und er war von einem Augenblick auf den anderen wieder ruhig, Hirschfelder in Margareten, wo er vor seiner Vertreibung gelebt hat, Hirschfelder in der Leopoldstadt, und sie haben sich an ihn gehängt wie die Bettler, Hirschfelder vor der *Synagoge* mitten im *Bermudadreieck,* auf dem *Jüdischen Friedhof,* auf dem Heldenplatz, Hirschfelder bei seiner Zwangsvisite in der *Schule für Dichtung,* und die Brüder sind nicht von seiner Seite gewichen, es sei ein Anblick zum Gruseln gewesen, wie sie ihn eingemummt in ihre Mäntel umringt hätten, im Schneetreiben, er wurde leiser und leiser, als habe er Angst, belauscht zu werden, als er sie die *Nomenklatura* nannte, als er von ihren eingefrorenen Gesichtszügen sprach, Masken, er war sich sicher, es sind Masken gewesen, ohne Leben, von Wilhelm einmal hierhin, einmal dorthin dirigiert, und trotz ihrer Unterwürfigkeit hätten sie hinten herum ohne Zweifel genörgelt, ob die Auszeichnung für Hirschfelder gerechtfertigt sei, *ein Jude, gewiß, ein Jude,* aber von einem Werk könne man nicht sprechen, wenn er gleich nach dem Krieg einen schmalen Band mit Erzählungen veröffentlicht hat und seither nur noch seinen Mythos pflegt und alle Welt zum Narren hält mit Märchen von seinem Roman, von wegen ein *Ereignis,* wußte er ihre Ablehnung zu betonen, von wegen ein *Geniestreich,* eine vorweggenommene *En-*

*zyklopädie der Toten,* er höre sie reden, er höre, wie sie sich für ihr eigenes Duckmäusertum rechtfertigten, er höre ihr Gezeter. Es ging schon auf halb acht, und ich hatte den richtigen Augenblick verpaßt, mich davonzumachen, bis mir die Verabredung mit meinem Professor in den Sinn kam, wahrscheinlich eine Zurechtweisung, weil ich stets zu spät war, ich erinnerte mich an das vielsagende Geschaue der Sekretärin, als sie den alten Herrn in meinen Terminplan eingetragen hatte, Punkt wieviel Uhr auch immer, auf jeden Fall am Vormittag, *Besprechung mit dem Chef,* und ohne meine Unruhe zu bemerken, ließ er sich über Wilhelms Abend in der Oper aus, sein *Toleranzspektakel,* dessen Ehrengast Hirschfelder gewesen sei, den *Fakkelzug* den Ring entlang, das *Lichtermeer,* er verhaspelte sich wieder und wieder, es kostete ihn Mühe, die Ungetüme hervorzuwuchten, er blieb daran hängen, stolperte darüber, ich sah, daß sich sein Mund vor Ekel verzog. Es ist kaum zu glauben, wen Wilhelm alles aufgeboten hat, sagte er, während mir durch den Kopf ging, ganz sicher *keine Tote,* wie ich sie hatte, *keine Tote,* wen auch immer sonst, aber *keine Tote,* und er zählte schon auf, einen *Langstrekkenläufer aus Schwarzafrika,* der Sonette schreibt, einen wahren *Könner,* wenn den Berichten zu trauen ist, eine ganz und gar anachronistische *Love-and-Peace-Gitarristin mit indianischem Anstrich,* eine *Jazzband aus ehemaligen Strafgefangenen,* alle in Häftlingskleidung, es schien erst der Anfang zu sein, aber solange er seine Parade von Schreckgespenstern aufmarschieren ließ, mußte ich an meine Patienten denken, es war der Tag der Magersüchtigen, die in mir eine Mitstreiterin sah, der Tag des Briefträgers, der über Jahre Post mit dem Vermerk *Todesfall* oder *unbekannt verzogen* zurückgehen lassen hatte, der Tag der Ausreiße-rin, die sich an den Wochenenden immer davonstahl und in der Regel irgendwo am See aufgegriffen wurde, es war im ganzen Land der Tag der Amokläufer, der Tag der *Kopfschüßler, Brückenspringer* und *Engel des Herrn,* wie ich später feststellen mußte, und ich hörte ihm erst wieder zu, als er zum Höhepunkt kam, alles zu Hirschfelders Ehren, ließ er sich vernehmen, und vor Ironie war sein Ton mes-serscharf geworden. Mit nacktem Oberkörper lag er da, er hatte die Decke zurückgeschlagen, und ich schaute, wie sein Brustkorb auf- und abging, er sagte, alle schnappen sich einen *Dissidenten,* Wilhelm habe in einem Augenblick plötzlicher Stille ausgerufen, alle schnappen sich einen *Dissidenten,* und er äffte ihn nach, auf mein Kommando, Händeklatschen, einen *Dissidenten,* Silbe für Silbe betont, einen *Dissidenten,* ich wußte lange nicht, was er meinte, wir bilden einen *Friedenskreis,* Hand in Hand, und sie ha-ben Hirschfelder in ihre Mitte genommen und *Ringelreihen* getanzt, ein *Dissident,* ein *Wadelbeißer,* ein *Dissident,* ein *Wadelbeißer,* die *Wiener Bande* und ihre Marionetten aus aller Herren Länder. Währenddessen hatte er begonnen, mich zu berühren, er strich mit seinen Fingerspitzen ab-wesend über mein Haar, als er von Wilhelms Plan sprach, Hirschfelder mit Ochsner, Ladurner und der Blindauer zusammenzubringen, er tastete sich an meine Ohren vor, einmal links, einmal rechts, wie nach Schule, nahm meine Ohrläppchen zwischen Daumen und Zeigefinger und massierte sie, verirrte sich in die Gehörgänge, daß ich ihn kaum mehr verstand, es war eine ganze Litanei von Be-schimpfungen, die er herunterbetete, und ich bewegte mich nicht, er machte sich an meinem Hals zu schaffen und nannte allein schon das Vorhaben eine Infamie, Hirschfelder und das *letzte Aufgebot*, alles, was gut und recht ist, aber irgendwo muß die Dummdreistigkeit aufhören, er drehte sich zu mir, und ich erstarrte, er legte seine Hände auf meine Brüste, allem Anschein nach ohne recht zu wissen, was er tat, er ließ seine gespreizten Finger ein paar Mal hintereinander über meine Rippen hinunterrattern, bis ich mich wehrte und einen Blick auf den Wecker warf, auf dem es Viertel vor acht war. Es wäre genug Zeit gewesen, aufzuspringen, als er sich von mir abwandte und sagte, zum Glück ist das Treffen nicht zustande gekommen, es wäre für Hirschfelder eine einzige Beleidigung geworden, und Wilhelm hätte wissen müssen, wo die Grenzen sind, aber während ich noch zögerte, ging es Schlag auf Schlag, und ich blieb liegen, ohne auch nur den Versuch zu unternehmen, etwas von mir zu geben, ich wußte nicht, was in mich gefahren war, ich machte keine Anstalten, aufzustehen, obwohl ich längst in der Klinik sein mußte, und ließ mich unter seinen Worten begraben. Wieder einmal schien er meine Anwesenheit vergessen zu haben, und ich hatte Mühe, ihm zu folgen, als er sich ausbreitete, ob Wilhelm überhaupt etwas wahrnehme oder nicht, aber Hirschfelder habe mit Leuten wie Ochsner oder Ladurner nichts zu tun, man brauche nur Ochsners *Industriereportagen* zu verfolgen, oder Ladurners *Expeditionen der Empfindsamkeit,* man brauche sich nur daran zu halten, wie Ochsner in seinen *Kitschberichten aus den Krisenregionen* Stahlwerke mit Konzentrationslagern vergleicht, um den Arbeitern Gehör zu verschaffen, wie er allen Ernstes erklärt hat, oder mit welcher Blindheit Ladurner über die Schlachtfelder des Jahrhunderts spaziert, als *Grillenfänger,* als *Harlekin,* ein *Wind-*

*beutel mit einem übergroßen Schmetterlingsnetz,* und die Blindauer, er nahm kein Blatt vor den Mund, die Blindauer weiß nichts von Mördern und von Henkersknechten, wenn sie bei jeder Gelegenheit ihr Maul aufreißt und schreit, das ganze Land sei noch voll davon, nach fünfzig Jahren, voll von Mördern und von Henkersknechten, weiß nichts von einer Atmosphäre wie in einer Fleischerei mit Resten aus Massengräbern, wenn es ihr so leicht von den Lippen geht, weiß nichts, aber auch gar nichts von Gefangenschaft und Folter, obwohl sie so tut, als wäre sie selbst davon betroffen. Ohne daß er lauter wurde, schien er wie zu einer versammelten Menge zu sprechen, im Ton eines Predigers, auf einmal hatte er etwas Besserwisserisches, so sehr steigerte er sich hinein, man bekomme noch im letzten Drecksblatt zu lesen, die Blindauer habe Angst, auf die Straße zu gehen, und trifft sie am Kohlmarkt oder am Graben, man trifft sie in der Kärntnerstraße, man erfährt, sie sei im eigenen Land im Exil, ihre Koffer sind gepackt, sie wandere bald aus, weil sie sich ihres Lebens nicht mehr sicher sei, und sieht sie ganze Nachmittage lang im Bräunerhof sitzen, entrüstete er sich, und ich merkte, seine Wut war echt, er holte kaum Luft und stieß seine Vorwürfe aus, man liest Ladurners Aufzeichnungen von seinen *Hochzeitsreisen,* läßt sich von einem Klatschreporter versichern, daß er schon viermal das Aufgebot bestellt hat, der *Schwerenöter,* und versucht, ihn vor sich zu sehen, in seiner ganzen Kraft und Herrlichkeit, beim *Pilzesammeln an der Marne,* beim *Schneeschuhlaufen in der Nähe von Narvik,* angeblich auf ehemaligen Minenfeldern, bei seiner *Ardennenwanderung* oder seiner romantischen *Dreistädtefahrt nach Novi Sad, Srebrenica und Sarajevo,* er sagte, man schaltet das Radio ein und hört Ochsner wimmern, er sei ein Zigeuner und trage seit seiner Geburt den gelben Stern, obwohl nichts davon stimme, und während ich zweifelte, ob er nicht übertrieb, während ich mich mehr und mehr wunderte, warum er sich aufregte, und ihn am liebsten an meine *Tote* erinnert hätte, ihm eingetrichtert, eine *Tote,* du Idiot, du, eine *Tote,* kam er zum Schluß, Wilhelm habe keine Ahnung von Hirschfelder gehabt. Mitten im Satz stand er auf, verschwand auf die Toilette und sprach bei offener Tür weiter, ich hörte Hirschfelders Namen, ich hörte Wilhelms Namen, er schimpfte ihn zum wer weiß wievielten Mal einen Narren und wartete mit dem Vierzeiler auf, der von Ochsner oder von Ladurner stammte, *Gestern hatte ich keinen Steifen, Vorgestern auch nicht, Und am Tag davor war er nur halbsteif, Aber die Liebe ist etwas Zartes,* ein anhaltendes Plätschern, das Rauschen der Spülung, bis er zurückkehrte und sich wieder neben mich legte, und ich wurde das Gefühl nicht mehr los, an seiner Seite ersticken zu müssen. Als ich mir eine Zigarette anzündete, glaubte ich schon, er würde aufhören, aber es hielt ihn gefangen, Wilhelm habe Ideen, begann er von neuem, Hirschfelder und die *Ausgeburten,* Hirschfelder und die *Sandkastenspieler,* Hirschfelder und die *Akademiemitglieder,* Ochsner das *Gewissen der Gerechten,* mit seinen *Kampfgedichten an die Genossen,* Ladurner ihr *Hohepriester* und *Schamane,* der über Leichen geht, um seine Veilchen zu pflücken, wie nur er sie zu pflücken versteht, sagte er, oder wenn die Blindauer sich in schreienden Dessous, wie eine überspannte Hausfrau auf ein Bett gefesselt, vor einer Photographin räkelt, mit zwei unschuldigen Zöpfen und dem Blick eines Mannequins aus den fünfziger Jahren, es sei alles das gleiche, und auf einmal hielt er sich nicht mehr zurück, *Dreck ist Dreck,* er schaute aus dem Fenster, durch den winzigen Spalt, den die Vorhänge ließen, während er seine Stimme erhob, schaute auf die Rauchkringel, die ich in den Raum blies, und ich sah, wie sich seine Augen verengten. Die Rüge kannte ich schon, es mußte so kommen, er wollte wissen, ob ich ihm überhaupt zugehört hatte, du hörst mir nicht zu, es war einer seiner Standardsprüche, ich bin sicher, daß du mir nicht zugehört hast, und bevor ich ihm antworten konnte, was er sich eigentlich einbilde, er solle mich in Ruhe lassen, war er in seinem Monolog bereits weiter, *Magier* wollen die *Kanaillen* sein, zeterte er, *Zauberkünstler, Helden,* und in Wirklichkeit sind sie die gleichen Gauner wie alle, er fand sofort wieder zu seiner üblichen Lautstärke, es wäre am besten, sie mit irgendeinem *Verdienstkreuz,* irgendeinem *Goldenen Ehrenzeichen der Republik* in den Ruhestand zu schicken, zusammen mit Wilhelm und der ganzen *Wiener Bande,* Ochsner, Ladurner und die Blindauer, sie mit allem Pomp zu verabschieden, und offensichtlich war er zufrieden, er lachte, sah auf den Wecker, ein Murmeln, bald schon halb neun, und es klang wie eine Drohung, ohne daß ich mich davon beirren ließ. Von da an wußte ich, es konnte nicht mehr lange dauern, ich zog mir die Decke, die er weggestrampelt hatte, übers Kinn und wartete, als er loslegte, Hirschfelder habe kein schlechtes Wort über Ochsner und Ladurner geäußert, lauter Nettigkeiten, von der Blindauer ganz zu schweigen, die er nicht einmal gekannt habe, es war das Finale, als er von dem berühmt berüchtigten Gespräch erzählte, das Wilhelm am Ende der Woche mit Hirschfelder geführt hat, alle Sender hätten es in voller Länge ausgestrahlt, ereiferte er sich, ich habe es

mir mehrmals nacheinander angehört, mehrmals nacheinander die Zumutungen, die Wilhelm unterlaufen sind,
unglaublich, eine *Unverschämtheit* sei es gewesen, ein *Skandal,* er sagte, Wilhelm habe versucht, Hirschfelder für seine
lächerliche Propaganda zu mißbrauchen, verzettelte sich
in Details, mit denen ich nichts anfangen konnte, und sah
an mir vorbei, als wäre ich seine erklärte Gegnerin. Aus
irgendeinem Grund könne er viele Stellen noch im Wort-
laut zitieren, behauptete er schließlich, während ich mich
still verhielt, Wilhelms Fragen seien ihm all die Jahre in
Erinnerung geblieben, er stotterte plötzlich, ob der Glaube
an den *Sozialismus* für Hirschfelder im Exil eine Hilfe gewesen sei, habe Wilhelm wissen wollen, und gefolgt wäre
ein Rauschen, und Hirschfelders Ausspruch, er habe nicht
einen Augenblick an den *Sozialismus* geglaubt, an den
*Sozialismus* nicht und an sonst auch nichts, brachte er mit
Mühe und Not hervor, ob er sich für das Geschick des
Landes interessiere, wie er dessen Zukunft sehe, Wilhelm
habe ohne Scheu den Titel seines eigenen Buches er-
wähnt, setzte er nach, *Kleine Nationen, Große Geister,* ohne
etwas von Hirschfelders legendärer Kritik *Über die Liebe
zum Österreichertum* zu ahnen, Hirschfelders Deutsch sei
*wunderbar,* habe Wilhelm gesagt, *ganz, ganz wunderbar,* beteuerte er, als wollte er sich über mich lustig machen, ein
Deutsch *wie aus der Monarchie,* ein Deutsch *voller Verstöße
gegen alles Preußentum, voller Schmäh und voller Melancholie,*
er nannte es Wilhelms Marotte, immer damit zu kommen,
und ich hatte den Eindruck, es bereitete ihm Genugtuung,
anzufügen, Hirschfelder sei die Antwort wieder und wieder schuldig geblieben. Es ging schon auf neun, aber ich
horchte auf, wie wenn ich nichts anderes zu tun hätte, als

er sagte, Hirschfelder hat entweder kaum geredet, einfach geschwiegen, oder es muß sein Brummen gewesen sein, das aus den Lautsprechern kam, als wäre der Empfang gestört, und manchmal ist er ins Englische verfallen, *you know,* sei es ihm entfahren, *you know,* wiederholte er, Hirschfelder hat nur noch *you know* gesagt, wenn er nicht mehr gewußt habe, was sagen, oder seine Frau hat sich eingeschaltet, aus dem Hintergrund, *Gabriel,* er höre immer noch, wie sie *Gabriel* geflüstert habe, beschwor er mich, *Gabriel,* als wollte sie ihn warnen, als könnte sie alles ungeschehen machen, wenn sie ihm beistand, als könnte sie die Toten wieder zum Leben erwecken, sagte er, und er ließ sich davontragen, bis er nur mehr ganz leise sprach und seine Stimme trotzdem den Raum auszufüllen schien. Als der Hund, der längst hinausmußte, mit seiner Schnauze die Tür aufstieß, verstummte er, er schaute ihm zu, wie er auf der Schwelle stehenblieb und witternd seinen Kopf hob, er versuchte, ihn zu sich zu locken, aber vergeblich, und auf einmal hatte ich die Befürchtung, er könnte ihn wieder in den Kleiderkasten sperren, sobald ich weg war, er könnte ihn in die Badewanne setzen und abbrausen, er könnte ihn mit dem Futter drangsalieren, bis das Vieh vor Aufregung vom Balkon sprang, und ich ließ ihn nicht aus den Augen und registrierte, wie er noch einmal seine Verwunderung darüber zum Ausdruck brachte, daß Hirschfelder Paulmichl empfangen hatte, Paulmichl, betonte er, wo er ganze Horden von Verehrern abgewiesen habe, und schon kam er mit der Absicht, selbst nach London zu fahren, womöglich sogar nach Southend-on-Sea, auf einen Kurzbesuch, wie er hervorstrich, es soll keine Prozession werden, Hirschfelder braucht sich vor mir nicht zu fürchten, er werde ein paar Tage in einem der Seebäder an der Kanalküste verbringen, werde schauen, wieder Boden unter seine Füße zu bekommen, und, wenn sich nicht zufällig etwas ergab, Hirschfelder Hirschfelder sein lassen. Draußen schüttete es unverändert, ich hörte zu, wie das Wasser aus der lecken Dachrinne auf die Straße platschte, und wartete eine Weile, ob er noch etwas sagen würde, aber er schwieg, ich bemühte mich, ihn anzusehen, ohne daß er Notiz davon nahm, und während mir die Falte auf seiner Stirn auffiel, das Zickzack vom Haaransatz fast bis zur Nasenwurzel, während ich das Flackern seiner Auglider entdeckte, ein kaum merkliches Zittern der Wimpern mit einem unhörbaren, wenn es verstärkt würde, wahrscheinlich blechernen Geräusch, während mein Blick an seinen Bartstoppeln hängenblieb, setzte sein Schnarchen ein, ein leises, verwackeltes Rasseln, das in einem Japsen erstarb. Wenn ich mich beeilte, konnte ich um zehn in meinem Büro sein, es war noch zeitig genug, obwohl es nicht den Anschein hatte, in der anhaltenden Dämmerung, und Unheil war keines geschehen, ich mußte einen Schritt nach dem anderen tun, sonst nichts, um den Bann zu brechen, und sofern es mir gelang, mit dem *Dottore* zu sprechen, wie ich es vorhatte, wenigstens den läppischen Streit zu beenden, und seinen Lektor zu bitten, sich bei ihm zu melden, brauchte ich nur noch zuzusehen, daß er unter Leute kam, auf einem Fest vielleicht, selbst wenn ich die Gäste mieten müßte, ein paar Plaudertaschen aus der Szene, falls sich niemand anderer fand, und eine Handvoll Schönheiten vom Land, vollbusige, auf geradezu schamlose Weise unverdorben wirkende Mädchen, denen er in seiner Blindheit ausgeliefert war.

## DONNERSTAG

Gerade als er mit dem Hund von seinem Morgenspaziergang zurückkehrte, klingelte es, und es waren die lange erwarteten Bücher, die liegengebliebenen Exemplare seiner Romane, die er aufgekauft hatte, damit sie nicht verramscht werden konnten, und ich stellte mir schon vor, er würde das als Anlaß nehmen und sofort wieder anfangen, darüber zu räsonieren, würde einmal mehr herumlamentieren, er müßte einen richtigen Beruf haben, etwas, wo es einen ganzen Mann brauchte, wie er sich ausdrückte, Börsenmakler, Gehirnchirurg oder Atomphysiker, würde mit den Klischees nicht sparen, Öl wollte er verschiffen, Staudämme bauen, ganze Containerladungen kaufen und verkaufen, ohne sich dafür zu interessieren, was sie enthielten, würde einem Schulbub gleichen, der seine Sehnsucht aus dem Fernsehen hatte, aber er setzte sich in einen der Sessel im Wohnzimmer und sah den beiden Männern zu, die im Gang die Schachteln zu stapeln begannen, in dem sich wie eine Absonderung des Regens die Dunkelheit von Tagen staute, mit einem Belag auf dem Boden, in dem ihre Tritte sichtbar blieben, einem schmierigen Film, dessen Geruch mich an das Meer erinnerte, eine Mischung aus Brackwasser, Algen und frisch angelandetem Fisch. Es war immer noch ein Wetter, das ein Schriftsteller erfunden haben könnte, um Stimmung zu schinden, und er saß mit weit von sich gestreckten Beinen da, die Arme vor der Brust verschränkt, als friere er, wie am Abend davor, als er,

erschöpft von seinem Wüten, in der Badewanne eingeschlafen war, schien gar nicht zu merken, daß er wieder
begonnen hatte, vom *Wettlesen des Konsuls* zu reden, und
jedesmal einen Augenblick nachhorchte, wenn er der *Mitteleuropäische Literaturpreis* sagte, und ich wußte, ich würde
wieder zu spät aus dem Haus kommen, würde nicht gehen
können, bevor er sich nicht beruhigt hatte. Die Schritte
der beiden Männer hallten im Stiegenhaus wider, und
immer wenn sie hereinkamen und neue Schachteln auf
die bald schon mannshohen Stapel hievten, hatte er ein
Lächeln um seinen Mund, das ich nicht zu deuten vermochte, machte mit der Hand eine Geste, als müßte er
ihnen erst einen Platz zuweisen, und verstummte, solange
sie ihn hören konnten, um dann sofort wieder loszulegen.
Auf eine verquere Art schien er es zu genießen, ihnen zuschauen zu können, schien er sich zu freuen, als sie langsam
ins Wohnzimmer vordrangen und die Kartons auch dort
an den Wänden entlang übereinandertürmten, während er
sich darüber ausbreitete, daß Wilhelm nach dem offiziellen
Teil noch einmal angefangen habe, daß er ihm am Buffet
mit der Bemerkung zu nahegetreten sei, *ich fürchte, das
Thema ist eine Nummer zu groß für Sie, wie schade,* äffte er
ihn nach, *wie schade,* wobei er lauter wurde, wären Sie doch
bei Ihren *Dorfgeschichten* geblieben, er habe immer wieder
gesagt, Ihre *Dorfgeschichten* ja, Ihre *Hommage à Hirschfelder*
nein, ein bißchen Exotik, warum nicht, aber man muß
nicht gleich übertreiben, und als er sich selbst unterbrach,
trat ich ans Fenster und schaute in den anhaltenden Regen hinaus, in dem die Konturen der Nachbarhäuser verschwammen. Es fröstelte mich, als er fortfuhr, der Narr
hätte sich das sparen können, sein gönnerhaftes Gebaren,

es täte ihm leid, daß er gegen mich gestimmt hat, sein Geschwafel, Sie haben sich mit Ihrer *Hommage* übernommen, ein *Leben wie Hirschfelders Leben ist nicht so einfach, wie Sie es sich vorstellen,* und nachdem ich mich ihm wieder zugewandt hatte, kam er auf die Wernicke zu sprechen, regte sich darüber auf, daß sie die ganze Zeit dabeigestanden sei und ein halbes Tablett Kuchen weggeputzt habe, nur um stets von neuem zu betonen, die *Cremeschnitten sind ein Gedicht, meine Herren, die Cremeschnitten sind ein Gedicht.* Obwohl die beiden Männer gerade wieder mit Schachteln hereinkamen und sie so nah bei ihm abstellten, daß er fast hinlangen konnte, ließ er sich nicht mehr stören und sagte, Wilhelm sei nicht müde geworden, den immer gleichen Satz zu wiederholen, während die Wernicke an seinem Ärmel gezupft habe, *kosten Sie doch,* und er sah mich an, als er herausplatzte, er wisse nicht, ob der Narr mit seinen Angriffen überhaupt ihn gemeint habe oder, ohne es zu ahnen, Hirschfelder selbst, ob ihm vielleicht nicht die Darstellung von Hirschfelders Leben zuwider gewesen sei, nicht die *Hommage,* sondern Hirschfelders Leben an und für sich, ob es nicht eigentlich gegen ihn gerichtet war, gegen den Exilanten, der so lange in England ausgeharrt hat, sein Verdikt, *ein Leben wie Hirschfelders Leben ist nicht so einfach, wie Sie es sich vorstellen,* und er endete in Ausbrüchen, *was für ein Heuchler,* eine *Wiener Schießbudenfigur, wie sie im Buch steht,* in Eisenstadt und Sankt Pölten eine Berühmtheit, in Zürich oder Frankfurt ein umtriebiger, österreichischer Ignorant, ein unverwüstlicher Popanz mit seinem lächerlichen Professorentitel. Es waren Anwürfe, die ich von ihm schon kannte, und es wunderte mich nicht mehr, daß er im selben Atemzug Ochsner und Ladurner ins Visier nahm, Ochsner könne noch so bescheiden hinter seinen Brillen hervorschauen, es sei pure Scheinheiligkeit, Ladurner den Messias mimen, solange er wolle, es habe keine Bedeutung, und die Wernicke bekam wieder ihre *Diva* verpaßt, was ich mir kopfschüttelnd anhörte, um mich einmal mehr zu fragen, warum ich nicht einfach ging. Aus mir unerklärlichen Gründen flüsterte er fast, sagte gerade noch vernehmbar, die Wernicke hat gesäuselt, Hirschfelder ist eine *interessante Erscheinung,* und ich sah zu, wie er sich mit seinem Taschentuch die Stirn abwischte, und spürte, daß er achtgeben mußte, nicht zu schreien, als er sofort nachsetzte, sie habe sich nicht entblödet, wie ein Backfisch anzufangen, sie liebe die *Ausgestoßenen, die Verrückten,* sie liebe die *Außenseiter der Gesellschaft,* die *Künstlernaturen,* sie liebe Leute wie Hirschfelder, und hätte sie einen Wunsch frei, würde sie ihn gern kennenlernen, Hirschfelder ist wie ein Bruder für mich, rief er aus, Hirschfelder ist vom gleichen Schlag wie ich, dasselbe Schrot und Korn, habe sie behauptet, und Ochsner und Ladurner hätten ihr natürlich zugestimmt, hätten daherschwadroniert, *man wünscht sich ein glückliches Leben, und es ist doch das unglückliche Leben, das einen anzieht,* er blieb daran hängen, *wenn die Narren wüßten,* lachte und sank immer tiefer in seinen Sessel hinein. Beide Hände auf den Armlehnen, drehte er sich zu mir um und suchte meinen Blick, während er auf mich einredete und den Männern, die mit ihren Schachteln an der Tür stehengeblieben waren und warteten, auffällig ruhig zunickte, als er sich darüber ausließ, wie beklemmend es gewesen sei, ausgerechnet die Wernicke von Hirschfelder schwärmen zu hören, das Töchterchen aus gutem Haus mit seinen weltfremden

Ansichten, ausgerechnet die *Diva,* um sich gleich zu ereifern, sie weiß nicht, was sie sagt, sie kann es nicht wissen, sonst könnte sie nicht solche Dummheiten von sich geben, könnte ihr nicht der Spruch unterlaufen, *ein Leben wie Hirschfelders Leben ist echt,* und obwohl er sich kaum mehr zu halten vermochte, starrte ich auf die hell erleuchteten Fenster auf der anderen Straßenseite und mußte beim Anblick der Leute, die sich dahinter hin und her bewegten, wieder an meine Tote denken. Die Szenerie kam mir genauso unwirklich vor wie sein Theater, ich kurbelte die Jalousien herunter, schaute zwischen den Blättern hinaus, ohne darauf zu achten, daß er mit den Fingern auf den Tisch trommelte, und hörte ihm nicht richtig zu, als er sich noch mehr verstieg, er verstehe, wie die Wernicke das meine, es komme ihm gerade so vor, als glaube sie wirklich daran, als leiste sie sich ihre Sympathien anstelle eines schlechten Gewissens, ihre Sympathien für den Dreck und für die Einsamkeit, weil sie sich geniere, ohne selbst wirklich zu wissen, wofür, ihre Sympathien für Leute wie Hirschfelder, und solange er sich damit herumschlug, beobachtete ich die Kreuzung weiter die Straße hinunter, deren Ampel auf Gelblicht gestellt war, daß sich die Autos im Schrittempo näherten, triefende Ungetüme mit dampfenden Kühlerhauben und unscharfen Umrissen im aufziehenden Nebel. Wenn ich sie herankommen und wieder verschwinden sah, ihre Insassen im diffusen Licht schwer erkennbar, zitterten meine Hände, und einen Augenblick überlegte ich mir, ob ich ihm sagen sollte, was über meine Tote in der Zeitung stand, ob es sinnvoll war, ihn einzuweihen in die Anschuldigungen, die mich für das Unglück verantwortlich machten, ihm zuzumuten, wie sehr meine

Tote meine Tote war, aber er gab mir keine Gelegenheit, zu Wort zu kommen, und erzählte, wie die Wernicke sich einmal an ihn, einmal an Wilhelm gewandt habe, wie sie scheinbar nachdenklich wiederholte, *man wünscht sich ein glückliches Leben, und es ist doch das unglückliche Leben, das einen anzieht,* um dann erneut einzusetzen, *die Cremeschnitten sind ein Gedicht, kosten Sie doch, die Cremeschnitten sind ein Gedicht,* während Ochsner und Ladurner nur nickten und Tanner und Karg sich bedeutungsvoll ansahen. Allein die Erinnerung daran schien ihn mitzunehmen, und er begehrte dagegen auf, was für ein *Unsinn,* nichts als *Lappalien,* die sie sich in ihrer Kleinmädchenwelt ausgemalt hat, er habe ihr nicht mehr zuhören können, als sie noch einmal begann, *ein Leben wie Hirschfelders Leben ist echt,* und gleichzeitig beteuerte, er habe als Exilant nicht wirklich gelebt, was für eine Verstiegenheit, zu sagen, er könne deshalb nicht sterben, was für *Märtyrerphantasien,* schrie er, während ich daran dachte, wie die Schwester in mein Zimmer gestürzt war, *Frau Doktor, mein Gott, Frau Doktor,* und ich sofort ahnte, was los war, und die beiden Männer wieder hereinkamen und ihre Kartons unmittelbar vor ihm absetzten. Dabei sackte er schwer atmend noch weiter in sich zusammen, und es brach aus ihm hervor, *diese Kompromißlosigkeit,* hat die Wernicke immer wieder gesagt, *diese Kompromißlosigkeit,* unglaublich, *diese Kompromißlosigkeit,* und ich schaute ihm zu, wie er eine von den Schachteln zu sich heranzog, sie auf seinen Schoß nahm und die Verpackung aufriß, wie er ein Buch hervorholte, den Umschlag herunterstreifte und fallen ließ, wie er den Deckel abtrennte und es den Rücken entlang zerfetzte, die beiden Teile noch einmal in der Mitte durchriß, sie dann

vor sich auf den Boden warf und dabei unbeirrt weitersprach, wobei ich immer noch die Stimme der Schwester
hörte, die ihre Hände vors Gesicht geschlagen hatte und
neben mir stehengeblieben war. Es dauerte nur einen
Augenblick, und ich sah mich von neuem hinter ihr den
Gang hinuntereilen, meine eigene Frage in den Ohren,
*was ist los,* die ich in einem fort wiederholt hatte, um mich
gegen meine Ahnungen zu wehren, *was ist los,* sagen Sie
schon, *was ist los,* und ihre immer gleiche Antwort, *Frau
Doktor, mein Gott, Frau Doktor,* und er nannte die Wernik-
ke wieder eine *Diva* und ging unvermittelt dazu über, ein
weiteres Mal Wilhelm zu imitieren, wären Sie doch bei
Ihren *Dorfgeschichten* geblieben, Ihre *Dorfgeschichten* ja, Ihre
*Hommage à Hirschfelder* nein, er steigerte sich hinein, er
habe gesagt, schreiben Sie in Zukunft lieber über etwas,
worüber Sie besser Bescheid wissen, und hörte nicht auf,
Ihre *Dorfgeschichten,* das ist es, was wir wollen, Ihre *Dorfgeschichten,* nicht Ihre *Hommage,* glauben Sie mir, bis er sich
heiser geredet hatte und in ein nervöses Husten verfiel.
Ohne auch nur hinzusehen, nahm er jetzt ein Buch nach
dem anderen zur Hand, ein paar flinke Bewegungen, und
schon war das nächste an der Reihe, während er tobte, das
hätte ihm gerade noch gefehlt, daß Wilhelm sich als gnädig
erweisen würde, daß er ihm sein Wohlverhalten belohnte,
der *Schludrian,* eine *Dorfgeschichte,* und er würde ihn in seine *vorderste Reihe der österreichischen Literatur* hineinhudeln,
wie es seine Art war, *Gott bewahre,* erregte er sich, seine
*vorderste Reihe,* wenn ich daran denke, wen er da schon alles
plaziert hat, dann sitze ich lieber in der *hintersten,* wenn ich
mir anschaue, wer sich da breitmacht, welche *Genossen,*
oder ich wäre noch lieber überhaupt nicht im Spiel, und

ich hörte wieder die Schwester, wie sie sagte, *Frau Doktor,* *um Himmels willen, Frau Doktor.* Beim Gedanken daran, wie sie mich an das offene Fenster geführt hatte und plötzlich erstarrt war, nur ihre Lippen bewegten sich noch, hätte ich ihn am liebsten gepackt und geschüttelt, er solle es gut sein lassen, solle kein Wort mehr verlieren, wenn er nicht wollte, daß ich ihn dafür verachtete, so sehr setzte mir das Bild von meiner Toten zu, die, ihre Augen weit offen, mit ausgestreckten Gliedern, als würde sie gleich lachend aufspringen und sich über meine Angst auslassen, drunten im Hof gelegen war, für mich absurderweise auf dem Rücken, ein Anblick, den ich mir lieber erspart hätte, eine Erscheinung, die mich bis in meine Träume verfolgte, aber er nahm nichts wahr, schaute nirgendwohin und erging sich darüber, daß Wilhelm zu ihm gesagt habe, Sie sind doch ein *sympathischer Kerl,* warum haben Sie sich das alles aufgehalst, Sie sind doch sonst ein *bescheidener Mensch,* der weiß, wo sein Platz ist, ein *unkomplizierter Zeitgenosse,* und es lief wieder auf einen Abgesang hinaus, was der Narr sich denn einbilde, vom Tuten und Blasen keine Ahnung und mir Empfehlungen geben. Es war etwas Routiniertes in seinen Bewegungen, einen Augenblick schien es, er wolle das Buch, das er gerade in der Hand hatte, aufschlagen und lesen, zumindest strich er bedächtig über den Umschlag, und es wirkte fast liebevoll, als er es zerriß, so unberührt gab er sich von seinem eigenen Auftreten, von seinen Sprüchen, mit denen er nicht innegehalten hatte, es kamen immer neue Attacken, Wilhelm sei dies, Wilhelm sei das, bis er wieder dabei anlangte, zu sagen, *was für ein Heuchler,* eine *Wiener Schießbudenfigur, wie sie im Buch steht,* in Eisenstadt und Sankt Pölten eine Berühmtheit, in Zü-

rich oder Frankfurt ein umtriebiger, österreichischer Ignorant, ein unverwüstlicher Popanz mit seinem lächerlichen
Professorentitel, und mir blieb das Lachen im Hals stecken.
Als die beiden Männer wieder erschienen und ich darauf
aufmerksam wurde, wie sie auf den größer werdenden
Haufen vor seinen Füßen starrten, dirigierte ich sie mit
ihren Schachteln ins Schlafzimmer, wo der Hund zusam-
mengerollt auf dem Bett lag, und schaute eine Weile in
den dichter werdenden Nebel hinaus, während sich ihre
Schritte schon wieder die Treppe hinunter entfernten und
er sich über die Wernicke lustig machte, sie sei Wilhelm
die ganze Zeit am Mund gehangen und habe nur ab und
zu *wie wahr* gesagt, *wie wahr,* piepsend, *wie wahr,* um sich
mit einem Blick bei Ochsner und Ladurner zu versichern,
die ihr wieder eilfertig zugestimmt hätten, von Tanner und
Karg ganz zu schweigen, und ich bekam immer noch nicht
meine Tote aus dem Kopf, und wie der Regen auf sie
niedergeprasselt war, als wollte er sie wegwaschen, und mit
ihr die Schande, die sie bedeutete, meine Tote, die gar
nicht so ausgesehen hatte, als würde ihr etwas fehlen,
meine Tote, die noch ein halbes Mädchen war, und hörte
überlaut das vorwurfsvolle Schweigen der Schwester,
bevor sie zu weinen anfing. Auf einmal erreichte mich
seine Stimme wie von weit her, es war ein einziges Durcheinander, das er von neuem wiederzukäuen begann, *man
wünscht sich ein glückliches Leben, und es ist doch das unglückliche Leben, das einen anzieht,* und wie als Refrain
darauf, *die Cremeschnitten sind ein Gedicht, meine Herren, die
Cremeschnitten sind ein Gedicht,* und ich versuchte vergeblich, mich an eine Zeit zu erinnern, als ich mit ihm noch
hatte reden können und er sich etwas sagen ließ. Es war

mir unvorstellbar, daß ich mich von ihm überhaupt einmal hatte berühren lassen, unvorstellbar, daß er seine Hand auf meinen Arm gelegt und mir in die Augen geschaut hatte, als er sich wieder ereiferte, *kosten Sie doch, meine Herren, kosten Sie doch,* die Wernicke sei allen lästig geworden mit ihren unschuldigen Gesten, *ein Leben wie Hirschfelders Leben ist echt,* plapperte er noch einmal vor sich hin und ergänzte sofort, sie habe das so lange gesagt, bis selbst Ochsner und Ladurner sie angesehen hätten, als zweifelten sie, ob sie noch bei Verstand sein konnte, Ochsner und Ladurner, die ihr treu ergeben waren, und gerade als er dazu ansetzte, sich noch einmal über sie auszulassen, *wenn die Narren wüßten,* traten die Männer wieder ein, stellten ihre letzten Schachteln am Eingang ab und bauten sich vor ihm auf, und ich mußte ihn mehrmals anstoßen, die Empfangsbestätigung zu unterschreiben, bis er ihnen das Blatt Papier aus der Hand nahm, das sie ihm hinhielten. Dann war auch schon wieder Wilhelm an der Reihe, und sie standen immer noch da, warteten auf ihr Trinkgeld und wußten nicht, wohin schauen, als er ihnen die zwei Hälften des Buches hinhielt, mit denen er über seinem Kopf herumgefuchtelt hatte, und als sie gingen, ohne etwas zu sagen, hörte ich den Regen, der wieder stärker geworden war und scheinbar reglos vor dem Fenster hing, während er erneut vor sich hin sinnierte, er wisse nicht, ob der Narr mit seinen Angriffen überhaupt ihn gemeint habe oder, ohne es zu ahnen, Hirschfelder selbst, ob ihm vielleicht nicht die Darstellung von Hirschfelders Leben zuwider gewesen sei, nicht die *Hommage,* sondern Hirschfelders Leben an und für sich, ob es nicht eigentlich gegen ihn gerichtet war, gegen den Exilanten, der so lange in England ausgeharrt hat, sein Verdikt, *ein Leben wie Hirschfelders Leben ist nicht so einfach, wie Sie es sich vorstellen.* Als müßte er es mit ein paar Handgriffen unschädlich machen, zog er Buch um Buch aus der Schachtel vor sich und zerlegte es, und ich wußte, daß alles noch einmal kommen würde, als er wieder sagte, Ihre *Dorfgeschichten* ja, Ihre *Hommage* nein, schreiben Sie sich das hinter die Ohren, und ohne Zusammenhang fortfuhr, die Wernicke ist eine *Diva,* ich kann es nur wiederholen, die Wernicke ist eine *Diva,* glaube mir, die Wernicke ist eine *Diva,* bis ich mich entschloß, die erste Gelegenheit zu nutzen und in der Klinik anzurufen, daß ich krank war. Denn so, wie er wirkte, konnte es ewig weitergehen, als müßte er vor sich hin brabbeln, solange der Regen fiel, und der Regen wollte keinen Anfang und kein Ende haben, der Regen, der immer schon gefallen zu sein schien, ich machte mich auf Stunden gefaßt, Stunden, in denen er auf mich einreden würde, Stunden, die nur damit enden konnten, daß er müde wurde und mitten im Reden einschlief oder sich wie ein Kind ablenken ließ und nicht mehr wußte, wo er stehengeblieben war, um dann mit einer mir unheimlichen Angespanntheit eine Weile über irgendwelche Harmlosigkeiten zu sprechen, ehe er schwieg. Bis dahin mußte ich warten, und als er plötzlich nichts mehr sagte und mit geschlossenen Augen zwischen den aufgestapelten Schachteln in seinem Sessel saß, fürchtete ich schon, es würde wieder sein übliches Klagen folgen, sein automatisches Gerede, der *Mitteleuropäische Literaturpreis* sei eine *Katastrophe* gewesen, das *Wettlesen des Konsuls* eine *Groteske,* wenn ihm nichts anderes dafür einfiel, aber er kündigte nur an, noch einmal mit dem Hund hinauszuwollen, ohne daß er Anstalten gemacht hätte, sich zu erheben, und als er mich ohne Vorwarnung anschaute, war in seinem Blick die gleiche Leere wie manchmal, wenn er mitten in der Nacht wach wurde und ich unmittelbar danach aufschrak, nicht wegen des Lärms, sondern wegen der Geräuschlosigkeit, der etwas zu fehlen schien, war seine Nähe auf einmal die Nähe eines Tieres, war eine unüberbrückbare Distanz. Es erschreckte mich, wie unerreichbar er wirkte, obwohl ich mir längst eingestehen mußte, daß er mich ohnehin nur mehr in seiner Abwesenheit rührte, daß es nicht er war, sondern seine Dinge, daß ich zu den im Vorraum aufgereihten Schuhen, den Jacken, die an der Garderobe hingen, als wären sie allesamt naß, dem Hut, den er nie aufsetzte, aber bei jedem Umzug doch wieder mitschleppte, mehr Beziehung hatte als zu ihm selbst, daß es die beiden Koffer aus Pappkarton waren, die er seiner Mutter abgeschwatzt hatte, pathetische Dinger in Überseegröße, die ihn schon von weitem als sentimentalen Hochstapler auswiesen, die Klappstühle in seinem Arbeitszimmer, in einem Eck zusammengestellt für den großen Besuch, der nie auftauchte, und die weißen Wände, weshalb ich noch nicht gegangen war, die Dunkelheit und das Licht darin, der Schein, der von seiner Stehlampe kam und nur den unteren Teil des Raums ausleuchtete, der obere blieb im Finsteren, und ich hätte gern etwas gesagt. Doch mir fehlten die Worte, und während ich einen Blick auf die Uhr an der Wand ihm gegenüber warf, die stehengeblieben war, wartete ich auf eine Fortsetzung von ihm, obwohl ich mir die ganze Zeit nur gewünscht hatte, er würde endlich den Mund halten.

*Oh, Gott,* sagte die Redakteurin, *oh, Gott,* sie schlug die Hände zusammen, *oh, Gott,* was ist mit dir passiert, während wir Platz nahmen, wie siehst du aus, und sie hörte ihm mit offenem Mund zu, als er erzählte, daß er am Vorabend die Treppe hinuntergefallen war, nichts Schlimmes, es ist eine Lappalie, Marianne, ich hatte noch gar nicht Zeit gehabt, mich zu fragen, warum sie sich duzten, als er sie auf beide Wangen küßte und, grün und blau im Gesicht, wie er war, sein Schilehrerlächeln aufsetzte, gegen das ich nicht ankam. Während ich sie verstohlen beobachtete, blätterte er in der Speisekarte und versuchte es mit einem Scherz, es ist nicht die Ohrfeige gewesen, die ich in Wien bekommen habe, nicht das *Fiasko* in der *Hietzinger Villa,* und schon waren die Worte gefallen, die ich gefürchtet hatte, er sprach vom *Wettlesen des Konsuls,* er verbreitete sich über den *Mitteleuropäischen Literaturpreis,* noch bevor er mich vorgestellt hatte, wandte sich an die Redakteurin, sie habe es sicher mitgekriegt, das große Ereignis, und nannte sie schon wieder Marianne. Auf unserem Herweg war davon keine Rede gewesen, er kenne sie kaum, ein bißchen hochnäsig sei sie, ein bißchen elitär, ein bißchen allzu sehr Dame, was auch immer das bedeutete, er hatte sich mit Gemeinplätzen aus der Affäre gezogen, ohne mich auf sie vorzubereiten, eine Blondine, wie es sie im Bilderbuch nicht gab, ein Mordsweib in einem ärmellosen, hochgeschlossenen, roten Samtkleid, er hatte nur von irgendwelchen Zicken gesprochen, von nicht näher bezeichneten Ticks, und ich wußte nicht, was ich davon halten sollte, als er sich mitten im Satz unterbrach, ihr eine Hand auf den Arm legte und sagte, es ist gut, daß wir hierher gegangen sind, nicht ins Tübli, mich bringt niemand ins Tübli, meinetwegen in die Blaue Ente, in den Storchen oder in ein Mövenpick, aber nicht ins Tübli, um alles in der Welt nicht. Als der Kellner kam, gab er die Bestellung auf, er konnte es nicht lassen, seine paar Brocken Italienisch anzubringen, ich sah, welches Vergnügen es ihm machte, den verdutzten Mann immer wieder *cameriere* zu nennen, *per favore, Signore,* sagte er nach jedem Gang, *per favore,* und er bekam ein überdrüssiges *naturalmente* zur Antwort, es wurde ruhig, auch an den Nachbartischen schienen die Leute zu lauschen, während er das Menü zusammenstellte, seine Arme aufgestützt wie die Stammtischler in seinem Dorf, die ihre Fäuste auf den Tisch schlagen konnten, daß die Gläser umfielen, und ich dachte schon, er würde nicht wieder von vorn anfangen, als die Redakteurin ihn fragte, wer der *Zampano* eigentlich sei, sie habe seinen Namen vergessen, und er antwortete, der Konsul, er wisse es nicht, er habe nur seine Leibwächter zu Gesicht bekommen, ein *Freund des Präsidenten,* so viel ist klar, *Mitglied verschiedenster Geheimlogen,* im *Baugewerbe,* sagen die einen, *Kolonialwaren,* die anderen, ich wartete auf einen Ausbruch, als er plötzlich losprustete, ein *Neureicher,* allein in der *Hietzinger Villa* steckt ein Vermögen, er schien einen Augenblick zu zögern, *Geld zum Blödwerden.* Die Vorspeise wurde serviert, und er drehte sich wieder im Kreis, vergaß zu essen, es war ein einziges Gestocher, und brachte es dann doch irgendwie fertig, mit vollem Mund zu sprechen, sah die Redakteurin nicht an, als sie unvermittelt sagte, Annette ist eine *würdige Preisträgerin,* schluckte ein paar Mal, wollte wissen, ob sie die Wernicke kenne, und gab ihr eilfertig recht, eine *würdige Preisträgerin, meine Liebe,* ihr Schreiben ist *wunderbar, ganz, ganz wunderbar,* er stieß es so trocken hervor, daß keine Spur von Ironie zu merken war, er nickte in einem fort, während sie nicht mehr aufhörte, sie in Bausch und Bogen zu loben, eine *Weltumarmerin,* eine *Romantikerin,* die vor Sehnsucht fast ertrinke, entweder sie bringt sich noch um, prophezeite sie, und in ihrer Stimme war ein Zittern, oder sie ist in ein paar Jahren auf dem Zenit, und ich erwartete mir, er würde ihr ins Wort fallen, *Diva* bleibt *Diva,* er würde ein weiteres Mal damit kommen, daß er ein *Bergmensch* war, aber er schwieg. Er schaute zu, wie sie ihre Arme hochriß und auf Kopfhöhe mit wilden Fingerbewegungen Anführungszeichen in die Luft schlug, wenn es ihr selbst zu blumig wurde, es hatte etwas Diabolisches, wie sie sich dabei in der Spiegelung des Fensters musterte, ihr nach oben gerichteter Blick, der Schein, der auf ihrem Haar zu liegen schien, rosarot im schummrigen Licht, und obwohl er sie auf einmal nicht mehr aus den Augen ließ, wirkte er abwesend und wich ihr aus, als sie ihn auf seinen Auftritt ansprach, murmelte etwas Unverständliches, daß ich mir von neuem sagte, es war ein Fehler gewesen, und was für einer, ihn nach Wien fahren zu lassen. Ohne eine Miene zu verziehen, erstickte er ihre Bemerkung, ihr Schwärmen hieße nichts gegen ihn, er scherzte sogar, aber sobald sie wieder mit ihrem Salat beschäftigt war, von dem sie Blatt für Blatt untersuchte, bevor sie es in winzigen Bissen zu sich nahm, wurde er ernst, er starrte sie an, wie er sie angestarrt hatte, als der Kellner mit dem Wein vor ihr gestanden war, runzelte die Stirn, wie er über ihr Urteil die Stirn gerunzelt hatte, *exquisit,* es mußte ihr ausgerutscht sein, *exquisit,* räusperte sich und mimte den guten Verlierer, es sei keine Schande, der Wernicke den Vortritt zu lassen, du brauchst dich nur zu erkundigen, Marianne, sie müsse nur mich fragen, was er über die *Gnädige* immer gesagt habe, *unglaublich für eine Frau,* ihre *Schärfe,* ihr *Instinkt,* ihre *Trittsicherheit,* dagegen seien Ochsner und Ladurner nichts gewesen, er sage es ungern, lediglich Aufputz, *meine lieben Kollegen,* die *Herren Kritiker Vasallen,* Tanner, Karg und Wilhelm, *Jasager* und *Adabeis,* steigerte er sich hinein, und er war wieder er selbst, ich sah, daß er die Finger nicht mehr ins Tischtuch gekrallt hatte und statt dessen anfing zu gestikulieren. Tatsächlich fuchtelte er wild herum, als die Redakteurin nach meinem Namen fragte, er achtete nicht darauf, als sie ihn wiederholte und auf meine Tote zu sprechen kam, *Sie sind das, oh, Gott, oh, Gott, Sie sind das,* wurde lauter und lauter, bis sie es aufgab, war weithin zu hören, als er erzählte, Ochsner und Ladurner seien am letzten Abend nicht von der Wernicke gewichen, sie hätten sich mit der *Gnädigen* photographieren lassen, im Salon der *Hietzinger Villa,* hätten sich an sie herangemacht, die Säcke, und ihr ins Ohr geflüstert, welche Ehre es sei, er habe den *Schwachsinn* gehört, zeterte er, ihr *Schmalz,* ihr *Geseire,* habe gehört, wie zuerst der eine, dann der andere bereut hat, nicht jünger zu sein, einmal noch dreißig, *Madame,* mit ihren Weibern in Hörweite, die wie Zierstauden zu beiden Seiten des Podiums gestanden seien, in großgeblümten Kleidern, die Urkunden an ihre Brüste gedrückt, die Holztafeln, mit denen man einen Ochsen erschlagen konnte, mit den Unterschriften der *Herrn Kritiker* und dem Gekrakel des Konsuls. An den Nachbartischen lachten die Leute, als er sagte, er habe das sperrige Ding noch am selben Tag weggeworfen, mit seinen Runen, *Mitteleuropäischer Literaturpreis,* es sei eine *Geschmacklosigkeit* gewesen, eine *aufgeblasene Schnapsidee,* und während er sich allmählich wieder beruhigte, sah ich ein Paar die Köpfe zusammenstecken, ein älterer Herr tippte immer wieder seine Begleiterin an, die offenbar schwerhörig war, und der Kellner, der an der Theke lehnte, hinter der ein Mädchen mit roten Haaren Gläser wischte, wippte von einem Bein auf das andere und sah ihn aus den Augwinkeln an. Die Redakteurin schob sich auf ihrem Stuhl hin und her, ich hörte das Klingeln ihrer Armreife, das helle Geklimper, unwillig, ihr unterdrücktes Gestöhn, sooft sie ihn zu unterbrechen versuchte, ich sah, wie sie an ihrer Nase herumnestelte, wie sie sich umschaute, von wem wir beobachtet wurden, wie sie den Rücken verdrehte, während er redete und redete, sprunghaft, ohne auf ihre Einwände zu achten, leise, flüsternd fast, und es schien ihm ein Vergnügen zu sein, Ochsner und Ladurner *gescheiterte Existenzen* zu nennen. Als der Kellner die Hauptspeisen brachte, sagte er gerade, es sei lächerlich, sonst nichts, Ochsner, der Industriellensohn, spiele jahre- und jahrzehntelang den *Revoluzzer,* Ladurner, aus einer Kleinkeuschlerfamilie, mit einem Säufervater und einer Frömmlerin als Mutter, kehre bis zum Erbrechen den *Kosmopoliten* hervor, sie seien *Zukurzgekommene,* Ochsner immer noch das dicke Kind, das er einmal war, Ladurner ein Phantast, auf beiden Augen blind, und indem er plötzlich auflachte, sah er einmal mich, einmal die Redakteurin an und lenkte schließlich seine Blicke auf die Rothaarige hinter der Theke, die sich am Spülbecken die Hände wusch. Ochsner habe immer nur sich selbst verteidigt, den *verhinderten Fußballer mit seinem Tormannkomplex,* den ewigen Prügelknaben, der nie hat mitspielen dürfen und Schiedsrichter geworden ist, eine richtige *Bestie in Schwarz,* fuhr er fort, Ladurner unentwegt das Grau in Grau seiner kleinen Welt lackiert, Ochsners Mitleid mit Hinz und Kunz ist von Anfang an Selbstmitleid gewesen, sagte er, Ladurners Entdeckerfreude in Wirklichkeit ein Versuch, seine Herkunft zu kaschieren, und wie er es von zu Hause gewohnt war, aß er seine Spaghetti mit Messer und Gabel, er saß breit da, die Ellbogen hoch erhoben, und ackerte regelrecht auf seinem Teller herum, während er in einem fort weitersprach und ich mich für seine Belehrungen schon zu genieren begann, ich konnte nur den Kopf darüber schütteln, wie er sich verstieg, wie er auf einmal ausrief, *statt Gerechtigkeit Kitsch, Mystik statt Chemie und Physik,* wie er beteuerte, Ochsner könne ihm mit seiner Heuchelei gestohlen bleiben, Ladurner mit seinem Wahn, nichts das sein zu lassen, was es war, aus allem etwas machen zu müssen, ich konnte nur schweigend verfolgen, wie er plötzlich nach Luft schnappte, als habe er sich verschluckt, und trotzdem nicht und nicht zu stoppen war. Wahrscheinlich hätte es wenig gebraucht, und sie wären nie auf die Idee verfallen, ihr Zeug in die Welt zu setzen, ereiferte er sich, und ich schaute ihm zu, wie er stets von neuem Parmesan über seine Spaghetti streute und das Besteck beiseite legte, ohne zu essen, ein Abenteuer im richtigen Alter, ein paar Versuche mit einer Unschuld aus der Nachbarschaft, eine Affäre mit einer Tante, wenn es sein muß, und Ochsner wäre in Bruck an der Mur geblieben, Ladurner in seinem Nest in Osttirol, er wisse nicht einmal, wie es überhaupt heiße, entfuhr es ihm, und ohne sich darum zu scheren, wie lachhaft es war, behauptete er, Ochsner wäre der gleiche *Geldsack* wie sein Vater geworden, der gleiche *Sklaventreiber, Ehrensenator seiner Alma mater,* Ladurner ohne Zweifel Pfarrer, als Seminarist von einer Handvoll Honoratioren unterstützt, oder er hätte sich in ein Kloster zurückgezogen, in die Mission nach Afrika, ein winziger Zufall, war er sich sicher, eine Kleinigkeit, und sie wären nicht mit ihren Defiziten hausieren gegangen oder wenigstens so klug gewesen, sich damit nicht auch noch zu brüsten, er hob wie resigniert die Hände, es ist gekommen, wie es gekommen ist, und ließ sie sofort wieder sinken. Der eine habe sich ein Leben lang überall angebiedert, der andere seine Unnahbarkeit hervorgekehrt, und am Ende hat es beiden nichts genützt, betonte er, während er seine Spaghetti hin und her schaufelte, die zusammengeschnipselten Stückchen, ab und zu eines aufpickte und rundherum betrachtete, Ochsners pathostriefende Reden auf irgendwelche Parteigrößen seien Legende, Ladurners Verstecke vor aller Augen, die Elogen des einen, seine Oden, die Parfümiertheit des anderen, sein Größenwahn, die Stationen seines Irrwegs, *Palo Alto,* wenn ich das nur höre, *Palo Alto, Altamira, Sils Maria,* es ist eine *Tragödie,* sagte er, wie sich die Narren verrannt haben, sich selbst belogen und ihr Publikum, eine *Tragödie,* und ich sah auf einmal die leeren Kaubewegungen, die er nach ein paar Worten immer machte, wie um die Funktionstüchtigkeit seiner Kiefer zu testen. Ihre *Ämter,* sagte er, ihre *Ehren,* alles ein Witz, die Gesellschaften, deren Mitglieder sie sind, die *Burgtheatermatineen für in die Jahre ge-*

*kommene Abonnentinnen,* vor denen sie Saison für Saison ihre Peinlichkeiten deklamieren, ihre *Domizile im Grünen, die Schreibklausen mitten unter Schrebergärtnern,* alles Zeichen ihrer Vergreisung, Beweise, daß es längst aus sei mit ihnen, alles Bankrotterklärungen, und indem er den Kellner heranwinkte und wie um ihn zu ärgern der Rothaarigen hinter der Theke zulächelte, verstrickte er sich noch einmal in die Abgründe ihrer Biographien, Demütigung sei auf Demütigung gefolgt, erklärte er, wie auch immer es nach außen ausgesehen habe, und wieder schien es mir, als würde er zu einem Auditorium sprechen, während er die Redakteurin und mich übersah, Niederlage auf Niederlage, aber sie hätten sich stets wieder eingerichtet, stets weiter unten, ohne Illusionen, man muß sich nur ihre Augen anschauen und weiß schon alles, die Augen von Schlaflosen, von Nachtwandlern und Tagträumern, es sind die Augen von verlassenen Frauen. Offensichtlich zufrieden mit seinem Vergleich, machte er eine Pause, und ich sah, wie die Redakteurin ein Taschentuch hervorholte und sich damit den Schweiß von der Stirn wischte, wie sie wieder und wieder ihren Kragen lockerte, einmal die eine, einmal die andere Schulter hochzog, wie sie sich Luft zufächelte, wie sie an ihrem Wein nippte, ohne daß ihr Glas leer wurde, und ihn dabei die ganze Zeit fixierte, geradezu verzweifelt sein Gerede verfolgte, mit dem er Ochsner und Ladurner hinstellte, als seien sie ein für alle Mal erledigt. Die Leute an den Nachbartischen schauten wieder her, als er mit dem Kellner flüsterte, ich glaubte zu hören, wie er sich nach der Rothaarigen hinter der Theke erkundigte, aber während ich noch nachhorchte, während ich sah, wie eine Frau sich vorbeugte, als wollte sie ihre

Nase in meinen Schoß stecken, eine andere legte einen Zeigefinger auf ihre Lippen und lauschte, polterte er von neuem los, der *Mitteleuropäische Literaturpreis,* welche *Vermessenheit* es sei, eine *Impertinenz,* allein die Bezeichnung ein *Fehlschlag,* und über seinem Getöse mußte ich den Wunsch unterdrücken, mir die Ohren zu verstopfen. Gewiß habe der Konsul die beiden für *Nichtsnutze* gehalten, fuhr er fort, für *Taugenichtse,* wie es einem Unternehmer anstand, für *Versager,* von den *Herrn Kritikern* gar nicht zu reden, es sei sicher eine Laune von ihm gewesen, sich die alten Knacker zu kaufen, vielleicht nur um zu sehen, wie teuer sie waren, ein Jux, den er sich etwas kosten ließ, eine Demonstration für die Aufsichtsratsvorsitzenden und Vorstandsmitglieder unter seinen Bekannten, und er konnte seine Genugtuung nicht verbergen, als er erzählte, Ochsner und Ladurner hätten sich nicht dagegen gewehrt, im Gegenteil, sie seien wie Kinder im Salon der *Hietzinger Villa* gesessen, unter den Portraits von Schauspielerinnen aus der Stummfilmzeit, stümperhaft darauf bedacht, bloß nichts falsch zu machen, sie hätten sich noch vor den Lakaien zu einem Bückling hinreißen lassen, vor den wie aufgemalt an allen Ecken stehenden Pikkolos mit ihren übergroßen Schwalbenschwänzen, allein wie sie die Wernicke *Madame* genannt haben, exaltierte er sich, *Madame,* sowohl der eine als auch der andere, stets von neuem *Madame,* als sei die *Gnädige* die *Dame des Hauses,* und auf einmal ein Niesen, ein Hüsteln, und ich hatte Angst, er würde sie zurechtweisen, als die Redakteurin sich von neuem auf meine Tote kaprizierte, und darauf, wie leid es ihr täte, *eine Tote, oh, Gott, eine Tote.* Augenblicklich wurde es still, er schaute sie an, als könne er es nicht glauben, und ich war auf alles gefaßt, während er in altbewährter Manier sagte, *das ist Schicksal,* eine Tote, da kann man nichts machen, eine *Tote, das ist Schicksal,* und sich darauf verlegte, erneut von der Wernicke zu schwärmen, *unglaublich für eine Frau,* wiederholte er sich, ihr Schreiben ist *wunderbar, ganz, ganz wunderbar,* Marianne, eine *Prosa wie aus Samt und Seide,* ein *Juwel,* eine *Blume in der Wüste,* egal, was *meine lieben Kollegen* gesagt haben, Ochsner und Ladurner, er erinnere sich, wie sie darüber hergezogen seien, ein *widerliches Geschmiere, sentimentales Dreckszeug im Stil einer Illustriertengeschichte,* so einmal der eine, einmal der andere, es sei nur den *Herrn Kritikern* zu verdanken, ausgerechnet den Quenglern, Tanner, Karg und Wilhelm, daß die *Gnädige* zu ihrem Recht gekommen ist, erging er sich, und er fing von vorn an, eine *Prosa wie aus Samt und Seide,* ein *Juwel,* eine *Blume in der Wüste,* er ratterte es wie in Trance herunter, ein *Glücksfall,* und ich schaute ihm zu, wie er mit geschlossenen Augen den Rhythmus auf den Tisch klopfte und seinen Kopf hin- und herwarf. *Oh, Gott, eine Tote, eine Tote, oh, Gott,* versuchte es die Redakteurin noch einmal, aber er ging darüber hinweg, sprach über das letzte Buch der Wernicke, als hätte er es wirklich gelesen, und sie stimmte ein, eine Zeitlang kam es mir so vor, als würden sie über den Wein sprechen, *schwer auf der Zunge,* sagte sie, *leicht im Abgang,* er, ein *volles Bukett, erstklassig,* sie, er, nein, *erstklassig nicht, meine Liebe,* aber erstklassig *zweitklassig, mit Details und Wunderformulierungen luxuriös und leserkomfortabel ausgestattet,* und trotzdem, *Diva* bleibt *Diva,* er verstehe nicht, warum der *Halawachel* von der *Presse* es vernichtet habe, ein *Halawachel,* ob sie wisse, was das sei, ein *Halawachel,* und ich hörte nicht mehr zu, als er wieder loslegte, was für ein *Schwein, es müßte mehr solche Bücher geben,* und sie darauf einstieg, ein *vertrottelter Weiberer mit Schweißhänden,* ein *elender Hurenbock,* der karierte Hosen und zu enge Hemden trage, das einzige, was an ihm etwas tauge, sei sein *Moustache,* wenn überhaupt, sein *Moustache,* sie ließ das Wort auf der Zunge zergehen, sein *Moustache* und sonst nichts. Als hätte sie sich zu weit vorgewagt, verstummte sie, ihre Brust hob und senkte sich, ihre Nasenflügel zitterten, ihr ganzer Körper schien zu erschauern, während sie sich mit ihrer Serviette umständlich die Mundwinkel abtupfte, und ich sah, wie sein Lächeln erstarb, das er aufgesetzt hatte, ein Riß in seinem geschwollenen Gesicht, wie es zu einer Grimasse gefror, als sie sich Wein nachschenkte und ihr Glas Hals über Kopf austrank, auf Annette, ich sah, wie er ihr zuprostete, aber der Name kam ihm nicht über die Lippen, ich sah, wie er seine Hände zusammenlegte, die Fingerspitzen nach oben gekrümmt, und was er vor sich hin brabbelte, war ohne Zusammenhang. Er wartete bis zur Nachspeise und schaute ihr zu, wie sie, halb versteckt hinter dem riesigen Becher mit Erdbeeren, die Sahne weglöffelte, er zündete sich eine Zigarre an und beobachtete sie durch den Rauch, es war eine Gewohnheit, auf die er in Gesellschaft pochte, die abschließende Zigarre, anfangs noch eine Parodie auf den Großschriftsteller, der er nicht war, schien sie ihm längst zur Selbstverständlichkeit geworden zu sein, er machte ein richtiges Ritual daraus, es war die Zigarre, ich wußte es, über der er von einem Augenblick auf den anderen glauben konnte, mit allem im reinen zu sein, und er breitete sich aus, er schien an Umfang zuzunehmen, er legte einen Arm auf den leeren Stuhl neben sich, und fast hatte es

314

etwas Joviales, etwas Versöhnliches, als er ins Spintisieren kam, man müßte ein anderes *Leben* haben, ein *Leben* vielleicht wie der Konsul, ob er ein Gangster war oder nicht, ein *Leben,* das keiner Erklärung bedurfte, Tage in der *Hietzinger Villa,* von denen einer wie der andere war. Während er sich weiter und weiter verzettelte, ließ er seine Blicke unruhig hin und her schweifen, aber hinter der Theke war niemand mehr, kein Mädchen mehr mit roten Haaren, und erst als der Kellner abkassierte, war er wieder der Alte, *cameriere,* er konnte es nicht lassen, *grazie, Signore, grazie,* bis ein gedehntes *naturalmente* zurückkam, aber an den Nachbartischen blieb es ruhig, offenbar waren die Leute schon daran gewöhnt, und ich schaute der Redakteurin zu, wie sie eine Tablette in ihrem Wein auflöste und das Glas lange zwischen den Händen hin- und herrollte, bevor sie es auf den Tisch zurückstellte, wie sie einen Spiegel aus der Handtasche hervorkramte und begann, sich die Lippen nachzuziehen, ohne auf ihn zu achten, und ich dachte an seine Worte, er hatte von irgendwelchen Zicken gesprochen, von nicht näher bezeichneten Ticks. Tatsächlich hatte ich die Befürchtung, sie könnte noch einmal meine Tote erwähnen, könnte wieder die Augen verdrehen und wie verzückt ausrufen, *oh, Gott, eine Tote, eine Tote, oh, Gott,* als er sagte, wir hätten vielleicht doch in den Pfauen gehen sollen, nicht, daß ich mich hier nicht wohl fühlen würde, es ist *wunderbar, ganz, ganz wunderbar,* aber der Pfauen bleibt der Pfauen, und wieder berührte er sie, einen Augenblick nur, doch sie zuckte zusammen, ohne ihre Hand zurückzunehmen, auf einmal schien sie zu zittern, sie fuhr sich über beide Oberarme, als wäre ihr kalt, und unter ihren Fingern tauchten Kratzspuren auf. Wir standen schon an der Tür, als er wieder vor sich hin lamentierte, es sei ihm egal, das *Wettlesen des Konsuls,* der *Mitteleuropäische Literaturpreis,* er mache sich nichts aus dem *Fiasko* in der *Hietzinger Villa,* auch wenn es für manche Leute ein Fressen sei, es war sein übliches Blabla, während wir an der Schwelle den Wolkenbruch abwarteten, der draußen niederging, und er hörte erst auf, als die Redakteurin sich unter das in einem Schwall vom Dach herabstürzende Wasser stellte, er lehnte kopfschüttelnd an der Hauswand, spannte seinen Regenschirm auf und schaute ihr zu, wie sie waschnaß in der Lache herumpatschte, die sich im Rinnstein gebildet hatte, wie sie von einem Bein auf das andere hüpfte und sich wieder und wieder die Haare zurückstrich, die triefenden Strähnen, und ich war von ihrem überdrehten Getue überrascht, als ich sie *oh, Gott* schreien hörte, *oh, Gott, oh, Gott,* als hätte sie eine Erscheinung. Dazwischen sein leises Marianne, schüchtern fast kam es daher, ich konnte nicht anders als lachen, rauh seine Stimme, und auf einmal küßte er sie wieder, kaum daß ich weggeschaut hatte, er küßte sie, ich war mir nicht sicher, aber es sah ganz danach aus, als küsse er sie auf den Mund, er drückte sie an sich, seine Pratzen wie die Pratzen eines Bauarbeiters auf ihrem Rücken, und bevor ich daran denken konnte, etwas zu sagen, lief sie schon die Straße hinunter, daß es unter ihren Schritten nur so spritzte, ihre Schuhe in den Händen, ihr Kleid, schwarz, derart durchnäßt war es, klebte ihr hauteng am Körper, sie hatte keine Jacke an, und im Licht der im Wind schaukelnden Straßenlaternen zuckten die Schatten über ihre nackten Schultern, strichen darüber hinweg und verschwanden in der glitschigen Blätterschicht, die auf dem Boden lag. Auf der anderen Straßenseite setzte sich ein Auto in Bewegung, langsam, wie um ihr zu folgen, und gerade als er noch einmal Marianne sagte, gingen seine Scheinwerfer an, es war schon ein paar Meter gefahren und kam träge vom Gehsteig herunter, auf dem es geparkt gewesen war, ich sah die Tropfen, die sich auf seinen Scheiben festgesetzt hatten, das ruckartige Ausschlagen der Scheibenwischer, einen bläulich fahlen Schein in seinem Inneren, während er mir ein weiteres Mal vorwarf, daß ich ihm nicht zugehört hatte, den ganzen Abend nicht, du hörst mir nicht zu, er schaute mich an, ich bin sicher, daß du mir nicht zugehört hast, und die Farbe seines Gesichts schien sich von einem Augenblick auf den anderen zu ändern, metallen, ein Pulsieren, ein Zucken über den Augenbrauen. Während er sich wieder beruhigte, richtete ich meine Blicke auf das Schild über dem Eingang des Restaurants, und es war wie eine Verheißung in der Nacht, die Leuchtschrift Italia, verschwommen im Dunst, im Gestrichel des schräg einfallenden Regens.

# INHALT